当代中国文学理论批判丛书

丛书主编 李春青

在西方化与本土化之间

新时期文学理论教材建设四十年

蔡 莹 著

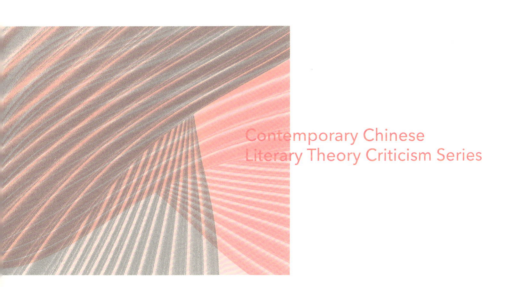

Contemporary Chinese
Literary Theory Criticism Series

北京师范大学出版集团
BEIJING NORMAL UNIVERSITY PUBLISHING GROUP
北京师范大学出版社

《当代中国文学理论批判丛书》

总　序

　　自 20 世纪 70 年代末以来，中国新时期文学理论东摇西摆地走过了近四十年的风雨历程。当年那些叱咤风云、无比真诚地探寻"文学本质""美的本质""文学规律"以及"创作的奥秘"的领军人物们如今都已入耄耋之年，其中许多人已经逝去了。而当年那些初出茅庐，被《查拉图斯特拉如是说》和《查泰莱夫人的情人》激动得脸颊潮红的热血青年们，如今也大都满脸褶皱、两鬓斑白，盘算着退休后的日子了。时光如水，思之令人心颤！然而文学理论向何处去以及相连带的中西问题、古今问题等当年曾经纠缠过老一辈们的困惑，却像服了长生不老药一样依然健在着。莫非困惑注定是当代中国学人的"宿命"吗？

　　对文学理论近四十年来走过的道路，学界早就开始反思了。现在我们对当年围绕"审美本质""审美意识形态""主体性""方法热""向内转"等话题的讨论已经清楚地明了其缘由与得失。后现代主义、文化研究、日常生活审美化等也早成了令人生厌的老话题，甚至连"理论之死""后理论时代"等提法，也很难吸引人们的眼球了。新一代学人越来越注重对各种当下文学与文化现象进行具体而细致的分析，而不再热衷于纯理论概念的炒来炒去。在这种情况下，我们的文学理论似乎更加困惑了：这门学问真的还有存在的合理性吗？这就意味着，反思与批判依然是当今文学理论研究的重要任务。走过了近四十年的历程，我们的文学理论究竟在多大程度上被"西化"了？中国古代文论在中国今日的文学理论话语体系中占有怎样的位置？我们的文学理论有没有属于自己的文化身份，这种文化身份是必要的吗？如果是必要的，那么如何才能建立起来？这些问题都只有通过反思才有可能找到答案。

我的老师童庆炳先生曾多次给我打电话，嘱我一定要组织一套丛书，专门探讨新时期中国文学理论取得的成绩和存在的问题。他说我们北京师范大学文艺学研究中心是教育部重点研究基地，有责任对当下文学理论领域重大问题展开研究并做出回应。他甚至帮我策划这套丛书的具体内容，还亲自帮我邀请了一批作者。在老师的一再催促下，我拟定了十五个选题，分别确定好作者，并且于 2015 年上半年申请到北京师范大学的自主科研项目支持，工作有条不紊地展开了。按照童老师的设想，这套书 2015 年初布置下去，作者们用三个月时间收集资料，三个月时间撰写初稿，再用三个月的时间修改润色，到年底就可以完成。他老人家想得过于乐观了，时至今日，整整两年过去了，我们仅仅完成了六部。而且据我所知，这六部书的作者几年前在这方面就已经有了相当的研究。可以说，这六部书都是厚积薄发的产物，并非急就章。

《文学概论》教材的编写在近四十年来的文学理论建设中起到了巨大的作用，像童庆炳先生这样的学者在学术上的贡献在很大程度上正是通过教材编写来实现的。从某种意义上说，教材引领了文学理论研究的发展，普及了文学理论知识。而从另一方面看，教材也是文学理论发展在不同阶段的最佳标示，清晰地呈现了文学理论研究范式的转变。蔡莹副教授的《**在西方化与本土化之间——新时期文学理论教材建设四十年**》正是对《文学概论》教材的专门研究，其学术意义自不待言。"文艺心理学"在 20 世纪八九十年代曾经被称为"显学"，有大量的论文、著作以及相关译著问世，并形成了若干近乎学术流派的研究团队，鲁枢元、童庆炳、畅广元、王先霈等先生分别是各个团队的领军人物。文艺心理学研究与 80 年代人文知识分子的政治诉求、价值取向以及思维方式都有着极为密切的联系，从这个意义上说，文艺心理学的研究关涉甚广，是我们考察一代知识分子心路历程的绝佳视角。田忠辉教授的《**探究隐秘世界的努力——中国当代文艺心理学研究反思**》对当年文艺心理学研究的发展过程、核心话题、学术意义进行了深入考察。古代文论一直是当代中国文学理论研究领域一个非常重要的方面，近四十年来有大量成果问世，无论是数量还是质量都达到空前的水平。而且古代文论还是当下文学理论建设不可或缺的思想资源。从这个角度看，刘思宇博士的《**重回天人之际——反思新时期古代文论研究方式的转换**》的学术意义就不只是对学科史进行知识梳理，对中国当下的文学理论建设也有着重要的参照价值。"典型"这个概念在中国现当代文学理论话语系统中曾经占有极为重要的位置，围绕这个概念形成的典型论集中体现了一代学人对文学的基本理解和思考方式。而且更为重要的是，典型论还可以被视为是文学参与国民想象的一种文化实践，是文学对中国国家现代转型要求形塑现代国民的一种回应。典型论在中国发生和衍变的曲折过程，正是中国国家现代转型艰难历程在文学理论上的折射。薛学财博士的《**想象国民的方法——文学典型论在中国的兴起与衍变**》一书绝不是简单的"旧话重提"，而是具有独特的学术价值与现实意义的新阐释。从 20 世纪 90 年代后期开始，在文学理论界，"反思"就成为一个出现频率很高的关键词，甚至可以说已经形成了一种"反思性文学理论"。当代文学理论学科反思以文学理论自身为研究对象，这可以说是文学理论学科走向自觉的标志，在某种程度上也有助于彰显文学理论知识生产的历史感，其所建构的反思性文学理论知识形态甚至代表了文学理论的一种发展方向。故而，对"反思"的反思就显得十分必要了。肖明华副教授的**《作为学科的文学理论——当代文艺学学科反思问题研究》**对这种"反思性文学理论"进行了梳理与批判。就当代中国文论所面对的思想资源而言，中国古代文论是一个传统，西方文论是一个传统，在中西融汇中形成的现代文论是另一个传统。中国当代文论正是在这三大传统的基础上所进行的新的创构。因此，把中国当代文学理论放置于中国现代以来新的文化传统的形成过程来审视，追问中国当代文学理论形成的历史原因与文化渊源，进而揭示中国当代文学理论形成的学术轨迹与其所隐含的文化逻辑，就显得十分必要了。李春青的**《新传统之创构——中国当代文学理论的学术轨迹与文化逻辑》**在这方面展开了讨论。

时光飞逝！转眼间童庆炳先生去世已经一年半了。他的谆谆嘱托言犹在耳，做学生的无能，无法圆满完成老师交给的重任，只能以这套小丛书聊以告慰他的在天之灵了。

李春青

2016 年 12 月 12 日于北京京师园

目 录

第一编　导　论

第二编　新时期文学理论教材的西方化和本土化

第三编　新时期文学理论教材范本解读

第一编

导 论

这一编分两部分，首先对"文学理论教材"这一概念做一廓清和界定，奠定全书展开言说的基础；其次对新时期之前我国文学理论教材做详尽追溯和总结。本编是新时期文学理论教材建设研究的"前史"，由此确立研究的基点和参照系。

第一章　文学理论教材释义

第一节　何谓"文学理论教材"

文学理论课程进入我国现代化高等教育，迄今已近百年。课程需要成熟的教材，我国文学理论教材的编写和使用也走过了近百年的历程。[①]

我们对新时期文学理论教材开展研究，首先要廓清研究对象是什么。为什么要选择"文学理论教材"这个称谓而不是其他？

文学理论是重要的人文学科之一，隶属于文艺学，文艺学包含三个部分：文学理论、文学批评和文学史，这三者之间有重复，有交叉。"为了系统化，就要避免不必要的重复，但倘若醉心于避免重复，便不能在各章中对本质问题论述得十分充分。须知，单从一个方面是

---

① 就目前可考的资料看来，最早的一本文学理论教材是 1921 年广东师范学校贸易部出版的《文学概论》，署名是伦达如。

不能对文艺学做出全面论述的，而要多角度、多层次地加以探讨，就必定会有各种程度的重复。"①文学理论作为一门学科，应该有相对统一的规范。然而我们纵观近百年的文学理论教材，明显看到教材名称不统一，比如：

蒋孔阳的《文学的基本知识》，中国青年出版社1957年版；

吴调公的《文学分类的基本知识》，长江文艺出版社1959年版；

巴人的《文学论稿》，上海文艺出版社1959年版；

以群主编的《文学的基本原理》，上海文艺出版社1963年版；

东北地区八院校文艺理论编写组合编的《马克思主义文艺理论基本问题》，1973年版；

吉林师范大学中文系文艺理论教研组编的内部教材《马克思主义文艺理论》，1973年版；

内蒙古师范学院中文系编写的《文艺理论简编》，1974年版；

哈尔滨师范学院中文系编的《马克思主义文艺原理》，1978年版；

山东七师专中文系文艺理论编写组合编的《文艺理论》，1978年版；

蔡仪主编的《文学概论》，人民文学出版社1979年版；

边疆十四院校文艺理论教材编写组编的《文艺理论基础》，1979年版及十四院校《文学理论基础》编写组的《文学理论基础》，上海文艺出版社1981年版；

郑国铨、周文柏、陈传才编著的《文学理论》，中国人民大学出版社1981年版；

霍松林的《文艺学简论》，中国社会科学出版社1982年版；

---

① ［日］滨田正秀：《文艺学概论》，前言，北京，中国戏剧出版社，1985。

老舍的《文学概论讲义》，北京出版社 1984 年版；

刘叔成的《文艺学概论》，中央广播电视大学出版社 1985 年版；

曹廷华主编的《文学概论》，高等教育出版社 1986 年版；

童庆炳主编的《文学概论》，武汉大学出版社 1989 年版；

孙子威主编的《文学原理》，华中师范大学出版社 1989 年版；

徐中玉主编的《文学概论精解》，上海文艺出版社 1990 年版；

童庆炳的《文学理论教程》，高等教育出版社 1992 年版；

吴中杰的《文艺学导论》，复旦大学出版社 1998 年版；

刘安海、孙文宪主编的《文学理论》，华中师范大学出版社 1999 年版；

顾祖钊的《文学原理新释》，人民文学出版社 2000 年版；

刘甫田、徐景熙主编的《文学概论》，高等教育出版社 2000 年版；

董学文、张永刚的《文学原理》，北京大学出版社 2001 年版；

王一川的《文学理论》，四川人民出版社 2003 年版；

王元骧的《文学原理》，广西师范大学出版社 2002 年版；

南帆主编的《文学理论新读本》，浙江文艺出版社 2002 年版；

陶东风主编的《文学理论的基本问题》，北京大学出版社 2004 年版；

汪正龙等编著的《文学理论研究导引》，南京大学出版社 2006 年版；

童庆炳主编的《文学理论新编》，北京师范大学出版社 2005 年版；

王先霈、孙文宪主编的《文学理论导引》，高等教育出版社 2005 年版；

鲁枢元、刘峰杰、姚鹤鸣主编的《文学理论》，华东师范大学出版社 2006 年版；

杨春时的《文学理论新编》，北京大学出版社 2007 年版；

本书编写组的《文学理论》，高等教育出版社 2009 年版；

周宪的《文学理论导引》，高等教育出版社 2014 年版……林林总总，数目众多，不可枚举。

由此可以看出，百年中国文学理论教材存在着鲜明的同物异名[①]现象，对文学理论的称谓纷繁复杂、多种多样；即使叫同一个名称（如《文学理论》《文学原理》《文学概论》），编者也自有体系和见解。如何为一门学科命名，直接反映出命名者对该学科的基本认识。命名的目的在于尽力确定事物的本原起因、概括事物的基本性质、划定事物的边界范畴。因此研究者在用语言文字为事物命名时是细致谨慎和经过多方考量的。文学理论教材名称的多样化，反映的是不同编者或著者对文学理论的认识差异。"概念名称的不统一、不规范、不科学性，反映出文学理论建设的不稳定性和多变性，这不利于形成一门学科的稳定的体系，也会对文学理论学科建设产生震荡。"[②]所以在开展新时期文学理论教材研究之前，我们有必要对"文学理论教材"这一名称进行统一和规范。

文学理论，从字面上看，最简单的解释是关于文学的理论，文学理论要研究文学没错，但这种简单的概括显然没有触及文学理论的基本性质和要解决的根本问题。老舍说过："我们既要研究文学，便要

---

① 同物异名(synonym)，又称同义名。原为生物学用语，指的是同一生物分类单元先后被给予了两个或两个以上的不同学名，这些名称虽异，但实指同物，其含义相同，故称同物异名或同义名。也有可能对同一生物分类单元只是命名时间和命名人不同，而该单元被给予的名称相同。汉语中也存在"同物异名"现象，即同一个事物有两种或两种以上不同的名称，如起重机、吊车指的是同一机器。

② 肖锋：《五十年来文学理论教材的回顾与反思》，载《川北教育学院学报》，2002（2）。

有个清楚的概念，以免随意拉扯，把文学罩上一层雾气。"①对文学理论的研究同样如此。我们不妨先看看一些教材编者对文学理论的看法。

以群主编的《文学的基本原理》是新时期以前的一本经典教材。教材为文学理论下的定义是："文学的基本原理，顾名思义，讲的是文学现象中原来就客观存在的一些基本道理。换句话说，它以人类社会的一切文学现象作为研究的对象，从中阐明文学的性质、特点和基本规律的一门科学。"②这个说法充满了不确定因素，例如，哪些属于"客观"存在的文学现象，哪些不是？"基本道理""基本规律"包括什么，不包括什么？"一切文学现象"的涵盖面非常之广，文学史、文学批评针对文学现象，也涉及文学性质和特点，比较起来，文学理论在这些方面有何偏重和特质？……编者先入为主地设定了文学理论的概念，但文学理论的边界依旧模糊不清。而且本书将马克思主义文学理论默认为唯一正确的文学理论，以此作为理论前提加以论证："从有文学实践活动以来，就开始有说明文学现象的各种言论、观点出现。随着文学实践的发展，日益要求从理论上给予总结和提高，这就产生了研究、阐明文学原理的系统的理论著作。……但是，在阶级社会中，由于受到现实的阶级斗争的制约和文学实践检验的局限，这些理论往往是真理与谬误、精华与糟粕交杂在一起的。检验这些文学理论是否正确，是否真正符合文学的客观规律，同样也只有通过社会实践和文学实践。正如毛泽东同志所说的：'真正的理论在世界上只有一种，就是从客观实际抽出来又在客观实际中得到了证明的理论，没有任何别

① 老舍：《文学概论讲义》，2页，北京，北京出版社，1984。
② 以群：《文学的基本原理》，绪论，上海，上海文艺出版社，1979。

的东西可以称得起我们所讲的理论。'马克思主义的文学理论(或称马克思主义的文学原理)之所以是一门科学,就在于它是以辩证唯物主义和历史唯物主义的科学世界观为指导,在总结历代文学的实践经验的基础上产生的……"①这一段话至少还提示我们,编者的叙述建立在一个前提上,即任何文学理论都是有限定性的,有特定的研究视角,都是特定时代的产物,受当时的文艺政策和文学思想支配,这实际上已经为文学理论教材限定了一定的范围。而蔡仪的《文学概论》(人民文学出版社 1979 年版)、边疆十四院校合编的《文学理论基础》(上海文艺出版社 1981 年版)等则有意无意地回避了对文学理论下定义的探讨,使文学理论的范围更加雾里看花。

边疆十四院校合编的《文学理论基础》是新时期初期代表教材之一,编者认为:"《文学理论基础》是为高等院校中文系编写的关于文学的基础知识和基本理论的教材。文学理论是一门属于社会科学的学科。它与文学发展史、文学批评一起共同构成文艺学(或称文艺科学)。文学理论、文学发展史和文学批评三者之间既有十分密切的联系,又有着明显的区别。"②与之前的教材相比,该教材显示出理论方面的进步:编者将文学理论归为文艺学的一个分支,并且对文学理论和其他两个分支的关系分析得比较多,但是对文学理论的具体范围没有正面论及。这段论述还说明编者的另一个理论自觉:即文学理论和文学史、文学批评是有区别的,而且是明显的区别,不是笼统地概括为"一切文学现象",这在某种程度上意味着并不是所有关于文学的研

---

① 以群:《文学的基本原理》,绪论,上海,上海文艺出版社,1979。

② 边疆十四院校《文学理论基础》编写组:《文学理论基础》,前言,上海,上海文艺出版社,1981。

究都是文学理论，有助于我们把握文学理论的范围。该教材同样以寥寥数语毋容争辩地确立起默认马克思主义文论的唯一性、正确性的前提："只有马克思主义文学理论能够运用辩证唯物主义和历史唯物主义的观点、方法，从文学创作的实际出发，实事求是地进行分析研究，并批判地继承了前人的文学理论遗产，这样才从根本上对文学的各种基本问题作出科学的说明，形成了系统的科学的文学理论，并能更好地促进文学创作实践的发展。"[1]

在新时期教材中，曹廷华的《文学概论》（高等教育出版社 1986 年版）较早地把"什么是文学理论"作为"学习文学理论首先应该了解的问题"。并对文学理论的学科归属、文学理论和文艺学其他两个分支的关系、文学理论的研究对象、文学理论的任务做了明确的说明和界定："文学理论，是属于社会科学范畴的一门学科，它与文学批评、文学发展史共同构成文艺学（狭义文艺学，亦称文学学）。"[2]"文学理论，既要借助于文学批评的成果，又有赖于文学发展史提供的丰富材料。它的研究对象总的来说是文学这种独特的精神现象的各种表现形式及其本质、规律和特征。具体来说，则不仅要研究文学与社会生活关系的一般规律，也要研究文学自身产生、形成和发展的特殊规律，要研究文学的一般社会本质和作为一种艺术形式的特殊本质，而且要研究从创作到作品再到批评、鉴赏的完整的文学活动过程及其各自的规律、特点和相互关系。文学理论的任务，就在于将客观地存在于具体而又复杂的文学现象中的基本规律合乎逻辑地抽象出来，以帮助人们科学地认识文学现象，更好地从事创作活动和阅读活动，更好地发

---

①　边疆十四院校合编：《文学理论基础》，前言，上海，上海文艺出版社，1981。

②　曹廷华：《文学概论》，1 页，北京，高等教育出版社，1986。

挥文学应有的社会作用。"①值得注意的是，这里将文学理论研究对象的范围由文学的外部规律（"文学与社会生活关系的一般规律""文学的一般社会本质"）拓展到内部性质（"文学自身产生、形成和发展的特殊规律"、文学"作为一种艺术形式的特殊本质"），同时将文学的一般社会本质和特殊审美本质相提并论，明确了文学的审美属性，对文学理论的任务概括得也相对全面，显示出文论界对文学理论研究的进展。在理论视角上，该教材依然沿袭了马克思主义的观点，同时阐述了马克思主义文学理论的基本特点："科学性""开放性""实践性"。这为以后文论教材的多视角、多方法研究提供了一些理论上的依据和可能。

童庆炳主编的《文学概论》（武汉大学出版社1989年版）同样将文学理论看作文艺学的一个分支，并论证了文学理论和文学发展史、文学批评的关系。他认为："文学理论以人类社会历史的现实的一切文学现象作为研究对象，但它不像文学发展史和文学批评那样，去具体地分析和评论作家作品、文学运动和文学思潮，它以哲学方法论为总的指导，从理论高度和宏观视野上阐明文学的性质、特点和一般规律。"该教材开始正式引入美国当代文艺理论家M. H.艾布拉姆斯在《镜与灯：浪漫主义文论及批评传统》中提出的"文学四要素"观点，将文学视为一种由作品、作家、宇宙（自然、生活）、读者等组成的活动，"文学理论所把握的不是这四个要素中孤立的一个要素，而是由四个要素构成的过程和整体"。与此相对应，该教材形成了由创作论、构成论、鉴赏批评论、本质论、发生发展论五个方面构成的文学理论体系。虽然之前曹廷华的《文学概论》也由这五个方面构成，但是在名称上只明确了作品论、鉴赏论、创作论。这是我国文论教材史上第一

① 曹廷华：《文学概论》，2页，北京，高等教育出版社，1986。

次正式提出了五大块的文学理论体系，突破了传统三大块的范围。童庆炳进一步提出："对于文学理论所涵盖的研究对象，人们又往往从种种不同的视角去加以探讨，这样就形成了文学理论的多种分支。"他还列举了"文学哲学、文学社会学、文学心理学、文学语言学"四大文学理论分支。童庆炳还说："当然人们还可以从别的视角去探讨文学问题，建立起新的分支。"①这为他之后的教材创新也埋下了伏笔。以上种种，都使文学理论教材的广度和深度有了新的延展和拓深。

在该书基础上，1992 年童庆炳的《文学理论教程》完成了一次可以称得上"全新"的调整和飞越。我们仅从前两章的目录就可窥一斑：

第一章　文学理论的性质和形态

第一节　文学理论的性质

一、文学理论的学科归属

二、文学理论的对象和任务

三、文学理论应有的品格

第二节　文学理论的形态

一、文学理论形态多样化的依据

二、文学理论的几种基本形态

第二章　马克思主义文学理论与中国当代文学理论建设

第一节　马克思主义文学理论的诞生和发展

一、马克思主义文学思想的主要理论来源

二、马克思主义文学理论的革命转换性

第二节　中国当代的文学理论建设

---

① 童庆炳：《文学概论》，2～4 页，武汉，武汉大学出版社，1989。

一、以马克思主义作为理论指南

二、中国特色

三、当代性

这部教材对文学理论的阐述，不再是蜻蜓点水或寥寥数笔泛泛带过，而是从文学理论的学科归属、对象、任务和应有的品格等方面全面、具体、深入地探讨和规定了文学理论的性质，从不同视角总结了文学理论的七种基本形态。该教材的理论视角以马克思主义为基础："建设有中国特色的马克思主义文学理论必然以马克思主义为指导"，但同时也旗帜鲜明地提出："必须批判地吸收古今中外文学理论，必须能够回答各种错误思潮的挑战，必须具有鲜明的当代性，结合中国当代文学的实际，概括总结新的文学实践的经验和教训，提出并回答各种文艺问题。"①

由以上数例教材对文学理论的认识和发展进程可以看出，尽管不同时期，教材名称多种多样，内容各有侧重，但探讨的基本问题始终围绕文学理论这一学科独特的研究对象、学科归属、任务、体系、形态等展开，甚至"各种不同的以至对立的理论体系，其所论大致总不会超出这些范围"②。故我们将此类教材称为"文学理论"教材而不是其他教材，是由学理上的逻辑性和合理性，以及教材文本实践的现实性和必要性所决定的。这一名称也有利于形成统一认识，促进文艺学学科的建设。

---

① 童庆炳：《文学理论教程》，15 页，北京，高等教育出版社，1992。

② 胡有清：《文艺学论纲》修订版，312 页，南京，南京大学出版社，2006。

第二节　教材的内涵和品格

文学理论著作很多，而"文学理论教材"这一名称规定了它的教材属性。

何谓教材？

教材是根据教学大纲和实际需要，体现教学内容和教学方法，供教学应用而编选的材料。教材的定义有广义和狭义之分。广义的教材指课堂内外及教学各个环节中教师和学生使用的所有教学材料，狭义的教材即教科书。教科书是一个课程的核心教学材料，除学生用书外，有些还配有教师用书、练习册以及配套读物、音频、视频等。我们在这里所说的文学理论教材采用狭义，特指文学理论教科书。

既然是教材，就要具备应有的品格。

一、教材的实用性

文学理论教材最终的文本属性是"教材"，是要供文学理论教学使用的，是教师备课授课、学生学习复习的文本依据。这意味着它和学术专著、文论词典等有根本区别，就是必须要适应教学的需要，要充分考虑教学对象的实际需求。

教材使用对象要明确。这是编著文学理论教材要考虑的一个重要因素，教材的使用对象之一是教授文学理论课程的教师。文学理论课程的开设时间在本科阶段一般是一年或半年，教师在有限的时间段内（一般课程时长为36周或减半，每周三节课，就是108或54课时，包括学生的复习时间），要系统有机地完成理论性非常强的课程教学任务，势必要对教材提出一些规范和要求，教材要适应教师的这些实际需求。教材的另一个使用对象是学生，主要是文学专业的本科一二年级学生，也有自考生、专升本学生、硕士研究生等其他类型学生，教材也要针对他们的具体情况来编写。

教材的主要目的要明确。文学理论教材的目的是授课或者学习，教师要研习教材，但主要是出于授课的目的，而不是鲜明体现教师学术个性、传达个人学术观点，教师在这里的角色主要是传授者而不是研究者。对学生而言，现在的综合类大学人才培养目标逐渐变化，研究生数量已超过本科生，主要向研究性大学发展。文学专业以培养研究型人才为主，兼具应用型人才，"从某种意义上说，中文系传统的教学内容对于学生来讲，其人文修养的价值已经大于职业培训意义。而我们的教学在帮助学生增进人文修养的同时，对学生走向社会所必需的某些知识和能力的传授与培养也不是完全没有责任和用武之地的。"[1]所以，学生使用教材不仅是通过教材学习掌握文学理论基本知识，具备用这些知识分析文学现象、文化现象的能力，"更需要培养学生良好的理论思维素质和能力，使其能在未来的学习和生活中经常调整和不断充实自己的知识结构特别是文学理论知识结构，以应对现实生活的不同需要。"[2]

教材的结构要合理。美国心理学家布鲁纳主张结构主义课程观，他认为，教学应当重视怎样使学生掌握学科知识复杂的基本结构（即基本概念、基本原理的体系），而不单单是传授零散的知识。[3] 文学理

---

① 胡有清：《文艺学研习》，130页，南京，南京大学出版社，2007。

② 胡有清：《文艺学研习》，131页，南京，南京大学出版社，2007。

③ ［美］布鲁纳：《教育过程》，28、47~48页，北京，文化教育出版社，1982。

论教材也应如此，"一部优秀的教材首先应该有合理的结构和适当的内容。结构合理意味着一个成熟的科学的学科体系的构建；内容适当既意味着难易得体，也意味着观点的科学性、先进性及设计的启发性。"①要实现教学目的，就要通过教材清晰的思路、明白的体系、合理的结构使学生便于学习、接受，教材本身的理性、思辨性和逻辑性使学生在学习过程中也会受到潜移默化的影响。

教材难度要合适。文学理论发展迅速，也会被及时更新到教材中，而文论教材对象有其特殊性：大学本科一二年级的学生缺乏相关理论功底和实践，甚至在文学文本阅读量都非常有限的前提下，蓦然接受这样一门课程，本身就有一定的学习难度。这就导致文学理论的发展趋势与学生的理解能力之间长期存在不平衡的矛盾关系。作为教材，理论难度要与学生的接受水平相衔接，不是越难越好，而是把握一个适当的"度"。既不能一味因循守旧，教材知识体系严重滞后于日新月异的文论发展；也不能一味创新，大大超越学生的领悟能力。教材的学术水平主要体现在化难为易、化繁为简的功力上，老子的"大音希声""大道至简"就是这个道理。

教材篇幅不能繁冗。教材作为教学使用的专用读物，和一般读物有很大区别，要求简洁、平实、明快。"文学概论作为讲授文学理论基本原理及其基本知识的课程，是文学理论的初步。文学理论中所包含的各个方面的问题，它都概括地讲到，但它只讲最基础的东西，不涉及其中比较专门的复杂问题。它是概论，不是专论。"②和传统教材

---

① 仲红卫：《略论建国以来"文学理论"的教材建设》，载《韶关大学学报（社会科学版）》，1996(3)。

② 童庆炳：《文学概论》，4页，武汉，武汉大学出版社，2000。

相比，现在文学理论教材有越编越厚的趋向。教材面面俱到、无所不包，文学术语、文学观点越来越多，参考文本越来越繁复。编者的初衷也许是好的，希望把尽可能多的信息量都呈现在一部教材中，供教师和学生选择，但这样的后果往往是让师生无从选择。对教师而言，如果要把如此厚实的教材涉及的所有知识点都厘清、吃透、深入研习，就是一个不小的工作量。而且任何一个成熟的教师都不会照本宣科，成为教材的传声筒，必定对教材有所取舍，在教材的基础上有所生发、引申。如果教材过于厚重难懂，势必加大学生的学习难度，甚至会让学生产生畏难抵触心理，丧失对这门课程学习的兴趣。所以教材的编写要重点突出，以精简、明要为上。这样既便于教学，也便于学生自学。

教材要照顾不同层次使用者的需求。文学理论教材使用对象有：本科生、研究生、自考生、函授生、电大生，故教材种类繁多，如果加上相关配套的教师参考书，则种类和数目更多。本科生的教材要适应从高中到大学的过渡阶段特点，难度不宜大，调动和培养起学生学习文学理论的兴趣。自考生、函授生和电大生以自学为主，要参加国家统一进行的考试，所以课本知识要比较全面，有详细的课后复习题，一般还有配套的习题训练。研究生课程作为本科之后进一步深造的课程，与本科教学相比，应更注重培养研究生对该学科问题的独立分析能力和展开科学研究的能力，所以教材在难度上要适当提高，除基础性文学理论知识的介绍外，要增加对文学理论当代前沿资讯介绍的分量，加强学术性，特别要加大引导和启发学生自主思考的内容，致力于培养研究型人才。

二、教材的学术性

作为一门文学专业中理论性非常强的课程，文学理论教材要在充分吸收文艺学界现有主要研究成果的基础上，通过概念体系、结构体例、逻辑体系的构建，将这些成果、理念、结论展现在教材中，并能够以此来阐释古今中外的文学现象。文艺学是和社会、政治、文化结合最紧密的学科之一，随着 20 世纪以来巨大的社会变化，文学自身也发生了深刻的改变，尤其是新时期以来，中国现当代文学面貌为之一新，出现多姿多彩、百花齐放的局面，文学新现象、新思潮纷沓而来。随着传播媒介的转变、大众文化、网络文化的飞速发展，文学的存在方式、传播方式也迥异于传统模式。文学研究的边界在迅速拓展，文学理论面对的研究对象也越来越广阔。

同时，文学理论自身的理论空间也在飞速扩大。20 世纪被称为"批评的世纪"，各种批评模式层出不穷，为文学理论不断输入新鲜血液，带来了新的活力。由于诸多原因，1949 年以来我国文学理论基本沿袭着苏联的单一模式，当这些理论在新时期随着改革开放骤然而至时，对中国文论界的冲击和震撼不言而喻，文论界自身的改变也是巨大而深刻的。这些变化都对文学理论教材提出了新的期待和要求：编者不能无视 20 世纪以来西方文艺理论丰硕成果的存在，不能无视新时期文学的发展变化，要吸纳优秀成果，以先进的学术理念、开阔的学术胸襟、清晰的学术逻辑和层次分明的结构体系展现出对新的文学现象、文学理论的回答和思考。

值得注意的是，要处理好教材学术性和实用性的关系。一方面教材必须不断汲取文学理论研究的前沿资讯，吸纳当代学者科研成果；另一方面，编者的学术个性和研究成果当然可以体现在教材中，但不能喧宾夺主，要注意以教材内容的普适性作为基本原则。教材与学术专著有着显著区别：学术专著要求不拘于成见，意在创新，展现作者鲜明的学术个性和个人风格，充满浓郁的主观色彩，面对的读者也基本上是从事该专业及相关专业的理论研究者和爱好者。文学理论教材却不能拘泥于编者的个人喜好，成为"一言堂"，它应当比较客观地介绍和陈述人们对于文学基本原理、一般规律的普遍认识，具有较强的全面性、知识性和系统性，要照顾不同层次使用对象的需求。因此，文论教材必须在综合整理已有理论成果的基础上，建立起一个具有普适性、实用性的文论体系，协调好与编写者学术兴趣之间的关系。

三、教材的互文性

任何一本教材都是通过某个视角概括总结文学现象的，因此教材内容总是有限的。而我们总力图通过教材尽可能多地呈现文学理论、涉及更多的文学现象。这种矛盾的解决可以从教材的互文性入手。

"互文性"（Intertextuality，又称"文本间性"或"互文本性"）的概念最早是由法国符号学家、女权主义批评家朱丽娅·克里斯蒂娃提出的："任何作品的本文都像许多行文的镶嵌品那样构成的，任何本文都是其他本文的吸收和转化。"①它包括两方面内容：一是"一个确定的文本与它所引用、改写、吸收、扩展，或在总体上加以改造的其他文本之间的关系"②；二是"任何文本都是一种互文，在一个文本之中，不同程度地以各种多少能辨认的形式存在着其他的文本；譬如，先时文化的文本和周围文化的文本，任何文本都是对过去的引文的重新组织"③。概言之，其基本内涵是，不存在完全独立意义上的文本，因为任何一个文本都有意无意地包含了对其他文本的引用、改写、吸收、

---

① ［法］朱丽娅·克里斯蒂娃：《符号学：意义分析研究》，见朱立元：《现代西方美学史》，947页，上海，上海文艺出版社，1993。

② 程锡麟：《互文性理论概述》，载《外国文学》，1996（1）。

③ ［美］罗兰·巴特：《文本理论》，载《上海文论》，1987（5）。

转化等，任何一个文本都构成其他文本的参照系，这些文本彼此交织和互相牵连，形成面向过去、当下和未来的具有巨大潜力和无限张力的开放体系，并展现出文学文本的发展和演变历程。

这对我们考察文学理论深有启发。我们研究文学理论，不能只研究文学理论局域内的问题，而要把它置于文艺学的大坐标体系中观照、考察。文学理论与文学史、文学批评有着天然的亲密关系：文学理论必须以丰富的文学史资料和文学批评实践为基础，否则就是无源之水；而文学史、文学批评要以文学理论所阐明的基本原理为指导。三者之间互为坐标和参照系，互相依存、互相渗透、彼此牵连，形成一个开放的结构。从横向上看，对文学理论和文学史、文学批评进行对比研究，可以发掘它们之间的联系和差异，通过整个文艺学系统的共时的总体的比较彰显文学理论的特性；从纵向上看，通过对文学史、文学批评、文学理论史等构成的"前文本"的历时性考察，探讨它们和现有的文学理论之间的事实联系，开展影响研究，取得对文学理论、文化传统的系统认识和观照。

落实到文学理论教材的编写上，就不能孤立地看待文学理论教材文本，而要结合其他文本来研究、考察。例如与文学理论教材配套使用的文学史、中外文论史等教材，对教学来说是非常必须、大有裨益的。采用互文性的方法和原则，不仅揭示了文学活动丰富又复杂的文化内蕴，展示了其内部多种文化和多元话语相互影响的事实，而且也显示了文学活动的悠久文化传统和深厚的社会历史内涵。

王先霈主编的"面向21世纪课程教材"《文学理论导引》前言中说："本书和《文学欣赏导引》《文学批评导引》共同组成一套以大学中文系本科学生为主要对象的文艺学系列教材。这个教材系列的总体结构设计，根据的是我们对文艺学学科性质和范围的认识，以及我们对中文系教学需要的认识。""高等教育不同于基础教育，它承担专业教育的任务，学生从中学进入大学中文系，有一个文学欣赏习惯的转变和审美趣味的培育的问题；同时，多年的教学经验提醒我们，低年级学生接受思辨性较强的理论课程存在一些困难，需要知识的准备和思维方式上的准备。鉴于以上两点，我们设想以'文学欣赏导引'课程来给学生提供这方面的帮助。""由于教学时数的限制，除了《文学欣赏导引》《文学理论导引》可以作为本科基础课的教材之外，《文学批评导引》可以作为本科选修课或者研究生学位课教材。"编者还考虑到了"纸质文本和电子文本以及网络资源相互补充"①。这种编排体系从文本的互文性出发，充分立足于文艺学学科的系统性以及和其他学科的联系。这样的教材就是充分考虑了师生需要、课程需要的好教材。

四、教材的稳定性

和日新月异的文艺学发展相比，文学理论教材更要求稳定性。教材是供教学使用的，使用对象主要是求知的学生，而不是进行思想探索、学术争论的学者。它主要提供具有社会公信度的知识，侧重知识普及性的工作。同时也意味着教材的思想内容必须经过相当时间的积淀来达到成熟。这也就决定了教材的传统色彩往往是比较浓厚的，变化不是立竿见影的，而是渐变的。王一川说过："理论教材是总结理论研究的成果和适应教学需要而来的，它不应超越它们。"②稳定性也意味着理论一定程度的滞后性。这似乎是文学理论教材编写天生的悖论：追求稳定，就意味着要进入教材视野的只能是成为理论界共识的

---

① 王先霈、孙文宪：《文学理论导引》，前言，北京，高等教育出版社，2005。
② 王一川：《探险者风范》，载《文艺争鸣》，1998(1)。

部分，就不能像学术论著一样可以及时或即时地探讨、参与、展现文学理论的最新成果，但同时教材又有吸纳新理论的学科选择。从形成文学观点到成为文学理论再到进入文学理论教材，是有一个时间差的，这是不容忽视的客观现实存在。

　　追求稳定性不是说文学理论教材不要创新。创新是任何一个学科保持长久生命力的内在动因，故步自封只会自取灭亡。但文学理论教材创新有一些前提，弄清楚为什么要创新？真理没有新旧之分，如果旧的思想观念有了错误、偏差，要纠正，或是发现了前人没有发现的规律和真理，自然要以旧换新；如果不是为了这些，单纯只是为了创新而创新，将教材视为个人学术创建的证明，甚至有意制造噱头、夺人耳目，而不考虑正确与否、合理与否，这样的"创新"毫无意义。学术的终极功能是通过商榷和研讨，以求祛除迷误、彰显真义，然而现今学术圈存在一种思想误区：将学术的终极功能定位为建立和把持话语权，为了争取和抢占话语权而创新，为了这种所谓"创新"，就必须发他人之所未言，另辟蹊径，以求标新立异、与众不同，而不考虑是否有创新的必要和价值，使创新异化成获得话语权的某种工具，创新失去了应有的意义和品格。这种不良风气若被带到具有普及性意义的教材编著中，危害就更大，会影响到文学理论学科的正常建设。因此，教材对创新的观点要格外警醒：那些看似新颖的观点，要看它是否经得起文学实践的考验，真正成熟的观点都是经过了必要的时间积淀的。还有一些虽能自圆其说，但争议较大、缺乏公信的说法，也暂时不要写进教材。这并非说文学理论教材不能介绍新理论、新观点，教材介绍一些新观点和教师授课时发表个人新创见是必要的，可以更好地启发学生，但一定要适度，否则"过犹不及"。

五、教材的语言

教材的语言要科学准确、平实客观、通顺流畅。语言是编者思想的载体，也是读者了解教材内容的媒介。再好的编排理念、再精妙的教材结构、再深刻的文论思想，最终也要落实到教材的语言表述上。作为教材的语言，要传达文学理论的要义，不需要像散文、诗歌、小说等文类的语言那样生动形象，而是要能够真切传达理论观点、用词准确、叙述客观。《论语》中说的："辞达而已矣"，老子说的"信言不美，美言不信"，都是对语言的很高要求。教科书更需要语言简洁合适、明白晓畅。若为了标新立异生造新词，或为了夺人眼球故作高深，华而不实、言之无物、堆砌辞藻、拖沓冗长，都是教材语言的大忌。孔子夸赞弟子闵子骞："夫人不言，言必有中"，用到文风上，就是字字句句皆言之有物、准确适当、恰到好处。语言的平实、简洁，并不意味着枯燥无味、干瘪无趣，"辞达"更需要字斟句酌、言简意赅。优秀的教材语言，往往闪烁着作者的理性光辉和斐然文采。

我们认为，只有在文本知识体系上满足阐述文学理论基本原理的要求，有着文学理论这一学科独特的研究对象、学科归属、基本任务、体系结构、基本形态，同时又符合教材的诸种属性，适应教学的实际需要，才能称得上合格的文学理论教材。

第二章　新时期之前的文学理论教材概述

第一节　文学理论课程进入我国现代教育体系之始末

从先秦开始，我国就有关于文学的各种观念和丰富的文学思想，古代文论源远流长、根深叶茂，有着不同于西方文论的独特体察方式、独特的审美理想和审美趣味，创造出特有的文论范畴、概念、命题等，典籍众多、名家辈出、蔚然大观。但中国古代没有设置专门的文学理论教育课程和相关教材，文学理论是我国高等教育现代化的产物，它正式成为一个学科进入现代高等教育体系，不过百年而已。

中国高等教育历史悠久。东周以前，只有贵族子弟才有受教育的权利，《尚书·尧典》有云："帝曰：夔！命女典乐，教胄子，直而温，宽而栗，刚而无虐，简而无傲。诗言志，歌永言，声依永，律和声"。"诗""乐"虽被列入学习内容，强调的只是其抒发内心志意的作用。至春秋，孔子首设私学，私学之风渐盛。孔子认为"兴于诗，立于礼，成于乐"，并概括了诗"兴观群怨"的作用。但此时的诗歌是被当作一种广义的文化现象来看待的，所以有"不学诗，无以言"之说。《论语》还有"文学：子游、子夏"的记载，这里的"文学"泛指学术，也不是后世的文学范畴。汉武帝始设太学，并延续至清，太学的课程主要是经学。太学作为中国传统的高等教育，并没有专门开设文学课程，中国的文学和文学理论始终包含在经史子集之中，独立的文学课程始终未被列入高等教育。中国文学理论进入现代高等教育体系是近代以来历史的选择、时代的需要。

清代，中国封建社会江河日下，逐渐走向黯淡的尽头。而世界形势却发生了巨大改变，19世纪40年代以后，部分已完成工业革命的西方资本主义国家国势日渐强盛，为了扩大商品倾销市场，争夺原材料产地，纷纷加速了殖民进程，他们不约而同地将侵略扩张的魔爪伸向了幅员辽阔、物产丰饶的封建帝国——中国。面对列强虎视眈眈的危局，清朝封建统治者却依旧浑然不觉、闭关锁国，兀自沉浸在昔日帝国的荣光中。而中国的政治、经济、文化体制都面临着空前的危机，一些先知先觉的有识之士显然意识到"山雨欲来风满楼"般的危机，希望以一己之力力挽狂澜，培养新型人才裨补时弊，其中就包括对文学学科建设的努力。

中国自隋科举选士，科举制曾经为封建社会统治者选拔人才做出了很大贡献。然而自明清之后，科举考试以八股文体为主，八股文题目取自经书，又有种种格式限制，束缚着士子的思想和创造力。为求取功名，天下士子无不以八股为学之要义，遵照题目字义，敷衍成文，"两耳不闻窗外事，一心只读圣贤书"，对社会、政治实际情况越来越缺乏了解。八股文章内容空洞，形式逐渐僵化，了无新意。在这种科举制度的引导下，封建取士逐渐僵化、流弊日深。故顾炎武痛斥："八股之害等于焚书，而败坏人才，有甚于咸阳之郊，所坑者但四百六十余人也。"

1824年，两广总督阮元创办学海堂（广州），其目的是"以励品学，非以弋科名"，对传统书院只以科举功名为要务的做法进行了反拨。书院教学和课试除训诂考据外，还非常重视文学，"规矩汉晋，熟精萧《选》；师法唐宋，各得诗笔"。他为学生讲授《文选》和诗歌文赋，"凡经义子史前贤诸集，下及选赋诗歌古文辞，莫不思与诸生求其程，归于是，而示以从违取舍之途"（《学海堂集序》）。这说明文学教学在学海堂处于比较重要的地位。此举开我国文科教学之先声，但其他的学堂书院在文科教学方面仍不脱经学樊篱。

　　1840 年第一次鸦片战争爆发，清廷的腐朽无能再也抵不住西方列强的坚船利炮，中国丧失了独立自主的地位，外国列强的侵略使中国面临亡国亡种的灭顶之灾，中国社会性质发生了巨大变化，开始沦为半殖民地半封建社会。当时东西方科技以军事为主的巨大差距在鸦片战争中显露无疑，彻底击破了清政府"天朝上国"的昏昏美梦，老大颟顸的古老帝国统治轰然瓦解、危机毕现，内忧外患纷至沓来。1856 年，英、法在俄、美支持下联合发动了第二次鸦片战争，清廷战败，封建统治愈发江河日下。国难当头，促使一批政治眼光比较敏锐的封建知识分子知耻而后勇，开始放眼世界，探求新知，寻觅强国御侮抗敌强国之道，萌发了一股向西方学习的新思潮。[1] 他们进一步去探索和寻找中国社会摆脱困境与危机的良策。国事衰微，国门被迫打开，这些有识之士义愤填膺、痛心疾首之余，却也意外直面了一个新世界，对内，他们立足于传统经学，主张革除弊政，整饬吏治；对外，他们自觉学习西方先进的科技和学术，提倡师夷之长，抵抗外侮，担当起匡时救世之时代重任，在地主阶级中掀起了经世致用的时代思潮。许多有学之士如林则徐、魏源等，开始注目于西方科技、学术的进步和先进，并著书介绍西方事物。[2] 二次鸦片战争之后，一些学者

　　[1]　参见《中国近代现代史》，北京，人民教育出版社，2003。
　　[2]　参见黄仁宇：《赫逊河畔谈中国历史》，北京，生活·读书·新知三联书店，1992。

又开始了洋务运动等自强救国运动，翻译出版了大量西学著作，社会上出现了近代中国报刊和出版机构，中西文化的壁垒和传统文化的坚冰被逐渐打破，大大促进了中西文化交流与融合。①甲午战争后，百日维新等政治改良运动倡导学习西方，提倡科学文化。"家家言时务""人人谈西学"蔚然成风。在这个过程中，近代有识之士逐渐意识到：中国落后，根在教育。时人对八股取士的科举制度抨击日烈。《曾文正公文集》卷二中批判八股文道："自制科以《四书》文取士，强天下不齐之人，一切就琐言之绳尺，其道固已隘矣。"康有为云："中国之割地败兵也，非他为之，而八股致之也。"教育革新的呼声越来越高，但如何改革？梁启超认为："泰西之所以富强，横绝地球者，不在其炮械军兵，而在其学校，今日振兴之策，首在育人才。""欲任天下之事，开中国之新世界，莫亟（急）于教育……国之强弱，视人才为转移。"②向西方教育体制学习已势不可当：客观上，鸦片战争后西方话语体系、学术体系的涌入已势不可当；主观上，应和了引进西学、富国强兵的时代呼声。在这样的历史背景下，兴办现代教育救中国民族于水火之中几成社会共识，我国遂开始引入国外现代教育体制，"远法德国，近采日本，以定学制"（康有为）。改革教育，培养适应形势的现代人才，引入和开设文学理论课程就是其中内容之一。

1902年，清政府颁布《钦定高等学堂章程》和《钦定京师大学堂章程》，其中规定开设"文学科"，但实际讲授的内容和现代教育中的"文学"有差别，基本还是传统的词章学的内容和范畴。1903年，清廷又颁布《奏定学堂章程》，其中设置了"中国文学"学科。1904年初正式颁

① 胡蕾、王兴华：《洋务运动对中国报刊的影响》，载《时代报告》，2011(10)。
② 舒新城：《中国近代教育史资料》下册，951～952页，北京，人民教育出版社，1981。

布的《奏定大学堂章程》中规定，大学堂分为八科，其中有"文学科大学"，下分设 10 门：中国史学门、万国史学门、中外地理学门、中国文学门、英国文学门、法国文学门、俄国文学门、德国文学门、日本国文学门、满蒙文学门。在"中国文学门"16 门课程中，不仅规定各大学堂要开设"文学研究法"课程，而且将这门课程排在首位。《奏定大学堂章程》中的"中国文学研究法略解"，说明了开设该课程的宗旨和目的，基本等同于现在的教学大纲。该课程核心内容是研究中西"文体""文法"，除此之外内容庞杂，有中国传统文化的学问书法、音韵训诂，有文学与多种社会因素的关系探讨：如文学与"人事世道"之关系、与"国家地理"之关系、与"考古外交"之关系、与"新理新法制造新器"之关系、与道德之关系等，还涉及作家创作、风格特点、交流翻译等问题。该课程的部分内容已经涉及现代文学理论的研究范畴，可以看作中国现代教育史上文学理论课程之滥觞。著名桐城派学者姚永朴编写了《文学研究法》，是他为京师大学堂讲授"文学研究法"课程的讲义。16 门课程中还有"古人论文要言"，涉及《文心雕龙》等内容，可以视为"中国文学批评史"课程之萌芽。此时，已有翻译的西方文学著作传播到我国，西方学术对中国学术界产生了深刻影响。王国维说，"甲午之役，始知世尚有所谓新学者。"①梁启超主张用"西洋人研究学问的方法研究中国文化"②。王国维主张在我国大学中讲授"世界最进步之学问之大略，使知研究之方法"③。文学科内开设的多国文学和地理学门类内也可能包含西方文学理论的内容。凡此种种，标志着

---

① 王国维：《自序》，《海宁王静安先生遗书》，北京，商务印书馆，1940 年第 15 册。
② 梁启超：《欧游心影录》第一篇，载《晨报》，1920-03-30。
③ 王国维：《奏定经学科大学文学科大学章程书后》，见《王国维论学集》，381 页，北京，中国社会科学出版社，1997。

新的文学观念正在孕育之中。

首先，西学中的文学观为现代中国学术界带来了新的思维方式和结构方法。中国古代文论传统叙述方式是对诗文进行感性的评述，重体验、重感受、惯以生动形象的比喻来说明某个美学范畴。所谓"思深而意远"（章学诚评《诗品》），古人品评论说诗文的文字，结构松散，篇章之间没有非常紧密的逻辑关系，对文学的探讨往往只集中于某个方面，很少面面俱到，自钟嵘的《诗品》始，一直沿袭此路径。① 而西方美学肇自古希腊，一开始走的就是思辨、逻辑见长的路径，结构严谨，概念明确，体系严密，文学理论涉及文学的定义、特点、起源、发展、类别等诸方面问题，这些问题在中国古代文论中不仅分量少，而且缺乏体系性。近代文学理论史有一个现象格外耐人寻味：中国文学的学科价值、理论意义最早是由外国人概括出来的，而不是由中国人自己总结出来的。"第一部《中国文学史纲要》（1880），是俄国汉学家瓦西里耶夫（1818—1900）撰写的；第一部《中国文学概论》（1926），是日本汉学家盐谷温（1878—1962）撰写的；第一部《中国诗论史》（1925），是日本汉学家铃木虎雄（1878—1963）撰写的。这是俄国学者和日本学者得风气之先，以西方近代学科的眼光研究中国文学的杰出成果。他们为中国学者做出了榜样，从方法论上对中国学者是一次学科的启蒙。"②

其次，西方文论、文学话语的引入，对时人的文学观起到了启蒙和普及的作用。西方文论中的一些主要观点：例如将感情视作文学的

---

① 刘勰《文心雕龙》是个例外，作者受佛教圆明学影响，在论述方法和全书结构方式上显现出西方逻辑思维的鲜明特色，体系严密，"体大而虑周""笼罩群言"（章学诚语），堪称我国古代文艺理论史上最具逻辑性和系统性的一部理论专著。但这种文论结构方式、思维方式并未被沿袭，始终不占文论主流，仅有清代叶燮的《原诗》遥相呼应。

② 古风：《20世纪我国文学理论教材的主流话语论析》，载《学术月刊》，2002(7)。

本质特征，将想象作为文学创作的思维方式，而形式（文体和语言）是文学的表达方式等文学观念，通过文论著作和文学作品传达给了读者。诸如文艺与人生的关系、与政治的关系、与道德的关系等概述，作家个性、国民性、文学的社会作用等文学观念，引起了国难当头、命运多舛的中国近现代知识分子的强烈共鸣。例如"国民性"在最初是以一个社会学话语进入我国的，美国传教士 A. H. 史密斯最早对中国人民族性格或国民性展开了研究，他在 1894 年出版的《中国人的气质》（或译《中国人的性格》）一书中，概括了中国人 26 种性格特点：如爱面子、勤俭、保守、孝顺、慈善等。20 世纪初德国教育家海尔巴脱的《国民性及其他问题》、日本学者芳贺的《国民性十论》都从社会学角度探讨国民性。其中对中国影响最大的是日本厨川白村的《出了象牙之塔》。在这本书中，他详细分析了日本国民性中的种种弊病，进而提出了改造国民性的问题。他说："对于国民性竭力加以大改造，则正是生活于新时代的人们的任务……没有将国民性这东西改造，我们的生活改造能成功的么？"他还说："文艺绝不是俗众的玩弄物，乃是该严肃而且沉痛的人间苦的象征。"[①]这些思想极大地影响了当时的中国，鲁迅先生就是充分吸收厨川白村思想的代表作家和文学理论家。他翻译了厨川白村的这部作品，在他看来，厨川白村揭示的不仅是日本国民性的弊病，也击中了中国国民性的要害处。所以，这些思想可以当作从外国药房贩来的一贴泻药，治中国的国民性弊病。他还批判"瞒和骗"的文艺同"瞒和骗"的国民性相互推动的恶性循环，总结出"文艺是国民精神所发的火光，同时也是引导国民精神的前途的灯火"[②]。西方

---

① ［日］厨川白村：《出了象牙之塔》，35 页，北京，人民文学出版社，2007。
② 鲁迅：《鲁迅全集》（第 13 卷），46 页，北京，人民文学出版社，2005。

话语在当时的影响由此可见一斑。后来，日本学者本间久雄将"国民性"作为一个文艺学话语，引入了他编写的教材《文学概论》，这部教材1920年被引入我国后，在我国文学理论建设方面产生了非常重要的影响。著名学者曹百川、赵景深、方光焘、夏炎德、薛祥绥、张长弓等人，纷纷在各自的文学理论教材中吸收了"国民性"一词的内涵和范畴。

最后，新的文学观念开辟了我国文学界和文论界的新局面。梁启超积极参与、发起了"诗界革命"和"小说革命"，不仅引起诗人关于文学体裁和作品风格的大讨论，而且他在《论小说与群治之关系》一文中明确指出："欲新一国之民，不可不先新一国之小说。""今日欲改良群治，必自小说界革命始；欲新民，必自新小说始。"①虽然他在文学领域引进和吸收西方话语，所提倡的诗文"革命"用意不在诗文、学术本身，最终是为了实现富国强民的政治目的，有着强烈的功利性和实用性，但他以自己的文论主张和白话文创作，客观上实践并推动了我国现代文学观念的发展。西方文学话语的引入，既是时代革命的需要，也是文学理论学科建设的强烈呼求。1913年，民国教育部公布的《大学规程》规定：在文学门各学类均设置"文学概论"课程，包括梵文学类、英文学类、法文学类、德文学类、俄文学类、意大利文学类和言语学类等。同年还公布《高等师范学校规程》《师范学校课程标准表》，其中规定："国文部及英语部之预科，每周宜减他科目二时，教授文学概论。"②自此，我国高校开始正式开设文学理论课程。这种中西相间、新旧杂糅、学科分界尚不清晰的状况，正反映出新旧时代交替的过渡

---

① 梁启超：《欧游心影录》，见《饮冰室合集》专集之二十三，12页，北京，中华书局，1989。

② 舒新城编：《中国近代教育史资料》（中册），646、729页，北京，人民教育出版社，1981。

特点。

由于"文学概论"课程并非产自本土，完全属于舶来品，属于我国高等教育中的全新事物，故当时讲授该课程的本土师资极度匮乏，即使是北京大学也找不到专任教师。[①] 1920 年，著名学者周作人在北京大学国文系讲授"文学概论"课程。[②] 同年，中国首位留美文学博士梅光迪也在南京高等师范学校暑期课程中讲授"文学概论"，据《国立东南大学南京高师暑期学校一览》记载："《文学概论》，一学分，每周三小时，本学程征集中西言文学者之理论，以明文学真谛，修习者须于中国文学有根底，其能阅英文文学参考书者尤佳"。[③] 1924 年，张凤举接任周作人教授文学概论，同时，潘梓年和刘永济也分别在中学开设和讲授该课程。

经过一批批学人的不断努力和推动，文学理论课程终于正式登堂

---

　　① 　旷新年：《中国 20 世纪文艺学学术史》第二部下卷，67、68 页，上海，上海文艺出版社，2001。

　　② 　傅莹：《中国现代文学基本理论的发轫及检讨》，载《文艺报》，2001-04-03。

　　③ 　据《国立东南大学南京高师暑期学校一览》(民国九年十月版)记载，梅光迪当年身兼多门课程的教学工作，他教授的课程还有："《西洋戏剧》，一学分，每周三小时，本学程根本戏剧原理，讲论西洋名剧多种，修习者须有直接英文听讲及阅读英文文学书籍之程度；《近世西洋短篇小说》，一学分，每周三小时，本学程根本短篇小说原理，讲论短篇小说名著多种，修习者须有直接英文听讲及阅读英文文学书籍之程度；……《近代西洋文豪》，一学分，每周三小时，本学程于近代西洋文学家中取其学说与人生观有左右世界之势力者数人，加以解释、评判，修习者须于西洋文学略有门径，其能直接阅书者尤佳。"另有《近世欧美文学趋势》课程。在《暑期学校及本校服务员一览》中，有专门指定的为课程做记录的"笔记学程者"，其中杨寿增、欧梁负责记录梅光迪《文学概论》，吴履贞负责记录梅光迪《近世欧美文学趋势》，余介石、谢祥生负责《近世欧美文学趋势》"记载缺席者"的工作。通过这些听讲者记录流传下来的、已被后世陆续发现的讲义有：杨寿增、欧梁记的《文学概论讲义》，冯策、华宏谟合记、吴履贞补记的《近世欧美文学趋势讲义》，张其昀、徐震堮记的《文学概论讲义》，缪凤林所记的《戏曲原理》疑为《西洋戏剧》之一章，而梅光迪的《近世西洋短篇小说》《近代西洋文豪》课程迄今还未发现有记载稿本流传于世。

入室，文学理论学科开始跻身我国现代高等教育体系之殿堂。

第二节　20世纪20年代至1948年的文学理论教材

20世纪20年代至1948年被学界概括为我国文学理论教材的初创期。这一时期最早进入中国学人视野的文学理论教材是一大批外国文论译作，这些译作深刻地启发和影响了中国学人。

20世纪20年代，英国温彻斯特(C. T Winchester)的《文学评论之原理》(又称《文学批评之原理》，1923年出版中译本)；日本厨川白村的《苦闷的象征》(1924年出版中译本)；日本本间久雄的《新文学概论》(1925年出版中译本)等文论教材陆续被译介到中国。这些教材多次再版，例如本间久雄的《新文学概论》1916年在日本出版，1919年章锡琛用文言翻译，1920年分章刊登在《新中国》杂志上，教材前编译文刊载因该杂志停刊遂无继续。1924年章锡琛用白话文重新翻译了教材后编，译文刊登在文学研究会的刊物《文学》上，1925年他又用白话文重新翻译了前编，同年结集后以完整的面貌由上海商务印书馆出版，至1928年9月，短短3年时间，该译本合计重印了4次，1920年至1930年，该译本重印或再版了共计12次之多，在中国文论史上罕有。这从一个侧面说明了它受欢迎的程度和受众之多、传播之广。这些最早的文学理论教材译作对中国现代文学理论教材的影响是全面而深远的。

第一，在文学理论教材体系上，由文学定义入手展开探讨，体现出西方传统学术研究的本质主义思想倾向和西方文论的基本结构模式。温彻斯特的《文学评论之原理》①第一章就是"定义与范围"，本间久雄的《新文学概论》第一章则引用西方诸大家对文学的定义，说明什么是文学。他先列举了英国颇斯耐特（Posnett）的观点，说明文学概念多歧义之因由；然后列举了诸多欧美文论名家对文学的不同界定：其中颇斯耐特关于文学的定义，将"想象"本质作为文学的核心；而美国的亨特认为文学依托于想象、感情和趣味。作者综合了他们观点，把想象和情感作为文学的本质所在。这种模式显然是西方自古希腊以来就占主流的本质主义思想在文学理论教材文本上的体现，但对 20 年代的中国学人而言，的确耳目一新，大受启发，正如梁启超所云："大抵西人之著述，必先就其主题，立一界说，下一定义，然后循定义以纵说横说之。"②这种迥异于中国古代文论感性体验、诗性阐述、体系松散的教材体系模式马上被二三十年代的中国学人奉为模板，几乎全盘照搬。当时中国学者编著的文学理论、文学批评或文学史，都把文学的定义列为第一章，仿照本间久雄的教材模式，阐述和列举了西方代表学者对文学的定义，进而得出文学的本质，这已成为当时研究者的共识。

第二，在文学理论教材结构上，文学本质、文学创作、文学鉴赏（或批评）、文学起源、文学构成等都有所体现，兼容并包，显示出西方文论的逻辑性和全面性。如温彻斯特的《文学评论之原理》③分定义与范围、何谓文学、文学上之感情元素、想象、文学上之理智元素、文学上之形式元素、散体小说、结论八章，分别涉及本质论、创作

---

① 该书当时影响极大，1920 年梅光迪在东南大学开设文学概论课时，就是直接采用温彻斯特《文学评论之原理》作为教材的。

② 梁启超：《论中国学术思想变迁之大势》，160 页，上海，上海古籍出版社，2001。

③ ［英］温彻斯特：《文学评论之原理》，北京，商务印书馆，1923。

论、构成论等内容。厨川白村的《苦闷的象征》，分创作论、鉴赏论、关于文艺的根本问题的考察和文艺的起源四章，其中"关于文艺的根本问题的考察"中有文学的类型"理想主义与现实主义"、文学源于"白日的梦""文艺与道德"等专节，涉及对文学构成、文学起源、文学本质的诸多探讨。本间久雄的《新文学概论》前编为文学原理，后编为文学批评的框架结构，该结构也成为中国现代文论教材的经典模式，被不断遵循。

　　第三，在文学观念上，对文学本质的阐述既有外部研究，也有内部研究。本间久雄的《文学概论》第二编为"社会底现象的文学"，重在探讨文学与社会的关系，包括文学与时代、文学与国民性、文学与道德等，这种文学的外部研究，虽然立足于现代西方文学社会学，却也与中国传统文论中将文学视为"经国之大业，不朽之盛事"的传统文学实用观不约而同，与孟子提出的"知人论世"的社会历史文学批评方法在某些方面不谋而合，深受时人认同。而第一编"文学的本质"探讨文学的内在特征和要素，即"文学的本来的特质"，"文学怎么和怎样动人的问题"，集中对文学开展内部研究。作者认为文学能具有永久和普遍的魅力，原因在于"情绪的感染"，能激发人的情感，震撼人的心灵，振奋人的精神[①]。温彻斯特的《文学评论之原理》(1922 年，钱新、景昌极译)提出了著名的文学四要素说：思想、想象、感情和形式。[②]《苦闷的象征》有中对感觉、情绪、思想、精神、心气的分析，对悲剧

---

　　①　本间久雄的《新文学概论》成书于 1916 年，1925 年由上海商务印书馆出版译本，分前后两编共 15 章。《文学概论》成书于 1925 年，是《新文学概论》的修订本，1930 年由开明书店出版译本，分 4 编。

　　②　"四要素"说最早由温彻斯特于 1899 年在《文学评论之原理》里提出来，1919 年本间久雄在《新文学概论》中有转译介绍，1924 年，中国翻译出版温彻斯特《文学评论之原理》。1930 年上海光华书局出版了哈德逊的《文学研究法》卡尔书馆出版的亨德的《文学概论》(1935 年，傅东华译)等几部欧美文论名著，都强调"四要素"的重要性。

净化作用的剖析，对文艺鉴赏过程中共鸣的阐述，也有对"为艺术而艺术"和"为人生而艺术"的区分……这些与中国古代文论重内容、轻形式的传统完全不同，却抓住了文学最本质的核心，即审美特性，启发了中国文论界纯文学观念的自觉意识，对 20 世纪初期的中国文论界辨析文学的定义、探讨文学的范围、搭建文学理论框架起了至关重要的作用。

第四，对西方文论做了一次集中的和全方位的展示，提供了丰富的文论方法，大大开阔了中国文论界的眼界。本间久雄的《新文学概论》前编第一章对欧美诸大家关于文学定义的梳理，介绍了欧美文学理论的精华，第三章"文学的起源"，从文艺心理学角度，使用文学发生学方法，提出了文学冲动四说：游戏本能说、模仿本能说、吸引本能说和自我表现本能说。他还列举了芬兰希伦（Hirn）的《艺术的起源》和德国格罗舍（Grosse）的《美术的起源》的论点，来具体说明文学的起源和人类生存活动的关系。他概括文学发生学方法是"随着最近人类学，人种志，以及社会进化论等研究的旺盛而勃兴"的。在这一编中采用的文论方法就有心理学、进化论、社会学等。后编"文学批评论"共五章，中间三章全部是西方批评方法的介绍，介绍了西方当时的文学理论发展现状和文学社会学理论经典著作。《苦闷的象征》"创作论"中介绍了许多近代思想家的观点：柏格森（H. Bergson）的直觉主义、叔本华的悲观主义、尼采的唯意志论、弗洛伊德的精神分析学、席勒的美学；另外还介绍了西方诸多文学家和诗人：萧伯纳、卡本特、罗素、莱瑙、但丁、弥尔顿、拜伦、勃朗宁、托尔斯泰、易卜生、左拉、波特莱尔、陀思妥耶夫斯基……这些著作为当时的中国学者展示了一个目不暇接的西方文学和文论新世界，打破了中国传统文学文论的拘囿，开拓了一代学人的视野，将他们的眼光放得更远，指向未来的文学理论建设。

第五，在引进渠道和文本类型上，来源丰富，多种多样。20 世纪

20 至 30 年代引进的译作有：托尔斯泰《艺术论》(耿济之译，商务印书馆 1921 年初版)；黑田鹏信《艺术学纲要》(俞寄凡译，上海商务印书馆 1922 年初版)；温彻斯特《文学评论之原理》(景昌极、钱堃新译，梅光迪校，上海商务印书馆 1923 年 12 月初版)；厨川白村《苦闷的象征》(鲁迅译，北京新潮社 1924 年 12 月初版)；本间久雄《新文学概论》(汪馥泉译，上海书店 1925 年 5 月初版；章锡琛译，上海商务印书馆 1925 年 8 月初版)；盐谷温《中国文学概论》(陈彬龢译，北京朴社 1926 年初版，后来有孙俍工的译本《中国文学概论讲话》，上海开明书店 1929 年初版)；升曙梦《新俄的无产阶级文学》(画室译，上海北新书局 1927 年 3 月初版)；藤森成吉《新兴文艺论》(张资平译，上海联合书店 1928 年 9 月初版)；平林初之辅《文学之社会学的研究》(方光涛译，上海大江书铺 1928 年 12 月初版)；卢那察尔斯基《文艺与批评》(鲁迅译，上海水沫书店 1929 年 10 月初版)；波格达诺夫《新艺术论》(苏汶译，上海水沫书店 1929 年初版)；伊科维支《唯物史观的文学论》(樊仲云译，上海新生命书局 1930 年 2 月初版)；普列汉诺夫《艺术论》(鲁迅译，上海光华书局 1930 年 7 月初版)；青野季吉《新兴文艺概论》(冯宪章译，上海现代书局 1930 年 7 月初版，里面收有青野季吉《普罗艺术概论》、藏原惟人《意识形态论》、田口宪一《艺术与科学》、本壮可宗《艺术与哲学和伦理》)；小泉八云《文学入门》(杨开渠译，上海现代书局 1930 年 11 月初版)；冈泽秀虎《苏俄文学理论》(陈雪帆译，上海大江书铺 1930 年 12 月初版)；儿岛献吉郎《中国文学概论》(胡行之译，上海北新书局 1930 年初版)；洛里哀《比较文学史》(傅东华译，上海商务印书馆 1930 年初版)；夏目漱石《文学论》(张我军译，上海神州国光社 1931 年 11 月初版)；华蒂编述《文学创作概论》(根据日本学者川口浩的《新兴文学概论》编述而成，上海天马书店 1933 年初版）；韩德《文学概论》（傅东华译，上海商务印书馆 1935 年 12 月初版）；森山启《文学论》（廖必光译，上海读者书房 1936 年 7 月初版）；维诺格拉多夫《新文学教程》（以群译，上海读书生活出版社 1937 年 6 月初版）；欧阳凡海编译《科学的文学论》（上海读书生活出版社 1939 年初版）等①。

以上译作内容涉及艺术论，欧美文艺学，苏俄文艺学，无产阶级文学，文学社会学，历史唯物主义文学观，意识形态论，艺术与科学、哲学、伦理学的关系，比较文学等文学理论重要组成部分，涉及的国家有俄、日、英、法、苏、美等多国，其中日本著作最多，因为当时的日本是中国和西欧之间最重要的文化中转站，以上日本著作中就有多部是介绍欧美和苏俄文学理论的。这些著作还往往冠以"新"字，显示与传统文论在内容、形式、方法、话语、体系等多方面的区别和革新。王国维总结这种新的学术现象时说："近年文学上有一最著之现象，则新语之输入是已。""故新思想之输入，即新言语输入之意味也。数年以来，形上之学渐入于中国，而又有一日本焉，为之中间之驿骑，于是日本所造译西语之汉文，以混混之势，而侵入我国之文学界。""讲一学，治一艺，则非增新语不可。"②以上教材中，日本学者盐谷温和儿岛献吉郎分别撰写的《中国文学概论》，以西方文论话语研究中国文学，使人耳目一新。国外的文学理论新话语带来了我国文论界诸种新气象，本着发展教育、富国强民的心态，我国学人在西方文论的翻译和借鉴上，生动实践了文化上的拿来主义。

总之，20 世纪二三十年代的这批文学理论译作，从思想观念、方

---

① 参见傅莹：《20 世纪上半叶文学概论的发轫与演变》，博士论文，暨南大学，2002。
② 方麟选编：《王国维文存》，682～683 页，南京，江苏人民出版社，2014。

法理论、结构体系等诸方面给中国现代文学理论教材提供了最初的参照范本并影响深远，为中国现代文学理论教材确立了基本模式和基调。受到引进的外国文学理论教材的影响，从20世纪20年代到40年代，我国现代文论界掀起了文学理论教材编撰的热潮，涌现出一大批文论教材。据不完全统计，有近80种伦达如《文学概论》（广东高等师范学校贸易部1921年初版）、梅光迪《文学概论》（根据线装书抄写）、雷丙《文学概论》、吴康《文学概论》、胡怀琛《新文学浅说》（上海泰东图书局1921年初版）、刘永济《文学论》（长沙湘鄂印刷公司1922年初版）、马宗霍《文学概论》（上海商务印书馆1925年10月初版）、简贯三《文学要略》（河南教育厅公报处1925年10月初版）、潘梓年《文学概论》（上海北新书局1925年11月初版）、沈天葆《文学概论》（上海梁溪图书馆1926年8月初版）、郁达夫《文学概说》（上海商务印书馆1927年8月初版）、田汉《文学概论》（上海中华书局1927年11月初版）、陈安仁《文学原理》（广州作者刊行1927年12月初版）、丁丁《革命文学论》（上海泰东书局1927年初版）、梁实秋《文学的纪律》（上海新月书社1928年5月初版；《文学讲话》具体年份待查）、夏丏尊《文艺论ABC》（上海ABC丛书社1928年9月初版）、任白涛《给志在文艺者》（上海亚东图书馆1928年初版）、王耘庄《文学概论》（杭州非社出版部1929年9月初版）、姜亮夫《文学概论讲述》（上海北新书局1930年1月初版）、胡行之《唯物史观的文学论》（上海北新书局1930年初版）、章锡琛《文学概论》（开明书店1930年3月初版）、卢冀野《何谓文学》（上海大东书局1930年3月初版）、陈穆如《文学理论》（上海启智书局1930年3月初版）、李幼泉《文学概论》（上海民智书局1930年3月初版）、冯乃超《文艺讲座》（第一册）（上海神州国光社1930年4月初版）、里面收录冯乃超《艺术概论》、朱镜我《意识形态论》、彭康《新文化概论》、麦克昂《文学革命回顾》、钱杏邨《中国新兴文化论》、孙俍工《新文艺评论》（上海民智书局 1930 年 4 月再版）、王森然《文学新论》（上海光华书局 1930 年 5 月初版）、章克标《文学入门》（上海开明书局 1930 年 6 月初版）、顾凤城《新兴文学概论》（上海光华书局 1930 年 8 月初版）、马仲殊《文学概论》（上海现代书局 1930 年 10 月初版）、张崇玖《文学通论》（上海乐华图书公司 1930 年 11 月初版）、钱歌川《文艺概论》（上海中华书局 1930 年 12 月初版）、曹百川《文学概论》（上海商务印书馆 1931 年 5 月初版）、戴叔清《文学原理简编》（上海文艺书局 1931 年 6 月初版）、光华书局编辑部《文艺创作讲座》（1~4 卷）（上海光华书局 1931 年 6 月至 1933 年 11 月初版，里面收有芥川龙之介《文艺一般论》、赵景深《文艺与情感》、匡亚明《文学概论》、华蒂《艺术与史的唯物论》、张泽厚《艺术的形成与社会》、冯润长《文艺之社会的使命》）、陈介白《文学概论》（北平协和印书局 1932 年 7 月初版）、谭丕模《新兴文学概论》（北平文化学社 1932 年 8 月初版）、陈伯欧《新文学概论》（北平立达书局 1932 年 9 月初版）、胡秋原《唯物史观艺术论》（上海神州国光社 1932 年初版）、赵景深《文学概论讲话》（上海北新书局 1933 年 3 月初版，此书与他的《文学概论》上海世界书局 1932 年版基本相同）、张希之《文学概论》（北平文化学社 1933 年 1 月初版）、胡行之《文学概论》（上海乐华图书公司 1933 年 3 月初版）、孙俍工《文学概论》（上海广益书局 1933 年 3 月初版）、夏炎德《文艺通论》（上海开明书局 1933 年 4 月初版）、杨可经《文学别动论》（北平西北书局 1933 年 11 月初版）、汪祖华《文学论》（南京拔提书局 1934 年 6 月初版）、崔载之《文学概论》（北平立达书局 1934 年 9 月初版）、余慕陶《文学论》（上海光华书局 1934 年 10 月初版）、隋育楠《文学通论》（上海元新书局 1934 年 11 月初版）、薛祥绥《文学概论》

（上海启智书局 1934 年 12 月初版）、陈君冶《新文学概论讲话》（上海合众书店 1935 年 3 月初版）、许钦文《文学概论》（上海北新书局 1936 年 4 月初版）、龚君健《文学的理论与实际》（拾得轩 1936 年 5 月初版）、陈乾吉《文学基本问题》（天津作者刊行 1936 年 8 月初版）、老舍《文学概论讲义》（作者 1930 年至 1936 年手稿，未公开刊行，1984 年北京出版社出版）、孔芥《文学原论》（南京正中书局 1937 年 3 月初版）、李何林《近二十年中国文艺思潮论》（重庆生活书店 1939 年初版）、林焕平《活的文学》（香港海燕出版社 1940 年 3 月初版）、朱星元《文学理论总编》（天津大东书局 1940 年 4 月初版）、巴人《文学读本》《文学读本续编》（上海珠林书店 1940 年 5 月、11 月初版，两书后来合为一书《文学论稿》）、艾芜《文学手册》（桂林文化供应社 1941 年 3 月初版）、胡绍轩《中国新文学教程》（贵阳文通书局 1942 年 12 月初版）、以群《文艺底基础知识》（桂林自学书店 1943 年 11 月初版）、王秋莹《文学概论》（大连实业印书馆 1943 年初版）、胡秋原《民族文学论》（重庆文风书局 1944 年初版）、顾仲彝《文学概论》（上海永祥印书馆 1945 年 10 月初版）、蔡仪《文学论初步》（上海生活书店 1946 年 8 月初版）、蔡仪《新艺术论》（上海商务印书馆 1946 年初版）、《新美学》（上海群益出版社 1946 年初版）、张长弓《文学新论》（上海书局 1946 年初版）、张盱《什么是文学》（上海经纬书局）、孙犁《文学入门》（河北冀中新化书店 1947 年初版）、林焕平《文学理论（初稿）》（香港中国文化事业公司 1948 年 9 月初版）、王西彦《文学与社会生活》（上海中华书局 1949 年 9 月初版）、杨晦《文艺与社会》（上海中兴出版社 1949 年初版）等，[①] 林林总

---

① 参见赵燕燕：《文学的定义：民国时期文学概论教材研究》，硕士论文，华东师范大学，2011。

总，蔚然可观。

我们以老舍的《文学概论讲义》为例，看一下这个时期文论教材踵迹西方所呈现出的基本面貌及该书特色。

老舍 1930 年在齐鲁大学文学院任教时印发过这本讲义给学生当教材，没有公开发表过，后来又流失，直到 80 年代初才被发现，遂由北京出版社出版，正式与世人见面。

在学习西方文论教材方面，全书的体系吸收了西方文学理论的本质主义文本书写模式，从研究"文学是什么"的必要性开篇，第一讲"引言"明确文学概论的研究对象是文学，而且对文学要有明确的认识，他批评了中国传统做学问的方法，"凡事都知其当然，不知所以然；只求实效，不去推理；只看片段，不求系统"，希望以"系统的纯正的科学"方法开展文学研究，做"明白合理的文学解说"。"我们既要研究文学，便要有个清楚的概念，以免随意拉扯，把文学罩上一层雾气。"然后他指出传统中国文论评论文学的问题："以单字释辞"的分析错谬、指意不明；"摘取古语作证"的，"病在断章取义"，泥古不化，没有独立思想；"文以观人"和"文以载道明理"的，犯了只"求实效"的功利主义毛病。作者指出这些弊病的目的在于："知道了应当避免什么，或者足以使我们讨论文学时不再误入歧途。"第四讲"文学的特质"集中探讨了文学本质问题。

全书结构完整，涉及文学诸多基本问题。如果文论教材体系指文学观念互相联系构成的一个整体，结构就是组成整体的各部分的搭配和安排。我们看全书的目录：

第一讲　引言

第二讲　中国历代文说（上）

第三讲　中国历代文说（下）

第四讲　文学的特质

第五讲　文学的创造

第六讲　文学的起源

第七讲　文学的风格

第八讲　诗与散文的分别

第九讲　文学的形式

第十讲　文学的倾向（上）

第十一讲　文学的倾向（下）

第十二讲　文学的批评

第十三讲　诗

第十四讲　戏剧

第十五讲　小说①

第二、三讲和第六讲实质讲的是文学的发生发展论，第四讲是文学本质论，第五讲是创作论，第十二讲是文学批评论，其余的是作品构成论（第七讲是文学风格，第八、十三、十四和十五讲是文学文体，第九讲是文学形式，第十、十一讲是中西文学流派）。文学理论基本内容都有所涉及，结构比较完整，内容全面不偏颇。

教材有比较先进的文学观念和清晰的思辨过程。略举数例：在概括文学特质时，教材吸收了西方文论中文学四要素观点，将"感情、美、想象"看作文学的三个特质，其中的逻辑关系是从文学和理智（即理性）的关系出发，通过辨析，得出"感情"才是文学特质之一的结论，

---

① 老舍：《文学概论讲义》，目录，上海，复旦大学出版社，2004。

这里谈的实际上就是文学情感和理性的统一；再辨析"道德的目的"（即功利性）是否为文学的特质，引出无功利性的"美"是文学的另一特质，这里说的是文学是无功利性和功利性的统一。那么"美"如何传达呢？依靠"想象"。由此环环相扣、层层递进，其结论令人信服。著者对文学持一种发展和开放的观念："整个文学是生长的活物"，"文学不是科学"。教材对研究方法有清醒的认识："科学的研究方法本来不是要使文学或宗教等变成科学，而是使它们增多一些更有根据的说明，使我们多一些更清楚的了解。科学的方法并不妨碍我们应用对于美学或宗教学所应有的常识的推理与精神上的经验及体会，研究文学也是如此。"①这些都可以看出西方文论对老舍的深刻影响。

教材旁征博引，材料丰富。这部教材引文众多，这种模式也是直接借鉴二三十年代流行的西方文论教材，全书"直接引用了一百四十位古今中外学者、作家的论述、作品和观点"。②除了第二、三、十讲集中阐述中国文学观念和文学流派，其余涉及日本、欧美诸多哲学家、思想家、文学家，其中对厨川白村、本间久雄的论点引用得非常多，也从侧面说明了他们的作品对中国文论教材影响之大。

本书也有自己的一些鲜明特色。在本土化和时代性方面，尽管老舍追慕西方文化、学术，但对中国本土文论也没有持全盘否定的态度，他对中国文论有自己独特的看法，并注重在中西对比中得出比较客观、中肯的结论，以西方的文论方法分析中国文学现象亦常出新意。该书可以被看作中国现代文学理论本土化的先驱。在论述中国文学的倾向（即流派）时，他独出机杼将其与中国文学史结合起来，分为"正潮"（秦汉之

---

① 老舍：《文学概论讲义》，36～38 页，上海，复旦大学出版社，2004。

② 老舍：《文学概论讲义》，前言，上海，复旦大学出版社，2004。

前，文学自由发展）；"退潮"（秦汉至清末，文以载道，失去独立）、"暗潮"（与传统诗文相悖的词曲小说等"真文艺"），这种分类方法建立在作者对中国文学充分了解的基础之上，既有新意又体现出鲜明的时代特色：小说、戏剧地位得到确证，正是新时代文学观改变的结果。在讲述"中国历代文说"时，他直接将新文化运动的成果（如胡适的"文学改良说"）写进教材中，回答新文学提出的问题，显示出鲜明的时代精神。

另外，这部教材与当时其他教材明显的区别之一是著者独特的身份，这是由一位作家编写的文学教材，在讲授该门课程之前，他"已经创作了《老张的哲学》等四部长篇小说。在讲授时间上，大致和他写作《大明湖》《猫城记》《牛天赐传》《离婚》等作品属于同期，也就是说，《文学概论》的著者当时已经有了比较丰富的文学创作实践。这本书，与其说是一部教授的《文学概论》，不如说是一部作家的《文学概论》。"①创作中有很多细微的感受和切身的体会，作家甘苦自知，体味得比一般文论家要深刻得多。所以这部教材"既是他的创作实践经过提炼的体会，也是他的学习总结。"老舍既是作家也是文论家，他写的文论教材更有说服力，也更有可读性。在语言方面，因为是讲义，所以全书带有口语特点，没有特别晦涩难懂的词汇和表述方式，娓娓道来，平易亲切。同时老舍是语言大师，对语言有着极高标准，所以教材语言精确、流畅、形象、生动。因此这部教材即使被当作一本文学理论普及读物来看也是极为适宜的。老舍夫人在前言中说："第一，它是严肃的；第二，它并不乏味。"②确实是中肯之语。

总之，这一时期的教材数目众多，但无论是从文学观念、论述方

---

① 老舍：《文学概论讲义》，前言，上海，复旦大学出版社，2004。
② 老舍：《文学概论讲义》，前言，上海，复旦大学出版社，2004。

法还是体系结构来看，都直接立足于西欧各文论流派的理论，套用西方文学理论教材模式①，这一时期堪称我国文学理论教材最"西方化"的时期。例如大都把"文学是什么"、文学的定义、文学的特性等视为文学理论的首要问题，教材结构基本上在"本质论""创作论""鉴赏论""构成论"中择取、组合，总体上不出西方文论藩篱。还有些教材直接转译日本、欧美、苏联一些学者的观点、理论作为教材的重要内容。这些正规化的教材建构起中国现代系统的文学理论知识体系，并进入教育实践中，使文学理论学科真正在我国建立起来。

第三节　1949—1976 年的文学理论教材

1949 年之前，我国文学理论教材基本立足于欧美各学派。1949年之后，我国思想界、学术界受到苏联的影响越来越多，为了适应社会情势的变化和政治的需要，深受欧美学派影响的文论教材悄然消隐，开始出现一批与之前风格迥异的文学理论教材。

一、苏联模式的形成

苏联文论几乎和欧美文论同时进入中国，为什么文论界选择了苏联模式？

中国近现代文论和中国近现代其他文化现象一样，都是在近现代国事衰微、民族危机时刻，直指探寻解决危机的出路这一功利目的。第一次世界大战之后，中国对曾经仰慕的欧美资本主义制度和文明丧

---

① 因该时期日本文论著作也多受欧美文论影响，故合称"西方文学理论"。

失了信心，梁启超对第一次世界大战后的欧洲这样评价："全社会人心，都陷入怀疑沉闷畏惧之中，好像失了罗针的海船遇着风遇着雾，不知前途怎生是好。"①辛亥革命的失败也证明了资产阶级共和国方案在中国行不通。而俄国十月革命的胜利无疑是经济文化落后的国家实现民族解放的成功先例，让迷茫的中国在黑暗中看到了曙光，看到了民族解放能够变成现实的可能。以史为鉴，以苏联为师，20世纪的中国思想界和学术界自然而然地选择了苏化的道路。

1949年之前，我国就有丰富的苏联文论译介，最早介绍俄国文学理论批评的是文学研究会主办的《小说月报》，该刊出版的《俄国文学研究专号》(第12卷，1921年9月)首次在我国以较大篇幅介绍了俄国文学理论批评，最值得注意的是郭绍虞《俄国美论与其文艺》，概述了俄国文艺理论批评的发展，介绍了别林斯基、车尔尼雪夫斯基、杜勃罗留波夫的文学理论批评观点。此后，瞿秋白1921年至1923年的《俄国文学史》、郑振铎1923年的《俄国文学史略》都辟专章介绍"俄国文学评论"。从1928年革命文学论争到1930年左联成立，文论界掀起了马克思主义文艺理论传播的新高潮，左联成立时专门设立马克思主义文艺理论研究会，把国外马克思主义文艺理论的研究当作主要工作内容之一，俄苏文论的译介自然被摆在突出位置。1949年之前的部分译作有：卢那察尔斯基《文艺与批评》(鲁迅译，上海水沫书店1929年10月初版)、波格达诺夫《新艺术论》(苏汶译，上海水沫书店1929年初版)、普列汉诺夫《艺术论》(鲁迅译，上海光华书局1930年7月初版)、冈泽秀虎《苏俄文学理论》(陈雪帆译，上海大江书铺1930年12月初版)、维诺格拉多夫《新文学教程》(以群译，上海读书生活出版

———————————

① 梁启超：《欧游心影录节录》，11~12页，北京，朝华出版社，2017。

社 1937 年 6 月初版)、顾尔希坦《论文学中的人民性》(戈宝权译,香港海洋出版社 1947 年 8 月初版)、卢西诺夫《文学》(刘执之译,上海生活书店 1947 年 9 月初版)、王统照译《新俄罗斯艺术之谈屑》、沈雁冰译《俄国文学与革命》、周扬译别林斯基《论自然派》、冯雪峰译伏罗夫斯基(今通译沃罗夫斯基)《作家论》、卢那察尔斯基《艺术之社会的基础》等。① 译者既有诸多文学界、文论界之大家,又不乏周扬、冯雪峰这样中共文艺权威,因此这些译作不仅影响了当时中国文论,对 1949 年之后文艺政策的形成也产生了持续的作用。② 在 20 世纪上半叶西方文论涌入中国的大潮中,苏俄文学理论的译介最终独立潮头。1949 年之前我国也有依据苏联文论展开的理论研究及教材编撰,著名的左联作家、文艺理论家林焕平 40 年代初期就发表了系列译文和论文作品,较为系统地阐释了他的马克思主义文艺理论观,如 1942 年 5 月的《马列主义的文艺观》和 1944 年 6 月的《俄国社会的文艺批评的建立》,旗帜鲜明地宣传马列主义,不遗余力地通过文论的研究向人们宣传马克思主义文艺观,并以马克思主义文艺观撰写了《文学论教程》

① 参见朱辉军:《西风东渐——马克思主义文艺理论在中国》,北京,燕山出版社,1994;《1920—1985 年文艺理论译著目录索引》,见《1986 中国文学研究年鉴》,北京,中国文联出版公司,1988。

② 需要说明的是,我国现代对苏俄文论的引进介绍不仅包括列举的马克思主义文论,还包括俄国形式主义,这个 1914 年诞生、对后世批评产生长久和深远影响的批评流派命运多舛,在苏联国内文艺界遭到非议和批判,乃至 1930 年就匆匆终结,在中国的引进中也是以被批判对象的面貌亮相,1936 年 11 月,在南京出版的《中苏文化》第 1 卷第 6 期上,曾以"苏联文艺上形式主义论战特辑"为名,介绍苏联国内对形式主义的批判。这可能是中国国内最早介绍俄国形式主义的文字。但之后形式主义的相关译介就此销声匿迹,再无继续。40 年代钱锺书的《谈艺录》是我国最早把俄国形式主义用于文艺研究的成功案例,也是极少的个案。所以我国引入的苏联文论基本等同于苏联的马克思主义文论。在"文化大革命"期间,文艺学的名称更是变成了"马克思主义文艺理论",显示出主流意识形态和政治观念对文论的影响。

(1948)、《文艺的欣赏》(1948)等教材和著作。

1949 年之后苏联文论成为主流甚至长期一枝独秀，有时代和学科自身发展两方面原因。

苏联文论之所以能迅速入主中国，首先得益于当时的政治环境：1949 年之后，新生的人民政权面临着错综复杂的极为严峻的国际国内环境。国际上已形成以苏联为首的社会主义阵营和以美国为首的资本主义阵营的冷战格局。后者对新中国政权采取不承认和敌视的态度，并在外交、经济、军事上实行孤立、封锁、威胁的政策。在国内，国民党不甘心退出大陆的失败，大肆挑起内战和进行各种破坏活动。新生政权亟须和平稳定、稳固政权、恢复经济、维护国家安全。中华人民共和国一穷二白，在社会主义建设的道路上缺乏经验，作为社会主义阵营中领军地位的苏联，自然是当时新中国学习的最好范本。因此，"全面学习苏联"是当时新中国最合理最有利的选择。在文论界，苏联文论实际上也是当时唯一可能的参照系，迅速入主新中国也是自然而然了。

其次，苏联文论的大行其道，也离不开文学理论学科自身发展的内在驱动力。从我国现代文论发展历程看，根植于 1949 年之前近三十年对苏联文论的不懈引进和学习，并形成了日益向其倾斜、靠拢的文论交流模式，国家政体发生改变，一方面学科发展会自然延伸、惯性前行；另一方面，时代浓厚的政治氛围大大助推了这种学科的惯性，使其飞快加速，乃至迅速走向极端化，也是水到渠成的。中华人民共和国第一代领导人首先要考虑和解决的是怎样巩固新生的政权和开展社会主义建设，苏联文论以政治色彩浓厚的"意识形态"为核心，充分适应了当时政体和政治的需要①，成为中华人民共和国文学理论界毋庸置疑的唯一选择。中国文论由 1949 年之前的西方文论转向 1949 年之前的苏联文论，在内容方面，文学四要素"思想""想象""感情"和"形式"被"意识形态""形象思维""形象"等替代，文学表现对象由"人生"变为"社会生活"，文学的"人性"变为文学的"阶级性""党性"，文学的"国民性"变为文学的"人民性"等。而文论教材体系框架的变化则更为明显和彻底，效法苏联文论教材成为当时的普遍情形和常见做法。

因此，1949 年后苏联文论的加速引进，乃是特殊时代和文化环境下合情、合理、合法（指行政手段和政治运动）的唯一选择。在浓厚的政治氛围和严峻的形势下，西方资本主义国家的文论从此和资产阶级画上了等号，被一概排斥、拒之门外。我国文论界从近代以来广泛引进世界文论的局面就此终结，中外文论的多元化交流变成了单一化交

---

① "意识形态"一词最早由法国哲学家托拉西·托拉西提出，他把意识形态作为一门研究认识的起源、界限和可靠性程度的学问，认为意识形态的职责就是要科学地分析观念的产生和发展，批判各种对观念的神秘主义的理解。马克思认为，在托拉西的实际研究中，却体现了实证主义的非批判倾向，使意识形态被指认为粉饰现实，掩盖真实的观念和思想。经过辨析，马克思建立起自己的意识形态批判理论，他确认意识形态就是对当时社会采取非批判和维护态度的思想观念体系，主要形式包括政治法律思想、经济和社会学说、道德、哲学、宗教等，它总体上属于统治阶级意识的范畴，或虽不属于统治阶级的阶级意识，但对统治阶级的统治自觉不自觉地起着维护和辩护作用。因此，马克思把意识形态称为"虚假的观念体系"。20 世纪初，为了适应无产阶级革命和巩固无产阶级革命政权的需要，无产阶级开始建立代表自己利益的思想体系。列宁认为，意识形态指的是每个阶级都具有的反映其基本利益的"政治意识"。资产阶级有自己的意识形态，无产阶级也有自己的意识形态。无产阶级和资产阶级在思想领域内的斗争就是意识形态斗争，而马克思主义作为无产阶级争取解放的学说，就是科学的无产阶级意识形态，而且，这一来自无产阶级外部的又代表了无产阶级利益的意识形态，必须"强迫"地"灌输"给无产阶级，从而使无产阶级成为自觉的革命阶级。这样，列宁就把"意识形态"从一个否定性的概念改造成"阶级的政治意识"的政治色彩浓厚的概念，并明确将无产阶级的意识形态界定为马克思主义。

流，而且是苏联文论大规模输入中国的单向交流。"这个时期中国对俄苏文论的译介更有计划，更充分，也更深入，着重系统翻译了俄国马克思主义文艺理论著作，包括列宁、普列汉诺夫、卢那察尔斯基、沃罗夫斯基和高尔基等人的文艺论著，系统出版了俄国革命民主主义者别林斯基、车尔尼雪夫斯基、杜勃罗留波夫的文艺论著，出版了苏联文艺学论著、美学论著和文艺理论教科书，以及苏联领导人有关文艺问题的讲话等。"①苏联文论被奉为马克思主义文艺理论的典范而取得了经典地位，在我国文论界一家独大，占据了绝对主导的地位，从1949年后一直到新时期初期，都被视为当代中国文论建设的法定范本，以中国近现代文论史上从未有过的系统化、理论化、深入化全方位地影响着中国文论。

在文学理论教材方面，季莫菲耶夫的《文学原理》于1934年出版，标志着苏联大学文学理论教材的成熟，该书1948年由莫斯科教育教学书籍出版局再版，成为苏联高等教育部批准的全苏大学语文系及师范学院语言及文学系唯一的文学理论教材，也是当时唯一一本以马克思列宁主义的基本原理为指导的文学理论教材。季莫菲耶夫在苏联文论界享有崇高的声誉与地位，他是当时苏联屈指可数的文学理论家之一、苏联俄罗斯文艺学家、苏联科学院通讯院士。他的《俄罗斯苏维埃文学》是苏联十年制中学教材，解放前就有中译本，解放后又经叶小夫翻译，以《前苏联文学史》的书名出版，在中国广为流传。他的《文学原理》于1953年由查良铮先生翻译引进，上海平明出版社出版了该译著的修订本。这本教材是50年代初对我国文学理论教材体系

---

① 代迅：《前苏联文论与中国当代文论建设》，载《西南师范大学学报》（人文社会科学版），2001(5)。

和观念影响最大的一本教材，其影响甚至一直持续到 60 年代我国的文学理论教材建设。

《文学原理》确立了苏式教材的理论体系，主要包括：

首先，《文学原理》确立了苏式教材的指导思想、基本结构、主要方法等。该教材由三大部分构成：第一部分为"概论"，确定文学的本质和特征，以及它在社会生活中的地位和任务，集中讨论了形象性和艺术性。第二部分为"文学作品的分析"，将作品区分为"内容"和"形式"，展开分析。第三部分为"文学发展过程"，介绍了不同历史时期的文学风格、文学思潮、创作方法，总结了文学发展过程中的规律、原则和方法。"引言"介绍和概括了文学理论在文学科学中的地位、任务及学习方法。由于在季莫菲耶夫之前，苏联没有采用以马克思列宁主义的基本原理编写教材的先例，所以他的工作是原创性的。他对之后苏联本土教材和我国教材的影响是全方位和指导性的。从指导思想看，他开启了以马克思列宁主义、社会主义思想为指导编写文学理论教材的先河；从方法论看，他从认识论、反映论的哲学基础来揭示文学的本质，把文学视作社会生活的反映；从体例结构看，"本质论""构成论""发展论"三大块成为之后教材的统一模板；从概念方面看，他关于形象的定义在苏联影响深远，直到 1977 年苏联库里亚耶夫的《文学理论》还采用此定义。对我国文论教材而言，我国新时期之前和之初的教材一直采用他的定义，直到今天，其形象定义在我国某些文论教材中还能见到，他的典型说、个性化、概括性、图画等成为后来文论教材的常用词汇；从社会功用来看，他以社会主义现实主义、文学的阶级性、人民性、党性等概念，构筑出文学政治功用的基本模板：文学必须为无产阶级政治服务，文学是无产阶级革命的工具，文学要用社会主义精神教育人民等。

其次，《文学原理》建立了以"形象"为核心的理论体系。教材认为，文学反映生活的典型人物就是形象，形象是文学反映生活特有的形式，这也是文学区别于其他意识形态的标志，形象性是文学的最本质特征。教材还指出，文学认识的对象是社会现实，而人是现实的核心，所以要突出和摹写人的个性。因为形象是具体的、个别的，但也是对社会生活图景的概括，于是又引出了概括性问题。除此之外，文学形象还要借助虚构才具有美学意义，在艺术性方面，教材认为艺术性与形象性是一致的，艺术地反映生活也就是形象地反映生活。艺术性不仅包括概括的正确性、描写的生动性（即个性），还包括人民性和党性，所以形象性也包含了人民性和党性的因素，人民性和党性的前提是社会主义制度。这样就将文学与政治紧密联系起来，以至于后来在苏联文论和中国文论中，社会主义文学都被提高到政治的高度，发展到最极端时，完全使学术方面的探讨异化为纯粹的政治问题了。另外，教材以描写形象个性的不同方法作为文学分类的标准，以行动为主的描写是史诗，以感觉来描写是抒情诗。这部教材以"形象"为核心整合、建构文学多种属性的做法，同样被中华人民共和国后的文论教材长期沿袭。

此外，50年代在国内公开出版的苏联文艺学教材还有以下几种：

毕达可夫所著的《文艺学引论》。毕达可夫是苏联基辅大学语文学系副教授。1954年春至1955年夏他应邀到北京大学讲学，为中文系文艺理论研究生开设了"文艺学引论"课。《文艺学引论》即他上课的讲稿，该讲稿由他口授，经打字员记录，由中文系文艺理论教研室集体翻译，1955年夏，在毕达可夫回国前由北京大学印刷厂印刷。1958年9月，该讲稿由高等教育出版社正式出版，第一版第一次印数就高达10000册，可见该书当时巨大的影响力。《文艺学引论》以季莫菲耶夫的《文学原理》为蓝本，由"绪论""文学的一般学说""文学作品的构成""文学的发展过程"构成[1]，分别对应文学本质论、文学作品论、文学发展论，其具体内容也基本沿袭《文学原理》一书。这部教材有自身的特色，即极力推崇和强调文学的意识形态性、党性原则、社会主义文学的认识教育作用和社会改造作用。在第一部分"文学的一般学说"概括文学的本质特性时，开篇即为"作为意识形态的文学"，阐述反映论与文学的意识形态问题，体现出该教材适应时代政治的鲜明的实用性。

20世纪50年代，斯卡尔仁斯卡娅也应邀在中国人民大学开设理论课程，讲授马克思列宁主义美学，她明确指出"艺术是一种社会意识形态"，"马克思列宁主义美学按照辩证唯物主义和历史唯物主义的规律确定：第一，艺术是产生于存在的特殊的社会意识形态，是一种思想活动。第二，艺术按照社会运动的一般规律发展。第三，艺术是认识和反映客观现实的一种特殊方法。第四，艺术有巨大的社会改造意义。它在阶级斗争和社会发展中起着积极的作用。"[2]后来她根据上课讲稿编写《马克思列宁主义美学》一书，1957年由中国人民大学出版社出版。

1956年至1957年，柯尔尊为北京师范大学中文系俄罗斯苏维埃文学研究生和进修教师讲授《文艺学概论》，讲稿由高等教育出版社1959年12月出版，包括"文学的一般特征""文学作品的分析""文学发展的过程"三大块。

谢皮洛娃所著的《文艺学概论》是供苏联师范学校文学系学生阅读

---

① "文学的发展过程"部分原计划还要探讨"文学的种类和体裁"，因毕达可夫来华期满必须归国未能述及。

② 参见［苏联］瓦·斯卡尔仁斯卡娅：《马克思列宁主义美学》，北京，中国人民大学出版社，1957。

的参考书，俄文版于 1956 年出版，中译本由罗叶等四人翻译，并由人民文学出版社于 1959 年出版。

涅陀希文的《艺术概论》是一部美学专著，考虑到高等艺术院校的教学需要，杨成寅 1958 年翻译了这部论著，由朝花美术出版社出版。

在当时诸多苏联文论中，这些文艺理论教科书因时代需要，在中国享有特殊地位，它们几乎等同于法定的文学理论教科书，为我国各高校普遍采用，直接奠定了中华人民共和国文论教材的模式。当时条件较好的高校如北京大学、北京师范大学、中国人民大学直接聘请苏联专家来华授课，国内各高校尽可能把自己的文艺理论骨干教师送到北京当面聆听苏联专家授课。当时听课的大多数人是中华人民共和国第一代高等学校文艺理论教师和专门研究机构的文学研究者，苏联文论模式培养了我国整整一代的文艺理论人才，通过他们的授课，又直接影响了中国各高校的一代代青年学子，从某种程度上说，苏联文论模式规范了相当长历史阶段的中国当代文学理论与批评发展的模式，影响了其走向和未来。

在苏联教科书的影响下，1957 年我国学者编写了自己的文艺理论教科书，这一年先后出版了霍松林的《文艺学概论》、冉欲达等四人的《文艺学概论》、刘衍文的《文学概论》以及李树谦和李景隆合著的《文学概论》共四种。① 它们和苏联的几种文艺理论教科书在理论架构、概念范畴、价值标准和语言文体诸方面，都有极为明显的理论渊源关系。在 50 年代"全面学习苏联"的时代氛围中，中国人自己编写的文学理论教科书所具有的权威性和传播的广泛性远不及上述几种苏联文艺学教材。

---

① 参见李健：《心向至美人生幸——胡经之教授访谈录》，载《文艺研究》，2013(11)。

概括起来，苏联文论教材形成了一整套文艺理论模式，对中国当代文论产生了深刻影响：首先，苏联文论教材确立了教材"本质论""构成论""发展论"三大块的基本框架结构。这种"三分法"很快被中国学界接受。1957年教育部编订的《文学概论试行教学大纲》就明确指示："本课讲授内容除绪论外，分成三个单元：（一）文学和生活；（二）文学作品的分析；（三）文学发展的过程。"[1]这里的三个单元显然就是季莫菲耶夫"三分法"的套用。其次，具有强烈的政治功利性。苏联文论高度政治化的文艺观，以文艺理论教科书的形式肯定下来。这几种苏联文艺理论教科书都集中表达了后来教材很多十分流行的基本看法，确立了基调，阐述了文艺的政治性、时代性、阶级性、党性、人民性、革命性和战斗性等。教材中将联共（布）中央关于文艺的决议和日丹诺夫有关的讲话确定为立论的重要依据，洋溢着敌我对立和阶级斗争的火药味，把不同文学思想的此消彼长视为两个阶级在文艺领域的残酷斗争，阐述中夹杂着严厉的政治批判等。这些思想进入我们自己编写的文艺理论教科书，构成了当时中国人观察和处理文艺问题的基本理论视角。[2] 这些思想采用了毋庸置疑的权威性、否定性、批判性、打压性的语言风格，而不是商榷式、平等式的学术性语言。再次，重外部研究轻内部研究：以文艺从属于政治为基本理论前提，以社会主义现实主义创作原则为主导，把文艺创作过程视为一种简单化的认识论过程，形成了以形象性、典型性、真实性为主的三维结构体系。在具体的批评操作中，形成了以社会背景（主要是社会阶级关

---

① 中华人民共和国教育部编订：《文学概论试行教学大纲》，2页，北京，高等教育出版社，1957。

② 代迅：《前苏联文论与中国当代文论建设》，载《西南师范大学学报》（人文社会科学版），2001(5)。

系)、作家生平(主要是阶级出身及其政治态度)、作品分析(主要是政治倾向性鉴别)为基本规则的统一的逻辑运演程序。① 在当时那个特殊时代,文学的外部因素的强调达到了登峰造极的地步,这样也必然造成了对文学形式的忽略、对文学内在审美因素的极度削弱。最后,出现把复杂的文学问题简单化、机械化的倾向。把马克思主义理论教条化、庸俗化的庸俗社会学文学理论,简单化地解释马克思主义关于意识形态的阶级制约性,把作品当作现实的等价物,甚至当作阶级斗争的等价物。这就抹杀了文学与现实的区别,抹杀了文学的基本特质。"庸俗化主要表现在把物质与精神关系简单化,把现实与文学关系绝对化,用社会特征代替审美特征,用政治代替艺术,主张绝对的功利、实用主义。当把社会学方法绝对化起来,使它丧失了自己的界限,其时牵强附会、失去分寸的结论就将出现了。"②

二、本土化策略:苏联教材模式的微调

早在 20 世纪 50 年代初期,苏联教材里对政治性的强调、对审美特性的压抑、对抽象理论观念的灌输等诸种弊病已经被我国文论界有所察觉:"在文艺教育上,存在着相当严重的脱离实际和教条主义的趋向。"③

所以,50 年代中后期,我们还出版了本土编著的几种文学理论书籍,它们和苏联文论既有渊源又有区别。

巴人在 1949 年以前就写过《文学读本》和《文学读本续编》,前者

① 参见金元浦:《论我国当代文艺学范式的转换》,载《文学评论》,1994(1)。
② 钱中文:《文学理论流派与民族文化精神》,110 页,长春,吉林教育出版社,1993。
③ 《编辑部的话》,载《文艺报》,1951-05-05。

"全书的纲要，大致取之于苏联维诺格拉多夫的《新文学教程》"①。1950 年巴人在这两本书的基础上写成《文学初步》，由海燕出版社出版，后又修订为《文学论稿》一书，1954 年由上海新文艺出版社出版，1957 年修订再版。

蒋孔阳的《文学的基本知识》由中国青年出版社 1957 年出版。该书作为初学文艺理论者的读物，内容比较简单、通俗易懂。全书也基本照搬了季莫菲耶夫《文学原理》的理论架构，和苏联文论的渊源显而易见。

刘衍文的《文学概论》由上海新文艺出版社 1957 年出版。主要思想基础仍然是"反映论"，开篇先确定是唯物还是唯心的，在详细阐明了文学是"一定社会现实的本质的形象的反映"，并"从文学的上层建筑性来看文学的任务"②，解决了文学性质这个基本问题后，才讨论文学的特征、创作方法、体裁划分等基本问题。

吴调公的《文学分类的基本知识》1959 年由长江文艺出版社出版，从文学分类的角度对文学作了更为深入细致的探讨。

从 50 年代末到 60 年代，中苏关系恶化，中国对苏政策开始调整，文学理论编写也开始了摆脱苏联模式的努力。"大跃进"和"反右"扩大化蔓延到教育领域，在 1958 年反对"厚古薄今"的"教育革命"中，各校学生和青年教师集体编写了一部分文学理论教材，代表作有山东大学中文系集体编写的《文艺学新论》。这些教材虽然意在出新，完全颠覆苏联教科书的"三分法"体系，但有着严重的"左倾"倾向，基本按照毛泽东《在延安文艺座谈会上的讲话》以及 1949 年后提出的"双百"

---

① 巴人：《文学读本》，后记，上海，上海珠林书店，1940。
② 刘衍文：《文学概论》，26、46 页，上海，新文艺出版社，1957。

方针、"两结合"口号建构全书，但"由于对旧遗产和老专家否定过多，青年人知识准备又很不足，加上当时一些浮夸作风，这批教材一般水平都低，大都不能继续采用。"①

中华人民共和国成立初期，经过第一次全国文代会及若干次思想建设运动，"文艺为工农兵服务"和"文艺为政治服务"这两个口号被确定下来，成为中华人民共和国文艺界无可动摇和必须坚持的权威标准，更成为检验文学价值高低和划分政治阶级的标准和矩尺。时任党中央宣传部副部长的周扬多次强调文学要为政治服务的观点："过去毛主席说，干部都应学点文艺理论。《文学概论》这本书如果编得好，不仅学生学，干部也可以学。所以，我们要花点力量。"②在周扬看来，《文学概论》的价值绝不仅限于一门课程的教科书，它甚至在某种程度上成为传达党的文艺政策的重要工具之一，起着重要的教育作用："文学概论可以讲讲党的文艺政策、无产阶级文学与文艺政策、社会主义文学的发展与文艺政策。"③正因为在当时历史条件下，文学理论课程和政治关系密切，上升到为政治服务的高度，成为某种政治话语，所以文学理论在大学课程中的重要性尤其突出和迫切，编写出中国自己的文学理论教材成为迫切需求。

1949 年后第一批文学理论全国统编教材是在 1961 年全国高校文科会议上确定下来的。这次会议是为了纠正 1958 年"教育革命"对教育领域所产生的巨大负面影响，其中包括对苏联模式的反思。在会议颁布的"高校六十条"中，提出"有计划地进行教材建设工作。鼓励水

---

① 周扬：《周扬文集》（第 4 卷），143 页，北京，人民文学出版社，1990。
② 周扬：《周扬文集》（第 4 卷），237 页，北京，人民文学出版社，1990。
③ 周扬：《周扬文集》（第 3 卷），237、234 页，北京，人民文学出版社，1990。

平较高、经验较多的教师，在若干年内，逐步为各门课程编出优秀的
教科书。"①

　　在这种背景下，60年代我国编写出了两本影响深广的文艺理论教
科书：一本是以群主编的上海组的《文学的基本原理》，1963年和
1964年由上海文艺出版社分上、下两册出版，1978年根据教育部的
要求做了修订，作为高校文艺理论教材重版。另一本是蔡仪主编的北
京组的《文学概论》，初稿完成于60年代，但直至1979年才由人民文
学出版社正式出版。受时代、理论语境等方面的限制，这两本教材不
可能做出大的调整，所以总体上仍未超出苏联文艺理论教科书体系的
范围：直接继承了"三大块"的结构模式、本质主义的思维方式和本质
主义的文学观念，以及浓厚的意识形态性等，总体仍然是50年代教
科书的延续，只是更趋于完善化和定型化。

　　这两本教材体现出我国文论界对自己编写文艺理论教科书的构
想，也有不少亮点，有学者评价："从结构体系上说，这两部教材突
破了苏联教材的框架模式，是真正具有中国特色的文学理论教材的开
始；从内容上说，改变了以往过分重视文学外部规律而忽视内部规律
的状况，对文学的审美属性进行了比较深入的研究和分析；从表达方
式上说，也是中国化的。"②

　　下面我们用以群主编的《文学的基本原理》为例来分析一下这一时
期文学理论教材的得失。

---

　　① 上海市高等教育局研究室等编：《中华人民共和国建国以来高等教育重要文献选
编（上）》，265页，上海，上海市高等教育局研究室，1979。
　　② 杨福生：《1960年代两部全国统编教材得失论》，载《巢湖学院学报》，2003(6)。

三、范本解读：以群主编的《文学的基本原理》

60 年代初，周扬直接领导了大学文科教材建设，他在 1961 年 2 月至 1962 年 10 月，多次参加《文学概论》编写讨论会并做重要讲话，讲话内容主要保留在我们现在能够见到的五次讲话整理稿中。在这些讲话中，周扬对北京与上海两个编写组的提纲提出了自己的意见和建议。其中四次都是对以群为主编的《文学的基本原理》而发的。尽管周扬在发言中始终强调他所说的话并非指示，而是其个人的观点，但由于他中宣部副部长的身份，他的讲话基本代表了当时文艺政策的倾向和主流。在这种文艺思想规范下编写的教材反映出鲜明的时代特色。以群主编的《文学的基本原理》(下称"以群本")带有苏联教材模式的很多基本特点。

以群本延续了本质主义思维方式和本质主义文学观。全书开篇是绪论，第一句话是："文学的基本原理，顾名思义，讲的是文学现象中原来就客观存在着的一些基本道理。换句话说，它是以人类社会的一切文学现象作为研究的对象，从中阐明文学的性质、特点和基本规律。"接下来引出"什么是文学？它具有什么基本性质与特点"是"从文学艺术产生以来，人们就开始试图回答"的首要问题，"人们对文学的性质、特点和基本规律，对文学所包括的范围的认识，是在社会的发展、文学创作实践的发展，以及其他学术部门的发展过程中，经过长期总结、探索与经验的积累，才逐渐清楚起来的。""人们对于文学的性质的认识过程，并不是一个直线的、简单的发展过程，而是一个错综复杂的、存在着矛盾与斗争的过程。""但是，在马克思主义产生以前，由于历史条件的限制与阶级的局限，文学理论还不可能形成科学的体系，对文学这一社会现象也还不可能作出全面的、科学的解释。……马克思主义的文学理论奠定在坚实的科学基础之上。在这个基础上，我们才可能从今天的社会发展和文学艺术发展的实际状况出发，对文学是什么、它具有什么基础性质与特点的问题，作出比较全面的、科学的说明。"那么，马克思主义对"文学是什么"的科学说明是什么呢？首先"文学是一种社会意识形态。"接着，文学艺术区别于其他社会意识形态的基本特点是什么？"在于它用形象反映社会生活。""一切艺术都用形象反映社会生活"。继之，文学与其他艺术的不同在哪里呢？文学"是一种语言艺术"。（这种观点在蔡仪的《文学概论》中被浓缩为全书第一个醒目的大标题："文学是反映社会生活的特殊的意识形态"。）在论述"创造典型"的方法时，则肯定文学典型化有一定的基本规律。"所谓基本规律，无非是历代许多作家的创作实践经验的概括，这些经验是多种多样的，其中有一些是共同的、谁也不能违背的基本经验，它就是属于客观存在的基本规律。"[①]以今天的理论视野来观照，这种苏式文学本质观的背后隐含了一种思想：编者确信寻找文学现象背后的本质是必须的和正确的，因为文学一定存在着一种被称为本质的东西。但由于以往的文学理论没有科学基础，缺乏科学性、全面性，所以无法对文学本质给出正确的答案。这种先入为主的理论预设就是文学理论本质主义的典型表现。

教材体例是对苏联文论教材的继承。绪论和第一编第二章"文学与政治"相当于本质论，第一编中其他篇幅内容相当于发生发展论，第二编是作品构成论。从体系上可以看出以群本向苏联教材的有意模仿和靠拢，沿袭了苏联教材这三大块的构成体系。

文学政治功能被极力凸显。教材导论将文学本质概括为"是一种社会意识形态"，并在第一编中"进一步论述文学与社会生活、文学与

[①] 以群：《文学的基本原理》，1～43、232 页，上海，上海文艺出版社，1980。

政治、文学发展与社会发展的辩证关系，阐明有关社会生活对文学的功用和文学对社会生活的反作用的一般规律"。按照马克思主义政治学观点，政治是以经济为基础的上层建筑，是经济的集中表现。在阶级社会中，政治的基本特性是阶级性。从文学理论角度来说，政治作为一种社会现象和社会的上层建筑，对文学影响至深。以群本中虽然概括文学的社会作用有认识作用、教育作用和美感作用，落足点和论证主体却放在了文学和政治的关系上："总之，文学艺术绝不像某些封建学者和资产阶级学者所说的那样，是一'无用的'、仅供个人茶余饭后消遣的东西，相反，它在社会生活中具有广泛的作用。""各个阶级的作家总是自觉不自觉地运用文学这一武器，来为自己的阶级服务，于是在文学领域里就形成了种种复杂的斗争；每一个时期的文学斗争，又往往直接或间接地成为阶级斗争的一个组成部分。这些问题集中起来，就表现为文学与政治的关系问题。"①然后教材列出专章"文学与政治"：第一节"文学的阶级性"包括"文学表现着一定阶级的意识""文学为一定阶级服务""超阶级、超政治的文学是不存在的"；第二节"无产阶级革命文学是无产阶级整个革命事业的一部分"包括"无产阶级革命文学的党性""无产阶级革命文学要服从党的事业的需要"；第三节"无产阶级革命文学必须为工农兵群众服务"包括"无产阶级革命文学的服务对象""革命文学工作的普及与提高""文学工作者与工农兵群众相结合和树立无产阶级的世界观"。编者用全书 1/10 的专章篇幅来说明文学为政治服务、文学的阶级斗争工具论②，比重之大是当

---

① 以群：《文学的基本原理》，50、88、89 页，上海，上海文艺出版社，1980。

② 关于文学的阶级性的论述作为贯穿全书的主线之一，还散落在各个篇章中，不一一举例。

时的政治语境决定的：要编写文学理论教材，"先决问题是这本书讲些什么，观点就是，马克思主义文艺观点，毛泽东文艺思想。我们这部教材要把毛泽东文艺思想贯穿在里面。""有些东西我们必须肯定，如为人民服务、历史唯物主义等。我们的立场要坚定不移。"①这种受时代的限制和要求的文学观念，导致教材中即使论述列举各种文学事例、作家作品，最后的落脚点依然以当时的主流意识形态印证其正确性、革命性："先对文学现象加以分析，批判地看过去的意见，归结到毛主席的看法。"毛泽东提出"文艺界的主要的斗争方法之一，是文艺批评"，教材中就不容争辩地声明文学批评政治标准的重要性，并指出"伟大的马克思主义者的文学批评总是先根据无产阶级的政治标准来衡量作家作品的"。"首先要从政治上对作品进行鉴别"②，高度重视文学的思想政治性。所以教材中对部分作家作品的解读也立足于此，例如在分析徐志摩 1924 年创作的《残诗》时，这样评价：

　　　　作家在字里行间充满了对旧的时代的无限眷恋，表现了对封建制度的依依惜别之情。这种没落的、哀伤颓唐的思想感情，是消极浪漫主义的重要特征，也可以说是现代资产阶级反动流派的共同特征。③

对"人性"的纯粹政治性解读，对文学"党性"的高度强调，对"无产阶级革命文学必须为工农兵群众服务"的提法和论述，对马克思列

---

①　周扬：《对编写〈文学概论〉的意见》，227～228、259、227 页，北京，人民文学出版社，1991。

②　以群：《文学的基本原理》，515、522 页，上海，上海文艺出版社，1980。

③　以群：《文学的基本原理》，269 页，上海，上海文艺出版社，1980。

宁主义文论家思想、观点的大量引用……凡此种种，说明以群本的指导思想、出发点和要达到的目标与苏联文论对文学政治性的强调如出一辙，并没有真正走出苏联教材的桎梏。

对文学政治功能的强调还表现在教材的引文和文风上。据统计，教材引用最多的是马克思（50 次）、恩格斯（49 次）和列宁（48 次），然后就是别林斯基（24 次）和车尔尼雪夫斯基（10 次），杜勃罗留波夫也有 6 次。① 在用词上有着鲜明的时代特色，不管是一再强调"阶级社会""阶级性""阶级对立"，宣称"文学家是阶级的耳目和喉舌"，因此"超阶级、超政治的文学是不存在的"，还是在对待某些作家的定性称谓："封建腐朽阶级""现代资产阶级反动文人和修正主义者"是"没落的""消极的""反动的"乃至"反革命的"，而无产阶级作家往往冠以"革命的""优秀的""积极的"等定语，革命事业前要用"伟大的"字眼修饰，都是当时阶级斗争时代特色的文本显现。而教材中有些地方有意无意流露出来的带有压迫性的"大批判"文风，也开了六七十年代的教材之滥觞。

---

① 马克思、恩格斯、列宁的著作作为马克思列宁主义文论代表，引用最多。而别林斯基、车尔尼雪夫斯基、杜勃罗留波夫这三位俄国民主主义理论家的作品得以频繁引用，缘于他们的共同点就是积极参与社会变革活动，使文学批评与理论研究成为启蒙主义的组成部分。事实上，这三位理论家早就被苏联官方文艺思想和政策的制定者列为马克思主义文艺理论的"伟大传统"，移用为合法的理论支持。日丹诺夫在《关于〈星〉与〈列宁格勒〉两杂志的报告》中就称："马克思主义的文学批评，是别林斯基、车尔尼雪夫斯基、杜勃罗留波夫等人伟大传统的继承者，永远是现实主义的社会性的艺术的守护人。"因此，别林斯基、车尔尼雪夫斯基、杜勃罗留波夫的"理论身份"不再等同于其他一般的资产阶级文论家，完全可以放手拿来"使用"。在五六十年代，一般人写文章总是担心"政治立场"出问题，不敢轻易从西方文论家那里找根据，而有革命色彩并得到革命导师和权威首肯的别林斯基、车尔尼雪夫斯基、杜勃罗留波夫，就另当别论。——参见温儒敏：《当代文学思潮中的"别、车、杜现象"》，载《读书》，2003(11)。

以群的这本教材虽然总体上沿袭了苏联文论体系，没有形成根本性的超越，但该书作为我国第一本统编的文论教材，在本土化的道路上也做了不少努力，取得了一些实效，体现了我国文艺理论者的独立探索精神。

第一，教材编写体系追求文学理论的系统性和规范化。在教材编写讨论会上，周扬提出增添批评论的建议。50 年代末，山东大学编写了《文艺学新论》，一共七章，其中第六章"马克思主义文艺批评的任务和标准"是一个批评论的专章，其单列批评论的做法引起了周扬的关注，加上他个人长期从事文艺工作的经验，于是他在文学概论教材研讨会上多次提出："文学鉴赏与批评还是讲一讲好"，"文艺批评可以单独搞一章"，"文学概论将来是不是包括这样几部分：(1)文学的外部关系，如文学与生活的关系，文学作为上层建筑与经济基础的关系等；(2)文学的内部关系，即文学的特征等；(3)文学批评；(4)社会主义文学的前途。"他对文学理论教材体系的思考越来越成熟，并建议将结构分为五编十章，批评论(鉴赏论)成为整个体系中的第四编，总共有两章内容，分别是"第九章文学的鉴赏与批评"及"第十章文艺批评和思想斗争"。① 根据这些意见，以群本在全书体系上做出了重大调整，增添了第三编批评论，包括"第十章文学鉴赏"和"第十一章文学评论"，完全贯彻了周扬的有关思想。周扬重视批评论，一方面是他长期学习和阐释毛泽东文艺思想的结果，另一方面也是他作为理论家长期进行文艺研究和文艺创作的总结。虽然他将批评论单列出来有政治的功利目的，但客观来看，批评论的加入使得整个体系更丰富和

---

① 周扬：《对编写〈文学概论〉的意见》，253、232、239、247 页，北京，人民文学出版社，1990。

科学，本质论、创作论、发展论、鉴赏论的四大块教材结构体系是当时文学理论教材的一个进步和发展。以群本和蔡仪本都贯彻了这一文艺思想，基本接受了这种结构。①

第二，在意识形态和审美的双重言说中，对文学审美属性的肯定。文学为政治服务，尽管是当时文学理论的一贯立场和基本底线，但对文学自身审美属性的认识也在文艺政策制定者的考虑范围之内。在强调政治的前提下，周扬提出："过去对文艺与政治的关系讲得多，这是必要的，但文艺的特点也要讲"，不能把政治与艺术、世界观与创作方法等同起来："世界观是方向，过去对文艺与政治的关系讲得多，这是必要的，但文艺的特点也要讲，非常重要。世界观不解决，而拥有经验、才能、技巧，那就会产生对我们很有害的作品。"但"不能由此就否定经验、才能、技巧""在世界观解决后，经验、才能、技巧三方面就起决定的作用。"在以群本中，第二编包括作品创作论和构成论，涉及形象思维、文学形象、文学的典型性、典型化、现实主义、浪漫主义、社会主义现实主义、革命的现实主义和革命的浪漫主义相结合等创作方法、文学作品的内容和形式、文学语言、文学体裁、文学风格流派等，这些阐述文学基本属性的篇章共有258页，占全书篇幅的近一半（全书共558页），从教材内容成分上占据的分量可以见出编者对文学特殊属性的认识。关于文艺批评的标准，毛泽东早在1942年《在延安文艺座谈会上的讲话》就提出："文艺批评有两个标准，一个是政治标准，一个是艺术标准。""任何阶级社会中的任何阶级，总是以政治标准放在第一位，以艺术标准放在第二位的。"但也提

---

① 蔡仪本《文学概论》的批评论包括第八章"文学欣赏"、第九章"文学批评"。

出"缺乏艺术性的艺术品，无论政治上怎样进步，也是没有力量的。"①
周扬对此进一步加以引申为："毛主席说任何时代任何阶级都是政治
标准第一，都是从政治观点来评价文艺的"，但"艺术标准第二并非它
并不重要。否则就会导致庸俗化的理解，艺术给伟大影响于政治，甚
至没有政治的艺术有时候也可起政治的作用。"②这从文学的审美特性
出发对文学批评做出了规定。以群本中完全贯彻了以上观点，认为
"在进行文学批评时，首先着眼于政治标准决不意味着艺术标准是可
有可无的。恰恰相反，文学作品之所以成为艺术，就在于它有艺术
性，各个阶级之所以需要文学，就在于它有着其他意识形态不能替代
的作用。……因此，在评论文学作品时，……也必须从艺术上进行分
析，决不能用政治标准来代替艺术标准，也不能用政治判断来代替艺
术分析。而必须按照艺术创作的特殊规律，对文学作品进行细致的具
有真知灼见的艺术分析，指出它在这方面的成败得失及其成功或失败
的原因。只有这样，我们的文学评论才能真正起到帮助作者和读者正
确地总结创作经验、鉴赏文学作品的作用。"③尽管编者认为这样的主
要目的是辨别剥削阶级文艺在"'艺术性'的烟雾弹下"，"来掩盖其反
动的政治内容，达到巧妙地散播毒素、麻痹人民意志的罪恶目的"，
但在客观上毕竟为文学批评的审美特质留下了一席之地，在唯政治论
的时代条件下，堪称一个有学术勇气的重要理论进步。这是力图摆脱
文学工具论的束缚、打破苏联模式的桎梏的一个重要尝试，被我国后
来的文论教材长期沿用。

---

① 参见毛泽东：《在延安文艺座谈会上的讲话》，北京，人民出版社，1991。
② 周扬：《对编写〈文学概论〉的意见》，232 页，北京，人民文学出版社，1991。
③ 以群：《文学的基本原理》，522 页，上海，上海文艺出版社，1980。

第三，注重理论的本土化。编者主要做了两方面工作：一是将西方文论尤其引为范例的苏联文论观点中国化。二是中国化并不是简单地用中国文学的例子印证某个苏式文学观点，或者直接套用某种苏式理论来生硬地解释中国文学现象。二者的结合不是简单的相加或嫁接，而是融合之中生出新质。教材中有些陈述相当成功。例如为了说明文学语言的间接性特点，教材举了《诗经·秦风·蒹葭》为例：

> 这首诗在短短一百字内，就勾画出一幅生动的图画：在一个秋天的早晨，芦苇上的霜露还不曾消融的时候，诗人就来到水边寻找心上人。他沿着河水上下求索，但他的心上人却若即若离，不知在哪里。她仿佛藏身在四顾茫茫的水中央，又仿佛藏身在流水环绕的小岛之上。这首诗里的形象，和一幅画里的形象不同：它没有绘画那样具有强烈的直观性，但诗中那若即若离、"宛在水中央"的伊人形象和求索者的焦急傍徨的心情，却得到了淋漓尽致的表现。

编者以生动形象的描绘，带着个人富有诗意的阐释和深切体验，以散文诗般的语言传达出一种意境，有着浓厚的中国的古典美学特色，而阐释的文学观点是典型的西方文论，却水乳交融、浑然天成，没一丝牵强附会，这种以中国式语言准确表述西方文学观点的做法，也使读者心领神会、易于接受。

另外，以群本积极利用中国文学文论资源，也使教材呈现出鲜明的中国特色。开篇以《山海经》夏启乘飞龙上天盗取仙药的神话故事引出文艺来源的话题，就令人过目难忘。接着以中国关于文学观念的演变来说明"历来关于文学的观念，是经过由广到狭、由浅及深、由笼统到清晰的历史发展过程的"这一文学原理，编者对我国两千多年的古代文论（包括近代文论）做了清晰的梳理，以翔实的材料做了充分的论证。在作家作品方面，除了中国古代作家的优秀作品，还体现出对现当代文学的关注，据不完全统计，引用的作品有鲁迅作品、郭沫若诗歌、闻一多作品、《子夜》《春蚕》《日出》《暴风骤雨》《白毛女》等现代文本，也有《红旗谱》《林海雪原》《红岩》《青春之歌》《李自成》《创业史》《谁是最可爱的人》《朝阳沟》等脍炙人口的佳作，对这些文本的归纳总结体现出文学理论直指当下的学术勇气和有益探索。其中为了说明作家创作个性对文学风格的制约，教材还列举了一系列同时期的散文名家来加以说明，这一段尤为精彩：

> 我国作家刘白羽、杨朔和秦牧都是散文的能手，但是，他们作品的艺术风格就很不相同。刘白羽热烈地歌颂新的生活和生活中的英雄人物，他的作品气势磅礴，文字优美，感情奔放，有一种激励人们积极向上的力量。杨朔则善于抓住生活中一些富有诗意的事物来加以表现，他的作品有诗的意境，思想深邃，寓意深刻，感情深沉，能够启发读者思考。秦牧对事物的观察比较细致，生活知识、历史知识比较丰富，他的作品说古道今，亲切朴素，妙趣横生，给人以健康的生活情趣和有益的启发。①

这段概括准确生动，抓住作家们的同中之异，强调作家创作个性对作品的影响，非常有感染力和说服力。

在文学思想方面，教材不仅大量引用毛泽东、瞿秋白等马克思主

---

① 以群：《文学的基本原理》，418页，上海，上海文艺出版社，1980。

义理论家的观点，还吸收了中国古代文论之精华分析文学现象，分量甚至远远高于西方马克思主义者。

这些中国式的语言表述方式和中国文论资源使全书呈现出明显的中国文本气派，不再是 50 年代末文论教材对苏式教材的生硬搬用、简单抄袭、鹦鹉学舌、人云亦云，而是用中国话语发声。同时在文本接受方面教材尽量避免空洞的政治口号，使用较学术化的言说方式，用词用语流畅自然，符合中国读者审美习惯和语言习惯。这些特点使这部教材成为中国当代文学理论本土教材的先行者。

因此，就写作的历史文化背景来看，新时期以前，来自苏联的意识形态论、反映论的文学理论在我国文艺理论界占据正统的、主流的地位，但本土化的努力一直在进行。

第二编

新时期文学理论教材的
西方化和本土化

新时期是改革创新、风云变幻的年代，社会、经济、文化等都发生着前所未有的转变。而文学理论从 20 世纪初在我国产生开始，作为专门研究指向人心、情感和精神层面的人文学科，就自觉不自觉地承担了"文以载道"的社会职责，和意识形态紧密纠缠、须臾难分，文学理论不仅被当作指导文学的圭臬，更被赋予了更多意识形态层面的功能。尤其是在 20 世纪 50—70 年代，文学理论不单单是一个指向文学研究的学科，它被意识形态裹挟，几乎被提高到了类似文艺政策的政治高度。文学理论的这个特点在新时期初期并未彻底改变，它被当作一种可以有效影响人的精神生活、思想境界，进而引人反思现实生活的有效方式，甚至还被增添了部分美学、社会学、政治学的职责，成为时代精神的直接反映。在新时期时代浪潮的冲击下，文学理论也发生着巨变，种种理论纷沓而来，其激烈变换的程度令人目不暇接。曾有学者诗意地描述这一段时期："这是一个科学和神话相互交织的年代：五光十色的外界信息的涌入，重新唤起了我们对生活的热情。这是一个思辨的年代：它满足了我们对于所要委身的多种价值的简直不顾一切的追求。这是一个行动的时代：它冲破一切障碍，势不可当。这些行动有的受到了肯定，有的则受到了应有的否决。但是，在这巨大的热情迸发中所产生的行动总是显得那么生气勃勃，即使因此而导致的一些错误，也往往充满青春魅力。"①新时期文论的确日新月异，新观点此起彼伏，新方法层出不穷。

我们现在回顾新时期以来文学理论的发展变化，对新时期文论教材展开研究，根据文论教材所展现的风貌和特点的不同进行分析，以

---

① 蔡翔：《一个理想主义者的精神漫游——读张承志〈北方的河〉》，载《读书》，1984（9）。

期有一个整体和清晰的脉络，从中发现文论教材的发展趋势，这是开展学术研究的必需策略。然而可以想见的是，当时文学理论发展变化的真正具体情况一定复杂得多，作为精神层面的文学，只能是以渐变的形式推动自身的发展。在某些当代文学史的描述中，似乎随着"文化大革命"结束，原来和"文化大革命"相关的一切文学形式、文学理论顿时溃不成军、土崩瓦解、就此退场。实际情况绝不会如此简单，原有的文学理论决不会自动退出或甘心退出历史舞台，它不会在某个时间点发生翻天覆地的转变，它不会和之前的文论完全泾渭分明，它总会和之前的文论还藕断丝连。同时，文学理论更是时代的产物，和时代有着千丝万缕的联系，是时代精神的集中体现形式之一，是各种时代思想的集中展示。社会文化语境是文学理论生成、转型的背景，为适应时代和自身学科的发展，理论伴随历史文化语境的转变，先在原来基础上展开调整，也许开始每一点变化是微小的、艰难的，时间是持续很久的，但点点滴滴汇聚在一起就成为时代的洪流，最终以新代旧。这种大势所趋也启发我们对以后的文论教材发展趋势做较为客观的预测和展望。

因此，我们做新时期文学理论教材的研究，不只是简单地分析教材文本，而是要透过文本看到文本背后更深层次的东西。对新时期文学理论教材发展的分析方法很多，我们以"西方化"和"本土化"的相互作用、影响、磨合、互动、交织为主线，梳理和概括出文论教材演变过程的三个阶段：教材"苏化"延续和文论西风渐来的80年代，文论主流西方化和本土化探索兼具的90年代，高扬西方文论主体意识、反本质主义和彰显本土化话语特质并举的2000年以后。鉴于上文所述的新时期文论的复杂情况，本编将采用以下方法来开展论述。

首先，采用文化诗学的方法，将文论教材视为社会历史文化语境的存在方式，尝试回到新时期的历史现场，重建各个历史阶段的文化语境，尤其是每个阶段和文学理论建设密切相关的各种社会热点、思想学术论争、文学更迭变化和文论建设，这是我们阐述的重点之一。理论必然是时代的产物，在社会文化语境的大变动中，在紧张对峙的思想学术观点中，在突飞猛进的文学发展进程里，在文论建设不断地自我审视和调整中，新时期文学理论教材才有了产生的前提和基础。

其次，将具体教材文本置于特定语境的文化框架中，观照其内在的文化意蕴所在，探讨文学理论教材体系和观念在各个阶段的发展嬗变，分析导致其演变的根本缘由，并总结每个阶段的基本特点。在新时期教材的演变中，我们可以清晰感受到理论研究的时代脉搏和更为深广的文化语境的风云变幻，它们不可能超越时代的理论局限和具体的文化语境，我们力图将这些变化揭示并展现出来，为今后文论的发展提供借鉴。

最后，由于文学理论教材众多，我们不能逐一而论，每个阶段只选取部分有代表性的文本来展开解析。选取的教材基本限定为两种：一种是在当时有较大影响力的教材，一般是面向全国的统编教材；另一种虽然不是统编教材，但在教材思想、体系、观念等方面比较有新意、推动教材建设发展的教材。[①] 对这些教材的分析也不是面面俱到的，而是将论述重点放在该教材对之前以及同时期教材的创新和超越方面。为了便于比较，这些教材文本在本书中均按出版日期先后排列，从每一点细微的改变、调整和进步，我们可以看到新时期文论教

---

① 本书基本选取教材的初版，以显示该书在当时语境和同时期教材中的价值和意义。对这些教材的修订版，除非必要，书中不再论及。

材细致完整的演变过程，可以串起教材发展的清晰脉络。①

以上三点将构成对每个历史阶段文论教材展开分析的章节内容，依托丰富的研究资料和教材文本资源展开研究，以期对新时期文学教材有一较为客观的呈现。

第三章　新时期文学理论的界定和产生背景

第一节　"新时期"辨析

新时期文论产生于特殊的历史文化语境之中，伴随着时代的变迁在发展，并随着当下文学理论的进展而不断地变化。文论学科体系在不到四十年的时间里日臻完善，研究学者辈出、文论流派涌现、研究成果众多。新时期文论作为一个文化关键词和特定历史阶段的术语，我们需要对其有一定的界定，在此基础上探讨它的发展、特点和前景等问题。那么，我们首先要搞清楚何谓"新时期"？

同样的一个术语，不同研究领域的界定是有区别的。若单纯从国家政治层面看，党史二卷明确表明："1978 年 12 月召开的十一届三中全会实现了新中国成立以来党的历史的伟大转折，开启了我国改革开

---

① 每个阶段最有代表性的教材文本我们将放在第三编做重点的详尽的文本细读，在本编中不做具体解读。

放历史新时期。"从这个意义上说，"新时期"这个概念是指十一届三中全会后，而写入党史的新时期概念，在之前有一个理论产生、争议、探讨、发展直至理论成熟正式定型的历程。德国诗人海涅有一句很有名的诗句："思想走在行动之前，就像闪电走在雷鸣之前。"这句诗说明一个道理：思想是行动的指南，有什么样的思路，就会有什么样的出路，所谓"思路决定出路"。从思想变更的角度来看，"新时期"比政治文件规定的来得要更早一些，它与一场关于真理标准问题的大讨论密切相关。

1976 年 10 月，中央政治局一举粉碎"四人帮"，结束了延续 10 年之久的"文化大革命"。"文化大革命"留下了一个积重难返、百废待兴的烂摊子，人心思变，百业待举。在思想领域极左思潮强大，思想的阴霾一时还不会退出历史舞台。1977 年 2 月 7 日，《人民日报》《红旗》《解放军报》发表社论《学好文件抓住纲》，其中提出："凡是毛主席作出的决策，我们都必须拥护，凡是毛主席的指示，我们要始终不渝地遵循。""两个凡是"的提出实质是延续"文化大革命"的理论路线和思想方针，其内涵却严重违背了马克思主义，使拨乱反正的工作受到极大阻碍。最先对"两个凡是"提出异见的是邓小平，1977 年 4 月 10 日，他致信党中央，郑重对"两个凡是"提出了批评："我们必须世世代代地用准确的完整的毛泽东思想来指导我们全党、全军和全国人民。"①这封信经中央转发，对于在全党范围内削弱"两个凡是"的影响起到了一定的作用。7 月，党的十届三中全会恢复了邓小平在党、政府和军队中的全部领导职务，他的声音在党内越来越有分量，他在这次会上讲话指出，要完整地、准确地理解毛泽东思想；群众路线和实事求

---

① 《邓小平文选》，第 2 卷，39 页，北京，人民出版社，1983。

是，是毛泽东倡导的作风中的最根本的东西。12月，中央党校研究编写一个党史材料时，当时主持党校工作的胡耀邦同志明确提出编写要求：一个是完整、准确地运用毛泽东思想，一个是实践是检验真理的标准。这两条原则的提出也标志着对"两个凡是"坚决反对的态度。1978年5月10日，中央党校内部刊物《理论动态》发表《实践是检验真理的唯一标准》一文，5月11日《光明日报》以本报特约评论员名义公开发表此文，第二天新华社向全国转发。这篇文章如同思想界的一声春雷，揭开了一场关于真理标准问题的大讨论的序幕。①

《实践是检验真理的唯一标准》一文指出："无论在理论上或实际工作中，'四人帮'都设置了不少禁锢人们思想的'禁区'，对于这些'禁区'，我们要敢于去触及，敢于去弄清是非。""检验真理的标准只能是社会实践"，"实践不仅是检验真理的标准，而且是唯一的标准。""理论与实践的统一，是马克思主义的一个最基本的原则"，"任何理论都要不断接受实践的检验"。现在我们习以为常的这些观点，在当时却不啻是思想界的革命，需要极大的政治勇气和学术勇气，甚至甘冒政治生命的风险。

---

① 1977年12月在中央党校学习的不少中高级干部围绕胡耀邦指示进行了讨论，当时正在党校高级班学习的上海市革命委员会副主任杨西光同志，参与了这些讨论。同年，《光明日报》《哲学》专刊组组长王强华去南京开会时，请南京大学哲学系副主任胡福明为《哲学》专刊撰稿。大概秋季时，胡福明完成了两篇稿子，其中一篇是《实践是检验真理的标准》。《光明日报》理论部对《实践是检验真理的标准》一文作了多次修改。到1978年4月，经过作者和编辑部反复修改的这篇文章准备在《哲学》专刊上发表。刚刚调至《光明日报》任总编辑的杨西光在审阅大样时决定将文章撤下来，进一步修改后在一版发表。经过众多学者一起反复修改后，于4月27日定稿，送胡耀邦同志审阅。在修改过程中，为扩大文章影响，决定先在中央党校的内部刊物《理论动态》上发表，第二天在《光明日报》发表。——详见《发表〈实践是检验真理的唯一标准〉》，http://www.gmw.cn/content/2009-06/01/content_933695.htm。

　　一石激起千层浪，这篇文章在当时引发极大争议。很多人对这篇文章的观点不理解、不接受、不赞成，提出了很多反对和批判意见，社会上持怀疑、观望态度的也很多，关键时刻，邓小平又一次旗帜鲜明地站了出来，以巨大的理论勇气和政治魄力，公开表态支持这篇文章和批评"两个凡是"，并有力地推动了这场讨论的深入。6月2日，邓小平出席了解放军全军政治工作会议，发表了著名的"六·二"讲话①。这个讲话第一部分就是"实事求是"，邓小平批评坚持"两个凡是"的人虽然"天天讲毛泽东思想，却往往忘记、抛弃甚至反对毛主席的实事求是、一切从实际出发、理论与实践相结合的这样一个马克思主义的根本观点、根本方法。不但如此，有的人还认为谁要是坚持实事求是，从实际出发，理论和实践相结合，谁就是犯了弥天大罪。他们的观点，实质上是主张只要照抄马克思、列宁、毛主席的原话，照抄照转照搬就行了。要不然，就说这是违反了马列主义、毛泽东思想，违反了中央精神。"这种态度"只能引导到工作的损失和革命的失败"。因此"我们应该也只能采取实事求是、从实际出发、理论和实践相结合的方法，总结过去的经验，分析新的历史条件，提出新的问题、新的任务、新的方针。"②这篇讲话实际上公开批评了"两个凡是"，明确支持实事求是。经过前期的思想争论和理论酝酿，加之邓小平的特殊政治地位和身份的推动，一场全党全国的"大讨论"很快席卷了神州大地。这场关于真理标准问题的大讨论，是在党和国家处于重大历史性转折关头的背景下开展起来的，讨论冲破了"两个凡是"的严重束

---

　　①　参见《邓小平年谱1975—1997(上)》，319～321页，北京，中央文献出版社，2004。

　　②　邓小平：《邓副主席在全军政治工作会议上的讲话(一九七八年六月二日)》，载《人民日报》，1978-06-06。

缚，解除了思想障碍，推动了全国性思想解放运动，为肃清"左倾"路线的不良影响，重新确立马克思主义思想路线、政治路线和组织路线，做了重要的理论准备，并进一步引发中国未来向何处去的重大问题，成为改革开放思想的先声。

在 1978 年 12 月 13 日召开的中央工作会议上，邓小平做闭幕报告《解放思想，实事求是，团结一致向前看》，报告也被视为党的十一届三中全会的主题报告，其中高度评价了这场讨论的伟大意义。通过一年多的大讨论，全党在思想上达到了统一，作出把工作重点转移到社会主义现代化建设上来的战略决策，实现了中华人民共和国成立以来我党历史上具有深远意义的伟大转折，标志着中国从此进入了改革开放和社会主义现代化建设的历史新时期。

回顾这段历史，我们可以看到，政治层面的"新时期"虽然始于1978 年党的十一届三中全会，而"新时期"的"新"最先体现在思想和精神领域，这场思想战线的较量、精神文化的重构早在"文化大革命"结束之后就在酝酿和交锋之中。作为人类特殊的高级精神活动之一的文学，是最早感知这一切并加以艺术表现的意识形态之一，学术界公认的新时期文学的起始点是在 1976 年之后，这比政治层面的定性早了两年。[①]

新时期文学理论教材的起始点情况要更复杂一些，一方面，文学理论建立在文学创作、文学批评的基础之上，以新时期文学现象和文学文本为前提，而文论教材又要以既成的文学理论为基础开展编撰，这使得文学理论教材本身具有一定的滞后性。另一方面，文学理论教

---

① 学界还有一种观点是把新时期文学的发端追溯到 1976 年 4 月的天安门革命诗歌创作。

材主要是面对高校中文系学生，"文化大革命"中断了高考制度，1966
年到 1972 年高校停课，文学理论学科建设停滞，文学理论教学也就
无从谈起。1973 年至 1976 年，高校才招生复课，1977 年 9 月教育部
决定恢复已经停止了 10 年的高考，1977 年到 1979 年是"文化大革命"
拨乱反正的三年。因此，新时期文学理论教材的建设大致从 1977 年
开始，从 80 年代步入正轨，这是我们结合时代因素和学科自身的具
体实际得出的中肯之论。

第二节　新时期文学理论的产生背景

"文章合为时而著，歌诗合为事而作"，新时期文学理论发展至今
已 40 年，其内涵的变化和延展，与新时期波澜起伏的政治历史文化
语境息息相关。任何一种事物起始的概况，总会为它之后的发展、走
向和基本特点埋下种种端倪。追根溯源，我们先回顾一下新时期伊始
文学理论的产生背景。

概括起来，新时期文论的产生是多种因素共同作用的结果。

第一，政治环境的改变是新时期文论发展的基本前提。中国新时
期学术得以发展的根本性前提，是确立了"实践是检验真理的唯一标
准"和党的十一届三中全会关于"解放思想，实事求是"的思想路线。

文学和政治同属上层建筑，并不从属于政治，但文学从来脱离不
了政治的影响。经济基础决定上层建筑，而政治是经济基础的集中体
现，在文学和政治的关系中，文学受政治的影响更直接。20 世纪六七
十年代，为了阶级斗争和政治宣传的需要，将文学和政治的关系简单
化，抹杀文学和政治的区别，把文学几乎等同于政治，文学被赋予了

浓重的政治色彩，负荷了本不该承担的过多的政治功用，成为政治的附属品、政治口号的诠释物，文学理论也几乎沦为文艺政策的传声筒，"文学为政治服务""文学为阶级斗争服务"就是这个历史时期文学思想僵化、文学丧失自身独立性的直接表现。"思想一僵化，不从实际出发的本本主义也就严重起来了。书上没有的，文件上没有的，领导人没有讲过的，就不敢多说一句话，多做一件事，一切照抄照搬照转。"作家和文论家在政治高压下，战战兢兢、如履薄冰，要么缄口不言，要么违心附和，文学丧失了创新的动力。党的十一届三中全会之前的中共中央工作会议对这些做法提出了批评，要求"创造民主的条件，要重申'三不主义'：不抓辫子，不扣帽子，不打棍子"。"对于思想问题，无论如何不能用压服的办法，要真正实行'双百'方针。一听到群众有一点议论，尤其是尖锐一点的议论，就要追查所谓'政治背景'、所谓'政治谣言'，就要立案，进行打击压制，这种恶劣作风必须坚决制止。"要营造"又有集中又有民主，又有纪律又有自由，又有统一意志又有个人心情舒畅、生动活泼的政治局面"。① 接着，党的十一届三中全会决定撤销中央发出的有关"反击右倾翻案风"运动和天安门事件的错误文件，明确"在人民内部的思想政治生活中，只能实行民主方法，不能采取压制、打击手段"，将中心工作由"文化大革命"时期的阶级斗争和"文化大革命"后全国范围的大规模的揭批林彪、"四人帮"的群众运动，转移到社会主义现代化建设上来。这些带有划时代意义的论断，统一了全社会的思想观念，解决了政治路线问题，

---

① 参见《解放思想，实事求是，团结一致向前看》（这是邓小平同志在 1978 年 12 月 13 日中央工作会议闭幕会上的讲话，这个讲话被视为随后召开的具有划时代历史意义的党的十一届三中全会的主题报告），见《邓小平文选》第二卷，133 页，北京，人民出版社，1994。

为新时期文论奠定了根本性的思想根基。新时期以后，本着"解放思想、实事求是"的原则，文学逐渐从政治的束缚中脱离出来，开始彰显自身的审美属性，文学研究也回归正轨，重新走上了发展之路。这一时期的文学和文论发展，既是新时期伊始国家拨乱反正工作的一部分，也是新时期政治风云际会和社会生活变化的记录和见证。

第二，文艺政策的调整为新时期文论的发展提供了基本原则。1979 年 10 月，中国文学艺术工作者第四次代表大会胜利召开，会议目的是"共同总结三十年来文艺工作的基本经验，发扬成绩，克服缺点，商讨在新的历史时期如何繁荣文艺事业"，"坚持百花齐放、推陈出新、洋为中用、古为今用的方针，在艺术创作上提倡不同形式和风格的自由发展，在艺术理论上提倡不同观点和学派的自由讨论。"会议提出了文艺为人民、为社会主义服务的总口号，重申"百花齐放、百家争鸣"的方针，充分肯定和调动了文艺工作者的积极性和创造性。文艺思想的解放、文艺政策的调整、艺术浪潮的推进使文学艺术也迎来了属于自己的春天，开创了全新的局面。

第三，学术理论研究回归本位，为新时期文论准备了宽松的学术环境。英国著名历史学家汤因比说："在进行科学研究时，如将其自身作为目的来追求而不带有任何功利企图，往往会有意想不到的种种新的发现。"这说明学术的无功利性，学术是超越利害、纯粹求知而非实用的。晚清思想家魏源曾说："学术之敝乃敝于利禄。"王国维认为学术是目的，不是手段。① 学术当然离不开时代，古今中外，所有学术研究的终极目的，都在于直接或间接地为一个民族或国家提供新知、探求真理。但学术要发展，既要适应时代也要保持独立性，此乃

---

① 史飞翔：《学术的作用》，载《光明日报》，2012-07-11。

"无用之用"的学术真谛。早在 1905 年，王国维即论述了学术独立的意义，他说："夫哲学家与美术家之所志者真理也。真理者，天下万世之真理，而非一时之真理也。""至就其功效之所及言之，则哲学家与美术家之事业，虽千载以下，四海以外，苟其所发明之真理，与其所表之之记号尚存，则人类之知识感情由此而得其满足慰藉者，曾无以异于昔。"哲学家、艺术家提供的是满足人类精神需要的东西，因此"今后之哲学、美术家毋忘其天职而失其独立之位置则幸矣"①。他评论学术界时，主张将学术研究视为目的，而非国家、民族和宗教的手段，这样学术才能独立，而"学术之发达，存乎其独立而已"②。然而在"文化大革命"期间，中国学术发展在"文化大革命"期间实际上已停滞。新时期以来学术界最突出的变化，就是接续了被"文化大革命"断裂了的学术传统，真正意义上的学术研究重新起航，学术终于回归本位，从而促使学术研究风气由附庸于政治转向实事求是、创新开拓。

第四，文学理论研究者回归初心，解放思想，研究者素质的提升，加快了文论人才队伍建设。汉代大儒董仲舒认为学者应该"正其谊不谋其利，明其道不计其功"。韩愈说："勿诱于势利，勿望其速成。"章学诚说："（学术）与一代风尚所趋，不必适合者。"都是对治学者提出的规定和要求：追求真理，不为名利所诱，不媚俗，不应和。而陈寅恪用"独立之精神，自由之思想"凝练地概括了近代启蒙思想运动以来中国学者追求学术独立与自由的品格。新时期后，中国学者思想开始解放，反对政治性的空洞说教，强调要以科学态度展开学术研

---

① 王国维：《静庵文集》，见《教育偶感四则》篇，沈阳，辽宁教育出版社，1997。

② 王国维：《论近年之学术界》，《王国维文集》第 3 卷，37 页，北京，燕山出版社，1997。

究，发挥学者人格独立、探求真理的作用。新时期文论界不仅研究纯理论问题，还对"文化大革命"时期的文学理论进行反思，总结经验教训，力避历史悲剧的重演。此时一批老的文论家复出归来，大批年轻的文论研究者也迅速成长，逐渐成为生力军，文论界呈现出欣欣向荣、万象更新的局面。

第五，文学理论研究机构和组织不断增加，壮大了新时期文论的研究队伍。"文化大革命"期间，绝大部分学术机构处于万马齐喑之态，学术研究被迫停滞，绝大部分学术刊物被迫停刊。1977 年下半年，在原中国科学院哲学社会科学部的基础上成立了中国社会科学院，继之从 70 年代末到 80 年代初，各省社会科学院陆续组建，作为纯粹的学术研究机构，不仅为中国当代学术研究确立了中心和基地，而且从事社会科学研究的学者获得了正式的职业身份和社会身份。在高校系统中，1979 年，教育部首次设立了高校人文社会科学研究管理部门——文科科研处，启动了高校社会科学研究的机制，继之高校社会科学研究工作迅速铺展开来。到 1979 年年底，全国高校哲学社会科学研究机构共计 309 个。在学术研究组织方面，1979 年 5 月，经教育部批准，中国文艺理论学会(原名高等学校文艺理论研究会)成立，这是新时期以来最早也是影响最大的全国性学会之一，聚集了全国文论界知名学者，致力于新时期文艺理论研究。各个大学的文学理论教研室陆续恢复并积极投入学术研究。

第六，文学研究专刊和各类社会科学学术性杂志纷纷出现，丰富了新时期文学理论的园地。一方面，这其中有一部分是在"文化大革命"后期复刊和开办的若干学术杂志或大学学报，从"文化大革命"时期的唯政治论逐渐回归到学术刊物的本位，如《北京大学学报》"文化大革命"后期发表过不少"批孔"文章，具有强烈的政治色彩，进入 70

年代末期以后，学术本色渐渐取代了政治色彩。另一方面，文学理论学术园地不断开疆辟土，如中国文艺理论学会 1980 年 6 月创办了会刊《文艺理论研究》，拓展了文学理论研究的学术领地。新中国第一本文学期刊《人民文学》在"文化大革命"期间被迫停刊，1976 年 1 月正式复刊，1977 年 12 月，文艺界以《人民文学》的名义召开在京文学工作者座谈会，开始了拨乱反正、解放思想的斗争。该刊首发了多篇在全国影响巨大的作品，文学理论作为刊物内容的一部分，重新建立了自己在该刊的学术园地以及在全国的影响力。1976 年，新时期第一份当代文学研究期刊《中国当代文学研究》创刊，由复旦大学等院校筹办，作为当代文学研究的专刊，及时刊发当代文学界的信息和研究成果，为新时期文学理论学科建构做出了贡献。各级社科机构主办的各类学术刊物纷涌而来，1978 年，吉林的《社会科学战线》创刊，1980 年，中国社会科学院的《中国社会科学》创刊，其他各省级社会科学院也主办了若干综合性学术刊物，中国社会科学院各下属研究机构也主办有各类专业性学术刊物，如《文学评论》《哲学研究》《经济研究》等。"文化大革命"时，"两报一刊"成为全国舆论的指挥棒，以学术见长的《光明日报》只能以此为模板，转载刊登大量政治性文章，学术色彩被严重削弱，新时期后报纸回归学术见长之特色，因政治运动停滞多年的"文学评论"专刊重新焕发了生命力。

第七，文学理论研究资源空前丰富。一方面新时期文学的发展极大丰富了新时期文论研究对象。在正确路线指引下，"文艺界已经和正在落实党的知识分子政策，过去受到人民欢迎的一大批文艺作品重新和人民见面。文艺工作者心情舒畅，创作热情高涨。短短几年里，通过清算林彪、'四人帮'的罪行和谬论，已经出现了许多优秀的小说、诗歌、戏剧、电影、曲艺、报告文学以及音乐、舞蹈、摄影、美术等作品。这些作品，对于打破林彪、'四人帮'设置的精神枷锁，肃清他们的流毒和影响，对于解放思想，振奋精神，鼓舞人民同心同德，向四个现代化进军，起了积极的作用。"①曾经受到迫害的一批老作家先后重返文坛，大批有才能的年轻作者雨后春笋般涌现，并产生了许多地区和少数民族的"作家群"。文学出版物也空前增多，全国仅省、自治区、直辖市以上创办的文学期刊便有近 400 种。这时期文学的题材多样、主题广泛，彻底打破了"文化大革命"单一僵化的局面。文学的迅捷发展为文学理论提供了充足的研究资料。

另一方面，西方文论的重新引进为新时期文论提供了新的学术思想和研究方法。1949 年后，除了马克思主义经典和中华人民共和国初期引进的苏联学术理论，我国学术界与西方学术界相当疏离，到"文化大革命"期间则几乎完全隔绝。改革开放之后，我国引进了大量西方学术思想。在与文学理论界关系最为密切的哲学界和美学界，西方学术思想更是如潮水般铺天盖地接踵而至，令人目不暇接。70 年代末期我国学术界开始恢复对西方古典哲学的研究，1981 年在北京先后隆重举行了黑格尔逝世 150 周年纪念大会和纪念康德《纯粹理性批判》出版 200 周年大会。随后"萨特热""弗洛伊德热""尼采热"等掀起学术界一波波研究浪潮。在美学界，1980 年 6 月召开了第一次全国美学会，在会上李泽厚倡导应组织力量尽快将国外美学著作翻译过来。随之，他主编了"美学译文丛书"，陆梅林、程代熙主编了"外国文艺理论资料丛书"，王春元、钱中文主编了"现代外国文艺理论译丛"。这些理论资源为新时期文论提供了充足的理论依据和方法论基础。这一时期

---

① 邓小平：《在中国文学艺术工作者第四次代表大会上的祝词》，载《文艺理论与批评》，1979(3)。

在学术研究方法上还有一大进展，即深入反思马克思主义方法在"文化大革命"期间出于政治目的被教条化、被歪曲使用的错误做法。经过反省，大家达成共识，认为马克思主义不能、也不应该取代其他研究方法，马克思主义方法必须与具体学科研究方法结合起来才能真正发扬其科学性。

第八，文学理论学科的自身发展要求新时期文论做出调整和改变。新时期文论作为新时期文化的组成部分，虽然和之前文论有种种差异，但是作为一门存在大半个世纪的学科，自有其自我成长的需要和内动力。"文化大革命"时，由于特定的政治需要，文史哲等哲学社会科学占据了显学位置，新时期随着国家工作重心的转移，文学和文论剥离了过强的政治色彩，逐渐回归自身。新时期文论有着对前期文论内在的继承性，也有自我审视、自我反思、自我革新的要求，以保持学科的继续和发展，例如如何看待和评价新时期之前的文学理论？如何面对和甄别蜂拥而至的西方文论？如何利用中国传统文论的宝贵遗产？……这些学科自身的内在需求都要求原有的文学理论做出改变和扬弃，以适应新的文化模式和文化需求。

"千淘万漉虽辛苦，吹尽狂沙始到金。"新时期伊始，经过深入的思想大讨论，得益于党的十一届三中全会制定的一系列新的方针政策，社会生活的各个领域都发生了深刻变革，表现在社会意识和文化心理结构的变化有：纠正了"文化大革命"中及其以前的"左倾"错误，扫除了思想阴霾，对马克思列宁主义、毛泽东思想体系进行全面系统的理解，按照"实践是检验真理的唯一标准"的实事求是原则，对历史进行深刻的思考和反思，给予重新认识与中肯评价；保持与时俱进的态度，积极汲取西方哲学社会科学与自然科学的最新成果，重新审视民族传统文化，吸收其精华。新时期开放性和多样性的思想文化状态，与"文化大革命"期间的封闭单一形成鲜明对比。文艺思想和政策的宽松给文艺工作者拓展个人创作提供了充足空间，重新激发了他们的创造活力，人们的文化视野得以日益开阔。这一切，都给新时期文学带来深刻的影响，亟须文论界做出理论上的及时概括和总结，并对下一步新时期文学的发展做出指导。文学理论借着新时期的东风开始了腾飞之路，文学理论教材也迈上了发展的征程。

第四章 20 世纪 80 年代文学理论教材

　　20 世纪 70 年代末，随着真理标准大讨论的开展和"解放思想、实事求是"思想路线的确立，新时期文论也进入一个崭新的历史时期。从 1977 年到 80 年代末，是新时期文论及文论教材建设发展的第一个时期。以 1984 年韦勒克、沃伦合著的《文学理论》翻译出版为节点，文学理论的面貌有了很大的变化，逐渐建立起新的体系。文学理论教材建设紧跟文学理论研究的步伐，也在向前迈进，这一时期便可以分为 1977—1984 年和 1985—1989 年两个阶段。其间有过数次重要的文学理论争论，对这一时期的文学理论及教材的发展趋向、基本特点、创新求变都产生了重要影响。列宁说过："在分析任何一个社会问题时，马克思主义的绝对要求，就是要把问题提到一定的历史范围之内。"①所以，我们现在讨论这一时期的文学理论教材发展和其间的几次争议，也力图把它们重置于当时的历史文化语境中，去发掘其文化内涵、思想价值和时代意义。

　　80 年代的文学理论曾一度成为时代思想律动与变革的风向标，其原因在于文学理论的意识形态属性在社会转折期发挥着重要作用。文

---

　　① 《列宁全集》第 20 卷，401 页，北京，人民出版社，1990。

学理论被视作某种意识形态的具体表现，不仅规范文学创作，更被当作影响人的心灵、干预社会现实的一种有效载体。因此，从这种意义上说，不同时代的文学理论打上了深刻的时代烙印，记录了时代的思想变迁和发展，80年代的文学思想极其活跃，文学论争激烈，涉及文学理论诸多问题，具体说来，主要包括人性和人道主义问题、文艺和政治的关系问题、方法论问题、文学的本体论问题等。受诸种文学论争影响建立起来的80年代文学理论，呼应时代的呼声和社会的变化，紧追文学创作的步伐，对文学创作中出现的各种现象和问题做出及时的回答和理论总结，真正发挥了文学理论对文学创作的指导、推动、扶植和引领作用，显示了文学理论的实践品格。学者在文学理论自身建设方面也不断进行反思和开拓，不仅摆脱了政治附庸的地位，走向学术独立，同时不断从中国古代文论和西方文论中汲取营养，建设中国当代新文论。这些特点在80年代文论教材中得到了充分体现。

第一节　教材"苏化"的延续(1977—1984年)

一、两次文学理论争议概述

(一)文学是人学：新时期人道主义思潮的复兴和人性的回归

1. 人道主义的内涵

"文学是人学"，这是对"文学是什么"的形而上的哲思。文学写什么？为什么写？为谁写？这些都是文学最基本的问题，关系文学的出发点和落足点。文学表现的对象是人，真正的文学，必定是为了人写人的，是以人为本的。巴金认为文学的特点、本质就是"发掘人心"，"揭示人的灵魂"，他多次重申文学的唯一目的即"为了人""为了使人变得更好"。一部文学史，就是一部反映人的生活和丰富情感、揭示人与人之间的关系的历史，是一部对形形色色人性的摹写和展示的历史，人性的伟大、崇高、卑微、罪恶……人类所有的思想情感都在文学中得到最生动、最淋漓尽致的表现。我们文学的终极目标是表现人性，追求人的自我教育和人性的完善。鲁迅这样描述文学的重要作用："文艺是国民精神所发的火光，同时也是引导国民精神前途的灯火。"①文学创作浸润了作家对人生独特的体味、感受、认识、观念、思想、审美、评价和理想等，作家以作品中的人性因素打动着一代又一代的读者，引起读者内心的共鸣，慰藉读者的心灵，使读者向往崇高的人性，提升思想境界，引发对人生的思考。倘若作家在人性问题上有偏差，必定会影响读者。同样，每个作家和读者也必定会受到时代、社会的普遍人性观的影响，如果"文学是人学"的思想不能被社会普遍认同，文学就难以承担成为"国民精神的灯火"的重任。要正确评价文学现象、指导文学创作和文学批评，就要了解"文学是人学"的内涵，辨析人性的基本内涵，所以，人性问题、人道主义问题是文学理论必须直面的问题。

在西方，人道主义的理论和思潮在各个历史时期有着不同的内涵，发挥着不同的社会作用。"人道主义"最初的含义是由古罗马思想家 M. T. 西塞罗提出的，是指一种能够促使个人的才能得到最大限度发展的具有人道精神的教育制度。而人道主义成为一种思想体系则是

---

① 鲁迅：《坟·论睁了眼看》，《鲁迅全集》第 1 卷，254 页，北京，人民文学出版社，2005。

在欧洲文艺复兴时期，当时的思想家打着复兴古希腊、古罗马文化的旗号，提出以人为中心而不是以神为中心的鲜明主张，充分肯定人的价值和尊严，主张发挥人的才能，将追求现实生活中的幸福看作人生的目的，倡导个性解放，以此来反对愚昧迷信的神学思想。在资产阶级革命尤其是法国大革命时期，人道主义的内涵又被具体化为自由、平等和博爱。到现代，当经济飞速发展带来了一系列社会问题时，思想家们又往往高举人道主义大旗，将之视作解决社会对人的种种异化问题的有力的思想利器。不论在哪个历史时期，人道主义在反对不平等的制度上都起着积极作用。

在当今社会中，人道主义的内涵是充分重视人类的价值，关爱人最基本的生命和生存权利，关注人的幸福和价值，强调人类之间的友爱、关心和互帮互助。人道主义是以承认人性的共同性、共通性为前提的，所以，从这种意义上来说，人道主义和人性论是可以等同的。但人道主义和人性的问题在20世纪风云变幻的中国政治语境中，却走得磕磕绊绊，崎岖坎坷，异常艰难。

"五四"新文学以来，"文学是人学"一直是文艺界创作、探讨的中心，文学和人性的关系是文论界的焦点问题之一。庄锡华在《新时期人性人道主义文学观的复活》认为："自20世纪20年代末革命文学兴起，并发生了与新月派、自由人、第三种人关于文学阶级性问题的争论后，人性、人道主义一直被当作负面的思想意识受到长时间的批判，直到建国初文论界才有替人性、人道主义正名的文章出现。"但好景不长，从50年代中期开始，掀起了以阶级斗争为纲的政治运动，社会生活被严重政治化，对"人性"的理解日趋简单、狭隘、片面，人的其他属性被淡化甚至被抹杀，只强调阶级性和革命性。在"文化大革命"时期，人道主义思想被否定。"文化大革命"之后，随着党的十一届三中全会的召开，中国历史实现伟大转折，人们的思想得到了启蒙和解放，观念得到了更新和变革，其中人道主义和人性问题一下子凸显出来，成为当时持续时间最长、规模最大的社会思潮，其范围之广、声势之大、争议之烈、影响之深为 20 世纪中国历史所罕有。

2. 新时期之初重提人道主义和人性问题有深刻的时代背景和社会意义

第一，对"文化大革命"的深刻反思引起了人们对人道主义和人性的思考。人们也开始深刻反思"文化大革命"，痛定思痛，直接构成了人道主义复归的社会背景。人们开始从人性、异化和人道主义等角度反思"文化大革命"，总结经验教训。

第二，政治层面为人道主义的重启提供了保障。党的十一届三中全会宣布：停止使用"以阶级斗争为纲"这个口号，否定了十一大沿袭的"文化大革命"中的"无产阶级专政下继续革命"，以及"文化大革命"今后还要进行多次的观点。全会认为，大规模的急风暴雨式的群众阶级斗争已经基本结束，对于社会主义社会的阶级斗争，应该按照严格区别和正确处理两类不同性质的矛盾的方针去解决，按照宪法和法律规定的程序去解决，决不允许混淆两类不同性质矛盾的界限，决不允许损害社会主义现代化建设所需要的安定团结的政治局面。对进一步继承和发扬毛泽东同志所倡导的马克思主义学风，即坚持唯物主义的思想路线问题，展开了深入的讨论。会议高度评价了关于实践是检验真理的唯一标准问题的讨论，认为这对于促进全党同志和全国人民解放思想，端正思想路线，具有深远的历史意义。① 真理标准大讨论打破了人们的思想禁区，为人道主义争论提供了思想武器。

---

① 《中国共产党十一届三中全会公报》，载《人民日报》，1978-12-24。

第三，改革开放的实践为人道主义的争论提供了现实的根据。1949 年后相当一段历史时期，人们把马克思主义同人道主义对立起来，一谈到人道主义就如同谈虎色变、避之不及。改革开放的目的是集中建设四个现代化，让人民生活得幸福美好，即马克思所说的"人的自由全面发展"①。而当时的发展环境不尽如人意，距此目标尚有很大差距，所以，学术界聚焦于两个方面展开了争议：首先，社会是否存在"异化"现象？改革的目的是发展生产力还是消除"异化"？其次，学术界从哲学层面对经济体制改革所推行的生产责任制进行探讨，为生产责任制张目，通过论证，得出生产责任制优越于原来的生产组织方式的结论，认为它的优越性具体体现在尊重而不是压抑劳动者的个性。这两个方面涉及了人道主义和异化问题，并从理论上探讨了人的个性发展问题。

第四，文学实践的丰富成果为人道主义开了先声。新时期人道主

---

① 马克思曾把人类生存状态的发展分为三个阶段（"人的依赖关系"的阶段、"以物的依赖性为基础的人的独立性"阶段和"建立在个人全面发展和他们共同的社会生产能力成为他们的社会财富这一基础上的自由个性"阶段），并说："第二个阶段为第三个阶段创造条件。"（《马克思恩格斯全集》，第 46 卷（上），104 页，北京，人民出版社，1979）他在创立历史唯物主义时，用"异化"和"自由全面发展"这两个术语来揭示和描述人类历史发展中不同阶段的生存状态，从异化到自由全面发展是人的生存状态的质的飞跃，标志着从"必然王国"迈向"自由王国"。"异化"指人们活动不是为了自由全面地发展自己的本质能力，而是为了获得物质利益，"必然王国"即人类生存的异化状态，而"自由王国"是人类生存的高级状态，在这个状态中，人们自觉、自由地创造自己的历史，实现自由全面发展。从这个意义上，恩格斯说："人们自身的社会结合一直是作为自然界和历史强加于他们的东西而同他们相对立的，现在则变成他们自己的自由行动了。至今一直统治着历史的客观的异己的力量，现在处于人们自己的控制之下了。只是从这时起，人们才完全自觉地自己创造自己的历史；只是从这时起，由人们使之起作用的社会原因才大部分并且越来越多地达到他们所预期的结果。这是人类从必然王国进入自由王国的飞跃。"（《马克思恩格斯选集》，第 3 卷，633～634 页，北京，人民出版社，1995。）

义的呼声首先反映在文学上，1978 年 8 月 11 日的《文汇报》刊登了卢新华的短篇小说《伤痕》，揭示了"文化大革命"给人们带来的不可磨灭的精神创伤，随之一系列被称为"伤痕文学"的作品喷涌而出，引起了人们对人性、人道主义问题的深深思考。而最早对"文化大革命"的反思也是表现在文学创作上，在控诉"文化大革命"对人性摧残的同时，反思"文化大革命"的"反思文学"随之出现。这些作品"带着浓烈的人道主义情感，让历经了劫难的读者激动不已"①，这些作品提出的问题，亟须在意识形态领域给予答复和回应。学术界开始集中讨论人性、异化、人道主义及人的自我价值问题，有学者总结说："回顾历史，以表现人为主要对象的我们的当代文学，却悄悄地把人的尊严、人的人格、人的价值、人的个性这些人的本质的重要方面给逐出了文学这个伊甸园。新时期以来，人道主义，应当说形成一个很强劲的潮流。在创作方面，比较早的以刘心武为代表的'伤痕文学'，从《班主任》到《爱情的位置》，再到《我爱每一片绿叶》，还有《伤痕》《大墙下的红玉兰》《我是谁》等作品，都提出了对人性、人格、人的尊重的思考。它暂时破解了'文化大革命'的思维模式，缓解了知识者思想的焦虑。"②

第五，与国际上的人道主义思潮遥相呼应。从国际方面来看，在现代社会日趋文明的背景下，世界上却不断发生着类似第二次世界大战法西斯惨绝人寰的悲剧，人们开始反思人性，将理论界研究的视野扩展到人道主义领域，人道主义逐渐成了全球的热门话题，达成了若干共识。苏联非常尊崇人道主义，甚至将之引入了意识形态中，逐渐

---

① 庄锡华：《80 年代人性人道主义的两次讨论》，载《文艺争鸣》，12 页，2001(5)。

② 程光炜：《"人道主义"讨论：一个未完成的文学预案——重返 80 年代文学史之四》，载《南方文坛》，2005(5)。

成为主导思想，而马克思主义被边缘化了。改革开放后，我们向世界重新敞开了大门，国际上的人道主义思潮也随之进入中国，适逢中国特殊历史时期，与"文化大革命"后人们的心理状态相契合，助长了国内的人道主义思潮，同时，这一思潮的争论、研究和探讨对当代中国也有重大影响，特别是受历史唯物主义和人道主义的界限模糊化的西方马克思主义的影响，国内部分学者对人的研究趋向脱离现实和国情的抽象化研究，突出显示了西方人道主义思潮的影响。

3. 新时期80年代人道主义思潮的发展

每一种社会思潮都是和社会面临的主要问题与任务分不开的，都是围绕这些重大课题做出从理论到现实的回应。随着新时期之初"实践是检验真理的唯一标准"这一大讨论所引发的思想解放运动的不断深化，新时期中国人道主义思潮由复兴到深入，经历了由整体到局部、由一般到特殊、由抽象到具体的整体发展趋势和进程。所以，80年代初的人道主义思潮也经历了以下几个阶段，进而一步步深刻影响了新时期的文学理论。第一阶段是80年代初的"人生观大讨论"。对于人的价值的争议，新时期的人道主义思潮与1949年后历次意识形态领域的运动相比，具有显著的自发性和广泛性，迥异于历次全国性思想运动由官方或领袖人物、理论权威发动的显著特点，新时期人道主义思潮是由民间自发兴起、蓬勃生发的，它发端于对苦难历史和非人道现实的反省。1980年潘晓给《中国青年》的信①引发了全社会对人

---

① 1980年5月，《中国青年》杂志发表了署名潘晓的来信，信中表达了年青一代对社会和人际关系的看法和困惑——人是否都是自私的？还有对"个人价值"的呼唤，以及理想和现实的矛盾中产生的严重失落感。最后感叹："人生的路呵，怎么越走越窄……"随即，一场持续了半年多时间的全国范围内的"潘晓讨论——人为什么要活着"就此引发，共有6万多人来信参与讨论。这个事件后来被称为"整整一代中国青年的精神初恋"。

性、对人生价值的大讨论，人们从人道主义的角度开始反思中国当代社会的历史和现实。人道主义迅速波及社会各个领域或学科。这个阶段文学走在了其他意识形态前面，经过"文化大革命"动荡的人们对人性发生了质疑。文学以感性的人性体验和丰富的人性表现，给经历了"文化大革命"巨大创伤的人们带来了希望与安慰，但文学的表现和反思还不能从根本上消除人们对"文化大革命"的梦魇，彻底解决人生的归属问题。

第二阶段是思想界的反思。更深层的反思是由思想界承担的。"文化大革命"的悲剧何以会发生？有人从人道主义和异化角度展开思考，认为这是我们长期以来忽略和遮蔽了马克思主义中的人道主义所致，不仅导致马克思主义在我国走上了极左的教条主义，也在社会主义体制下产生了异化现象。有学者概括："八十年代的作家和学者一直是生活在'文化大革命'的'潜伤痕'的记忆之中的。在一定程度上，反'文化大革命'的意识形态极大地构成了他们这一代人非常特殊的文学观念和知识立场，这种强烈的'潜意识'也始终徘徊在他们精神世界深处，而久久不能离去，成为他们认识世界、自我的一个相当固执的视角和'想象文学'的方式。他们看问题、思考问题乃至处理问题的方式，始终离不开这一'大背景'。说八十年代文学思潮、文学史意识某种程度上是'文化大革命'另一意义上精神的'副产品'，应该不算是夸大其词。"[1]朱光潜的《关于人性、人道主义、人情味和共同美感》[2]、毛星的《人性问题》[3]、程代

---

① 程光炜：《"人道主义"讨论：一个未完成的文学预案——重返80年代文学史之四》，载《南方文坛》，2005(5)。

② 朱光潜：《关于人性、人道主义、人情味和共同美感》，载《文艺研究》，1979(3)。

③ 毛星：《人性问题》，载《文学评论》，1982(2)。

熙的《人性问题》^①、王若水的《为人道主义辩护》^②、汝信的《人道主义就是修正主义吗？对人道主义的再认识》^③等文章陆续出现，但力度有限，"心有余悸的学者们只是小心翼翼地套用了马克思人性是一切社会关系的总和这一未曾展开的断语，将人性归为社会性，对存在着的人性共同性的事实不敢予以肯定。"^④

80年代真正对人道主义的讨论有着里程碑意义的讨论是在周扬与胡乔木之间展开的。在1983年3月的全国纪念马克思逝世一百周年学术讨论会上，周扬作《关于马克思主义的几个理论问题的探讨》的讲话，其中指出："我不赞成把马克思主义全部归结为人道主义；但是，我们应当承认，马克思主义是包含人道主义的，当然这是马克思主义的人道主义。"^⑤以周扬的这次讲话展开的争论为标志，人道主义讨论达到了高潮。支持者的观点认为：必须承认社会主义也有异化现象，克服异化的途径之一是"高扬个体主体性"，这是"建设有中国特色的社会主义"的理论前提。

反对者则以历史唯物主义/历史唯心主义来区分马克思主义与人道主义，将二者对立起来，从而间接否定了在新时期历史条件下将马克思主义和人道主义统一起来的可能性。1983年3月10日，胡乔木在看望周扬时说："我是赞成人道主义的。但是我看到周扬同志的文章，抽象化的议论比较多，离开了社会主义运动的实践。首先，人道

---

① 程代熙：《人性问题》，载《文艺理论研究》，1982(3)。

② 王若水：《为人道主义辩护》，载《文汇报》，1983-01-17。

③ 汝信：《人道主义就是修正主义吗？对人道主义的再认识》，载《人民日报》，1980-08-15。

④ 崔岐恩、张晓霞：《近三十年来人性研究综述》，载《成都理工大学学报(社会科学版)》，2010(3)。

⑤ 周扬：《关于马克思主义几个理论问题的探讨》，载《人民日报》，1983-03-16。

主义最好加个限制词叫'社会主义'，没有这个限制词，就可能混同于资产阶级人道主义。""马克思主义成熟的标志，首先就在于它不再讲抽象的、孤立的人，主要是讲社会，转而认定人只能是社会的实践的人，解决人的问题不能离开社会，离开历史，这才是根本的变化。"1984 年 1 月 3 日，胡乔木在中共中央党校做了《关于人道主义和异化问题》的讲话。这篇讲话代表着主流意识形态对这场争论的介入，他指出："是马克思主义的历史唯物主义还是人道主义的历史唯心主义，作为我们观察这些问题和指导自己行动的思想武器？我认为，现在的这场争论的核心和实质就在这里。"①由于"文化大革命"对人们的巨大的情感和精神戕害，加之人们的政治立场在新时期初期的惯性延续，导致这次讨论常常针锋相对，缺乏一个正常的平等对话和自由交流思想的环境。程光炜后来对此做了客观的分析，"'人道主义'的理论走在了创作的后面，接下来的'人道主义'的讨论也并没有因为'文化大革命'造成的巨大灾难而进行到底。""由于时代的'局限'，多数围绕其展开的探讨最后都因政治因素的干扰而被迫搁浅，无法深入下去。特别是当问题一旦触及某些根本性的命题，而这一推进又使学术界对'人道主义'探索的历史困境和现实意义有整体性的反思，并因此而产生一批突破性的、高水平的研究成果时，另外因素就会做出特别强烈的反应，迫使其偏离正常的轨道。因此可以认为，'人道主义'讨论实际上是一个最终流产的未完成的'文学预案'。"②

　　第三阶段是学术界的概括。思想界对人性的讨论逐渐导致学术界

---

① 胡乔木：《关于人道主义和异化问题》，载《红旗》，1984(2)。

② 程光炜：《"人道主义"讨论：一个未完成的文学预案——重返 80 年代文学史之四》，载《南方文坛》，2005(5)。

对马恩列斯毛的若干经典论著的讨论，尤其是对社会主义在中国的实践的讨论。当时对马克思主义原典的重新解读和认识蔚然成风，其中尤其以青年时代马克思的《1844年经济学哲学手稿》的全新解读和阐释为代表，以此作为人道主义的理论支撑、科学依据和思想论证的武器，从1978年到1984年，持续时间长达六年，关于人道主义问题的论著多达800篇，分散在国内的近200种杂志、60多种报纸、20多种文集中。这些论著热烈呼唤人道主义，介绍马克思主义中的人性论，强调马克思主义是"以人为中心"的、"人是马克思主义的出发点"等观点，评述和译介外国文学的人道主义思想和国外人道主义研究状况，并围绕着人性和人道主义的问题展开规模空前的讨论。① 其中以李泽厚为代表的对主体性的阐发最为引人瞩目，他在《批判哲学的批判——康德述评》中，主张要"回到康德"，也就是回到康德所说的"人不是手段，而是目的"这个立场上来。"我所强调的人性主体性，恰好不是这种唯意志论，而是建立在客观历史规律基础上的。它不同于动物性，也不同于一般的社会性，而是沉积在感性中的理性，它才是真正具有活力的人性。我以为只有在这种基础上来讲'人性'，才能与其他的人性论、人道主义区别开来，才是我叫它为人类学本体论的实践哲学，也就是主体性的实践哲学。""东西方目前有关的一些讨论有其具体历史的合理内容：在东方是反对封建官僚，在西方是对资本社会中各种异化的抗议，它们都要求人从'物'的奴役压迫和束缚下解放出来，要求人掌握自己的命运，成为自己实践活动的真正主宰，因此都提出了人的存在价值意义问题。马克思主义伦理学不能也不应回避或

---

① 参见郑冬芳：《新时期我国人道主义研究概述》，载《西北农林科技大学学报（社会科学版）》，2008(6)。

贬斥这些问题，相反应该研究这些问题，应该看到个体存在的巨大意义和价值将随着社会物质文明的进展，在精神上将愈来愈突出地感到自己存在的独特性和无可重复性。""审美作为与这自由形式相对应的心理结构，是感性与理性的交溶统一，是人类内在的自然的人化或人化的自然。它是人的主体性的最终成果，是人性最鲜明突出的表现。"①李泽厚从美学角度为人道主义增添了新的特质。

第四阶段是文论界的反思。社会思潮和文学实践直接引起了文论界的讨论和争鸣，当时评论理论界关于人道主义的文章也比较多。真正发生影响的是刘再复的文章《论文学主体性》。经过他的理论内化，人道主义被引入具有可操作性的文学创作理论中。1986 年在新时期文学十周年之际，文论界基本达成共识：新时期文学在创作方法上是现实主义的，在思想上是人道主义的。

概言之，80 年代初前后的人道主义思潮，是在新时期拨乱反正、思想解放的历史条件下得以发生和发展的。十年"文化大革命"几乎将人的尊严、人的价值、人的权利、人性、人情等人道主义因素剥夺殆尽，成为理论家和文学家长期不敢触及的禁区。人道主义在遭到长期的压制以后，伴随着宽松的时代环境，借着思想解放的春风，在新时期重新焕发了生机，成为理论界和文学界关注的焦点。这次 80 年代的人道主义思潮，反思了 1949 年以来社会主义发展中出现的若干问题，揭批了"文化大革命"的根源和危害，推动了思想解放运动的纵深发展，进而影响了我国 80 年代社会生活，促进了改革开放的深入开展。

---

① 李泽厚：《康德哲学与建立主体性论纲》（1980 年稿），见《论康德黑格尔哲学》，435 页，北京，人民出版社，1981。

（二）文艺与政治的关系问题

文艺与政治关系问题的讨论，是新时期影响最大、波及面最广的一次理论探讨。1949 年以来，根植于苏联文学理论模式，"文艺为政治服务并从属于政治"和"文艺是阶级斗争的工具"被奉为马克思主义文艺理论的圭臬。新时期以来，一些文学理论家和批评家重新审视这一文学观念，提出了"为文艺正名"的主张，开始了文艺与政治关系的大讨论。

这一讨论同样起源于对"文化大革命"的反思和批驳，立足于对"文化大革命"文化专制的批判。1978 年 6 月，陈丹晨、吴泰昌在《上海文艺》上发表《评"文艺创作都要写阶级斗争"》一文，指出"文艺创作都要写阶级斗争"是"四人帮""最惯用最典型的假左真右的反动文艺谬论之一"。随后，陈恭敏也发表了文章《工具论还是反映论——关于文艺与政治的关系》，直接质疑"文艺是政治的工具"的观念。1979 年 3月，《文艺报》举行理论批评工作座谈会，"文艺为政治服务"的提法开始被否定。同年的第 4 期《上海文学》推出了评论员文章《为文艺正名——驳"文艺是阶级斗争的工具"说》，并辟出专栏开展讨论。继之，这一讨论迅速波及全国，一年之中，数十家报刊就发表数百篇相关文章，各文艺和学术部门也纷纷举办各类讨论会对此展开争鸣和探讨。

通过论争，反对者结合文艺的特性和具体的中国文学实践，以大量事实说明"从属论""工具论"曾在特定的历史条件下起过积极作用，但由于违背了文艺创作的一般规律，带来了种种问题：从文学本质看，取消了文艺的独立地位和独立价值；从文学创作看，导致 1949年后文艺创作公式化、概念化的泛滥，不仅使作品缺乏思想和艺术独创性，也使行政粗暴干涉文学、政治专横裁决文学成为普遍现象，出现了"抓辫子、打棍子、戴帽子"之风，助长了文艺界的"左倾"风气；从文学批评方面看，导致文艺批评的政治标准由"第一"变为"唯一"，文艺批评蜕变为政治批判，文学的艺术特性被长期遮蔽，文艺批评变得简单化、庸俗化。因此，不能把特殊情况下政治对文艺的特殊要求当作马克思主义对文艺的一般认识，"从属论""工具论"并不是马克思主义文论的科学阐释和要求，因此反对者提出要恢复文艺的特性，反对把文艺变为政治的附庸；恢复文艺以审美为中心的多种社会功能，反对狭隘的政治功利主义；恢复文艺与生活的联系，反对"工具论"对文艺的多样性与丰富性的干扰和破坏；恢复对马克思主义文艺思想的科学理解，反对片面地诠释马克思主义。① 这次论争以周扬在中国文艺工作者第四次代表大会上的报告为结束和定论："一个是文艺和政治的关系，其中包括党如何领导文艺工作的问题；一个是文艺和人民生活的关系，表现在艺术实践上，也就是文艺创作上的现实主义问题；一个是文艺上继承传统和革新的关系，也就是如何贯彻推陈出新、古为今用、洋为中用的方针的问题。这三个关系处理得正确与否，直接关系到社会主义文艺的成败兴衰。"②

　　70 年代末到 80 年代初的这两次文学理论论争，学者从理论上澄清了文艺和人性、文艺和政治的关系，撼动了 1949 年以来"阶级性""工具论""从属论"等文学理论的根基，涤清了阻碍新时期文论发展的暗流，预示着新时期文学方针和方向的重新调整，为在新时期建构新

---

　　① 参考 70 年代中期以来的文学理论论争（一），http：//blog. sina. com. cn/s/blog_4ed5f6780100dkt5. html)-2012。

　　② 王尧、林建法：《中国当代文学批评大系 1949—2009 卷 3》，373 页，苏州，苏州大学出版社，2012。

的文学观念、新的文学理论格局奠定了基础。从这个意义上说，这两次讨论在中国当代文学理论发展建设史上具有划时代意义。论争的问题和结论在这个阶段的文学理论教材中得到了充分显现，编者对论争内容各自有所选择和偏重，态度上或旗帜鲜明地直面或含糊其辞地回避，或支持或附议，或反对或搁置，写作叙述上或唯马首是瞻，或左右摇摆不定，或观点鲜明知无不言，或春秋笔法语焉不详，其微妙之处，发人深思，恰恰从一个侧面说明了这两次论争的错综复杂性和深入广泛性。下面我们就通过教材的分析来领略其中的变化。

二、仿苏模式的延续：本时期文学理论教材概况

进入新时期以后，与整个社会舆论界、思想界、学术界、文艺界等领域的拨乱反正同步，文学理论界也开始向"文化大革命"时期"左倾"思潮及其设置的禁区开始发起全面冲击。困扰文论界多年的庸俗社会学、机械反映论、文学工具论、阶级斗争论等一座座冰山逐渐被打破，代之而起的是新的研究领域的大面积拓展。80 年代中期之前，人性论反对把文艺视为政治的附庸等思想成为人们关注的热点，新的美学原则开始提出，新的文学实践蓬勃开展，文学理论正常的发展环境开始确立，文学理论发展的自由学术氛围开始来临，这给文学理论带来了勃勃生机，文学理论教材也迎来了前所未有的发展契机，对教材建设的反思、清理、重建工作迅速展开，呈现出良好的发展势头。随着改革开放的发展和深化，各种西方文论被译介和引进，多种自然科学研究方法也被引到文学理论研究中。文艺学界也开始活跃起来，文学理论工作者们都争先恐后地投身到教学与教材编写的浪潮中，各种教学研讨会、教材编写会在全国各地不断召开，与中国新时期各项欣欣向荣的事业一样，中国当代文学理论教材建设也进入了一个蓬勃

发展的历史新阶段。这一时期文学理论教材的编写和出版的数量超过了历史上任何一个时期。据统计，从 80 年代到 90 年代初，"近十年来出版的《文学概论》教材约有一百种左右，此外，还出版了其他文艺学教材，包括中国古代文论、西方文论（特别是西方现代文论、文艺心理学）、文艺社会学、文艺美学等学科领域。"①1978 年 6 月，教育部在武汉召开了全国综合大学文科教学工作座谈会，决定将以群主编的《文学的基本原理》作为高校文科教材。之后，1979 年由上海文艺出版社重版的以群主编的《文学的基本原理》②和由人民文学出版社出版的蔡仪主编的《文学概论》正式作为新时期文学理论教材被广泛使用，初步缓解了当时文学理论教材短缺的状况，也成为 80 年代前期文论教材的范本。

在新时期拨乱反正阶段，在思想界、学术界、文艺界，新旧思想反复碰击，甚至持续胶着、较量是历史的必然。在新旧交替时期，旧的思想观念从来不愿轻易退出历史舞台，总是试图盘踞在原有的地盘和领域，新的思想观念要登上历史舞台，必须不断发起一次次挑战，这个过程往往会通过数次交锋，才能取得新的进展和成果。同时《文学理论》教材相对文学理论的发展具有一定的滞后性，加之其编写和

---

① 钟闻：《文艺学教材及课程体系建设研讨会综述》，载《文艺理论研究》，1994(6)。

② 以群《文学的基本原理》第一个版本为未公开出版的试用教材，完成于 1961 年 12 月。第二个版本完成并公开出版于 1963 年 2 月，这个版本是试用教材的修订版，由上海文艺出版社分上下两册正式出版。第三个版本为 1979 年由上海文艺出版社出版的修订版，于 1979 年 7 月和 9 月分上、下两册出版。因主编以群故世，故由叶子铭主持修订工作和负责全书统稿。这个版本基本保留了 1964 年版的原貌，但对若干章节做了较大充实与修改。第四个版本是 1980 年 12 月出版的修订版，仍由上海文艺出版社合为一册出版。第五个版本为 1983 年的修订版。在这一版本中，编者不顾未公开出版的版本和其他修订本，直接称之为第三版，在前一版本基础上，对部分章节做了较大改动。

出版都需要一定的时间，所以教材建设并没有与当时的文学理论发展保持同步，依旧不脱苏式教材窠臼。

在教材体系方面，教材延续了 60 年代蔡仪、以群搭建的理论体系框架，分为本质论、作品论、发展论和批评论几大块。

在文学思想方面，"回顾我国三十年来文艺发展的历程，除去林彪、'四人帮'造成的文化大革命，我们的文艺工作在大部分时间内，基本上执行了党和毛泽东同志所规定的文艺路线，总的来说，是以马克思列宁主义、毛泽东思想作为自己的指导原则的。"[①]

在文学本质方面，将文学定位为经济基础之上的上层建筑，强调经济的决定作用，强调社会生活的重要作用，强调文学的意识形态性，从反映论的视角，把文学艺术视作与哲学、社会科学一样反映社会生活的社会意识形态，差异仅在于，文学艺术是以塑造形象来反映社会生活的，因此，文学艺术的本质是特殊的意识形态，其基本特征是形象。对文学内部规律的探讨也多从外部的社会生活的角度展开，对文学的政治性依旧相当重视，文学是政治附庸的文学观念依旧是教材的重要内容。对文学类型的探讨集中在社会主义文学、无产阶级文学、现实主义创作方法等和政治结合紧密的类型。苏联模式中"左倾"思维方式和庸俗社会学的方法在这个阶段还非常普遍，对文学审美特性的论述还非常缺乏。

在向西方文学理论学习和借鉴方面，60 年代以群在《文学的基本原理》里说："我们相信，文学的基本原理也和别的理论一样，大体上是中外一致的，因此，文学的文学理论要认真地吸收世界各国文学理

---

① 周扬：《继往开来，繁荣社会主义新时期的文艺——一九七九年十一月一日在中国文艺工作者第四次代表大会上的讲话》，载《人民日报》，1979-11-20。

论的宝贵遗产。"①当时受政治历史环境所限，这里的"世界"被局限在苏联，改革开放后虽然其他国家文学理论开始进入我国，但在完整性、体系化方面还无法和传统的苏联文论②相抗衡，苏联文论依然是新时期初期文论的主流，具有"文化大革命"阶级斗争特色的话语在新时期初期的教材文本中还时有出现。

不过，在新时期初期文学理论的发展中，我国文论教材除了对苏式教材的承继，也已经在本土化的道路上迈出了新的步伐，有了一些可喜的变化。在80年代初期文论教材中，中国革命文艺思想的分量甚至要超过苏联文艺思想，这是对文学理论教材指导思想的有意丰富和补充，在大的苏式框架结构中增添了中国特色。1981年后新编的文艺理论教材，如雨后春笋层出不穷，尤其是这一年12月北京师范大学中文系编印了《文学概论教学大纲》，大大拉动了教材革新工作。《文学概论教学大纲》不仅提供了文学理论教材的大致框架，而且传达了希望冲破传统思想观念束缚的信息。"其后，文学理论教师们争先恐后投身到教学与教材改革浪潮中，教学研讨会、教材编写会在全国各地不断召开，《文学评论》等国内权威杂志陆续发表了这方面的专论和会议报道，破除旧观念、创建新体系的呼声遍及全国。"③此时的教材虽未完全冲破苏式教材的理论体系框架，但已经有了建立中国特色文论体系的价值取向，我们可以从一些代表的教材来了解这一时期教

---

① 以群：《文学的基本原理》，211页，上海，上海文艺出版社，1963。

② 中苏交恶以后的六七十年代，苏联文论虽已经有了较大幅度的调整变化，但限于两国政治关系状况，文论之间几乎没有什么交流，我们对这些变化知之甚少，所以新时期初期，我们学习的苏联文论仍是50年代的苏联传统文论。

③ 索松华：《20世纪我国文学理论教材发展的四个时期》，载《中国大学教学》，2002（6）。

材的风貌。

三、蔡仪《文学概论》简析

蔡仪主编的《文学概论》，是新时期第一本影响最大的文学理论教材。这部教材是在 60 年代文科大学教材改革中，根据周扬在文学理论教材编写讨论会上几次讲话的意见编著而成的，于 1961 年夏成立编写组开始编写，1963 年夏形成讨论稿。当时由于政治运动一直被搁置，未能出版。到"文化大革命"结束后的 1978 年，《文学概论》经过半年的修改、定稿，于 1979 年正式出版。"虽然从当下的文学理论高度去审视《文学概论》，它的诸多失误和缺陷是无法掩饰的，但毫无疑问，《文学概论》代表了新中国前 30 年文学理论建设的最高水平。作为那个时代的经典范式，它在取镜西方加以超越的基础上，通过对毛泽东文艺思想的演绎构建了一个'完整'的中国化文论体系。"[1]

全书的指导原则非常明确："努力遵照马克思列宁主义、毛泽东思想的原则"。全书共九章，目录如下：

第一章　文学是反映社会生活的特殊的意识形态
第二章　文学在社会生活中的地位和作用
第三章　文学的发生和发展
第四章　文学作品的内容和形式
第五章　文学作品的种类和体裁

[1]　潘熹：《范式：中国化文论的建构——蔡仪〈文学概论〉的历史意义考察》，载《社科纵横》，2008(5)。

全书结构非常清晰：第一、二章是文学本质论，第三章是文学发生发展论，第四、五章是作品论，第六、七章是创作论，第八、九章是鉴赏批评论。其中占据篇幅最多的是本质论，占全书近30％的页数，从这个比例上也可以看出编者对本质论的重视程度，将文学本质作为文学理论的核心和重点。

前两章是文学本质论，但这两章的立足点和切入点有所差异，编者分别以马克思主义哲学基本原理的辩证唯物主义和历史唯物主义为逻辑起点，来辨析文学本质：第一章是从哲学反映论的角度阐述文学的本质，运用辩证唯物主义哲学意识与存在的关系来说明文学和社会生活的关系，"所谓文学是社会生活的反映，社会生活是文学的唯一源泉，这正是马克思列宁主义反映论的原则在文学问题上的运用"。第二章则是从社会历史观角度探讨文学的本质，套用历史唯物主义上层建筑与经济基础关系得出文学是上层建筑的结论，重在解决文学的地位和功能问题，并顺理成章地引出文学的阶级性、党性、人性等问题。这两章建基于马克思主义唯物论和反映论，并将这种方法论和文学本质论贯彻到后面各个章节之中。

教材对文学种类和体裁的划分相较其他教材新颖独到，提出"叙事文学""抒情文学""戏剧文学"三分法。在文学类型划分上、在阐述方法上，"颇多用剥竹笋的方法，对各个理论问题的分析，层层深入，一般说，应当还是比较容易领会的"，比较科学严谨。

教材对文学鉴赏和批评的单列、展开，既是贯彻毛泽东《在延安文艺座谈会上的谈话》的宗旨，也是对周扬指示的具体落实，一再强调"政治标准第一，艺术标准第二"，但客观上体现出对文学作为艺术具有的特殊属性的重视。

教材整体体现出"文艺为政治服务"的观点。在第二章"文学在社会生活中的地位和作用"用第一节分析完"文学是社会的上层建筑"，在第二节自然引出"文学和政治的关系"，在"阶级社会的文学的阶级性"部分，用文学史的例子说明"阶级社会的文学都是一定阶级的文学，是表现着一定阶级的立场、观点和要求而为一定阶级的利益服务的"。从这个逻辑推理，那么"超阶级"的文学就不存在，"以人性论和人道主义来和马克思主义的阶级论相对抗"就是错误的。从阶级论的角度，教材完全否定有共同的人性存在，对"人性"做片面理解，甚至山水田园诗也是具有阶级性的。并且教材将人道主义和共产主义完全对立起来，和政治上否定阶级斗争完全等同起来："他们从文学上这样大力地宣扬资产阶级人性论和人道主义，这和他们在政治上宣传阶级调和、否定阶级斗争、反对无产阶级专政，是完全一致的。"接着，教材由文学的阶级性旗帜鲜明地提出："阶级社会的文学，从来就是、现在也是从属于政治并为政治服务的。""文学为政治服务，也就是为阶级斗争服务"，再由此出发，引出"文学为无产阶级政治服务，也就是为无产阶级的革命斗争服务"。所以提出"无产阶级的党的文学的原则"问题，无产阶级文学具有自己的党性，就"应受党的监督"，"党的文学的原则是无产阶级文学的根本原则，否认这个原则就是否认无产阶级文学的党性，就是否认无产阶级文学"。这些把文艺探讨直接上升到政治领域的文学思想，是该教材政治性的突出表现，体现出苏式文论的典型特点。

如果想要深入了解该教材的特点，我们就要对教材文本做一细读。中国有句俗话："万事开头难。"高尔基说过："开头第一句是最困难的，好像在音乐定调一样，往往要费很长的时间才能找到它。"都说明开头的关键性，不论是文章还是书籍概莫能外。开头是读者读到的第一句和留下的第一印象，作者如何开头还往往奠定全书的基调和方向，也往往意味着作者将其视为全书的重要部分。因此我们分析一下这部教材的开头，就可以发现很多问题格外耐人寻味。

下面我们对第一章第一节展开详细分析，编者的思想倾向、方法倾向、思维方式、语言风格、努力方向等渗透在字里行间和结构之中，可以看出全书的很多基本思路和方法。第一章第一节是"文学是社会生活的反映"。全书开篇第一句可以看出对文学本质的规定："文学是一种社会现象，是一种社会意识形态。作为社会意识形态的文学和客观社会的关系如何，这是文艺理论中一个最本质的问题。"①编者认为文学的本质必须从和社会的关系来探讨，将文学的社会属性放在第一位，由此奠定了全书的反映论视角。此外，教材将文学的意识形态属性视作理所当然、毋庸置疑的真理，然后为了说明这个结论，教材才"从文学作品看它的反映社会生活"，以中国的作家作品为例来说明。这种先预设一般立论，再到个别文学现象中寻找论据的演绎推理法，反映出明显的本质主义思维，这也是之前以及当时教材普遍的思维方式。不仅如此，这种作法还别有用意，暗合了毛泽东《在延安文艺座谈会上的讲话》的建议："马克思主义叫我们看问题不要从抽象的定义出发，而要从客观存在的事实出发，从分析这些事实中找出方

---

① 蔡仪：《文学概论》，1 页，北京，人民文学出版社，1979。

针、政策、办法来。我们现在讨论文艺工作，也应该这样做。"①编者力图从"客观存在的"文学现象出发，通过分析，从而印证了观点的正确性："以上种种情况说明，文学作品，无论是古代的、近代的乃至现代的革命的文学作品，不管它们直接描写的是什么，终究都是一定社会生活的反映，都有一定社会生活的根源。"

教材接着引用毛泽东《在延安文艺座谈会上的讲话》中关于"人民生活是……一切文学艺术取之不尽用之不竭的唯一的源泉"的论断来说明，"所谓文学是社会生活的反映，社会生活是文学的唯一源泉，这正是马克思列宁主义反映论的原则在文学问题上的运用。"这既是套用辩证唯物主义关于意识和存在哪个是第一性，来得出文学是反映社会生活的意识形态的结论；也显示出本书在指导原则上的一个努力：将马克思列宁主义和毛泽东思想融合起来，来解释说明文学问题，并对后者给予最高的评价："毛泽东同志这些话对于我国的革命的文学家是英明的切要指示，它贯彻着马克思列宁主义的实践观点，和从来的直观的唯物主义文艺观点有原则的区别，也正因此，文学对社会生活的反映这个问题得到了最圆满的科学的解答。"②

接着，教材又用一段毛泽东《在延安文艺座谈会上的讲话》引出了"革命文艺的源泉在于生活，革命的文学家必须深入生活和斗争"③。在得出一个最权威的结论后，开始从正反两面寻找古今中外文学史和文学理论来加以说明：先列举了我国《乐记》《毛诗序》《诗品序》和西方古希腊时期的赫拉克里特，文艺复兴时期的莎士比亚、塞万提斯，启

---

　　①　毛泽东：《在延安文艺座谈会上的讲话》，见《毛泽东选集》第 3 卷，853 页，北京，人民出版社，1991。

　　②　蔡仪：《文学概论》，4 页，北京，人民文学出版社，1979。

　　③　蔡仪：《文学概论》，5 页，北京，人民文学出版社，1979。

蒙运动的作家狄德罗、莱辛、歌德，19世纪俄国的别林斯基、车尔尼雪夫斯基等相关言论，说明"这些话的主要意思，和文学是社会生活的反映的说法基本上相同，和唯物主义反映论的原则是一致的"①。下面开始列举反面例子："然而关于文学和社会生活的关系，在文艺思想史上还有其他种种相反的说法。"②从柏拉图、普洛丁到康德、黑格尔，再到现代资产阶级、现代修正主义者，一直到我国"文化大革命"的"四人帮"。这种写作顺序也反映出全书的一个论证模式：明确了一个普遍规律后，最终是要落实张扬"革命文艺""无产阶级文学"。这个模式在后面的论述中被不断重复使用。

第一节第二个部分是"文学是通过作家头脑对社会生活的反映"。由于作家的能动创造，"文学所反映的生活却不等于普通的实际生活"③，由此引出文学真实性的问题。教材认为，作家的思想感情、世界观、生活经验和艺术修养都关系到"文学作品反映现实生活的真实与否"，但"作家的先进的世界观，终究是作品真实地反映生活的根本的、决定性的条件"④，强调作家世界观对于文学创作有重大的意义，认为"真实地反映了生活的作品就有文学的真实性"，实际上侧重的仍然是从反映论、从政治性的角度来为文学定性。

第一节中贯彻《在延安文艺座谈会上的讲话》对文学遗产的态度："对于中国和外国过去时代所遗留下来的丰富的文学艺术遗产和优良的文学艺术传统，我们是要继承的"，"我们必须继承一切优秀的文学

---

① 蔡仪：《文学概论》，7页，北京，人民文学出版社，1979。
② 蔡仪：《文学概论》，7页，北京，人民文学出版社，1979。
③ 蔡仪：《文学概论》，10页，北京，人民文学出版社，1979。
④ 蔡仪：《文学概论》，15页，北京，人民文学出版社，1979。

艺术遗产，批判地吸收其中一切有益的东西"。① 在传统教材中，因为是照搬苏联模式，所以引用西方尤其是俄国作家作品、文艺理论的特别多，在以群本和蔡仪本中，则开始有意偏重继承我国历代文学理论的宝贵遗产，从第一节开始，就大量引用中国作家作品、文艺思想，比例超过了外国文学文论，显示出浓厚的中国特色，彻底打破了完全照搬苏联文论的生硬做法。

第一节的语言风格奠定了全书的文风：有大量鲜明时代特色的政治性话语，政治色彩尤为浓烈。在对一些对立面分析时，采用的语言是带强烈感情色彩的、带有压倒性权威的、否定性的词语的批判性文风。有些陈述方式还可以看出"文化大革命"语言的留存。在陈述历史上反对"文学反映生活""社会生活是文学的唯一源泉"的观点的思想流派时，教材用批判性的语言痛斥其是"现代修正主义者却公然重复着反对的资产阶级的陈腔滥调，把它冒充马克思主义文艺理论来宣传。……而苏联现代修正主义者就更疯狂地攻击社会主义文学的革命传统，鼓吹表现主义的反动理论。他们认为对于文学来说，重要的不是作家认识和表现客观的社会生活，而是作家个人对客观现实的主观关系。他们有的人竟然宣称：'真正的艺术——它永远是自我表现。'这就是反对马克思主义文艺理论的基本观点，追随资产阶级的反动文艺倾向，腐蚀人民的革命意志，而为资本主义的复辟扫清道路。"②

与之形成对比的是，如果编者不是从政治的视角看待文学现象，

---

① 毛泽东：《在延安文艺座谈会上的讲话》，见《毛泽东选集》第 3 卷，855、860 页，北京，人民出版社，1991。

② 蔡仪：《文学概论》，9 页，北京，人民文学出版社，1979。

或者不是要把文学现象生硬地牵扯到某个带有政治性的文学观点时，教材文风就截然不同，在讲述"描写自然景物的作品，实质上也仍然是社会生活的反映"这一观点时，教材写到："文学史上还有一些以自然景物为直接描写对象的作品，如我国从六朝以来的所谓山水诗，它们直接描写的对象都是自然景物。但是它们之所以描写这些自然景物，在于作者借以抒发自己的感情。山水诗的代表谢灵运和王维，由于他们在政治上的消极，在生活上的闲适，借游山玩水以寄情遣兴，于徜徉山水之余而吟咏山水，就成为山水诗。这样的山水诗，就是所谓'借景抒情'之作。其他作家还有另外一种描写自然景物的作品，如屈原的《橘颂》、郭沫若的《炉中煤》等，这些作品表面上看来写的是自然事物，实际上是作者所寄托的自己的思想感情，或者根本是通过自然事物以写作者自己。这就是所谓'托物言志'之作。"①这样的教材语言格外准确、中肯、客观、平实、流畅、自然，甚至还不乏文采，很显然是编者掌握起来更为娴熟自如的语言方式。这种现象反映出编者思想行为的矛盾之处：一方面，对政治性语言表述的力不从心、磕磕碰碰，观点和理论比较牵强附会，对政治性话语的表述并不能圆熟自然，但限于政治历史语境不得不为之，难免矛盾、片面之语频出；另一方面，编者作为专业的文学理论研究者，深谙文学的艺术本性，所以一旦涉及这些方面，便如鱼得水、自然流畅。这种矛盾之处从另一个侧面说明了文学审美的基本属性，即使从文学理论的表述中我们也可见一斑。

值得注意的是，第一节中有些观点以我们现在的文学理论为参照来看，是极为片面的。例如其中对西方现代文论的武断定性、片面认

---

① 蔡仪：《文学概论》，2页，北京，人民文学出版社，1979。

识和彻底否定："到了现代资产阶级的没落时期，他们的文艺思想也
随着他们唯心主义哲学思想的反动而愈趋反动。如意大利的克罗齐认
为艺术是抒情的直觉的创造；奥地利的弗洛伊德认为艺术是性欲的潜
意识的发露；日本的厨川白村认为文艺是生命力被压抑的苦闷的象
征，用他自己的话说：'生命力受了压抑而生的苦闷懊恼乃是文艺的
根柢。'他们这些说法，完全抹煞了文艺和社会生活的真实关系……由
此可见，他们的所谓文艺理论已经堕落到何种地步。"①对文学艺术中
夸张的修辞手法也一概从政治角度解读，例如编者认为文学史上某些
作品是对社会生活的不真实反映："许多'奉和''应制'之类的诗，大
都以歌功颂德、雕章琢句为能事，著名诗人王维就有不少这样的作
品。如咏及边疆的诗中说：'万方氛祲息，六合乾坤大。无战是天心，
天心同覆载。'咏及民情的诗中说：'山川八校满，井邑三农竟。比屋
皆可封，谁家不相庆。'即使当时边疆没有战争，人民尚能生活，但是
这里的说法毕竟是过于夸大的谄谀之词，绝不是当时社会生活的真实
反映。……《封神传》……侈谈神怪，十九虚造，实不过假商周之争，
自写幻想"；"然其根柢，则方士之见而已。也就是说，它的真实性是
很差的。"②对克罗齐、弗洛伊德、厨川白村的观点，我们只要继续追
问他们所说的直觉、潜意识、生命力等的来源，就可以归结到生活
上，完成论述逻辑的完整性。对《封神传》也不能武断判定它只是虚妄
之谈，完全和社会生活无关。这句话虽引自鲁迅，但鲁迅本意也不是
否定它的虚无缥缈、无稽之谈："书之开篇诗有云，'商周演义古今
传'，似志在于演史，而侈谈神怪，什九虚造，实不过假商周之争，

---

① 蔡仪：《文学概论》，8 页，北京，人民文学出版社，1979。
② 蔡仪：《文学概论》，11 页，北京，人民文学出版社，1979。

自写幻想,较《水浒》固失之架空,方《西游》又逊其雄肆,故迄今未有以鼎足视之者也。"①鲁迅作此语是为了说明《封神传》作为意图架构历史的书籍,在写实性方面不如《水浒》,在艺术性方面逊于《西游记》。但绝不至于像教材中所说的"真实性是很差的"。这种作法是典型的断章取义,缺乏学术的严谨和客观性。当时的文学理论或许还未达到一定的认知水平,或许为了政治性教育和宣传的目的有意为之。

如果我们进一步思考,教材里学术逻辑、言语表述的矛盾之处、片面之处,实际上反映出当时思想界、学术界论争中的激烈碰撞:是沿袭旧习、固守不变还是解放思想、改革开放?政治意识形态的角力和碰撞在文艺理论教材上的表现,从这部教材中可以非常直接地感受到,编者有局部创新,但大前提仍然是传统文艺政策、文学理论的贯彻,显示出编者保守的一面。

第一章第一节论证了文学是社会生活的反映,但反映社会生活是文学艺术和自然科学所共有的,于是在第二节将文学艺术与科学作比较,首先在于它们对社会生活的反映方式不同,"科学的反映是抽象的,形成概念与理论,而文学的反映则是具体的,形成形象及形象体系。"所以,"通过形象反映社会生活是文学的基本特征。"由此引出文学形象的典型性问题。而以形象反映社会生活也是文学和其他艺术共有的,所以第三节继续加以区分,指出文学区别于其他艺术的首要一点是"它的表现工具不同"。"语言是文学的表现工具","是文学借以塑造形象的手段"。接着概括分析语言艺术的特点。通过层层缩小范围,得出结论,即本章的标题"文学是反映社

----

① 鲁迅:《中国小说史略·明之神魔小说(下)》,见《鲁迅全集》第 9 卷,170 页,北京,人民文学出版社,2005。

会生活特殊的意识形态"，对文学特殊性的提出，在当时的语境下，也实属难得。

此外，在"创作论"部分，和以群本相比，蔡仪本增添了"文学的创作过程"一章，替代了以群本"文学的形象和典型"一章，将创作过程总结为"是对生活的艺术的认识并表现的过程"，其中在创作过程的环节问题上，对苏联法捷耶夫将之区分为"积累素材时期""构思时期"和"写作时期"表示了质疑："在一般情况下，特别是创作较大的作品时，都不可能把构思和写作截然划分成为两个时期。……写作之前的构思，往往只是形成大的轮廓，而在写作过程中还须不断地加以补充修正，使它成为更具体、鲜明生动的形象。因此把创作过程简单地划分为构思时期和写作时期，也不是那么合适的。"蔡仪用"题材的选炼、主题的发掘、形象的塑造，结构的安排和语言的修饰"来替代。这些论述是符合文学创作实际的，显示出编者没有机械套用或沿袭苏式文论，而是结合文学实际实事求是地认识问题的态度。

这部教材和以群主编的教材代表了当时文论教材的最高水平，但由于受到时代政治因素和学科自身发展的影响和制约，面对丰富多变的社会情势和丰沛的文学创作实践，教材阐述明显过于僵化和固化，逐渐显示出和时代的脱节，无法很好地适应文学理论的教学。概括起来，存在着以下不足：在方法论上，两本教材所采用的都是从一般到特殊、从哲学推进到文学理论的演绎法，建立起的是哲学文学理论的抽象体系，缺乏对丰富多变的文学实践的分析能力，导致重蹈教条主义的覆辙；教材主要是从机械唯物论的反映论的角度解释文艺，对文艺的审美特征有不同程度的忽视，反映出在文学本体方面的不足。在认识论方面，将文艺看作对社会生活的反映，而且这种反映只是摹写，导致孤立地考察文艺与生活的关系，对文学本质的认识脱离了实践的基础，显然得出的结论是比较片面的。

四、其他教材一览

这个时期也出版了其他一些文学理论教材，但总体上说或者是以群版本的翻版，或者是"文化大革命"前版本的复苏，新意和亮点不多。

1979 年由北京师范大学中文系文艺理论教研室编写的《文学概论》是新时期较早的一本教材。教材分为六编：文学的本质和特征、文学作品的内容和形式、文学的体裁、文学的批判继承与革新创造、文学的创作方法和风格流派、文学批评。教材延续了以群本的教材体系。和以群本相比，该教材在文学体裁方面的分析有所不同，在以群本的"小品文、杂文、报告文学和传记文学"的基础上，增添了回忆录、游记、民间故事、寓言、神话、传说、童话等散文样式。这些样式有很多在"文化大革命"中一度被扼杀，教材专门提出讲解，正是出于对"文化大革命"错误文艺思想的调整和反拨，具有鲜明的时代性和意识形态性。

1979 年由边疆十四院校编写的《文艺理论基础》也是新时期比较早的一本教材。正式版《文学理论基础》出版于 1981 年 1 月，一版再版，影响颇大。这两部教材我们将作为 80 年代的范本在第三编详细阐述，在此不再赘述。

1981 年 7 月由吉林大学中文系文艺理论教研室编写的《文学概论》（吉林人民出版社出版）增添了绪论，在绪论部分说明了三个问题：什么是文艺理论、马克思主义文艺理论的创立和发展、该书的内容和编写体例。教材认为："文艺理论，就是对人们的文学艺术的实践活动的总结和概括。"①较之以群本含糊的叙述——"文学的基本原理，顾名思义，讲的是文学现象中原来就客观存在着的一些基本道理"，这本教材将文学理论与文学实践紧密结合起来，把文学实践作为文学理论的前提和重要内容，显示了理论的进步和发展，同时我们也可窥见时代思想"实践是检验真理的唯一标准"对文论的深刻影响。在介绍马克思主义文艺理论时，编者把毛泽东文艺思想看作马克思主义文艺理论在中国的创造性发展，一定程度上突出了我国当代文论的中国特色。全书分为三编十章，分别论述十个问题：第一编主要解释文学的本质、特征和社会作用(第一章)，在此基础上论述无产阶级文学的党性原则和社会主义文学的方向(第二章)。第二编主要解释文学创作的规律，包括文学与社会生活(第三章)、文学的创作过程(第四章)、创作方法和风格、流派(第五章)、文学作品的内容和形式(第六章)、文学作品的体裁(第七章)。第三编论述和文学发展规律有关的问题，包括文学遗产的批判继承(第八章)、文学鉴赏和批评(第九章)、"百花齐放　百家争鸣"的方针(第十章)。这是我国当代文论史上第一本系统、明确阐述文学理论概念、分析马克思主义文艺理论的创立和基本内容以及介绍教材内容和体系的文学理论教材，标志着文学理论逐渐走向学科化、体系化的正轨。这种做法以后渐成惯例。

　　1981年9月中国人民大学郑国铨、周文柏、陈传才的《文学理论》首次把文学理论教材明确分为五个部分：本质论、创作论、鉴赏论、体裁论、发展论，虽然之前的文论教材也已经从这五个方面加以区分，但这部教材是第一次从名称上明确这五个部分，之后的文论教材

---

　　① 吉林大学中文系文艺理论教研室：《文学概论》，1页，长春，吉林人民出版社，1981。

基本都按照这个模式加以建构。同时，教材对文学自身性质的认识也进一步深入，针对新时期以来电影艺术的蓬勃发展，在书中体裁论中单列了"电影文学"，并抓住电影文学特性进行深入探讨，大量参考了《电影美学》《戏剧与电影的剧作理论与技巧》等中西方电影、电影文学著作。这本教材较同年出版的边疆十四院校合编的《文学理论基础》要专业和深入得多。

李衍柱、朱恩彬、夏之放编著的《文学概论》1983 年由山东教育出版社出版。这本教材是供在职初中教师业余进修使用，帮助他们系统学习和掌握有关专业的基础理论、基本知识和基本技能，提高文化水平和教学能力，并在一定时间内通过考核达到两年制高等师范专科毕业的水平。教材前面有"绪言"，介绍文学理论的学科性质："文学理论是阐明关于文学的性质、特点和基本规律的一门科学。它与文学史、文学批评共同构成了社会科学的一个重要部门——文艺学。"[①]进而分析了文艺学三个分支的关系，文学理论的学科性质得到了明确，意味着新时期文论教材有了新的发展。教材内容并没有什么超出时代的新意，从五大块进行分析。考虑到学习对象自学的需求，编者尽量结合作家作品实例说明问题，力求深入浅出，通俗易懂，并在每章后面列有必要的阅读书目和思考题。

为了满足电大学员和党政干部学习的迫切需要，刘叔成和童庆炳分别出版了《文学概论四十讲》[②]和《文学概论》[③]。早在 20 世纪 80 年代初，童庆炳对当时流行的教材中用形象概括文学的本质和特征，并以

---

① 李衍柱、朱恩彬、夏之放：《文学概论·绪言》，济南，山东教育出版社，1983。
② 刘叔成：《文学概论四十讲》，北京，中央广播电视大学出版社，1983。
③ 童庆炳：《文学概论》，北京，红旗出版社，1984。

此衍伸出文学内容和形式的二分法有了不同意见，经过思考，1981年，他发表论文《关于文学特征问题的思考》，不再仅仅从形式，而是从内容与形式的统一上重新界定文学的根本特征。他提出："文学所反映的生活是整体的美的个性化的生活。这就是文学的内容的基本特征。抓住了文学的内容的基本特征就抓住了文学的基本特征这一问题的关键。一定的内容决定一定的形式。文学之所以采用艺术形象这一形式反映，就是因为艺术形象本身具有的特点能够适应并满足文学的内容的要求。"①这一见解虽不足以颠覆苏式教材，但已大胆创建和科学的思考，对于当时抵消全盘政治化弊端而张扬人性的审美潮流具有明显的开风气作用。正是依托这篇在学术界产生较大反响的独创性论文，1984 年童庆炳独自编写出他的第一部教材《文学概论》，把"文学是社会生活的审美反映"及"审美是文学的特质"的文学观念写入其中，以具体的文论教材实践从理论上坚决纠正长期忽视文学的审美特性的偏颇，冲破了旧有理论模式，对文学理论的政治化倾向进行了有力的消解，文学理论教材开始重视文学自身特征，这些理论亮点的开创之功，启示了文学理论发展的趋向和未来。

1985 年由钟子翱、梁仲华、童庆炳执笔的《文学概论》是这个阶段苏化模式的集大成者。虽然大体框架不脱苏式教材窠臼，如依旧有鲜明的政治性，强调文学的阶级性和党性，批判"地主资产阶级人性"，以较大篇幅概括政治、道德、哲学、宗教等对文学发展的作用，但已经有了很大突破：苏式教材"认定文学是对生活的形象反映的产物，其认识功能是根本（而审美功能仅居其次）；创作决定作品（作品仅从

---

① 童庆炳：《北京师范大学学报》，1981 年 6 期（后收入《中国新文艺大系（1976—1982）理论一集上卷》，北京，中国文联出版公司，1988。

属于作家，无独立价值）；思想内容决定语言形式（语言形式服从于思想内容）；作品政治（思想）标准先于和高于艺术（审美）标准；现实主义高于浪漫主义；革命现实主义高于批判现实主义等等"①。而这部教材针对这些弊病有了不同程度的纠正，体现出新的时代精神和文论特色：教材承继了1984年童庆炳的《文学概论》中对文学审美特性的强调，例如概括文学形象时，认为"文学反映社会生活不同于科学的反映就在于它是一种审美的反映，是更富有作家的个性特点和审美感情的反映"②。将"文学是人学"重新写入教材，明确人物是文学描写的中心，强调文学语言在文学作品构成中处于"特别重要的地位"，突出语言的独立性和审美价值。对包括语言在内的作品形式因素的讲述远超对作品内容的概括，同时教材认为文学作品内容和形式的区分"是相对的，不是绝对的，一切要以我们是在哪个范围来考察内容和形式的问题为转移"③。教材强调作家情感和个性，将形象思维概括为"以形象作为思维运动的形式，以感情作为思维运动的推动力，带有作家的个性特征的思维"，将风格概括为"一个作家的精神个性在作品内容和形式的统一中所显现的独特性"④。教材还对文学创作过程中的灵感做了详细分析，肯定灵感对作家创作的作用。这在一定程度上避免了机械分析文学的弊病。教材在本土化方面远超同阶段著作，对古代文论和中国文学的吸收和融入也远超对国外文论、文学的引用，

---

① 王一川：《探险者风范——略说童庆炳的教材工作》，载《文艺争鸣》，1998(1)。

② 钟子翱、梁仲华、童庆炳：《文学概论》，48页，北京，北京师范大学出版社，1985。

③ 钟子翱、梁仲华、童庆炳：《文学概论》，180页，北京，北京师范大学出版社，1985。

④ 钟子翱、梁仲华、童庆炳：《文学概论》，392、478页，北京，北京师范大学出版社，1985。

从而使教材呈现鲜明的中国特色，例如在论述创作必要条件时，用司马迁、刘勰、韩愈、欧阳修、陆游、谢榛、袁宏道、钱谦益、王夫之等人的相关论述生动准确地做了介绍，在阐述风格时，引入刘勰的《文心雕龙·体性》，凡此种种，举不胜举。此外，教材还在绪论中介绍了文学理论的学习方法，也使学生的学习更有目的性和实效性。

这个时期还有金开诚的《文艺心理学论稿》[1]、唐正序主编的《文艺学基础》[2]等，在此不再一一分析。

总之，80年代前期，在高校文论教学领域占统治地位的仍是50年代以来的苏式教材模式，不可避免地具有明显的局限性，阻碍着文学活动的开放与发展。虽然80年代前期这些影响较大的教材仍然没有完全摆脱苏式教材的范式，但都或多或少地做着自我调整，有着力图突破苏式教材体系的努力，虽有过踌躇、徘徊、犹疑、延宕，前进探索的脚步却始终没有停下，编著者们带着学术探索的勇气，艰难又不懈地前行着，几乎每一部教材的编写都努力消除苏联教材范式的影响，摆脱"左倾"思维方式和庸俗社会学、机械唯物论的束缚，积极探索新的研究领域、研究方法和研究视角，学术的禁区一点点在突破，在建设中国特色文学理论教材的路上不断砥砺前行。

第二节 文学理论西风渐来(1985—1989年)

新时期之初，与社会各领域全面展开拨乱反正相同步，文学理论

---

[1] 金开诚:《文艺心理学论稿》，北京，北京大学出版社，1982。

[2] 唐正序:《文艺学基础》，西安，陕西人民出版社，1984。

界中困扰和束缚人们多年的庸俗社会学、文学工具论、机械反映论等禁区也相继被打破，新的研究领域、文学观念、方法论层出不穷，人性论、审美论等问题重新成为人们关注的热点。到 80 年代后期，文学主体论、新的美学原则、文学的审美特性等话题被相继提了出来，西方现代文艺学美学论著亦被大量译介，引入我国。自由探索、思想独立的学术研究时代真正到来，为文学理论教材领域的反思、创新提供了前所未有的契机，带来了空前的学术活力。

一、本阶段文学理论论争概述

（一）文学研究"方法热"：文学批评方法问题

80 年代中期后，文学批评方法的变革标志着我国当代文学理论批评进入一个新的发展阶段，这场被人们称作"方法热"的变革，使我国文论研究达到新的发展水平。80 年代初的文艺论争大多仍局限在传统理论模式和思维方法中，远不能适应文学的飞速发展现实。有学者总结，"长期以来文艺学的研究变得僵化，失去了应有的活力。""由于受长期的经院哲学的思想禁锢，人们习惯从定义出发，从原理出发，而不是从实际出发，原有的文艺学研究人员知识结构单一化，观念陈旧化，能力贫弱化，他们已不能解释和回答新时期文学创作中像潮水汹涌而来的新现象、新问题，跟一些思想比较开通、企图借外来观念和方法来解释新时期文学现象的年轻的或不很年轻的新军，又发生了冲突，加重了文艺学研究领域的危机。"①因此，80 年代初，就有批评家呼吁"文学批评也要探索新路"，继而有关文学批评方法的讨论开始日

---

① 童庆炳：《文学活动的美学阐释》前言，西安，陕西人民出版社，1989。

益增多，西方各种新的研究方法被大量引入，最初以引进、吸收现代科学自然方法为标志，以"三论"（系统论、信息论、控制论）为代表，对中国学术界产生深刻和显著的影响。自 1980 年以来，我国理论界就开始大量介绍"三论"以及相关的边缘性或综合性学科，诸如系统、元素、信息、反馈、结构、功能、熵等新鲜而陌生的术语、概念被吸收到文学理论批评中，并陆续出现相关的文学学术论文，以林兴宅的《论阿 Q 性格系统》和《论文学艺术的魅力》[1]为代表，推动了系统论及其他自然科学方法引进文学研究领域的速度和深度。1984 年至 1985 年运用"三论"研究文学的论文大量出现，各种自然科学理论方法都被引入文学研究领域。1982 年 4 月，《当代文艺思潮》创刊，以"开拓文艺研究领域，革新文艺研究方法"为主要宗旨，并有意识地介绍、借鉴其他学科。其后到 1984 年，该刊相继推出"美学与文艺学的现代化问题"和"文艺学与现代科学"等专栏，发表了一批运用其他学科的理论和方法的文学论文，这些论文从理论视角、思考方式、分析手段、逻辑构架、批评文体等多方面进行了创新。1984 年 12 月，中国社会科学院研究生院与中国科学院研究生院在北京联合召开了"现代自然科学与社会科学学术讨论会"，自 1984 年下半年以来，《文艺报》《文学评论》《文艺理论研究》等刊物相继设立了"文艺特征与新方法""文学研究方法创新笔谈""新方法与文艺探索"等专栏，连同在北京、厦门、桂林、扬州、武汉等地举行的一系列学术讨论会，共同把文学批评方法的变革推向了高潮。1984 年遂被一些学者称为"方法年"[2]，80 年代

---

①　林兴宅：《论阿 Q 性格系统》，载《鲁迅研究》，1984(1)；林兴宅：《论文学艺术的魅力》，载《中国社会科学》，1984(4)。

②　也有学者将 1985 年称为"方法论年"，可以见出这股"方法热"集中在 1984 年前后。

中期也成为"方法热"的时代，文学研究的方法和观念以空前的规模进行着更新和变化，直接改变了中国当代文学理论的基本面貌。通过讨论，文论界达成一些共识：第一，充分认识方法论在文学研究中的重要地位和作用；第二，认为文学研究方法是由处于不同层次的诸多方法构成的综合体系，包括哲学方法、一般方法和具有学科特点的具体方法；第三，肯定了以"三论"为代表的自然科学方法论对于变革文学批评方法所起到的推动作用。

但同时也有批评家指出，在当前的方法论讨论中要警惕文学理论的科学主义倾向，因为包括文学在内的人文学科与自然科学的研究对象不同，方法也应当有所不同，文学是对人生意义和价值的揭示，对人的独特感受和精神世界的表现，是富于作家个性的独特表达，文学很多层面都是自然科学方法所难以切入和界定的，"'科学的方法'有点像一柄解剖刀，它是锋利的、便捷的，却也是冷峻的、无情的，其操作运用的结果，在弄明白了机体的某些构造和组合的同时，常常也夺去了机体的生命，它得到了艺术的躯壳，失去了艺术的精灵"。①"自然科学的迅速发展形成了对人性社会科学（包括文艺学）的冲击，人文社科不能不吸收自然科学的新成果，但如何根据学科的特点来吸收和运用，又绝非易事。"②这些批评家的论断体现出文学批评方法变革的人文主义倾向。文论史证明，他们的担心并不是多余的，大多数80年代中期曾经繁嚣一时的科学主义研究方法昙花一现，很快退出了文论研究。

尽管这一时期对于方法论有着科学主义和人文主义的分歧，却并

---

① 鲁枢元：《艺术精灵与科学方法》，载《文艺报》，1985(7)。

② 童庆炳：《文学活动的审美维度》，前言，北京，高等教育出版社，2001。

不影响文论家和批评家们选择个人喜好的理论模式和批评方法开展文学研究。1985年以来，西方20世纪的理论批评著述被大量地译介到中国，更为新时期文学理论批评建设提供了源泉，进一步促进了批评方法的变革。在诸多引进文论中，有几本书籍格外有分量：韦勒克、沃伦《文学原理》①引入了外部研究与内部研究，在当时文论界几乎具有了指导意义，被广泛地加以研讨和借鉴。这本书出版的1984年也成为新时期文论的一个重要节点。随后，1986年伊格尔顿的《二十世纪西方文学理论》②出版，1989年艾布拉姆斯的《镜与灯》③出版，在这些著作中，人们领略到西方各种批评流派的踪迹，这几本著作的文学观念也成为之后的文学理论建立新体系的重要参照系，文学理论教材建设则紧跟研究的步伐卓有成效地向前迈进。直到90年代，我国当代文学理论在十余年间完成了西方一个多世纪的理论批评的引进和吸收，逐渐由喧嚣骚动的"方法热"转入平稳实用的各派批评理论建设，并形成了多种方法、多种派别并存的文学理论批评格局。

(二)文学观念的变革：从本体论到主体论

科学的方法可以帮助人们发现真理，因此文学理论方法的更新和改变也促使文学观念发生变革。继"方法热"之后，文学研究界兴起的又一个理论热点集中在文学观念方面，从1985年第4期开始，《文学评论》推出了"我的文学观"专栏，发表了鲁枢元、孙绍振、刘心武的

---

① ［美］勒内·韦勒克、奥斯汀·沃伦：《文学原理》，北京，生活·读书·新知三联书店，1984。

② ［英］伊格尔顿：《二十世纪西方文学理论》，西安，陕西师范大学出版社，1986。

③ ［美］艾布拉斯：《镜与灯——浪漫主义文论及批评传统》，北京，北京大学出版社，1989。

理论文章，他们不约而同地把"本体论作为一条自觉的思路"，提出了探讨文学本体论的主张。与此同时，文坛宿将王蒙也提议"应该重视文学的本体论的研究"。随之，围绕文学本体论的热烈探讨展开了。

"本体论"是关于世界本源、本质的哲学术语。新时期的文学理论基于不同的哲学素养和各自吸收的不同理论学说，对文学本体做出不同的解读，旨在深入探究文学的根本特性。由于不同的理论倾向，所以形成了人本主义的文学本体论和形式主义的文学本体论。

人本主义的文学本体论是新时期形成较早、影响也较大的文学本体论派别，它拓展了"文学是人学"的内涵，将文学的本源定位于"作为主体的人（人类和个体）为研究对象"。这种本体论包含了三种比较有代表性的理论观点。

最早出现的是自我表现论的文学本体论。这是新时期理论批评中争议最大、影响最大的文学本体论。这种观点不仅继承了传统表现论的观点，还吸收了现代心理学的理论，将作家的心灵和思想情感视作文学的本源。最初，观点的提出基于对当代文学创作中作家情感长期被压抑的现象，带有自发性和无意识性，后来鲁枢元应用现代人本主义心理学理论，将文学的本体从反映论所强调的"物理世界"移置到"心理世界"，他认为"社会生活只有首先成为心理的，才有可能成为艺术的，文学艺术的世界是一个'心理的世界'"，"文学是人的心灵创造性的自由表现"[1]。鲁枢元把自我表现提升到文学本源和基本属性的理论高度加以阐发，充分肯定了自我表现对于文学起源和艺术创作的重要性，针对机械反映论和政治功利主义的文学观忽视文学创作主体弊病做了有力的反拨。

---

① 　鲁枢元：《用心理学的眼光看文学》，载《文学评论》，1985(4)。

　　其次是主体论的文学本体论。它根植于 80 年代我国学术界在哲学、美学、文学上关于人的主体性和文学的主体性的讨论，新时期主体性命题的提出发生在美学界，其哲学基础是马克思在《1844 年经济学哲学手稿》等著作中关于人的实践和主体性的论述。80 年代初，李泽厚在长期研究康德哲学和马克思主义美学的基础上提出了"主体性论纲"，1985 年他在文章《关于主体性的补充说明》中，从哲学和美学层面上对主体性问题展开了具体论述，建构起"人类学本体论"理论。随后刘再复应用这一观点系统展开了文学本体论的构想。他在《读书》1985 年第 2、3 期分别发表《文学研究思维空间的拓展》《文学研究应以人为思维中心》，"文学主体性"观点初见端倪："我们过去的文学研究，主要侧重于外部规律，即文学与经济基础以及上层建筑中其他意识形态的关系，例如文学与政治的关系，文学与社会生活的关系，作家的世界观和创作方法等，近年来研究的重心已转移到内部规律，即研究文学本身的审美特点，文学内部各要素的相互联系，文学各个门类自身的结构方式和运动规律等，总之，是回复到自身。"[①]他提出要重视人在文学活动中的主体地位，认为文学研究的中心要从外部的对客体的研究转向对文学自身的主体的研究，重心要从客体转向主体，要进一步开拓研究的思维空间，而"文学主体性"的理论构建是在 1985 年《文学评论》第 6 期和 1986 年该刊第 1 期上发表的长篇论文《论文学的主体性》一文中实现的，在文章中，他集中阐发了"文学中的主体性原则"即"要求在文学活动中不能仅仅把人（包括作家、描写对象和读者）看作客体，而要尊重人的主体价值，发挥人的主体力量，在文学

---

　　① 刘再复：《文学研究思维空间的拓展》，载《读书》，1985(2)。

活动的各个环节中，恢复人的主体地位，以人为中心，为目的。"①此后，陈涌、郝亦民、何西来、徐俊西、敏泽、王春元、洪永平、杨春时、程代熙、白雪明、汤学智、郑伯农、杨柄等多位学者以及中国社会科学院文学研究所文艺理论研究室等研究机构就"文学主体性"问题展开了热烈的讨论。

概括起来，刘再复的文学主体论包括三个最重要的构成部分：强调文学研究应以人为思维中心，应当"给人以创造主体的地位，给人以文学对象主体的地位，给人以接受主体的地位"②。即作为创造主体的作家、作为文学对象主体的人物形象、作为接受主体的读者和批评家。他认为正是由于"我国文学在相当长的一段时期，普遍地发生主体性失落的现象"，才迫切地"需要探讨一下文学主体性的回归、肯定和实现的途径"，"探讨主体性的目的，就是要使我们的文学观念摆脱机械反映论的束缚，踏上更广阔、更自由的健康发展的道路。"提倡作家和读者的精神主体的自由和超脱，肯定人性复归和审美创造的意义，不仅在当时呼应了人道主义的社会呼声和文学创作实践，也接续和拓展了 50 年代对"文学是人学"的理论思考，因此有的批评家评价说"文学主体性是文学领域中人道主义的一个哲学化的提法"③。尽管当时人们对刘再复的观点还有指责和争议，但毫无疑问，经此讨论，主体性已经成为 80 年代后新时期文论家在研究各种文学理论时必须直面的一个重要文论问题了。

第三种文学本体论是存在论或生命论的本体论。这种观点更多

---

① 刘再复：《论文学的主体性》，载《文学评论》，1986(1)。

② 刘再复：《文学的反思》，45 页，北京，人民文学出版社，1986。

③ 何西来：《对于当前我国文艺理论发展态势的几点认识》，载《文艺争鸣》，1986(4)。

地受到现代西方哲学思潮非理性主义思想的影响，如存在主义、生命哲学、弗洛伊德主义等。虽然这种观点也认为文学艺术的本体在于人类本体，但将人类本体限定为人的"生存"，或者"生命""生命存在"，强调其对艺术作品所具有的本体论意义，引入了西方哲学中"生命意识""生命冲动""生存境遇"等概念，构建起文学本体研究的新视域。

与人本主义的文学本体论并驾齐驱的是形式主义文学本体论，形式主义文学本体论经历了作品本体论、形式本体论到语言本体论的历程。作品本体论源自英美新批评及韦勒克、英伽顿等人的论述，也吸收了现代语言学和语言哲学观念，把文学作品视为一个"独立的自足体"。形式本体论强调文学作品的形式结构对于文学的本体论意义，同时强调文学语言对形式本体论的重要性："所谓文学，在其本体意义上，首先是文学语言的创造，然后才可能带来其他别的什么。由于文学语言之于文学的这种本质性，形式结构的构成也就具有了本体论的意义。"①在此基础上，形式主义文学本体论自然过渡到语言本体论。语言本体论强调"作为唯一的一种语言艺术，文学不仅以其语言符号——文学语言——为最深刻的动因，而且也必然以此作为自身的最直接目的"②，确立语言的本体地位。

形式主义文学本体论的意义在于针对一向被文论界有意无意忽视、轻视的文学形式或语言环节，唤起了人们对文学作品的形式或语言的重视，填补了当代文论中的这一重要因素，对于加强作者对文本的语言和形式的创造力，提升读者对形式和语言的艺术鉴赏力都起到

---

① 李劼：《试论文学形式的本体论意味》，载《上海文学》，1987(3)。
② 参见吴俊：《文学：语言本体与形式建构》，载《上海文论》，1988(2)。

积极的推动作用。这些观点对文学理论教材编者有着至关重要的影响，从教材结构体系到文学观念乃至叙述语言自身都发生了潜移默化的作用。

二、文学理论教材概述

在这个时期，苏式教材体系并没有完全退出历史舞台，但已经明显不适应日益繁荣发展的社会要求和文学要求。因此，改革苏式教材模式，冲破苏式教材体系框架，已势在必行。

早在80年代初，徐文玉在《文艺理论教材要有科学性、实践性、民族性》一文中就提出："理论上的左倾和僵化，体系上的陈旧，内容上和我国文艺传统和创作实践相脱节，是现行文艺理论教材的最大弱点。因此，是到了该改革的时候了。"他为新的文艺理论教材构想了这样的框架：（1）通论，主要是用马克思主义观点阐述文艺的本质；（2）创作论，中心问题是文艺作品的构成及其特点；（3）作家论，主要阐述作家的艺术修养、生活储备、构思和创作过程中的思维方法与特点，作家的风格、作家的思想立场和艺术才能对创作的影响；（4）鉴赏论，研究的是欣赏、评论文艺作品的方法和要求；（5）思潮论，目的是扩大学生的文艺知识。他认为，"新的文艺理论教材如果能按这个路子编写，那么教材的科学性、思想性、实践性和民族性就有可能增强，就有可能在较大的程度上突破现有文艺理论教材体系。"①

80年代中期以后，文艺理论界质疑"仿苏模式"的声音越来越成为

---

① 徐文玉：《文艺理论教材要有科学性、实践性、民族性》，载《文艺理论研究》，1982(1)。

主流，文艺理论的改革呼声日益高涨。1987 年 11 月，国家教委在重庆召开了全国文艺学研讨会，会议指出为促进高校文科教学改革，必须抓好文学理论教材建设，并要求各高校代表组织编写出以马克思主义为指导的新大纲或新教材。随之在全国掀起了文论教材编写的热潮。1987 年前后比较有代表性的教材就有：侯建《文学通论》(北京大学出版社 1986)，吴调公主编《文学学》(百花文艺出版社 1987)，余飘著《文学概论》(天津人民出版社 1986)，方可畏和严云受主编《文学概论》(安徽教育出版社 1987)，郭正元编著《文学理论基础教程》(中山大学出版社 1989)，向锦江、张建业主编《文学概论新编》(北京师范学院出版社 1988)，高等教育自学考试汉语言文学专业辅导丛书编委会编《文学概论》(贵州人民出版社 1985)，曲本陆、郭育新编著《文学概论教程》(东北师范大学出版社 1985)，童庆炳等编著《文学概论自学指导》(解放军出版社 1985)，王钦韶等编著《新编文学概论》(河南大学出版社 1987)，张远贵编著《文学概论手册》(西南师范大学出版社 1987)，张孝评主编《文学概论新编》(西北大学出版社 1987)，王元骧《文学原理》(浙江教育出版社 1989)，闵开德主编《文学概论》(光明日报出版社 1986)，林焕平主编《文学概论新编》(广东教育出版社 1986)，王振锋、鲁枢元《新编文学概论》(河大出版社 1987)，陆学明、戴恩允《文学原理新编》(吉林教育出版社 1988)，钱中文等人《文学原理——发展论》(社会科学文献出版社 1989)，曹廷华主编《文学概论》(高等教育出版社 1986)，刘叔成《文艺学概论》(中央广播电视大学出版社 1985)，王向峰主编《文艺学新编》(辽宁大学出版社 1987)，畅广元等人《主体论文艺学》(中国社会科学出版社 1989)，樊德三主编《文学概论》(东北师范大学出版社 1989)，孙子威主编《文学原理》(华中师范大学出版社 1989)等。这些教材都以破旧立新为目标，共同致力于消除苏联模式的影响：抛弃和批判了"左倾"思维方式、庸俗社会学方法、文学工具论、机械反映论等苏式教材弊病，积极探索新的文学观念、研究视角和方法，使文学研究从文学外部转向内部，从抽象的文学规律概括转向具体的文学活动总结，文学意识形态反映论转向审美反映论，主体论取代了反映论。

三、主要教材简析

(一)教材的过渡：以刘叔成的《文艺学概论》为例

刘叔成的《文艺学概论》有比较强的针对性，授课对象是电大语文专业、新闻专业和党政干部专修班的学员，该书改变了 1983 年由他主编的《文学概论四十讲》各个专题之间缺乏体系上的联系、平行并列的做法。按照著者的考虑，修改之处主要有："改变了'四十讲'的体例，按文学理论的基础论题分编、分章、分节进行阐述"；"增加专节对'文学的党性与创作自由'进行论述，专章阐释'西方文学中的现代派'"；"在阐发形象思维问题时，对作家的创作过程作了简要的介绍"。① 这部教材的体系是完整的五大块：绪论和第一编是本质论，第二编是创作论，第三编是作品论(含风格论)，第四编是发生发展论，第五编是鉴赏批评论。和 80 年代上半期的文论教材相比，该教材既有传统教材的影子，也有了多方面的突破，预示了新的文学理论发展方向。下面我们主要以蔡仪的《文学概论》为参照物，发掘该教材的创新之处。

在这部教材的引言中，着重强调了教学目的："树立观点、掌握知

---

① 刘叔成：《文艺学概论》，511～512 页，北京，中央广播电视出版社，1985。

识、培养能力。"除了第一点和以往教材一样强调要用马克思主义和毛泽东思想武装自己，后面两点则都是从"理论联系实际"出发，要求学生要懂得"有关文学创作、文学批评的种种知识，而且应该阅读大量的文学作品，广泛地接触各种文学现象"，"还要注意能力的培养，要能运用学到的理论来分析文学作品、文学现象，写出有一定水平的文艺评论文章。"[①]这种实事求是的学习态度，放在全书开始的引言中特别提出，不能不说是新时期初期真理标准大讨论和党的十一届三中全会提出的"解放思想"在具体文学理论学科方面的显现，是时代精神的具体体现。

　　绪论内容虽然仍是从反映论角度来看待文学本质，也遵循了"文学是一种社会意识形态"→"文学通过形象反映社会生活"→"文学用语言塑造形象"的三段论式论证方法，但其内涵已有很大改变。绪论被命名为"文学的特质"，和以往教材开篇将文学本质定位为"社会意识形态"也显出差别，这不是简单的名称上的改变，而是反映了著者在教材理念上的改变：有意弱化文学的意识形态性，突出文学基本特质。第一节"文学是一种社会意识形态"，虽然名称和蔡仪本相同，但其含义已差异很大。著者从"文学艺术创作时人类社会特有的精神现象""文学对生活的反映是再现与表现的统一""怎样看待文艺创作中的自然景物描写"三部分来阐述。批评了机械唯物论的做法："在'左'的思潮和路线的影响下，'文艺是社会生活的反映'这一科学的命题，却被片面地加以解释和发挥。有人认为，文学的使命仅限于描摹生活的图景，再现客观存在的事物，假如谁强调文学应当表现作者的情志，抒发作者的爱憎，就会被看作倡导唯心主义的文艺观。"正确的做法是"我们要坚持唯物辩证法，反对形而上学，要懂得文艺反映生活时再

---

　　① 刘叔成：《文艺学概论》，引言3页，北京，中央广播电视出版社，1985。

现与表现的统一"。并进一步强调："文学要充分重视文学反映社会生活时作者的主观能动性，强调作者的思想情操和独具慧眼的审美认识对于文学创作的决定作用。"①在这里，著者明确反对旧有教材中将文学等同于现实的旧唯物主义，将文学的外部因素作为文学决定因素的思维方式，突出作者的主观能动性，尤其是作者思想情感和审美认识对文学的决定作用，这种对文学内部因素和审美特质的强调显示出著者理论创新的勇气和实践。

第二节"文学通过形象反映社会生活"，第一部分"形象是文学艺术反映社会生活的特殊形式"，首先通过辨析《辞海》中形象的定义"文学艺术区别于科学的一种反映现实的特殊手段"，说明传统文论对形象界说的不妥之处："没有强调形象是作家、艺术家审美认识的结果，而把客观事物的样子、状态同作为观念形态的形象严格区分开来，容易使人忽略形象作为文学艺术独具的特征所必然具有的强烈的主观感情色彩。""用'图画'来界说形象，是用小概念来阐释大概念，在形式逻辑上也是不妥的。并且，'图画'强调的仅仅是形象给我们的视觉感受，而某些艺术却不给或很少给人以视觉形象。""把自然现象同社会生活割裂开来，视为独立于生活之外的文学艺术表现的又一对象，也不科学。"这里否定的形象的三个方面，恰恰是以往文论课本常用的界说方式，也显示出著者要与以往文论（包括苏联文论，"图画"是典型的苏联文论教材常用话语）划清界限的努力。第二部分"艺术形象的特点"，在以上辨析的基础上，总结为"概括性和具体性结合""主观性和客观性结合""思想性和娱乐性结合"三个特点，其中概括性、客观性、思想性是以往教材极力阐述和强调的，具体性、主观性、娱乐性作为

---

① 刘叔成：《文艺学概论》，5、7页，北京，中央广播电视出版社，1985。

文学特质，在以往教材中是有意遮蔽或忽略的，这部教材明确提出并加以细致阐述，也是作者吸取新的文论观念在教材中的体现。

第三节"文学用语言塑造形象"概括了文学和其他艺术相比不同的特点："形象的间接性""概括的广泛性""思想的丰富性"，从而给文学下了定义："文学是用语言塑造形象来反映社会生活的一种意识形态"。其中指出"我们强调文学的特殊地位，是要大家重视文学的作用，而绝不是要把文学凌驾于其他艺术之上"。这也是对以往将文学地位抬到太高位置的不恰当做法的含蓄的批评。

第一编在从反映论角度概括了文学特质之后，按照传统惯例，应该从社会历史的角度来分析文学。这部教材也仍是按照这一体系进行的，但是，如同绪论一样，同样的名称之下不再是相同的内容，著者在第一编开头就明确表示：本编"进一步考察文学同人类社会生活的关系、文学在社会生活中的地位和作用，了解文学所应当担负与可能担负的职责。按文学理论的通常说法，就是讲述文学同文学之外的事物的关系，即外部关系。然而，外部关系同内部关系——文学自身的特点、规律——是不能机械分割的。所以，我们要紧密联系内部关系，联系文学本身的特点和规律，来研究外部关系，从而更深刻地把握文学的社会本质"。如此旗帜鲜明地彰显文学的内部关系，也同样是著者对文学研究从外向内转的重要标志。最明显的表现在本编第二章"文学的阶级性于人性"不再将作家的阶级性等同于作品的阶级性，而是指出"文学阶级性的复杂性"。如果不懂得这一点，"就必定把复杂的文学现象简单化，以致犯'左'的、教条主义的错误"。第二节"一定阶级的文学与政治的关系"，提出"文学与政治同为社会的上层建筑，"所以不存在谁决定谁的附庸关系，政治在经济、文化间起中介作用，政治和文学相互影响，所以，"文学不能脱离政治，政治也不等于文学"。这对之前教材"文学为政治服务"的文学观不啻是一个颠覆。在第三节"文学与人性"中，作者否定了把人性等同于阶级性的提法，因为"这就把人性和阶级性的关系简单化了"。"人性受制于具体的社会实践、社会关系，它的内涵显然比阶级性较为宽泛，因而不能以阶级性来囊括人性的一切表现。""在阶级社会里人性带有阶级色彩，但又不等于人性。"……这些和之前教材中彻底断定没有超阶级的人性形成了鲜明的对比。

教材的另一大亮点是第二编创作论的若干创新。第一章"形象思维与形象创造"中把"文学创作中的灵感现象"单列专节展开论述。因为在"文化大革命"中，灵感被当作唯心主义的同义词一直被批判，所以在这部教材之前，灵感一直是被有意规避的课题。作者将此单列，承认灵感在文艺创作中的重要作用，是新时期文论教材一个大胆的突破，之后的文论教材纷纷加以吸收，使文学理论体系更为完善。教材还单列第六章"西方文学中的现代派"，概括了现代派文学的渊源和特征，对其主要派别如"意识流""象征主义""超现实主义""荒诞派""黑色幽默"等做了介绍，旨在使学生能够正确看待西方现代派文艺，并"关系到中外文化交流和对于西方社会和文化的全面认识"。这种开放的学术理念、博大的学术胸襟，表明我国新时期文学理论学科面向世界、与世界接轨的决心和信心，不仅开阔了学生的视野，更体现了改革开放积极昂扬的时代精神。

除此之外，教材在"文学鉴赏"章节中提出的"文学鉴赏是形象的再创造"的观点，很显然是受到这一时期引进的接受美学相关观点的启发。而在谈论文学批评的标准时，也不再是"政治标准第一，艺术标准第二"。不但将现阶段的政治标准更新为"四项基本原则"，还提出"政治不等于艺术，文学批评的标准也不能简单地用政治标准来代替。一部作品，符合政治标准的要求，仅仅说明它在政治上没有什么问题，而并不意味着它就是一部好作品。因为……缺乏艺术性的作品，无论政治上怎样进步，也是没有力量的"，"当文学批评标准同政治标准的要求出现某些差异时，我们既应从政治上考虑，对作品做出妥善的处理，又应采取审慎的态度，让群众的社会实践和文学创作、文学鉴赏的实践来加以检验。"旧的文论评价文学作品时注重政治性、思想内容评价，教材将文论评价调整为对艺术性的强调，不能不说是理论上的一个进步。[①]

教材的语言也去除了大批判式的戾气，平和、流畅、自然、客观是合格的教材语言。这些理论和实践上的进步贯穿了整部教材，处处闪烁着创新的光彩。

这部教材出版于 1985 年，正是新时期文论教材第一个阶段的转折点，在旧的文学观念制约下编写的教材依旧还有市场，新的文学观主导下的教材已跃跃欲试、势不可当。这部教材就显示出过渡时期的鲜明特色，一方面还无法彻底摆脱和超脱原有体系，另一方面已经有很多新文学观下的独到见解，由意识形态性、政治性转向情感、娱乐、自身规律等审美特质，文学研究由外部研究转向内部研究，著者的重点在后者：从第二编到第四编，"讲授文学自身的规律，即所谓内部关系，具体包括创作论、作品论、风格论、发展论等"，实质上，第五编文学鉴赏批评论与这四编一脉相承，仍是落足于文学自身规律的探讨，表明了文学理论的转向。著者采取的策略是在旧的体系下注入新质，或对旧的知识加以丰富补充或更新，对传统文论片面、错误之处在教材中含蓄地加以否定和批评，同时有意弱化文学理论政治性

---

① 刘叔成：《文艺学概论》，北京，中央广播电视出版社，1985 引文参见各章节。

的论述，和蔡仪本相关论述将近 1/3 的篇幅相比，该教材相关章节占全书比例只有 1/5，对文学现象的论断也比较全面和客观。这些策略虽然保守但不失安全，虽然谨慎但毕竟在进步。

（二）黄世瑜的《文学理论新编》

1983 年黄世瑜应徐中玉先生建议开始编撰《文学理论新编》，该书于 1986 年由华东师范大学出版社出版。它不仅突破了以往三大块的模式，采用五大块的结构模式，而且在大破大立方面走得更远，"该教材的特点是尽量删除那些烦琐与陈旧的内容，力求简明扼要"，"较广泛地吸收当时文艺理论研究方面的新经验新成果，"同时也表现在许多问题的具体论述中，"如对文学描写的重要对象，编者从'文学是人学'的基本观点出发，主张文学描写的主要对象是人。尤为可贵的是，它比较早地介绍了西方现代主义文学发展的概况，并对现代主义文学的艺术特征、主要流派和如何正确对待西方现代主义文学等问题做了分析"。这部教材"行文简介、内容新颖，而且还附有综合材料和小结，显得别具一格"，比较适合做高校文学理论教材。①

（三）曹廷华主编的《文学概论》

该教材 1986 年由高等教育出版社出版，作为国家教委培训中学师资的统编教材，是在国家教委统一安排下编写的。该教材面向的对象是进修高等师范专科汉语言文学专业的中学教师，编写目的是"使学员系统地学习和掌握文学的基础知识和基本理论，帮助学员树立马

---

① 徐一周：《新中国文艺理论教材的一些反思和探索》，载《玉林师范学院学报》，2002(1)。

克思主义的科学文艺观，提高阅读、鉴赏、分析、评论文学作品和辨析文艺思潮、文艺现象的能力，并为学员进修其他文学课程打下必要的理论基础"①。从编写目的中我们可以看出，编者提倡的是理论联系实际的学习，并认为文学理论对其他文学课程具有理论上的指导意义。教材的编写原则是"以马克思主义的基本观点为指导，联系广泛的文艺实践，结合中学语文教学实际，并吸收文艺理论研究的新成果，力求科学性、思想性、应用性的统一，力求表述的深入浅出、简明畅达"。从教材呈现的实际面貌来看，教材编写目的基本达到了初衷。

教材在编写指导原则上是"以马克思主义的基本观点为指导"，和之前的教材相比，"毛泽东思想"不再被直接写入教材指导原则中，这除了和马克思主义无可替代有关，也与当时重新掀起对马克思主义研究的热潮相关，同时也是在"文化大革命"之后有意弱化领袖个人崇拜在文学理论教材上的体现。

教材除"绪论"外，分为五编："文学的特征和本质""文学作品的构成""文学的创作过程和创作方法""文学的鉴赏和批评""文学的生产和发展"，分别对应"本质论""作品构成论""创作论""鉴赏批评论""发生发展论"，体系简单明了，一目了然。

"绪论"和以往教材相比，有了彻底的改变。以往教材或没有"绪论"（如蔡仪本、边疆十四院校本、十四院校合编本），或在绪论部分直接进入"本质论"的讲述，从反映论的角度将文学定位为一种社会意识形态，用形象反映社会生活，用语言塑造形象（如以群本、刘叔成

---

① 曹廷华：《文学概论》，北京，高等教育出版社，1986 年，引文均参见各章节，不再一一指出。

本）。而这部教材真正具有了新时期文学理论教材划时代的意义，对文艺学学科有科学的准确定位和全面思考，在绪论中有系统地展现。教材从学科归属、研究对象、性质和任务三方面规定了文学理论，将其定位为"是属于社会科学范畴的一门学科，它与文学批评、文学发展史共同构成文艺学"。"既要借助于文学批评的成果，又有赖于文学发展史提供的丰富材料。""研究对象总的来说是文学这种独特的精神现象的各种表现形式及其本质、规律和特征。"任务是"将客观地存在于具体而又复杂的文学现象中的基本规律合乎逻辑地抽象出来，以帮助人们科学地认识文学现象，更好地从事创作活动和阅读活动，更好地发挥文学应有的社会作用"。这些提法在新时期文论教材史上都是首次，也是当时最科学地、详尽地、完整地、系统地对"什么是文学理论"的回答。

"绪论"讲了三个问题："什么是文学理论""教材的总体结构""学习文学理论的意义和方法"，分别对文学理论的研究对象、学科性质及教材的结构原则、学习方法做了简要说明。将"什么是文学理论"定为学习文学理论首先应该了解的问题，突破以往教材将文学的意识形态属性列在首位的编写惯例。其深藏的动机在于不再将文学理论视为某种外在因素主导制约下的产生物和附属品，强调文学的外在因素，而是将文学理论回归学术自身，与理论之外的东西拉开一定距离，探讨文学理论的自身规律，保持文学理论的自身品格，树立文学理论学科的独立性——这种文学理论研究的内转在"绪论"中表现得非常明显。

第一编"文学的特质和本质"与以往教材编写顺序也不一样，以往教材是将文学的意识形态性放在第一位，然后是形象性、语言艺术，这部教材第一章则是"文学的特征"："文学用形象反映生活""文学是

语言艺术""文学典型"；第二章"文学的社会属性"："文学是一种社会
意识形态""社会生活是文学的唯一源泉""文学的阶级性和人民性""文
学的社会作用"。这个先后顺序的调整内蕴丰富，反映的是编者文学
理念的更新：对文学基本属性由外部研究转向内部研究的趋向和实
践，对文学之所以为文学的审美性愈发重视并提到首位。教材也不再
从社会学反映论和历史史观角度将文学性质规定为"文学是一种意识
形态"和"文学是一种上层建筑"两个方面，而是合二为一，以"文学的
社会属性"来加以概括且只提"文学是一种社会意识形态"，不提"文学
是社会的上层建筑"。因为该教材规避了文学上层建筑论，所以原有
顺理成章引出"文学和政治的关系""文学的政治性"的内容也就失去了
前提，不再提起，只是从社会意识形态论导出"阶级性是阶级社会中
各种意识形态的普遍属性，文学也不例外"，但是该教材将论述的重
点放在"文学阶级性的复杂表现"和"文学的人民性"部分，要求"对具
体作家的具体作品进行实事求是的科学分析，决不能简单地用作家的
阶级出身、阶级归属来判定作品本身阶级性的实际表现"。"对文学的
人民性，要联系一定的历史环境，结合当时的时代精神、阶级矛盾和
社会问题，进行具体分析。"这种避免"文学为政治服务""阶级性就是
人性"的做法和取舍是对文学理论教材政治色彩浓厚的有意疏离，体
现了编者力图回到文学本质的努力。在"文学的社会作用"一节，编者
将文学的作用归结为审美作用，认识作用、教育作用、娱乐作用是审
美作用的具体体现，三者统一在审美作用之中，而且是在审美的过程
中实现的——将审美性、审美问题提到文学最重要的性质和具体表现
的高度上，是这部教材的突出表现，文论界关于文学审美特性的讨论
至此已作为公论和定论进入了文论教材，说明对文学的本质认识已经
上升到一个新的层面。

在第四章"文学作品的体裁分类"中，编者增添了"影视文学"一节。这是新时期较早把电视文学编入文论教材的，20世纪70年代末80年代初，电视逐渐走入万千百姓家，随着电视的普及，电视为人类提供了新的传播媒介，电视艺术形式对人们的影响也日益加大，逐渐改变着人们的审美方式和审美意识，电视剧、电视专题片、电视文艺等节目类型在飞速发展，电视文学也日益被重视。教材对这种新的文学类型加以介绍，分别介绍了电影艺术和电视艺术的一般特点和区别，虽然囿于认识水平，编者认为电视文学与电影文学具有基本相同的性质，所以在电影文学和电视文学方面并没有加以区分，而是合为"影视文学"加以阐述，但将电视文学编入教材，说明教材编者对时代发展带来的文化现象的敏感性和文论研究的及时性，开启了文论教材电视文学研究的先河。

教材第五章"文学的创作过程"内容和以往教材差别很大，教材认为"文学的创作过程包括三个相对独立而又相互联系的阶段"："艺术发现与创作欲望的产生、艺术构思与主体因素的深入、艺术传达与艺术意象的物化"。这种对文学创作过程三个阶段的论述，既肯定了蔡仪本对过程体系不做片面区分的优点和边疆十四校教材对过程阶段的有序划分，也弥补了二者论述不完整和结论片面的缺陷。更重要的是，80年代思想界、学术界对文学主体性的争论成果及时反映在了教材之中，教材极力凸显创作主体的作用和意义：在创作过程中，"生活的原料经过作家的选择、提炼、加工、改造，转化和升华成为艺术的产品……而要实现这种转化和升华，除了要有丰富的生活原料之外，还必须充分发挥创作主体的能动性和创作性。""由这三个阶段构成的完整的创作过程，始终贯彻着主客体的交流和融汇，既是对生活客体的本质的艺术把握，又是创作主体本质的艺术表现。并且在这一过程中，作家的主体性始终占着积极能动的支配地位：艺术发现是他的发现，形成他特有的创作冲动；艺术构思是他的构思，深入他特有的感受和体验；艺术传达是他的传达，用的是他所掌握的技巧与手段。这样，文学作品才有个性独创性，才能称之为佳作。"这段用排比的手法、充满激情、甚至带着诗意、令人陶醉和振奋的文字，在整部教材中也是不多见的，和客观冷静平实的叙述语调大相径庭，编者的思想倾向和审美倾向非常明显：作家主体性从未像现在这样被提到如此重要的高度，这不仅是编者对新的文学观念的及时吸收，也是为之情不自禁的鼓与呼。在之后第三节"灵感和文学的独特性"、第四节"创作主体的基本修养"、第八章"文学批评"中列出的"文学批评应有的修养"等章节都是从作家主体性出发说明问题，在反映论和客观论大行其道多年的众多文论教材中，这部极力强调主体性的教材脱颖而出，令人过目难忘。

这部教材的鉴赏批评论分量也非常大，占全书（包括绪论）的 1/4 强，除了提高学员（主要是专科进修的中学教师）"阅读、鉴赏、分析、评论文学作品和辨析文艺思潮、文艺现象的能力"这一教材目的，具有针对性和实用性，也是编者对文学独特性进一步理解的加深。其中第七章"文学鉴赏"第三节"接受美学与文学的鉴赏"，是新时期第一次将接受美学完整引入文论教材，并概括了接受美学对文学鉴赏的意义："接受美学认为任何一部文学作品的社会意义和美学价值只有通过阅读才能实现"；"读者在完整的文学过程中不是被动的反映环节，而是积极地、能动地反作用于作家作品的"；"接受美学把文学的接受分为社会性接受和个人接受两种形态"。编者对接受美学的选择和推介，一方面是将西方文论的先进方法引入教材；另一方面，接受美学中对读者主观能动性的推崇与我国当时把"作为接受主体的读者和批评家"视作文学主体的部分观点不约而同，非常易于读者接受。所以编者将西方接受美学和文学鉴赏结合起来，肯定"接受美学作为一种新的方法论，为文学研究开辟了新的领域"，非常有创意和启发性。

第八章"文学批评"中对文学批评标准也有了调整。不再是以"政治标准"和"艺术标准"来区分，而是以"思想标准"替代了"政治标准"，"思想标准是衡量文学作品思想性的尺度。所谓思想性是指作品题材、主题、艺术形象所显示出来的社会、政治、道德、美学的观点及其对读者所产生的思想力量"。从这段话可以看出，政治只是和社会、道德、美学等并列的蕴含在作品题材、主题、艺术形象之中的一种观点，不再对文学具有决定性的制约作用。这种调整，可以纠正文学批评政治为先、内容为重的弊病，使文学更快摆脱工具论、服务论的束缚，对文学展开相对客观公正的评价和研究。这一章的第三节还简略介绍了文学批评的方法：如国内将信息论、系统论、控制论引入文艺研究的方法，国外的层次论、文艺心理学、比较研究等方法论，道德批评、心理批评、形式主义批评、原型批评、结构主义批评等批评模式，并对这些方法和模式加以肯定："开拓了我们的思维空间，有助于文学从多角度去观察和分析文学现象"，"活跃了文学批评，有助于推动文学批评的发展"。这种以开放的胸襟学习、吸收西方文学理论和文学批评的精华的学术态度是改革开放的新时代精神在文论者身上的体现和必然。

此外，该教材是以学生自学为主，为便于自学，编者在每一章前面设有"学习提示"，说明本章的学习目的、要点、难点及和他章的联系，在每一节后附有"思考与练习"，加强巩固学生对知识的掌握，便于学生复习。

(四)王振铎、鲁枢元主编的《新编文学概论》

《新编文学概论》是1984年受河南省教育厅委托编写的,出版于1987年5月,旨在供大专院校、教育学院、成人教育和社会考试使用。教材分三编,第一编"文学原理论",为了不将文学与整个艺术割裂开来,也不把基本原理同各种具体的文学理论割裂开,第一章并不专讲文学,而是从宏观角度大体讨论文学现象,这就避免了片面地、割裂地认识文学原理。第二编"文学创作论",讲作家、创作过程及作品的构成。第三编"文学鉴赏论"。这部教材是国内较早引入艾布拉姆斯文学活动四要素的教材,在教材中被称为文学现象的四个基本要素,并将由这四个要素所构成的菱形边,释为文学现象的四个活动过程。艾布拉姆斯这一观点最早的译文见1986年第6期的《文艺理论研究》,可以说被编者以最快的速度将其吸收进了教材,的确达到了编者"尽可能吸收中外文学理论研究的新成果"的目的。教材之"新"还表现在:第一编在马克思主义一元论基础上介绍了文学的多重本质;设立了"文学方法"一章,但仅把旧的文学理论教材中所立的"文学创作方法"作为其中一节,新增了"文学接受方法"和"文学批评方法",在"文学创作方法"中又新增了"现代主义创作方法"述评。在第二编中,教材着重讲述创作主体的心理过程及其创造性思维的艺术特性,充分吸收了文艺心理学的最新研究成果,同时也显示了编者个人的研究成果,例如编者结合心理语言学将文学语言的特征概括为情境性、暗示性、贴切性、口语性、音乐性、独创性六个方面,这是笔者目见的新时期文学理论教材中对文学语言特性最细致的分析,由于从文艺心理学出发,具有了相当的信服力。在第三编中,教材强调了读者和批评家,从"接受美学"的角度阐述了接受主体在文学史中的活动过程和重要作用，加深了对文学现象全面的科学的认识。教材还非常注重自身的特性，从教学的实际情况出发，充分考虑到师生原有的基础，"使教师和学生在教学过程中稍加努力就能够掌握自如"。在编者看来"如果一味求新，全部另起炉灶，既无必要，也不可能"。因此教材"把文学的基本知识、基本理论和基本方法的教育，作为这部教材的主要内容"①。编者之一鲁枢元先生是我国当代文艺美学颇有建树的学者，他主编的这部教材也显示出更强的美学倾向。

(五)80年代文学理论教材的顶峰之作：吴中杰的《文艺学导论》

吴中杰的《文艺学导论》是个人专著，构思于80年代中期，1987年2月底动笔，10月中完稿，11月打印出讨论稿，12月下旬在国家教委和复旦大学、汕头大学两校支持下召开专家审稿会，1988年5月修改定稿，同年出版。该书刚面世就备受学界和师生高度称赞，甚至被誉为"新型教材"。这部教材堪称80年代文学理论教材之集大成者，不同于细枝末节的局部调整，不是小心翼翼、试探性的修改，而是彻底改变，令人耳目一新，甚至远远走在了90年代很多教材的前面。全书的哲学思想基础、指导原则、方法论、体系、语言表述等有了全新的变化，堪称具有当代意义的文学理论教材，深刻体现了在多种思潮、方法影响下全新的文论观念。

首先，体例、文学观念等多方面的创新。承继曹廷华本《文学概论》的绪论体例，该教材的绪论又有了新发展，不仅规定了文艺学研究的对象、任务、方法，还有很多新观点的阐发。绪论如下：

---

① 王振铎、鲁枢元：《新编文学概论》，前言，郑州，河南大学出版社，1987。

绪 论 文艺学研究的的对象、任务和方法

第一节 文艺学研究的对象和任务

　　一、总观全局，系统考察

　　二、外部关系与内部关系

　　三、稳定性与发展观

第二节 文艺学研究方法论

　　一、方法论的意义

　　二、坚持唯物史观与兼收其他方法

　　三、独立学科与综合科学

　　四、普遍规律与民族特色

　　在第一节"总观全局，系统考察"部分，著者介绍了文艺学的对象是"人类的文学艺术活动"，包括文学理论、文学史和文学批评三个部分，概括了三者之间的关系。解释了教材名称的由来："本书以研究和阐述文艺学基本原理为己任，属于文艺理论部分，……同时，本书作为大学文科教材，在取材上则是以文学为主，兼及其他艺术领域。有人主张将文学学和文艺学分开，……其实，文学与各类艺术的基本理论原是一致的，作为总论，完全可以综合起来研究；它们之间当然各有特殊性，那可以在专论中解决。所以本书虽以文学为主要材料，但仍称为文艺学导论。"从这里，我们看到了著者研究文学理论的跨领域、跨学科的开放思想，这决定了教材思维和学术视野的开阔性。著者指出，文艺学有不同流派，各个流派的观点、对象和范围都不同，"文艺社会学主要研究文艺与社会生活的关系，文艺心理学则研究创作与鉴赏的心理机制；新批评派着重研究文艺作品本身，而接受学派则研究作品在流通过程中，读者或观众在接受方面的问题。"虽然这些

学派各有成就，"但是，作为一门文艺学通论，就不能把眼光局限于一隅，像刘勰所批评的，而要总观全貌，从内到外，从古到今，从生产到流通，从发生到发展，研究文学艺术活动各个方面。因此，本书打算从五个方面来考察文艺问题：一、本质论，二、创作论，三、作品论，四，鉴赏论，五、发展论。"该教材论述了五方面前后顺序安排的内在逻辑："本质论讲文艺的本质、特点、功能，以及文艺与外界的联系。把本质论放在开头部分来讲，的确有些抽象，对初学者来说比较难懂。但这牵涉到文艺的基本观点，后面的许多问题都与此相联系，不先讲清文艺的本质、特点，别的问题无所依据，所以还是应该先从本质论讲起。接着是创作论。创作是文艺活动的中心，是文艺作品的生产过程。有了创作活动，才能产生作品，然后才有鉴赏批评活动。所以，创作活动应予以优先考察。……创作活动的成果是文艺作品，而作品一旦产生，便成为独立的存在。文艺评论固然要有宏观的视野，但总得从作品本身出发。作品论就是将文艺作品作为一种独立的社会存在来考察，研究它的内容、形式和文体特点。文艺作品作为审美客体出现之后，就进入鉴赏过程，同时也就有了评论。所以，作品论之后，接着是鉴赏论。……最后一部分是发展论，再跳出具体作品，从宏观上来考察文艺的发生、发展规律。……这样，全书可以较有系统地设计文艺问题的各个方面，既谈内部关系，也谈外部关系，两方面互相结合，形成一个整体。"

从"绪论"的第一部分我们就可以发现该教材诸多特点：去除或有意疏离了传统教材的意识形态论式的描述，直奔主题，语言文字简洁明了、准确畅达，在新时期教材中这是第一次在文字表述上明确提出"五大块"各自的名称以及相互间的逻辑关系，正式开创了新的文学理论教材体系。教材体系完整、逻辑严密、简明扼要、条理清晰，用通俗易懂的语言讲述了抽象难懂的理论问题，难易适合，充分考虑到教学实际和师生需要。同时作者的文学理论功底深厚，显然对中国古代文论、西方现代文论有着相当了解，所以可以信手拈来，明晰文艺学各个流派的差别，可以自然恰当地引用《文心雕龙》来说明开展系统、综合的文学研究的必要性，语言简洁而文采斐然，可读性强且深具条理性。

其次，客观科学的学术态度和开放的学术视野。例如绪论第一节第二个问题就直指"外部关系和内部关系"，作者先廓清了学术界对这个问题的不同看法，然后说出自己的意见和要求："规律都是内在的，但关系确实有内部和外部之分。一般说来，文艺与外部的关系，属于外部关系；而创作、鉴赏之内在因素，则属于内部关系。当然，这种划分不是绝对的，两者互相影响、互相渗透。作为专题研究来说，为了弥补过去的欠缺，在一段时间内有些人着重研究内部关系是可以的，但作为系统、全面地阐述文艺学基本原理的教科书，则内部关系和外部关系都不可偏废。""我们要求全面地系统地考察文艺的外部关系和内部关系，目的是为了更准确地把握文艺规律，给读者提供正确的文艺观点和综合的文艺知识。"第三个问题是"稳定性与发展观"，提出文学理论教材"要力求有相对的稳定性和宽泛的知识性"，为读者进一步研究文学现象打下基础；同时"并不忽略它的进取性和发展性"，"我们的发展，是在原有基础上的发展；我们的稳定，是有发展变化的稳定"，看待问题全面而不片面，系统而不偏颇，开放而不保守，富有前瞻性但不走极端，理论结合教学实际需要，这是深谙文学理论教学规律的中肯之语。

而在绪论第二节开头，作者将"方法论的意义"单列为一个问题，这在新时期文学理论教材中也尚属首次，我们习见的方式是编者直接介绍应该采用什么方法，这种做法实际预设了一个前提：即编者认为这是天经地义、毋庸置疑的定论，且把方法只当作可以达到某种目的的工具。而在这部教材中，作者直言，方法论非常重要："方法并不是单纯的工具，在哲学上，方法论是与世界观相联系的；在文艺学上，方法论则与文艺观相联系。方法论的变化，预示着世界观、文艺观的拓展。"这样，方法论不仅是工具，更是研究者对某种文艺观的选择和认同。所以作者可以指出"方法也有正误性，我们要根据自己的需要和判断而加以取舍"。不再规定方法的唯一性，这也是时代多元化的一种文本显现。作者提倡坚持以历史唯物主义作为基本方法来观察和研究文艺问题，不仅因为文艺必然受经济基础的制约，取决于物质关系的变动，还依据马恩经典理论，振聋发聩地提出"意识具有相对独立性和交互作用"，忽略这一点就会"把经济因素强调到不适当的地步，这就产生了庸俗社会学"。作者同时提倡"历史唯物主义应吸收其他方法的养分，来不断丰富和发展自己"。针对现象学、发生学及各种自然科学方法的引入，作者也提出要求，"在运用新方法来研究文艺时，切忌生搬硬套，正如运用唯物史观时，切忌贴标签一样。特别是自然科学理论的运用，更有一个转化的过程。虽说文理应该相通，但毕竟研究对象不同，自然科学的理论需要上升到哲学的高度，或者经过哲学的折射，这才能运用于社会科学。否则，容易堆砌术语，满纸饾饤，食而不化。"实质上，作者在这里委婉地对一些教材中的庸俗社会学的方法论、自命创新实则生搬硬套某种自然科学方法的做法予以了否定和批评，确立了该教材要遵循和采用的方法。对于其他学科，作者的态度是"文艺学是一门独立学科，同时也是一门综合科学。因为它与许多别的学科交叉，也就需要运用别的学科的知识"，例如哲学、美学、心理学、历史学、社会学、宗教学、伦理学、民俗学，"吸收其他学科的知识养料来丰富自己，以求取得进步和发展"。不仅如此，作者还旗帜鲜明地提出文学理论民族化的问题，这在新时期文学理论教材史上也是第一次。他认为文学理论要适合中国国情，例如文艺和政治的关系，既不能认为文艺从属于政治，也不能认为完全脱离政治就是正确的，"至少，在中国，文艺与政治的关系历来是密切的，到现代社会，更不可能想脱离。"①对于审美经验，也要考虑民族欣赏习惯与民族文化心理。此外，要从古代文论中吸取养料，融会贯通，古为今用。作者不仅以此作为文论学习的规范，还将这些规范贯穿到了自己这部教材的编写实践中去。

最后，实事求是、理论联系实际的编写原则和方法。面对现实和当下文学理论的发展，为保持文学理论的当代品格，教材融入当代文学、文论的新思想、新潮流。在正文各编的阐述中，第一编本质论的第一章是"文艺的审美本质"，第二章是"情感与形象的融合"，第三章是"文艺的社会功能"，第四章是"文艺的社会联系"，作者非常明确地将审美作为文学本质的第一性，兼论文学的社会性。第二编创作论第一章是"文艺创作的现实基础"，第二章是"文艺创作的主体意识"，第三章是"文艺创作的提炼和加工"，第四章是"创作过程中的思维活动"，把文学的主体意识对文学的影响完全提到和现实生活对文学影响力并驾齐驱的重要地位，是作者吸收 80 年代文学主体论后的教材文本实践。作者不回避现实中有争议的文学观点，而是实事求是地加以客观分析。在谈及"鉴赏主体的养成"中"对象创作了主体"这一问题时，作者观点鲜明地阐述自己对商品经济冲击下艺术生产质量问题的隐忧和期望："在商品经济中，艺术生产和艺术消费正如物质生产和物质消费一

---

① 吴中杰：《文艺学导论》，绪论，南京，江苏文艺出版社，1988。

样，必然要受价值规律的支配，出版和演出都要取决于读者和观众。但文艺作品毕竟不是一般的商品，它肩负着提高民族文化素养、培养良好国民精神的使命，因此又不能完全听任价值规律的支配。社会必须保证高级文艺的存在和发展，以便培养出具有高级审美能力的鉴赏主体。"①

　　理论联系实际还表现在作者以教材的具体内容来呼应教材绪论中提出的思想、方法等。在第三编"作品论"中，无论是将意境引入作品构成分析意境之美，在概括风格形成客观因素时，在时代、民族、地方、阶级特色之外，独出心裁地引入中国古代文论"随体成势"说②；还是在分析创作个性形成原因时以"才、气、学、习"来概括之，以曹植前后期创作来说明艺术风格和创作个性的关系，作者都将古代文论的精华融会贯通到教材之中，自然流畅、准确妥帖，为文学理论教材的民族化做了生动的注脚。第四编"鉴赏论"，吸收接受美学观点，剖析了鉴赏对于创作的影响，将再创造视为文学鉴赏的一个重要特点加以分析，作者强调鉴赏主体能动作用的同时，提出"鉴赏主体本身却又是鉴赏对象所创造的"，所以社会要保证高级文艺的存在和发展，"以便培育出具有高级审美能力的鉴赏主体"。为进一步分析审美力，作者吸收西方文艺心理学和美学观点，展开对美感的分析。对文艺批评，作者既反对把它当作自我表现的手段，也反对将它视为阶级斗争的工具，而是作为一门具有客观规律的文艺科学来看待。第五编发展论以较大篇幅介绍和分析了现代文艺思潮。这些内容充分印证了绪论坚持总观全局，坚持发展观点，坚持唯物史观与兼收其他方法，坚持

---

　　①　吴中杰：《文艺学导论》，276 页，南京，江苏文艺出版社，1988。

　　②　语出刘勰《文心雕龙定势》篇："夫情致异区，文变殊术，莫不因情立体，即体成势也。"即指作家在写不同体裁的文章时，要适应这种体裁的要求。

开展跨学科研究，注重民族特色等指导原则和方法论。

作者这些提法和分析充分显示了作者客观公正的学术研究态度、开放包容的学术视野、科学和实事求是的学术品格，所以这部教材在各个方面不是对之前教材体系、观点、指导思想、方法论、概念术语等做局部调整和部分完善补充，而是彻底将五大块的新体系明确化、理论化、定型化，超越了之前的教材，并重建了新的教材模式（或模板），其中很多科学又客观的观点开启了 90 年代文论的先声，有些深度和广度甚至超出了很多 90 年代的文论教材，因此该教材当时备受欢迎，至今一版再版，2014 年已出到第四版，可见其受欢迎程度，这得益于教材理念的前瞻性、先进性。

（六）80 年代末的文论教材双子星座

1989 年下半年，童庆炳的《文学概论》和孙子威主编的《文学原理》出版。这是两本已经非常规范和成熟的 80 年代后期文学理论教材，虽然两本教材分部在一南一北使用，但两本教材无论是从教材体系、文学观念等诸方面都体现出惊人的相似性，展现出鲜明的时代特色。①

孙子威主编的《文学原理》从 1985 年前后开始酝酿，到 1988 年年底成稿，1989 年出版，时间如此之长，原因之一是"想让自己的思考能经过一段时间的沉淀，不愿草促拿出"。编者希望"力图有所突破和创新，并且考虑我国高校教学实际与学术现状，在这二者之间寻求某种平衡。我们希望写出一本能够反映当前学术成就与文艺现状而又适用于文学理论教学的教材"。

---

① 童庆炳在 80 年代文论教材编著中成就显著，我们将其列在第三编中以专节形式加以分析，本章不再阐述。

精雕细琢的认真态度、前沿的学术理念，使这本书呈现出全新的风貌。

编者前言概括"本书的任务是：探讨文学自身的特质与规律，回答'文学是什么？'"以此为中心，全书由五个部分组成：第一部分文学本体论，即第一章，为全书总论，从宏观角度对文学存在本身做哲学的审视，阐释为何文学之所以为文学。第二部分作品构成论，包括文学文本、文学体裁、文学风格三章，从微观角度对文学作品做静态的剖析，看文学是如何构成的。第三部分文学创作论，包括文学创作与创作方法两章，从作品与作者关系的角度，在文学的诞生过程中考察文学。第四部分文学品鉴论，包括文学鉴赏、文学批评两章，从作品与读者关系的角度，在文学的社会效应中看文学。

教材的指导思想由 80 年代的反映论变为本体论。如前所述，本体论比较复杂，既有以新时期人道主义为旨归的人本主义的文学本体论，也有和新批评合流的形式主义的文学本体论。这部教材对本体论这两方面都有所扬弃，贯彻于教材总体设计和各个部分。

第一章"文学本体"。编者认为："文学原理首先要从整体上把握文学，研究文学本体及探求文学的本源、本性或其存在的一般规律，对文学的基本属性或主要特征作出科学的抽象概括，然后才可能从抽象上升到具体，更准确地认识和分析文学在其现实形态上的各种表现。本书第一章的任务就是对文学进行这样的本体研究，所以称为本体论。以后的各章节，均可视为本章内容的具体化。在全书中，第一章带有总论的性质。"从这一点我们可以看出，编者对文学理论的规定是：第一，要从整体上去把握，而不只是对具体文学现象或个别文学问题的阐释；第二，该教材认为的文学本体是"文学的本源、本性或其存在一般规律"，这是偏重文学自身的本体论，说明编者重点在探讨文学自身特质，而不是以外部因素为主；第三，文学理论具有指导性，能够对文学现象、文学作品、文学流派等有深入的认识和分析；第四，编者将文学本体看作全书的总纲，其他章节都是文学本体的具体化，充分体现出对文学本体的重视和文学研究向内转的趋势。

　　"由于文学自身的复杂性，人们在探讨文学本体时，可能而且也可以从不同的范围、取不同的角度、用不同的方法、在不同的层次上，进行多种多样的研究。对文学本体的研究空间和探讨途径应该是无限广阔和开放性的。"所以编者将研究方法放在了这一章的首位，确立全书研究的切入点，从文学本质的范围考察科学的研究方法是什么。之前很多教材从"意识是存在的反映"这个角度去认识文学，把探究文学本质的范围界定在文学对生活的反映关系之内，这部教材对此表示异议：简单地套用反映和被反映的哲学模式，将文学定义为"是社会生活的反映，是一种社会意识形态"是不科学的。首先，这不是认识文学的唯一角度，"只是一个出发点，它远未完成对文学本质的概括"，即使加上"特殊的""审美反映"等修饰词，也只能"算是文学的外在的现象特征，还不能成为其内在的本质规定"。其次，编者把文学性质仅仅归结为反映还不全面，"必须同时研究社会世界中的主体，研究主体在文学活动中和生活结成的特殊关系"等。教材采取系统的分析方法，"将文学视为由影响其生成的诸种要素和诸种关系的相互作用所构成的一个有机整体"，"把这些要素置于文学系统的整体之中，考察它们在系统中的关系，考察这些关系所形成的合力怎样产生了一种新质，建构一种特殊的社会意识结构，生成了文学自身的规定性，才能认识文学的本质"。教材以此为方法论，从文学与生活、文学与主体、文学与审美三重关系上，考察文学本质由表及里分别是社会意识性、主体性和审美性，其中审美是文学本质的内在根据或基本规定。这种方法论上的创新完全打破旧的探讨文学的思维模式，突破了把文学与生活的关系理解成一种反映和被反映的线性因果关系的简单认识，从不同层次和关系上把握文学本质，对文学本质有了相当深刻的揭示。

教材在探讨文学的基本特征时，首先，编者鲜明地亮出"文学是人学"的观点，比起之前诸多教材在这个问题上的点到为止或遮遮掩掩，编者毫不犹豫地将之作为文学第一个基本特征，指出"文学是人学揭示了文学的对象特征"，"文学不是平面地而是立体地把握人"，"文学离不开表现人性"，"阶级性是人性的历史形态。人性大于阶级性。从审美关系上把握人是文学阶级性复杂表现的主要原因"。① 其次，文学借助艺术形象或形象体系来物化审美意识，艺术形象是主客观的统一体。最后，文学是语言的艺术，具有文学形象的间接性和心像性、展示人生的广泛性和深刻性以及表现思想感情的复杂性和微妙性的特点。这些论断反映了新时期以来关于人性的讨论（尤其是人性和阶级性的关系）、关于文学主体性的讨论、关于文学研究向内转的研究趋势等成果在 80 年代后期终于成熟、定性，并进入文学理论教材体系中，成为新时期文学理论的有机组成部分。

在对文学本质和基本特征分别分析后，教材为文学下了定义：文学是作家借助语言塑造艺术形象，以表现他对人生的审美感受和理解的一种社会意识形态。

在"文学的审美功能"一节，教材将文学功能和社会作用加以区分。编者认为文学具有认识、教育、娱乐、交流感情等多种功能，而审美是文学的基本功能，是多种功能得以实现的基础，只有以审美为

---

① 孙子威：《文学原理》，武汉，华中师范大学出版社，1989。

归宿，才能完成对文学对象的把握。功能在读者参与下才能形成文学作用，强调读者主体性的重要性。

在"文学文本"章，教材将文学文本分为"语言层""现象层"和"意蕴层"三个层面，其内涵分别是由语音和语义组成的外形式，由任务、环境、情节构成的内形式，由主体构成的意蕴，以此替代了传统教材对文本内容/形式的二元划分。教材还指出，从品鉴角度看，言象意由外到内、由浅及深，层次推进、互相转化。言象意明显是中国传统文论概念，和西方现象学的理论结合起来后，产生了新质。

在"文学体裁"章，教材第一次将叙事学引入小说体裁的分析，阐述了小说的叙事性、叙事时间、叙事人称、叙述角度、独白小说和复调小说等，显示了编者的学术功底和合理引入西方文论优秀方法论进入教材的实践，具有开创之功。从此，叙事学知识开始陆续进入多种文学理论教材知识体系。

在"文学创作"章，教材从心理学角度细致地对文学创作的基本过程做了划分，对文学创作中的艺术思维做了剖析，将文学创作的主体提到非常重要的位置，分专节阐述了"文学创作主体的条件"，包括心理素质、才识结构、艺术个性，同样可以见出文学主体论的深刻影响、理论显现和在教材中的文本实践。

在"写作方法"章，教材将"西方现代主义思潮"列为专节，介绍其涵义特征及主要流派，进一步拓展丰富了文学理论教材的内容，拓展了教材领域。

在"文学鉴赏"章，教材吸收西方文论的接受美学和读者反应批评的合理因素：再创造、召唤结构、期待视野、视野融合等，使文学鉴赏的阐述有了新的角度和质的提高，它不仅带给读者新奇的感受，引发思考，更确立了新的文学鉴赏理论模式，为后来的文论教材所学习、模仿和沿袭。

在"文学批评"章，教材以振聋发聩的学术勇气针对文学批评的"政治标准""艺术标准"两个标准的分法提出批评和否定，大胆地提出文学批评的标准是一元的，即艺术标准(或称美学标准)。这是对文学研究回到文学自身的又一个大胆实践。之后的文论史证明了这一观念的正确性和科学性，后来的文学教材同样吸收继承了这一观点。

教材的时代性还表现在引用资料的实效性方面，教材以大量的当代作家乃至新时期作家创作、文学流派、文学现象等为基础，以引进的西方文论方法论作为参考，体现出当代性和对西方文论的借鉴学习。不仅是介绍西方文论，教材还有意用西方文论的方法和思维来分析问题、阐释问题、解决问题，在编撰过程中，各种具有代表性的西方文论译著显然对编者产生了影响，比较有代表性的如韦勒克、沃伦《文学原理》、伊格尔顿《二十世纪西方文学理论》等著作的主要观点，我们都可以在教材中窥见它们的影子和痕迹，使教材越发显示出文学理论的当代性品格。

全书的学术态度和理念是放在和其他事物的关系中考察的，而不是做静态的机械的考察，分析问题体现出全面性、深刻性、系统性和先进性。

教材由前言、内容提要、阅读、参考书目和正文组成。其中内容提要是将每章每节的重点摘出来，使读者可以大致了解章节内容，便于按图索骥，快速掌握知识重点。

概而言之，这部教材不再是在细枝末节上对文学诸多外部因素做调整，而是彻底完成了文学向内转的成功转型，文论教材正式迈入内部研究。它在很多方面走在了时代的前列，有些提法更是超前，编者的高瞻远瞩令人钦佩。教材也有不足之处：我们从字里行间能感受到编者对创建新时期文论新体系的热望和期许，有知无不言、言无不尽的迫切倾吐，所以篇幅颇长，建立了文论教材长篇大论的新纪录，教材有582页之多(不含前言、目录、后记)，加大了实际教学的难度。此外，在教材的知识体系中，编者引入的新论颇多，理论的创新、开拓新域固然值得肯定，但有些提法还值得商榷。该教材如果作为学术专著无可厚非，作为教材尚可再候积淀，同时作为一门中文系专业基础理论课程教材，对本科生来说，比较晦涩难懂，掌握的难度很大，如果教材针对研究生，难易比较适中。

瑕不掩瑜，这部教材积多年之功，倾数年之力，为80年代文论教材品格的提升做了极佳的代言，同时也预示了90年代文论教材的发展方向。也许和政治性极其敏感的北京相比，教材编著地和出版地武汉的思想环境相对宽松，文艺禁条没那么多，反而为该教材留出了较为新颖和大胆的理论尝试空间。

第五章　20世纪90年代文学理论教材

第一节　大众文化的兴起和人文精神再讨论

一、20世纪90年代的社会转型

党的十一届三中全会后，改革开放日趋深入，国民经济飞速发展，形势日新月异。1984年10月，党的十二届三中全会提出和阐明了经济体制改革中的一系列重大理论和实践问题，确认我国社会主义经济是公有制基础上的有计划的商品经济，这是全面进行经济体制改革的纲领性文献，随之中国经济进入快车道。1992年，邓小平发表了"南方谈话"，随后中国改变了过去建立有计划的商品经济的提法，党的十四大正式提出建立和发展社会主义市场经济，确立了社会主义市场经济体制改革目标，掀起了市场经济的高潮。到21世纪，我国已经基本建立了市场经济体系，步入了市场经济国家行列，对外开放也日趋深入、突飞猛进。中国90年代的社会语境随之发生了巨大的变化，政治、经济、文化等各方面发生了全面转型。尤其是市场经济的全面启动和不断深入，不但给中国带来社会繁荣和经济发展，也深刻影响了人们的价值观念：它把个人从计划经济时代传统固化的体制中解放出来，使个人有了较大的自由度；同时伴随经济发展带来的流徒，个人也丧失了某种程度的稳定性和归属感。因此，自我认同危机成为 90 年代中国人的基本生存属性。

20 世纪 90 年代也是世界重大变化的时期：苏联和东欧社会主义体制瓦解，长达数十年的"冷战"结束，世界政治格局向多极化趋势发展；同时，随着资本的全球化、商品化全面渗透于文化领域，深刻影响了全球文化的发展。随着后现代主义浪潮的袭来，中国当代在追求现代化的同时，又被迫直面后现代的来临和拆解。这一时代伴随着互联网在世界范围内的普及，信息化时代的来临，不仅极大地丰富了人们的生活方式，也改变了人们的生活习惯和消费习惯。

二、大众文化的崛起

在文化领域，大众文化的迅速崛起打破了以往主流文化、高雅文化独占鳌头、平分秋色的局面。大众文化是从西方移植过来的概念，指"在工业社会中产生、以都市大众为消费对象、通过现代传播媒介传播的、按照市场规律批量生产的、集中满足人们的感性娱乐的文化"[①]。美国著名学者詹姆逊曾明确指出："大众文化产品和消费本身——与全球化和新的信息技术同步——像晚期资本主义的其他生产领域一样具有深刻的经济意义，而且完全与当今普遍的商品体系连成一体。"[②]大众文化随着工业化和都市化，充分利用大众传播媒介传播，注重满足普通市民的日常感性愉悦需要，深刻地改变和影响了大众的文化消费方式、行为习惯及文学艺术的生产方式、传播方式，中国文化的性质、特点、格局也随之改变，引发了巨大的社会效应和正负两

---

① 邹广文：《社会转型期的大众定位》，载《吉林大学社会科学学报》，1998(6)。
② ［美］詹姆逊：《快感、文化与政治》，156 页，北京，中国社会科学出版社，1998。

极的评价。

(一)大众文化的兴起原因

首先，社会经济基础为大众文化的产生提供了可能。改革开放带来了经济的迅速增长，市场逐渐发达，城市化进程高速发展，伴随着信息化、高科技生产时代的到来和互联网在全世界范围内的普及，新型媒体飞速成长，影像娱乐产业迅速兴起，极大地丰富和改善了人们的业余生活，文化形态也开始呈现出纷繁的状态，中国大众文化有了滋生的土壤，迅速崛起。

其次，从社会文化需要和心理需要来看，大众文化适逢其时。经过"文化大革命"的文化荒漠期和新时期初期文化领域尚不发达的阶段，当面向普通民众、通俗易懂、带有娱乐性和消遣性的大众文化出现时，普通民众对文化需求的强烈愿望得到了极大满足。在社会心理需要方面，随着社会转型期的到来，社会竞争日益激烈，生活节奏日益加快，人们的精神压力越来越大，失去了传统农业社会人们彼此的密切关系和温情，人与人之间也越来越疏离、冷漠、隔绝，孤独、紧张、压抑、焦虑、空虚、无聊、恐惧等负面心理情绪越来越多，"从来没有那么多国家的那么多的人民，甚至是受过教育的和老于世故的人，感到精神上如此空虚和沉沦，好像生活在混乱和咆哮的思想大旋涡中。相互冲突和矛盾的观点震撼着每个人的精神世界"①。人们需要轻松、娱乐的文化放松身心、舒缓情绪，甚至暂时逃避现实，而这恰好是大众文化的基本属性之一。

---

① ［美］阿尔温·托夫勒：《第三次浪潮》，358 页，北京，生活·读书·新知三联书店，1983。

最后，对当下传统文化模式的反拨。从 1949 年之后到新时期初期，代表国家意识形态的主流文化和传达知识分子精英意识的高雅文化，是两种代表文化模式，对普通民众而言，这两种文化令人敬而远之，其"上以风化下"的价值取向带有教化民众、启迪民智的强烈功利性。民众处于被教化、被启迪的被动地位。而在 20 世纪最后十年中国社会进入转型期，文化向普通民众下移，普通大众的文化需求日渐成为市场的主导力量，大众文化恰恰以迎合大众为目的，所以迅速受到大众欢迎和喜爱。这种社会心理基础也是生成大众文化不容忽视的因素之一。

然而，大众文化是一柄双刃剑，它消解了原有文化等级秩序，体现出一定的民主意识和自由意识，给民众带来精神文化的极大丰富，适应并促进了社会发展，丰富了文化形态，使民众具有了文化的参与感和受尊重感，获得精神上的满足和欣喜。与此同时，随着市场经济的深入，其负面效应也显露无疑。改革开放以来，中国用 30 多年的时间走完了西方发达国家上百年的发展道路。中国在保持经济持续高增长的同时，也出现了精神文明包括文化发展滞后的问题。大众文化是伴随着工业化和都市化产生的，追求经济效益，通过高科技大量复制并迅速传播，凭借其商业炒作与世俗享乐的优势，摒弃和消解人生价值、人性的终极目标等严肃、深刻的问题及意义，迎合大众追逐享乐、追求感官纯粹的刺激和快乐，忽略文化的社会效益，使社会理想、人生意义、民族精神、传统道德等文化特有的正面教育引导作用逐渐弱化甚至异化，放弃对文化的个性化追求，使得文化产品的内容和形式雷同、固定，呈现单调化倾向，使人的生活方式选择趋同，使原本丰富多彩的生活变得简单划一，导致人的个体性丧失。

（二）大众文化对文学的影响

大众文化对文学和文论的影响是深刻而巨大的。

文学的变化主要表现在：第一，文学存在方式发生变化，随着文艺市场化或商业化的发展，文学不再是纯粹的高雅的精神活动，文学成为商品，进入市场，步入凡尘。第二，这导致文学的创作者身份发生变化。纯文学越来越边缘化，作家由书斋走向市场。为了迎合大众的欣赏趣味，为了获取最大利益，作家不再是人文精神的启蒙者和领导者，在利益的驱动下，部分知识分子放弃了对社会责任的担当。第三，文学的生产方式随之改变，文学由超功利的个性化书写变为和市场紧密挂钩的艺术生产，唯市场经济马首是瞻，艺术品位和艺术精神有消减的可能。第四，文学的边界逐渐扩大，以往的文学主要依靠传统传播媒介，而90年代大众文化的兴起，影视、广告、互联网、大众畅销读物飞速崛起，文学与之相交叉、融合，传统文学的边界日益模糊。

研究对象的改变直接导致90年代文学理论的思索和调整。显然，建立在纯文学的非世俗性、非功利性、非商品性、非消费性基础上的传统文学观念、文学话语已然动摇，适应不了新的文化发展形势，人们用老一套文学理论去理解新的文化形态，显然捉襟见肘、力不从心，时代呼唤文学理论自身调整和变化，以适应新的文化形势。所以，有学人曾指出："90年代中国文化界的一个明显事实是从对文学的'审美'本质的思辨性沉思转向具体的'审美文化'或'文化'研究，已成为愈来愈多的文学理论学者不约而同的选择。这使我无法不获得这样一种清晰的感受：中国文学理论已经和正在寻找一种面向文化的新转变。"①90 年代文学理论正是作为对社会转型期和文化转型期的一种积极回应方式，作为文论自我调整和发展的一种积极努力应运而生的。

（三）人文精神的再讨论

20 世纪 90 年代大众文化的弊端导致了人性发展的片面性和文化的媚俗化。作为一种消费文化，文化生产者以利益为目标，自动放弃文化产品的人文意义与社会价值，摒弃文化理想，导致缺乏深度和人文精神的文化产品频出，在大众文化、市场经济的冲击之下，文化接受者也普遍存在拒绝道德追求、只求当下快乐和道德虚无主义的文化心态，丧失了对现实的责任感和道义感，导致了文化的人文精神失落和人性深度匮乏。从 80 年代后半期到 1992 年，中国学界在社会转型期的巨大冲击下，在商品经济和市场经济大潮面前，伴随着大众文化的飞速成长，似乎一夜之间，知识分子从启蒙者变成了社会的边缘人，整个知识界弥漫着一种精神幻灭感，基本处在一个失语的文化真空状态。

1992 年，在市场经济的浪潮下，文学体制改革也作为一项文化政策被直接提出来，作家和文学刊物、出版社进入市场。这对中国文坛来说，产生了更大的震荡。1992—1993 年是文人"下海"频发的两年，也是知识分子身份转变和精神大颓败的两年。由于等级差别、世风不古、贫富差距等现象的出现，文学传统的启蒙精神、美学价值、文学理想日渐失落，作家的个体化思索、个性化追求和世俗倾向的矛盾日益凸显，文学迅速分化，处境尴尬，学界陷入迷茫。

种种危机现状，直接引发了 90 年代知识分子对社会的参与意识、

---

① 王一川：《面向文化文学理论的新转变》，载《文艺报》，2000-07-04。

对人生价值、对社会责任感的重新凸显。他们反思:"我们正处在一个堪与先秦时代比肩的价值观念大转换的时代。举凡五千年以来的信仰、信念和信条无一不受到怀疑、嘲弄,却又缺乏真正建设性的批判。不仅文学,整个人文精神的领域都呈现出一派衰势。在商品经济大潮的冲击下,穷怕了的中国人纷纷扑向金钱,不少文化人则方寸大乱,一日三惊,再也没了敬业的心气、自尊的人格。更内在的危机还在于,如果真的有了钱就天圆地方,自足自在,那当然可以不要精神生活,人文精神的危机不过是那批文化人的生存危机而已。但是,一个有五千年历史的民族真的可以不要诸如信仰、信念、世界意义、人生价值这些精神追求就能生存下去,乃至富强起来吗?"[①]他们痛心当代乌托邦精神的消解,自觉以重建人文精神为己任,怀着"为天地立心,为生民立命,为往圣继绝学,为万世开太平"的使命感,围绕社会转型期知识分子价值取向和精神立场问题掀起了一场人文精神大讨论,这是 90 年代文化界和学术界波及面最广的大讨论。

1993 年 2 月 18 日,在华东师范大学的一间宿舍里王晓明、张宏、徐麟、张柠、崔宜明展开了著名的对话《旷野上的废墟——文学和人文精神的危机》,对话录后来刊登于《上海文学》1993 年第六期,从而引爆了这场大讨论。对话开篇就明确地提出:"今天,文学的危机已经非常明显,文学杂志纷纷转向,新作品的质量普遍下降,有鉴赏力的读者日益减少,作家和批评家当中发现自己选错了行当,于是踊跃'下海'的人,倒越来越多。"所以文学丧失了在我们生活中曾经有过的重要地位,当下现实是"即使在文学最有'轰动效应'的那些时候,公

---

① 参见王晓明、张宏、徐麟、张柠、崔宜明:《旷野上的废墟——文学和人文精神的危机》,载《上海文学》,1993(6)。

众真正关注的也并非文学，而是裹在文学外衣里面的那些非文学的东西。可惜我们被那些'轰动'迷住了眼，直到这一股极富中国特色的'商品化'潮水儿几乎要将文学界连根拔起，才猛然发觉，这个社会的大多数人，早已经对文学失去兴趣了"。论者据此认为："今天的文学危机是一个触目的标志，不但标志了公众文化素养的普遍下降，更标志着整整几代人精神素质的持续恶化。文学的危机实际上暴露了当代中国人人文精神的危机，整个社会对文学的冷淡，正从一个侧面证实了，我们已经对发展自己的精神生活丧失了兴趣。"对话者认为"这种危机在作家创作方面有两种表现，一是媚俗，一是自娱"，如王朔以"调侃的姿态，迎合了大众的看客心理"，嘲笑了"被我们称之为人文精神的价值指向"，"在调侃中，人们通过遗忘和取消自身生命的方式来逃避对生存重负的承担。然而，现实生存并不因这种逃避而有丝毫改变。"张艺谋的电影同样媚俗，他"使用了在中国人看来最具现代性的技巧，所表现的却是中国文化最陈腐的东西"，从他的电影中"看不出张艺谋对其所表现的陈腐肮脏的东西有多少批判意识，相反，他始终在大肆渲染和玩味这种东西"。以此迎合西方好莱坞的审美趣味。在论者看来，这些都属于中国当代"玩文学者的'游戏'之作"，它们"既不表现出对某种生存方式的解构，更没有对存在的可能性的探索与构造，一旦失去了这种形而上的意向性，那么形式模仿的意义就只剩下'玩'的本身，它所能提供的仅是一种形而下的自娱快感"。"这正是人文精神的全面丧失"。1987年以来被称为"先锋"或"前卫"的作品，表现出"一种共同的后退倾向，一种精神立足点的不由自主的后退，从'文学应该帮助人强化和发展对生活的感应能力'这个立场的后退，甚至是从'这个世界上确实存在着精神价值'这个立场的后退"。"暗合了知识界从追究生存价值的理想主义目标后撤的思想潮流"；新写实主义"也同样反映出作者精神信仰的破碎";一些流行的以嘲讽亵渎为特色的小说和诗歌,就更是赤裸裸地显露出对文学的神圣性的背叛。论者认为,"一个作家面临的最大难题,就是精神存亡的问题,或者说'灵魂救赎'的问题。作家如果不能直面并着手解决这一问题,而仅仅满足于作一些反叛和瓦解的工作,就不但会限制其作品的成功,也会导致精神活力和创造力的衰退。并且,作品在其精神价值指向方面的犹豫不定,最终也将会销蚀其对希望的激情。这样,不仅读者不能从作品中获取精神能量,就是作者本人也会因精神颓废所带来的'如样重负'感的诱惑,而丧失精神的力度和自信心,最终无以抵挡来自外部世界的种种压力和诱惑。"论者呼唤必须正视危机,努力承担起危机,重建新的文学精神和新的人文精神。就文学而言,"人们需要它展现自己生存于其中的跃动的现实生活和喧哗的心灵世界,并以此呈现当代人投向生活的独特视角和视野,进而揭示当代人内在的生存意向。真正的当代文学应该敢于直面痛苦和焦虑,而不应用无聊的调侃来消解它;应该揭发和追问普遍的精神没落,而不应该曲解西方理论来掩饰它。"令这场对话者们始料不及的是一石激起千层浪,对话很快就吸引了文学界、知识界诸多文化人的介入,激起连锁反应。《上海文学》随后在"批评家俱乐部"的专栏中相继发表了对话录或笔谈,《读书》连续五期发表总题为"人文精神寻思录"的对话,《钟山》开始连续发表《新"十批判书"》,此外《光明日报》《文汇报》《中华读书报》《作家报》《探索与争鸣》《文艺争鸣》等报刊都组织了热烈的讨论,讨论延续达两年之久,直至1996年余波犹在。据不完全统计,到1995年8月,讨论人文精神的文章就有100余篇,可以想见当时讨论的激烈程度。

讨论是由80年代中后期以来文学是否存在危机引发的,不同的作家和批评家对市场化、商品化条件下文学和文化的价值取向评价不一，引申出人文精神是否"失落"或"面临危机"的问题。对此，一部分人持乐观态度，如白烨、王朔、吴滨、杨争光以及作家王蒙、刘心武、邵燕祥等认为，在市场经济条件下，"选择的机会越来越多，选择的方式越来越多"①，改革开放使文学走向多元化，并得到了极大的发展。他们认为在承认尊重人的个性差异性的大众文化气围中，才能产生人文精神，刘心武提出了"直面俗世"。而另一部分人则赞同王晓明等人的意见，他们从启蒙主义和理想主义的角度来理解人文精神，认为人文精神"是对'人'的'存在'的思考；是对'人'的价值、'人'的生存意义的关注；是对人类命运、人类的痛苦与解脱的思考与探索。人文精神更多的是形而上的，属于人的终极关怀，显示了人的终极价值"②。他们担心随着市场化、商品化而来的世俗化倾向会遮蔽、淹没、腐蚀崇高的理想，以此为标准，自然对90年代的人文精神的断定是失落的，对文学的现状怀着深重的忧虑。

在当时沸沸扬扬的人文精神的讨论下面，其实暗含的是人们在社会转型期再度确立价值理念的问题。讨论真正的焦点不是要不要、有没有人文精神的问题，而是在新的历史条件下和社会转型期，面对伴随市场化和商品化而来的世俗化、拜金主义等倾向，理想主义者担心理想被遮蔽、埋没、腐蚀；肯定世俗主义者担心市场经济被一并否定了。这场争论反映出讨论者在思想、学术、政治，乃至道德层面上极其深刻的差异和分歧，建立在计划经济基础上的共同价值理念和统一思想已很难保持原有的权威性，市场经济的开发也带来了多元的文化

---

① 参见俞樟华、熊元义：《近10年来文艺界三次论争的回顾与反思》，载《文艺理论》，2002(3)。

② 参见高瑞泉、袁进、张汝伦、李天纲：《人文精神寻踪》，载《读书》，1994(4)。

与发展路径，在一个开放的经济基础上，就会催生出多元的呼声。同时，这场"人文精神"大讨论，也是中国知识分子面对新的经济形势的一种本能反应。面对着一种新的经济形式的到来，面对着自己的作品要面临市场规律的冲击以及各种大众文化、媒介文化等新的文化形态的勃发，中国知识分子一时茫然失措，顿感前途迷茫。在话语权沦落的过程中，中国知识分子试图展开自我救赎，纷纷借讨论"人文精神"而发出自己的声音。虽然讨论最终没有定论，但是多元的观点业已形成，多元的价值观已经确立，社会由此进入一个多元化发展的阶段。

第二节　文论教材的换代：主体意识的确立和审美性的回归(1990—1995 年)

一、换代教材特征：主体性和审美性

"时运交移，质文代变"，20 世纪最后 10 年的中国社会的巨变，使社会各阶层在精神层面也发生了前所未有的复杂而深刻的变化，陶东风将这种变化概括为"社会同质性的消解"："过去计划模式的社会里，经济、政治、文化三者之间呈现一种高度同质的整合关系，如果不作价值评价，那么，计划经济、以阶级斗争为纲的政治、一元主义的文化三者之间的关系无疑是高度协调的，可以互相支持、互相解释，非常'配套'。而到了 90 年代，三者之间的这种同质关系在很大程度上被打破了，呈现出分裂状态，经济与政治、政治与文化以及经济与文化之间在很大程度上不再存在高度同质的、可以互相支持与阐释的配对关系。"90 年代社会情势和文化语境的巨大变化对文学理论和

文论教材产生了全方位的影响。西方文论大兵压境，一系列迥异的文学观对我国文艺学学科造成巨大的压迫。1989 年前后，大量西方文论观点被引入教材，西方文论术语开始充斥文论界，如何看待传统与现代、民族化与西方化的关系，文学理论如何回归自身的呼声越来越突出。文学观念发生变化，文学的审美特质日益受到重视，文学从政治话语向文学话语转变，逐渐取得了独立的品格。1991 年 8 月《文学评论》编辑部、国家教委社科中心、《人民日报》文艺部、《文艺理论与批评》编辑部等单位联合在江西庐山召开了马克思主义文艺理论建设学术讨论会，讨论会上虽未就文艺理论教材建设展开专门讨论，但会议所讨论的马克思主义文艺理论体系的逻辑起点和基本框架建设问题，直接关系到高校文艺理论教材的体系建设。在新的历史条件和文化语境中，一批真正意义上的换代教材开始出现，彻底打破了文艺理论教学 80 年代以来的僵化模式和固定框架，开始深入思考新的文学观念，建构新的文艺理论体系。

（一）这一时期审美意识形态论开始出现和确立，标志着文论体系对文学审美性的全面吸纳

传统文学理论以直观反映论、机械唯物论来认识文学本质，而 90 年代则发展为审美反映论、审美中介论，归功于以下几点：

首先，文学理论的哲学和美学基础向审美方向的重大转变。尤其是 80 年代李泽厚的主体论实践美学，对文学理论影响深远。他"侧重于从客体方面探讨美和美感的根源，引向探讨主体的审美心理结构及其积淀的实践基础和历史渊源，强调主体实践对于文化心理结构和艺术文化发生、发展的意义，强调实践主体对于审美、文化、艺术发

生、发展的能动性"①。由于他扎实的理论建构和巨大的学术影响，文论教材吸收相关美学思想，开始摆脱理性思维至上，研究客体决定创作主体的认识论倾向，转向主体论、价值论，进入审美意义上的文学研究，使文艺获得了独立价值和品格。90年代的教材认为，"审美以人为中心，艺术的对象是人的世界，它所表现的是与人相关的本质，是人的精神和它的外化。"②90年代的教材还明确把审美性作为文艺的根本特性的主张，对文学的审美内涵展开详尽论述："从目的看，审美是无功利的；从方式看，审美是形象的；从态度看，审美是情感的。"③这一时期童庆炳主编的《文学理论教程》改变了之前教科书忽视文学特殊性的弊端，将"文学审美性"作为一个重要支点来结构和整合全书，形成了一个完整的教材体系。他为文学下的定义包含了五个方面的维度：文学作为一种文化（从文化角度看是人类一种精神性文化活动），它是具有社会审美意识形态（从社会结构的角度看）性质的、凝聚着个体体验的（从作家创造的角度看）、沟通人际的情感交流（从读者的角度看）的语言艺术（从作品的角度看）。在对待文学的情感这一重要审美因素上，90年代教材普遍认为情感是文学的本质特征和审美特质，重视对情感的类型、性质、特征以及在文学创作中的功能等问题的探讨。在对文学的审美性予以足够关注的同时，这些教材也兼顾文学的意识形态属性，但有意摒弃了其政治化色彩，把注意力放在文学的社会属性、文化性质的观照上。审美意识形态论"使审美方法和哲学方法融合在一起，提出文学是以感情为中心，但又是感情与思

---

① 汝信、王德胜：《美学的历史》，358页，合肥，安徽教育出版社，2000。

② 王纪人等：《文艺学教程》，13页，上海，上海文艺出版社，1993。

③ 童庆炳：《文学理论教程》，92页，北京，高等教育出版社，1998。

想的结合；它是一种虚构，但又具有特殊形态的真实性；它是有目的，但又具有不以实利为目的的无目的性；它具有阶级性，但又是一种具有广泛社会性的以及全人类性的审美意识形态"①。

其次，西方文论的文学观念为文学审美论推波助澜。随着文学话语向政治话语的转变，人们对文学本质的认识也在悄然发生着变化。自19世纪末俄国形式主义批评开始，西方20世纪文论和美学走上一条作品中心论的道路，流派众多，此起彼伏，如英美新批评、法国结构主义、德国符号学美学、神话原型批评、解构主义文论等，都是聚焦于文学作品的形式，将关注点由文学外部的社会历史因素转向文学内部的文本、语言、结构、语义、修辞等，这种转向作品形式的美学和批评方法以其重大的审美意义和独立的美学价值被新时期文论界迅速捕捉和加以实践。90年代我国的文论教材开始把注意力转向对作品形式的阐述，从广阔的当代西方文论研究界寻求理论资源。这个时期人们格外青睐西方当代的文学理论，其中于1953年出版的艾布拉姆斯的《镜与灯》的文学观点，经由美籍华裔学者刘若愚在《中国的文学理论》(1987)一书加以阐述和传播，1989年被翻译成中文正式出版②（观点早在1986年即引进③），他的文学理论四要素说成为一些教材建构体系框架的参照，他认为，文学活动是一个四要素互相影响的整体。文学活动系统是由世界、作者、作品、读者构成的一个交往结构，这四个要素相互依存、相互渗透、相互作用，共同构成一个有机统一的整体。此外，伊格尔顿的《二十世纪西方文学理论》(1988)也格

---

① 钱中文：《文学理论》，271页，北京，北京大学出版社，1999。

② ［美］艾布拉姆斯：《镜与灯——浪漫主义文论及批评传统》，5～6页，北京，北京大学出版社，1989。

③ 译文见《文艺理论研究》，1986(6)。

外引人注目。他们对文学自身特性的强调，加速了 90 年代文论对文学审美特质的挖掘。

最后，90 年代文论教材对作品形式审美性的重视和关注。作品形式本身也是文学审美价值的重要来源，"文学作品中叙述角度的独特，摆弄故事情节的机智，悬念设置的奇妙，抒情意向的奇特，文学结构的精巧，以及遣词造句的形式美等等，都可能为作品增添美的魅力，给读者带来美的享受。"①90 年代文论教材不再满足内容决定形式的理论，开始不断加大对形式分析的分量。童庆炳主编的《文学概论》和《文学理论教程》都对文学语言展开了细致分析，列出专章详细讲解"叙事作品"和"抒情作品"，介绍了叙事学、故事、表层结构、深层结构、行动元、角色、本文时间、故事时间、叙述频率、叙述视角、叙述动作、叙述者的声音等叙事学理论，抒情话语、抒情话语的修辞、抒情角色、节奏、隐喻、象征等西方 20 世纪形式主义的诸多话语，显示出 90 年代教材对文学作品形式的密切关注和具体教材文本的实践。

审美意识形态论在一定程度上突破了旧的意识形态论的机械反映论和庸俗社会学的局限，突出了文学的审美性，同时继承了传统文论中注重文学和现实、和政治的密切关系的观念，获得了学界的普遍认可，成为 90 年代后众多文学理论教材的基本文学观念。

(二)90 年代文学理论教材还实现了向主体论的转变

90 年代教材编著者开始正视文学创作主体和接受主体、文本主体，逐渐摒弃旧的文论教材忽视主体的文学观念。曾经丧失主体性、

---

① 童庆炳:《文学理论教程》，409 页，北京，高等教育出版社，1998。

被动接受行政命令的作家不再是政治传声筒，作品不再是某些政治观念的文学符号、阶级斗争的工具。一向被忽略的读者因素在 90 年代教材中被凸显出来，读者被提到与作者相提并论的理论高度，在吸收 20 世纪西方接受美学和读者反应批评的基础上，教材将读者视作美的体验者、评价者和再创造者。教材在文学创作论和接受论中纷纷增加了分析研究作家个性审美心理结构、创作个性和艺术风格的关系、读者接受心理机制的专门章节。具体来看，主体论在教材中的表现包括以下内容。

从语言到话语的转变。90 年代教材以话语来代替语言，话语是"人与人之间通过语言从事沟通的具体行为，即一定的说话人与受话人在特定的语境中通过本文而展开的沟通活动"①。强调了说话人和受话人的语言沟通状况，突出和揭示了创作主体、接受主体的重要地位。

从作品到文本的转变。作品强调的是创作主体——作家的因素，而文本指供阅读的特定的语言构成物，教材将关注中心聚焦到作品读者上，强调文本必须有读者的积极参与，文本才能实现意义的生成，文学活动才得以完成。

从文学作用论到文学价值论的转变。90 年代文论教材从主体与客体的关系来阐述文学的作用，这就涉及了文学价值问题。"价值不像客观事物的属性、形状、声音、色彩那样不依赖于任何主体而存在，它只能产生于主客体的相互作用之中，离不开满足一定主体需要这种关系。"②以价值论来看待文学活动，可以在更高层次和新的视角把握

---

① 童庆炳：《文学理论教程》，84 页，北京，高等教育出版社，1998。
② 孙耀煜：《文学理论教程》，84 页，北京，人民文学出版社，1991。

文学的属性，例如关注文学创作活动的价值，它"并非主体反映的一般认识活动，而是以包含认知成分的审美情感体验为基础，以审美价值的生成和实现为核心与中介，借助文艺语言的魔力，调动起人的想象力，表现或暗示人生所追求的超越现实处境的价值意义"①。

从纯理论建构到文本分析的转变。我国 80 年代仿苏教材的特点之一是偏重于文学理论的观念灌输，而对文本展开具体欣赏和批评活动的能力训练相当匮乏，教材理论缺乏实践性，也缺乏对现实文学现象的及时呼应和理论总结，抽象化的概念和教条化的理论课程导致学生学习了文学理论课程之后，并不能很好地分析社会文化现实和具体文学文本，使学生丧失进一步探究的兴趣。这一理论脱离教学实际的问题长期存在于我国的文艺理论教学中，90 年代教材对此作出了改变和文本实践。王先霈主编的"文艺学系列教材"包括《文学理论》《文学作品解读》《文学批评》三本教材，而且尤为偏重后两者的地位和重要性，强调学生实际解读文学与解释文学实践的能力："编写这部教材，目的也就是帮助同学们，把文学作品的非专业阅读态度与方式转换为专业的阅读态度与方式；与同学们一起，探讨专业的文学阅读的规律和要求。"②学者陶东风对此称赞道："现在这套教材把文学文本解读单独列出来，而且最先开设，可谓对症下药，合乎学生的学习兴趣与思维习惯。全书依据文学的体裁（即文学类型）来设置章节，分为诗歌文本解读、散文文本解读、小说文本解读与戏剧文学文本解读四大部分，而这四种体裁中又抓住关键性的概念，结合具体作品逐一讲解。

---

① 陈传才、周文柏：《文学理论新编》，187 页，北京，中国人民大学出版社，1999。
② 王耀辉：《文学文本解读》，1 页，武汉，华中师范大学出版社，1999。

我相信效果一定是好的。"①这套系列教材不仅注重文学"文本解读"，还注重培养学生具体的文学批评能力，编写《文学批评》教材目的在于："介绍 20 世纪批评学派各自的基本思路与方法，着重于培养学生观察运动中的文学现象的习惯和对之作出反应的能力，培养他们参与文学评论活动的实践能力。"②和这套教材出发点类似，90 年代不少教材也在理论与实际相结合方面作了很好的尝试。

总之，文艺理论界进入 90 年代后，改革文艺理论的呼声四起，仿苏模式被深刻质疑和逐渐摒弃，传统文学观中的庸俗社会学文学工具论、机械反映论等遭到彻底批判和遗弃。编写者建构起新的文学理论体系、确立了新的文学观念，实现了教材的换代，特别是审美特质的高扬和主体性的崛起成为这一批换代教材最突出的特色。

二、主要教材简析③

(一)钱中文的《文学原理——发展论》(社会科学文献出版社 1989 年)

这部著作虽是在 1989 年下半年出版，但从文学观念和编排理念上，与其说是 80 年代末的作品，不如说更像一个全新的体系和方法论的实验作品，显示出大胆的超前性。作者深感文学理论书籍中文学发展的问题探讨得很不充分，同时还认为文艺学包括的文学理论、文学批评和文学史面临着一个整合的问题，他希望能够找出贯穿文学理

---

① 陶东风：《让大学生解读文学》，载《中华读书报》，2000-06-10。

② 王先霈：《文艺学系列教材》，前言，武汉，华中师范大学出版社，1999。

③ 本节和下一节对于 90 年代文学理论教材的分析，建立在对教材文本细读的基础上，引文均出自所论述各教材的相关章节中，不再一一注明。

论、发展、历史的线索，或建构一种能使理论形态与历史形态相互浸润、汇合、融合的思想。作者的解决方法是："通过对文学发展过程的研究，力求寻求这一过程中的一些规律性现象，提出自己的见解，同时进行整合的探索，努力在一定意义上显示出理论、方法的完整与彻底。"全书由"文学发生与文学本体观念""文学本体的发展""文化系统中的文学"和"文学史"四个部分构成。

除了研究文学的切入角度和全书体系的创新外，该书其他创新主要表现在：第一，坚持文学的审美特性和主体性。全书分四编。第一编"文学发生与文学本体观念"，这一编与过去文学理论中有关文学发展论述的不同在于，第一章"文学发生和思维"和第二章"文学形式的发生"力图探索文学这种艺术形式的发展过程，如它的原始性的思维特性，前文学形式，以及由前文学向文学过渡的审美中介，文学形式的真正发生。作者以《诗经》为例说明由前文学向文学过渡的过程，指出赋比兴不仅是一种表现手法，"更重要的它们是人的审美能力的质的飞跃，是从前文学走向文学的审美中介的确立，是文学审美特征的最终的形成。"然后在第三章"文学观念的形成与演变"和第四章"文学观念"论述文学观念的种种历史形态和文学的本体观念及其构成。尤其是在第三章批判了我国文论界1949年以来的两种错误做法：一是将文学看作一种意识形态、上层建筑，认为一切文艺都是阶级文艺，并为政治服务的观点，认为"在这种理论观念的指导下，庸俗的文艺思想弥漫肆虐，文学被等同于政治。……马克思主义文学观念和阶级分析方法被严重歪曲，文学失去了自身对象，同时也就失去自身"。二是在文学从属于政治的思想指导下，强调了它的认识、教育作用，而其他作用尤其是审美作用遭到否定和批判，最终导致"文学被贬为一种令人厌烦的说教"。作者辨析了科学主义和人本主义研究文学的片面和缺失，主张在历史的辩证的唯物主义主导下，容纳多种方法，对文学进行研究。他第一次在新时期文论史上提出"文学是审美意识形态"的观点，认为"文学作为审美的意识形态，以感情为中心，但它是感情和思想认识的结合；它是一种虚构，但又具有特殊形态的真实性；它是有目的，但又具有不以实利为目的的无目的性；它具有阶级性，但又是一种具有广泛的社会性以及全人类性的审美意识的形态"。在此基础上，作者将文学作为审美本体系统展开分析："文学是语言结构的审美创造""文学是审美主体的创造系统""文学是审美价值、功能系统"。在第二编"文学本体的发展"中，第五章"文学体裁的审美特性、规范与反规范"强调主体的创新意识，第六章"文学发展中的主体性和群体性"对文学独创性和创作个性进行了分析，对贬低、否定创作个性的集中形式进行了批判，对风格个性特征进行了阐述，并创新性地提出风格构成的审美中介问题，将激情、认识的力度和在语言基础上形成的节奏、绘画、音乐、音容之美视为其元素。文学的审美性和主体性始终作为一条主线索贯穿全书。

第二，有效吸收西方文论的先进观念。不论是第三章回溯了 20 世纪以来文学观念的种种对峙与走向，包括马克思主义文学思想在我国的发展、西方科学社会主义和人文主义思潮的种种尝试，还是在第五章论述体裁"规范与反规范"时，以接受美学理论分析读者阅读期待问题，第七章"创作原则与类型系统"和第八章"二十世纪文学创作原则多元化与艺术假定性的多项选择"中对西方创作原则的综合介绍和划分，第九章中如数家珍般的历数各国编写文学史类型，都体现出对西方文论学习、吸收、融合的态度。

第三，坚持文化研究的路径。在第三编"文化系统中的文学"中，作者主张把文学看作一种文化现象，并将其置于文化系统中考察。在这种思路下，作者一方面把文化看作一种民族精神与特征而渗透文学，强调民族文化精神对文学观念形成的影响；另一方面作者突出文学的当代意识，认为应当"把文学的发展、传统的丰富与更新，置于国际文化环境之中"。作者还主张把文化具体化，划分为审美文化、非审美文化和介乎两者之间的文化形态，即音乐和绘画，以及科学、哲学、伦理道德与政治，并进一步剖析文学与它们的关系。对待文学史，作者主张借鉴苏联《世界文学史》的"全景文学史"文学思想，即把文学置于"历史语境"，各国文学并不互相分离，"它们不仅在自己的具体的社会历史前提下研究，而且也在世界艺术文化的变革、共处的前后关系中被研究"，用审美的历史社会学方法来研究文学史。

总之，钱中文先生在这部著作中力图以"文学发展"来贯穿、涵盖文学理论的全部内容，这一研究视角虽然值得商榷，但其中文学的审美特性、文学的主体性、文学的文化研究、如何正确对待西方文论、如何看待文学的民族性等观点和方法，在 90 年代逐渐被彰显和突出，预示了新的文学理论发展方向。

(二)叶凤沅的《文学概论》(华东师范大学出版社 1990 年版)

这本书是受当时国家教委师范司委托编写的全国高等师范专科学校教材。该书"坚持辩证唯物论，力求全面论述文学的规律，力求有自己的特色"，对"克服庸俗社会学的影响"做有益的尝试，所以"把形象性、情感性、审美性一起列为文学的重要特征"。有专家评论："这本新教材的鲜明特色之一是基本摆脱了过去几乎一律的理论框架，将文学的社会属性以及与其他意识形态的关系部分推移至第四编，改为以文学的主体性、特征性与形态性为逻辑起点，建构起全书各环节的相关体系。"①所以，编者在全书的第一个结论是绪论中的"文学的审美规律是文学理论的研究对象"。第一编的第一章是"文学的形象性"，教材认为形象是审美意识的表现形态，是作家的发现。第二章"文学的情感性"，把文学的形象性推到情感的层面上加以分析。第三章在前两章基础上将文学推向更高的层次：审美性，这样，前面三章分别从三个层次上界定了文学的审美特性。第四章"文学是人学"，集中阐释了作品主体性的问题。第五章"文学是语言艺术"，在于阐明文学的形态性问题。这五章内容，层层相扣，步步推进，以文学的审美特性和主体性为基本观念形成了对文学特性的总体观照，并贯穿在其他章节中。例如分析与文学语言和审美有关的特性，阐述作品内容和形式的审美意义、作家和作品的关系、创作思维，重视寻求文学发展的内因，寻求文学的内部规律如文学风格的审美特性、文学流派的审美共同性等，凸显文学欣赏中的读者地位，分析共同美因素，把树立正确的审美观点作为培养文学欣赏能力的第一途径，在文学批评中坚持历史分析和美学分析的统一……均围绕文学的审美性和主体性展开。在"文学批评"一章，编者批判了把文学批评仅仅限于思想斗争和政治斗争的"左倾"的做法，也反对文学批评一味吹捧的右倾做法，提出以真实性、思想性、艺术性三者作为文学批评的标准，并在介绍中国古代文学批评方法和西方文学批评流派的基础上，阐述了马克思主义文学批评方法。通过比较，学生能领会到后者胜出一筹之处。该书作为面向高等师范专科的教材，虽然有些章节编写风格不够统一、新的文学观念和老的文学原理之间还不够协调，但是语言平实通俗，既重视学科本身知识体系的科学性，保证理论本身的深度和广度，又密切联系

---

① 叶凤沅：《文学概论》，序，上海，华东师范大学出版社，1990。

中学语文教学实际，突出理论的师范性，是一本影响比较大的合格的文学理论教材。

(三)裴斐的《文学原理》(中央民族学院出版社 1990 年版)

作者有感于文学理论"一些显然违反常识的理论长期流行，而近年兴起的另一些理论却又高深得叫人不知所云，"遂决定"将平时积累的关于文学和人生的见解连缀起来开一门理论课，然后又在讲稿基础上写成这本书"。① 教材仍然围绕文学的审美意识和主体性谋篇布局。不同于通常教材的五大块区分，该教材分上、中、下三编，上编"本体论"，将文学本体置于文学研究最重要的地位。第一章"两个世界"认为"没有审美主体的美犹如没有审美客体的美"，所以"美学及文学中一切重大问题均须从主客观对立统一中去认识"。第二章"什么是文学"以康德的"审美无利害关系"为基础，将文学定义为直接诉诸心灵的语言艺术。第三章和第四章从主客观关系上分析"表现和再现""壮美和优美"。第五章明确"文学的对象是人"，第六章强调"个性化是必须遵循的客观规律"，第七章提出"社会性不等于阶级性"，文学具有民族性和全人类性。第八章论述"文学的目的和作用"时，辨析了"文学的功利性与创作、鉴赏中的非功利原则"，认为"文学的最大功利是按照美的原则塑造人的心灵，使人更加热爱人生"。中编"创作论"，仍然是从多方面突出创作主体的重要性。下编"批评论"则不断强调批评家的个性对于文学批评的重要作用。

这部教材特别令人耳目一新的是作者的陈述方式，不同于一般教材的高头讲章，作者"我手写我口"，从文学现象出发阐述理论，以平

---

① 裴斐：《文学原理》，371 页，北京，中央民族学院出版社，1990。

实亲切的语言讲述了看似高深的文学理论，浅显易懂，娓娓道来，通俗但绝不鄙陋媚俗，专业但毫无晦涩，深刻但不故作神秘，有很强的说服力和吸引力。这种文风源于作者认为："坚信真理本身永远是朴素的，如果不能对它做出浅显的表述，多半是自己还没有认识清楚的缘故。"所以"力图从事实出发讲常识，而无意把简单的问题讲得复杂"。教材每章并没有分节，但读起来没有凌乱无头绪之感，而是线索清晰、逻辑严密、态度客观。我们看第二十六章"什么人能当批评家"的相关内容做一体味：首先要懂文学——具有和作家大致相当的品格——敏感、洞察力、活跃的头脑以及比作家更为开阔的生活和艺术视野——纵的知识与横的知识——没有信念和激情同样是不行的——批评家还应该是思想家——既是作家的崇拜者又是作家的导师。所以有学者赞这部教材是"血肉的真知灼见，所持观点往往入木三分，一语道破；说得那么斩截、明确、稳靠而又有分寸，而且针对性很强"。[①] 这是一本带有作者鲜明写作个性的教材，在新时期的教材中几乎是独树一帜的。

（四）张豫林、毕桂发的《简明文学概论》（河南人民出版社 1991 年版）

这部教材是根据全国高等自学考试委员会 1987 年 4 月颁发的《文学概论自学考试大纲》编写的，撰稿人是河南大学中文系文艺理论教研室的教师。该教材基本沿袭的是 80 年代后期的文学理论教材，尤其是 1989 年童庆炳主编的《文学概论》的体系和观念，以此为范本，只是在篇幅上更为简略，也许编者的初衷是"为了适应自学的特点，

---

① 裴斐：《文学原理》，序，1 页，北京，中央民族学院出版社，1990。

我们力求把抽象的理论用通俗而准确的语言加以阐述,简明扼要,便于自学"。但实际效果一般,文学观念甚至比不上80年代童庆炳主编的《文学概论》,介绍西方现代主义流派时,对"表现主义"只稍稍展开,做了较之前教材更为详细的介绍,但在其他方面,乏善可陈,缺乏新意和亮点。

(五)胡有清的《文艺学论纲》(南京大学出版社 1992 年版)

该教材是南京大学公开出版的第一本文学理论教材,反映了作者对80年代中期以来文学理论界新学派、新方法的"一系列问题的思考,其中包含了对过去和现在国内外学者众多观点的辨析、认同、质疑和驳难",也体现了他对《文学概论》课程教学内容和方法的基本认识。全书的结构框架如作者所言:"是在一种习见的结构框架下展开全书内容的。"(后记)这句话表明,作者不是为了创新而创新,是在当时公认的、稳定的教材结构中阐述自己有新意的观点、有新意的构思和自己理论的立足点,不仅贯彻了教材基本思想,而且也便于教学。作者在教材附录中说明从改革开放以来,中文系这样传统基础学科的教学正面临着危机和挑战,而《文学概论》也许是近十年受冲击最大的一门。"这种冲击,一方面来自社会生活的巨大变革,一方面来自文学特别是文学理论学科领域里的革新浪潮。"所以,作者决定对课程的教学做出调整和改革。这部教材便是在这样的理念下的创新和改革之作。

作者非常注重体系性,这在"绪论"部分有鲜明的体现,绪论介绍了文艺学的对象范畴、学科体系和研究方法,为以后各章论述文艺学的基本原理提供框架背景和基本方法。在确定文艺学研究对象时,作者区分了文学和艺术的关系,将文艺学研究对象界定为文学。在文艺学学科体系中，着重论述了文艺学体系的开放性：包括对文学的多环节考察、对文学的多视角考察、对文学的多时空考察和对文学的多层次考察，"这样的考察方式形成了众多的理论体系，也形成了众多的研究方法"。概括起来，作者认为文学理论的研究范畴大致包括："关于文学本质的理论，即通常所说的本质论""关于文学过程的理论，具体研究现实世界、作家、作品和读者四要素所构成的相互联系和运动，包括通常所说的创作论、作品论和接受论"，"关于文学和其他学科的理论，包括通常所说的批评论和发展论（或称文学史论）"。这种教材体系的区分方式虽然还是在五大块的体系之内，作者的这种思路却给人以新意，所以他的教材就建立在这三大范畴的范畴之上，其中文学批评既属于过程，又属于其他学科的理论。

在"文艺学的研究方法"一节中，作者按照概括程度和适用范围将其分为三个不同的层次：哲学方法、一般方法（包括经验方法、理论方法、系统方法）、专门方法（包括技巧分析方法、评点方法、心理学方法、社会学方法、人类学方法、文化学方法等），哲学方法作为基础指导后两者，后两者之间和后两者内部都是相互渗透、相互补充的。作者还介绍了一些文艺学研究方法的形态：系统方法、比较文学方法、心理学方法、社会学方法、形式主义方法等。作者对文艺学方法论的概括避免了孤立地罗列某个方法，而是注重彼此之间的联系和在方法大系统中的地位和作用，这是很客观、中肯、全面的，也是贯彻全书的方法论。例如在第一章文学本质论中，作者就运用系统方法认识文学本质，从系统质来看，文学在整个社会结构系统中是一种社会意识形态；从自身质来看，文学区别于其他社会意识形态和艺术样式最基本的特点是用语言创造审美观照对象；从功能质来说，文学提供人工对象满足人审美观照的需要，在此基础上产生多种社会作用。

与此类似，在第七章中作者把文学批评置于文学接受的系统、文学活动的大系统、文艺学学科系统等不同系统中加以考察。这种方法的优点是比较系统，层次清晰，不足是有时过于细琐，反而不利于理论的理解，例如将文学批评标准区分为一系列系统序列，有勉强为之之感，也再没被以后的教材所采用。

教材的创新之处还在于第二章"文学的内容"，不是以体裁、主题等作为文学内容并将文学内容和形式两分，而是把文学内容区分为"生活内容""情感内容""认识内容""审美内容"等。在"文学形象"一节，作者把文学形象区分为特殊形态的意象、优化形态的典型和意蕴形态的意境三种，其中将意象作为文学形象的一种加以论述，这是新时期文学理论教材的第一次。作者从中国古代哲学的意象一直延续到西方意象派，将文学意象定义为"文学作品特别是诗歌中那些蕴含着特定意念而让读者得之言外的艺术形象"，其特点是创造的主观性、内涵的不确定性和感受的意会性。这种对文学形象的三分法和对意象的研究、概括给后来的教材很大启发，逐渐成为文学形象的固定区分模式。在第三章"文学作品论"中，作者受西方文论三分法的启发，将文学作品分为叙事类、抒情类和表演类，将西方文论中的戏剧类改为表演类，以包括影视文学和说唱文学。第八章"文学发展论"把文学起源看作历史合力作用的结果等，都是对以往教材的突破。

这个时期其他教材还有黄展人主编的《文学理论》（暨南大学出版社 1990 年版）、樊篱主编的《文学理论教程》（湖南师范大学出版社 1990 年版）、孙耀煜主编的《文学理论教程》（人民文学出版社 1991 年版）、杨振铎的《文学原理新编》（云南大学出版社 1991 年版）、杨葆的《文学理论简明教程》（中国科技大学出版社 1991 年版）、畅广元等人的《文艺学导论》（陕西人民教育出版社 1991 年版）、曹廷华主编的《文

学概论》(高等教育出版社 1991 年版，1992 年再版)、童庆炳主编的
《文学理论教程》(高等教育出版社 1992 年版)、童庆炳的《文学概论新
编》(北京师范大学出版社 1995 年版)、童庆炳的《文学理论要略》(人
民文学出版社 1995 年版)、陈传才、周文柏的《文学理论新编》(中国
人民大学出版社 1994 年版)及修订本(中国人民大学出版社 1999 年
版)、杨星映的《文艺学基本原理》(重庆出版社 1995 年版)等。

第三节　文论教材的转型：多元化尝试(1996—2000 年)

一、转型特征：人文性、开放性和实践性

相对于 80 年代文论教材而言，90 年代教材明显存在着换代和转
型两种现象。换代教材更加强调了 80 年代和 90 年代前期教材的不
同，指向当下；转型教材则更关注教材未来的发展走向，指向未来，
这一变化体现在 90 年代后期文论教材中。

90 年代前期的人文精神大讨论对文学和文学理论的影响至深至
远。中国文学由于"文以载道"的文学传统和近现代以来的特殊国情，
除却"文化大革命"时期，文学始终具有居高临下的启蒙姿态和社会关
怀，承担"国民精神的灯火"之重任，作为创作者的知识分子，也一向
有着社会精英、社会良心的美誉和优越感，这种姿态一直保持到知识
界异常活跃的 80 年代。对于文学发展而言，80 年代是一个文学承担
了"文化大革命"之后国民精神救赎和道德复兴的时代，从"伤痕文学"
到"反思文学""寻根文学"，文学、文学理论和政治紧密相连，总能在
社会上掀起新的政治的、历史的、社会的、文化的热点话题，文学延

续、保持着积极反映和干预社会生活的传统，文学的主流精神依旧是知识分子引以为豪的政治理想和启蒙意识。

而当这些80年代成果突如其来地遭遇社会转型期时，在市场经济、大众文化、后现代主义等"合力"的冲击下，知识分子文学理想的大厦倾塌，一时学术界集体"失语"，随后围绕人文精神是否坍塌展开了热烈讨论。这次讨论由文学讨论引起，后来延伸到思想、学术、政治，乃至道德等各个层面。就文学而言，这次大讨论成为新时期文学的转折。它直接涉及文学的终极问题：文学是人学，文学的起点和终点都是人，以人的价值实现、人性的善、培育"完整的人"为最高理想，当人性精神丧失时，文学去向何方？通过讨论，思想界、学术界、文艺界的思想活力和话语活力得到恢复，1993年也由此成为当代文学史的一个分水岭。文学开始出现新的格局、新的审美形态和新的精神风貌，开始重新关注人文精神，关注文学的"人学"内涵、关注文学主体成了90年代后期的文学理论不约而同的选择。这些变化也在文论教材中反映出来。文学和文学研究很难再像80年代那样产生以某种思潮为主导的社会轰动性效应，而是进入一个多元化发展的历史时期。

90年代以后，受西方本体论和认识论的影响，教材编著者往往热衷于建构宏大而严整的理论体系，西方化的思想进一步深化。有学者评价："可以毫不夸张地说，在这个不到十年时间内，几乎把欧美文艺美学二十世纪来的发展情况作了介绍，并在各个领域内加以运用。"①进入20世纪90年代以来，随着学界对我国现代文论进程的反思，有人提出"失语症"，曹顺庆说："我们根本没有一套自己的文论

---

① 胡有清：《文艺学论纲》，3页，南京，南京大学出版社，1992。

话语，一旦离开了西方文论话语，就几乎没办法说话，其基本原因在于我们患上了严重的失语症。"①林岗先生说中国现代文论"只是借用他人的概念术语衣装演练了一场堂皇而缺乏神采的戏"②。中国现代文论在国内的失语，必然会导致在国际上的失语。香港中文大学黄维梁教授说："在当今的西方文论中，完全没有我们中国的声音。20 世纪是文学理论风起云涌的时代，各种主张和主义，争妍斗丽，却没有一种是中国的。"③面对文论主流西方化的局面，文论界一直致力于本土化文论建设。诸如 20 世纪 80 年代初期，文论界对文论的本土化问题就有比较清醒的理论自觉：古代文论界围绕文论的"民族特色"展开过讨论，现代文论界以"建立具有中国特色的马克思主义文论"为目标。这一点在 90 年代后期的教材编者那里成为一种自觉的追求和目标：他们力图"既反对西方中心论，也不取狭隘的民族立场，既注意沟通中西文论相同性的一面，又注意中西文论互补性的一面，尽量吸收人类一切有益的理论创造"。编者认为文论教材"除了追踪国际学术进展之外，它还应葆有与本民族文化传统更深的血脉联系。"④应走一条"综合的道路"："以传统为基础的古今的综合，以及中外、东西的综合"。"不仅要精通地而非教条地、机械地掌握马克思主义的基本原则，而且要熟练地而非生搬硬套地掌握古今中外文学理论发展的基本经验和知识，对之进行马克思主义的综合、会通、筛选、改造和新的创作。"⑤总之，他们的理想是建构一个"纳万汇于我而不失其本——中国

① 曹顺庆：《文论失语症与文化病态》，载《文艺争鸣》，1996(2)。

② 林岗：《语言变迁与 20 世纪文论》，载《文学评论》，1998(3)。

③ 黄维梁：《中国古典文论新探》，25 页，北京，北京大学出版社，1996。

④ 王先霈：《文艺学系列教材》，前言，3～4 页，武汉，华中师范大学出版社，1999。

⑤ 毕桂发：《文学原理教程》，1 页，北京，中国书籍出版社，1996。

特色，熔古今中外于一炉而不丧其神——坚持和发展马克思主义文艺思想，集当代众家之长，而又富有个人理论独创性的当代马克思主义文艺学的开放体系"①。

这个阶段文论开放性的表现除了对中西方文论有机融合的自觉意识，还包括文化研究方法的引入。早在 1994 年，张法就认为："有一个共通的东西是可以感觉到的，这就是文学研究正在汇入超学科的文化研究之中。"②在这个阶段顾祖钊所著的教材《文学原理新释》中，著者就从文化的角度探讨了文学本体的文化性。文化的研究方式能够在 20 世纪 90 年代的中国日渐流行，原因多样。一方面，这是文学自身的发展所致，90 年代的大众文化的兴起改变了文学的存在方式，相应的，文学研究的方式也随之调整和变革，文化研究对于新兴的大众文化相较传统文论，更有理论的适应性和实用性的优势。另一方面，文学研究契合了当时社会及文化的转型，因此有学者说："文化研究，特别是大众文化研究的出现与兴盛并不是偶然的，也不是局限于文论内部的一种自我逻辑发展，而是复杂的社会文化现实与文论发展的内在需要共同促成的。"③除此之外，90 年代后期学者也越来越注重教材实践性，对实践性的要求也形成共识：将文学理论的科学性和教材可接受性相结合，将教材的课堂教学和学生主动学习、参与实践相结合。通过教材，帮助学生积极主动参与创造性理论思维，掌握分析文本、参与社会文艺评论的实践能力，并逐步掌握自己追踪学术发展的本领。这种教材文本的调整虽然是适应大学中文系培养社会需要的实

---

① 顾祖钊：《文学理论新释》，3 页，北京，人民文学出版社，2000。

② 张法：《中国文论转型的几个维度》，载《思想战线》，1994(4)。

③ 陶东风：《大众文化教程》，6 页，桂林，广西师范大学出版社，2008。

践性人才的需求，然而深入追寻思想根源，仍是人文思想平等意识和文学主体性内在规定所致。

二、主要教材简析

(一)毕桂发的《文学原理教程》(中国书籍出版社 1996 年版)

编者曾于 1991 年与张豫林合著《简明文学概论》。《文学原理教程》继承了《简明文学概论》的部分观点，而两本教材的差异也恰恰反映了编者文学观念的改变。我们用表格展示一下两本教材的内容：

《简明文学概论》	《文学原理教程》
绪论 一、文学概论的性质和任务 二、学习方法和要求	绪论 一、文学原理的性质和基本内容 二、文学理论的产生和发展 三、学习文学理论的方法
第一编　本质论 一、文学是一种社会意识形态 二、文学的审美特质 三、文学是语言艺术 四、文学的审美教育作用	第一章　文学的本质和特征 第一节　文学是社会生活的反映 第二节　文学反映社会生活的特点 第三节　文学是语言的艺术
第二编　构成论 一、文学作品内容的构成要素 二、文学作品形式的构成要素 三、文学作品内容和形式的关系	第二章　文学作品的体裁 第三章　文学作品的内容和形式
第三编　创作论 一、文学的创作过程 二、典型形象与典型化 三、意境与意境的创造 四、文学创作中的思维活动 五、文学的风格和流派	第四章　文学风格和文学流派 第五章　文学的创作过程 第六章　文学的创作方法

续表

《简明文学概论》	《文学原理教程》
第四编　发生发展论 一、文艺的起源和社会生活对文学发展的影响 二、文学发展中的继承与革新 三、创作方法的演变及现实主义、浪漫主义、现代主义 四、社会主义文学	
第五编　鉴赏批评论 一、文学鉴赏的性质、意义及产生条件 二、文学鉴赏的基本过程和心理特征 三、文学鉴赏的差异性和一致性 四、文学批评的性质和作用 五、文学批评的标准 六、文学批评的原则、方法和批评家的修养	第七章　文学欣赏 第八章　文学批评
	第九章　文学的社会属性和社会作用
	第十章　文学的发生和发展

《文学原理教程》共十章，从结构上来看，编者将文学的社会属性和社会作用放在了第九章，而不是像《简明文学概论》一样将社会意识形态性作为文学本质的第一性，着重探讨文学作为社会意识形态，和经济基础以及其他上层建筑的关系。《文学原理教程》虽然认为"文学是社会生活的反映"，但重点放在"文学是作家对社会生活的能动反映"方面，编者认为作家的主观能动性表现在三个方面：反映内容的主体选择性、评价加工生活的差异性、反映生活的创作性。很明显，这是把作家的主体性作为文学社会本质的重点。在分析"文学反映社会生活的特点"时，编者将其概括为文学反映生活的整体性、形象性和美感性，这就决定了文学必须用具体可感的形式反映生活，即"艺术形象"。艺术形象具有具体可感性、概括性，具有审美意义，可分

为典型和意境两种。贯穿整节内容的内在线索是把文学的审美特性看作文学的根本特性，文学由此获得了独立的意义和价值。典型和意境没有被放在创作论中，也是出于这种考虑。教材将文学作品的体裁单列出来作为一章，既是承继上文，把体裁当作社会生活的反映之一，同时也承认体裁是表示语言艺术内部分类的概念，不仅同主题、情节和布局相关，其外在的、物质的标志可以归入形式范畴，所以它在整体上体现着内容与形式的统一。因为它的重要性和特殊性，编者将它列于"文学作品的内容和形式"之前，显示出指向文学内部研究的文学理论趋势。第四章"文学风格和文学流派"也提到了创作论的首位，是紧承上文对文学作品的种类体裁和内部构成分析后，延续作品内部研究，考察作品呈现出的独特艺术风貌。第六章"创作方法"归属到文学创作论中，不再放在文学发展论中。《简明文学概论》把创作方法放在发展论中是认为"文学创作的发展变化与一定时代的经济、政治、社会思潮有着密切的关系"，其理论依据是社会生活反映论。《文学原理教程》把创作方法放在创作论中是源于作者认为在处理现实生活和文学创作的关系时所持的态度、遵循的原则和使用的方法不同，其理论依据是审美反映论和作家主体论。所以，全书看似是表面体系的调整，实质上是基本文学观念的改变。从这个角度看，它"具有较开阔的视野，并在一定程度上综合或整合了古今文论的精华部分"[1]。

(二)教材编写委员会的《文学概论》(开明出版社 1998 年版)

这部教材是为大学专科小学教育专业语文类主修学科主干课程《文学概论》编写的，主要目的是"使学生较系统地掌握文学的基础知

---

[1]　毕桂发：《文学原理教程》，序，北京，中国书籍出版社，1996。

识和基本理论，初步树立马克思主义的文学观，从而提高阅读、分析、欣赏、评论文学作品及辨析文学现象的能力，为其学习其他语文类课程和将来从事小学教育教学工作打下必要的文学理论基础"①。考虑到教材理论知识的基础性和使用对象的专业特点，教材整体难度不大，理论叙述简明扼要、通俗易懂。全书体系还是通常的五大块对应相应的五编，第一编"文学的本质和特征"沿袭童庆炳的《文学理论教程》中"审美意识形态"论，第二编"文学作品的构成"，编者大胆吸取文论教材"新颖、合理，有独到见解的"新成果，依照 1995 年童庆炳的《文学概论新编》对文学作品构成的内容理论体系，从语言、体裁、蕴含三方面分析作品构成，将文学体裁区分为"独立型""依附型""交叉型"三大类来理解。教材最大的亮点在最后的附录：《我国新时期文学论争及主要文学观点简介》，编者用 11 页的篇幅，基本将新时期主要的几次大的论争和与之有关的文学观点做了简要概括、清晰晓畅、客观中肯的介绍。每章节后附有与文学理论有关的文学现象和文学史内容。这些做法在新时期文论史上尚属首次，对于加深学生学习和理解大有裨益。

（三）王先霈总编的"文艺学系列教材"，包括《文学理论》《文学文本解读》和《文学批评》(华中师范大学出版社 1999 年版)

这套教材是国家教育部"高等教育面向 21 世纪教学内容和课程体系改革计划"重点项目的成果之一，其中刘安海、孙文宪主编了《文学理论》。这套教材最值得肯定之处是在很大程度上弥补了我国高校文艺理论教育与教材理论脱离实际、理论化、抽象化的不足，不失为一

---

① 教材编写委员会：《文学概论》，说明，北京，开明出版社，1998。

个大胆而成功的改革尝试。之前文学理论教材也有许多以"文艺学"为名的，如吴中杰的《文艺学导论》、胡友清的《文艺学论纲》等，但仅限于文学理论的范畴。相比之下，《文学文本解读》和《文学批评》作为一个有机的理论体系和实践活动整体进入文艺学教材系列之中，丰富和完善了当代文学理论。

编者的初衷是："考虑到新世纪本科教学对象迥然有别于 20 世纪的大学生，考虑到文艺学课程在中文系课程结构中的重要地位，考虑到它的指导性和工具性兼有的性质，我们提出，依序设置文学文本解读、文学理论和文学批评三门必修基础课。文学文本解读课程的主要目标是，激起、诱发学生对文学的浓厚的审美趣味，同时也让他们初步了解一些文学常识；文学理论课程的目标则是，使学生对文学的特征和功能，对文学的创作、传播、接受和发展的规律，对文学作为一种社会意识形态和作为人类掌握世界的一种方式的性质，都有比较系统的了解；文学批评课程，介绍 20 世纪批评学派各自的思路与方法，着重于培养学生观察运动中的文学现象的习惯和对之做出反应的能力，培养他们参与文学评论活动的实践能力。三门课有明确分工，交叉处则此详彼略，互相衔接、互相补充。"很明显，以往文学理论在文艺学教学中唯我独尊，一枝独秀，但实际效果往往不尽如人意，究其原因，在于文艺学教师灌输太多、学生独立思考较弱，缺乏主动性。这套教材则非常突出文学作品解读与文学批评的地位，强调学生实际解读文学与解释文学实践的能力。这套教材从调动学生学习兴趣出发，还给教师留下了发挥余地："建议在教学中安排适度的讨论，组织参加社会文艺评论实践，布置写作短评和论文"，构建起教师和学生对话的一个有效平台。

就这套教材中的《文学理论》而言，也的确如编者所言，"面向 21

世纪的教材，必须体现出 21 世纪的心态，"其中"一个重要的特色是它的开放性"。相较华中师范大学十年前编的《文学原理》，可以比较清晰地看到这些努力和变化。"导论"中编者把文学理论的研究范围分成三种情形：狭义的文学理论研究、文学与其他学科联姻所形成的有关文学理论的研究、广义的文学理论研究。教材采用最后一种：着重研究文学本体、文学形象、文学文本、文学体裁、文学创作、文学类型、文学接受、文学活动等内容，解决相关文学问题，"通过对这些问题的分门别类的研究和前后左右的融会贯通，建立起一种开放的、符合文学本体特征、问题特征及审美特征的正确的、科学的文学观念来。"研究方法是"以马克思主义的哲学方法为指导，以本体论为中心，综合运用各种研究方法"。将立足于本体的研究第一次作为文学理论研究的核心方法，90 年代以来文学理论教材对本体论的不懈追求和文本表现到这本 90 年代末的教材中终于有了文字上的明确阐述："以本体论为中心"，简单的几个字，其中摸索走过的道路令人唏嘘和感慨。理论的探索和定性是在文论工作者的手中经过不停的努力，最终一点点完善和定型下来的。在"文学文本"部分，编者将文本和作品做比较，突出文本具有自身的、相对独立的某种蕴意的特点，而不是制作主体所赋予的某种蕴意。所以教材用文本这个概念，"意在强调作为审美对象的文学作品本身的相对独立性和本源性、可再被创造性。"由此文本不是一个封闭体，而是一个开放性的、有待于读者去填补和再创造的符号体。理论立足点调整了，因此"文学文本"部分也不再按照传统的"内容""形式"两分法，而是用比较新且经过时间验证的作品层次论(1989 年出版的孙子威主编的《文学原理》已启用作品层次论)来论述。在其余各章节，我们都可以见到编者像这样将本体论作为中心、将开放性贯彻始终研究文学的实例。

在全书体例和内容上，这一本《文学理论》对十年前的《文学原理》多有继承，全书结构基本没做大的变动，在坚持文学的审美性和文学的本体性方面始终如一，只是更加明确化和完善化："文学形象"部分，从文学的言说入手探讨形象的内涵，通过辨析中国古代文论和西方文论关于"形象"的论述，发现形象实际包含了两个涵义，从文学创作的目的来看，形象是文学创作的产物；从文学创作的过程来看，形象又被视为文学言说的符号。而形象之所以会成为文学传情达意的特殊"语言"，则是由于文学所要言说的人生经验和思想感情，是概念性语言难以承担的，所以会出现"形象大于思想"的效果。从这个意义上看，形象不仅是文学的外在特征，而且成了文学文本意蕴的显现形态，进而成为文学构成的一种基本要素。这种观照形象的新视角，目的还是暂时隔离文学的外部因素，回到文学自身的内部因素，开展文学内部研究，阐明形象在文学本体构成中的意义，从而更好更纯粹地概括文学本质和特征。在"文学的种类和体裁"部分，教材将报告文学、纪实小说、杂文、随笔等有体裁争议的文体归入新增添的"边缘文学体裁"部分。这类体裁既体现了文学体裁分类的相对性，也体现出文学体裁之间的互渗情形，从而使我们进一步认识文学的规律。在"文学思潮流派与类型"部分，教材增添了"通俗文学"，诚如编者所言：教材"要反映本学科国内外最新成果"，市场经济下文学消费成为常态，通俗文学有了勃兴和繁荣的条件，根据中国当代文学已出现的这类文学类型，教材进行了理论概括和总结，体现出教材的时代感和新颖性，同时这也是通过教材"教学鼓励和启发学生正视新的现实，通过观察和思考，逐步引出新的见解"。

教材的另一大特色是对中西方文论的有效融合。从字里行间我们可以看出，该教材并没有停留于介绍，而是有足够的吸纳，加以有效的梳理、整合。我们以"文学的主体性"这部分①的一小段论述来说明：教材先说明什么是文学的主体性，然后指出文学的主体性即文学"是在主体的积极参与下才得以形成的一种包含了主体成分在内并受主体的情感意志所支配的意识现象"。接着引用歌德的名句"艺术家对于自然来说有着双重关系：他既是自然的主宰，又是自然的奴隶"来说明，下面马上又引用苏轼结合自身创作经验所做的相关论述来阐述生活、技巧和主体三者在文学活动中的关系。紧承其下的是用现代心理学家皮亚杰的"刺激—反应""心理同化"等理论进一步说明文学活动"必须以情感投入的方式和审美评价的态度来把握生活形象"，接着举海涅和黑格尔关于星空的对话来说明主体的作用……在这一段论述中，教材将西方文论、中国古代文论、现代心理学、西方文学史的相关知识有机融合在一起，丝毫不见牵强附会，而是水乳交融、毫无痕迹。这应该是新时期文论教材中古今对话、中外会通的成功案例。

90 年代，畅广元等主编的《文艺学导论》(陕西人民教育出版社1991 年版)、姚文放的《文学理论》(江苏教育出版社 1996 年版)、狄其骢、王汶成、凌晨光合著的《文艺学新论》(山东教育出版社 1996 年版)等也加入了文艺学教材大军，在此不再展开讨论。

(四)2000 年出版的反映 90 年代后期文学观的教材

有一部分教材虽然是 2000 年出版，但其构思和写作基本是在 90年代末，反映的是 90 年代后期的文学观，所以我们仍将这部分教材作为 90 年代的教材来看待。

赵炎秋、毛宣国的《文学理论教程》(岳麓书社出版社 2000 年版)

---

① 刘安海、孙文宪：《文学理论》，25～27 页，武汉，华中师范大学出版社，1999。

是湖南师范大学文学院中文系教师集体编著的。刘甫田、徐景熙主编的《文学概论》（高等教育出版社 2000 年版，以下简称"刘本"）是师范高等专科学校汉语言文学教育专业系列教材。姚文放的《文学概论》是南京大学出版社 2000 年出版的（以下简称"姚本"）。

这三本教材之所以放在一起评析，是因为三者有许多共同的特色。

第一，教材的编写体系比较相似，体系完整，都有"本质论""构成论""创作论""发生发展论"和"文学鉴赏论"，对最基础的文学基本概念、原理在有序的联系中做了合理的安排。课后都设置了思考题，便于学生思考和复习。第二，文学观念都坚持以马克思主义辩证唯物主义和历史唯物主义观为指导，都强调文学的审美意识形态性是文学最重要的本质，并贯穿在全书各个章节中。第三，注意吸收中国当代文论的新成果，包括对中国古代文论和西方文论的融汇和吸收，如姚本把文学形象的形态划分为典型、意境，其他两本更增添了意象。第四，三本教材最大的特色和成功之处是：突出师范性和实践性。它们充分考虑了学习对象的需求和教学实际，注重对学生知识传授和能力培养并重的原则，有鲜明的"师范性"特色。因为这些是师范院校的文学理论教材，学生毕业后要走上语文教学岗位，这就要求他们不仅要掌握文学的基本原理和基础知识，还必须具备阅读、欣赏、分析、评价文学作品的素质和能力，所以教材在讲清楚文学基本原理和相关知识的基础上，特别加强了应用实践部分。《文学理论教程》加强了文学语言、文学形象、文学作品的构成、文学体裁、文学风格、创作方法、鉴赏接受等章节的相关内容，便于学生在具体实践中使用。并且特别增加了"文学评论"一章，分析了文学评论的含义和体裁样式，评论写作的基本特点以及文学评论具体的表达技巧，如文学评论的表达技巧包括"表达的逻辑起点""文学评论的艺术性""复述和摘录""描述与分析",符合学生的接受能力,富于可操作性和启发性,该教材不仅是文学评论基础知识的传授,更重视理论思维能力和"培养学生感悟、理解、分析、评论文学作品和文学现象的能力,促使学生更好地参与文学实践"。刘本则用一半以上的篇幅,多侧面、多层次地论述文学作品的诸多问题,以加强学生对文学作品理解和把握的能力,为加强理解,在教材正文旁边设置旁批,或提供参考文献,或补充正文中相关知识信息、具体文学文本,或提供引发学生兴趣的内容等,激发学生兴趣,开阔学生思路,具有很强的实践指导意义。姚本也有近一半篇幅围绕文学作品展开,在正文中采用开设专栏的形式,增加文学作品的感性材料和理论学说的资料佐证,教材最后开具参考书目作为课内知识的有效延伸。在师范性和实践性方面,这三部教材做得都很成功,值得特别肯定。

当然,三本教材也各有特色,《文学理论教程》分五编十八章,章节划分比较细,编者是"为了更好更集中地讲清文学理论的基本问题"。全书最后增设一章"附录"《20世纪文学理论概述》,共有三节33页,包括20世纪文学理论的哲学背景、总体特征和启示,比起其他教材对20世纪文学理论的点到即止或适当引用,这部教材用专章加以介绍的做法是一大亮点,体现了编者的初衷:"一部好的文学理论教材,必须有希冀的理论体系和叙述风格,尽可能吸收当前学术研究成果,反映当前文学理论研究现状"。而且从教学效果来看,这一章是教材知识的自然延伸和拓展,同时也便于学生学习、查阅,加深对教材内容的理解,调动和启发学生对新的文论知识的兴趣和探索。教材在"批评家的修养"一节把"开放的美学观和民主平等的人格结构"作为对批评家的要求之一,这个提法相当新颖,也是在其他教材中少见

的，体现了编者开放、平等的学术心态。后两本《文学概论》都吸收了
艾布拉姆斯的文学四要素观点，其中刘本还吸收了文学作品层次论、
文学作品再现型、表现型和表意型的形态划分等文学观点，遗憾的是
这两本概论并没有像《文学理论教程》一样，将文学消费与文学传播的
内容吸收进教材。从这点看，这三本教材对文论的当代性内容反映得
还不够全面。在对西方文论的介绍方面，刘本并未涉及，《文学理论
教程》和姚本略胜一筹。

（五）顾祖钊的《文学原理新释》(2000 年版)

作者从 1998 年开始写作此书，志在出新：它是作者多年来个人
学术思想的总结，也吸纳和融汇了新时期以来我国文论的很多新观
点、新探索；既吸收了中国古代文论精华，又参考借鉴了外国文论，
尤其是 20 世纪西方文论具有生命力和适用性的因素；既坚持以马列
文论的基本观点、基本原理为指导，又吸收其他文论的合理之处。在
教材的编写上作者进行了多方面的突破。

在文学本质论方面，作者通过对文学活动的全面考察，提出一种
多层次多侧面的文学本质观：一个由初级本质到中级本质再到高级本
质不断深化和升华的系统。文学的初级本质包括哲理本质、情感本质
和历史本质三个侧面，哲理本质观是指那种把表达观念或哲理当作文
学最高原则或目的的文学观，它是哲理文学的本质；情感本质观是指
以情感为表现目的和对象的文学观，它是抒情类文学的本质；历史本
质观指的是狭义的历史本质，要求文学作品具有一种类似于历史著作
的真实性，把文学艺术的范围局限在描述时代面貌和刻画带有历史真
实当代性格的对象上。作者认为，历史上关于文学本质的诸多异议和
相互否定，就在于没有充分认识到文学作品存在这样不同的本质侧

面，作者超越前人局限，承认事物本质的多侧面性，以大量充分且具有说服力的事实证明了以上三种文学是共同存在和相辅相成的。作者进一步指出这三种本质共存结构正对应人的"知、情、意"三方面，与追求"至事""至理""至情"的审美需要相统一，进而形成文学的三种审美类型：写实型、抒情型、哲理型；形成了三种艺术至境形态：典型、意境与意象。在初级本质观基础上，作者对文学中高级本质展开研究，他认为文学的中高级本质是文学在历史哲学意义上的本质，以及这种本质在社会结构中的宏观定位和最后归属，其中马克思主义的理论建树最为突出、合理和系统性。教材层层深入，论证严密，为马克思主义的指导意义做了理论上的张目和确立，令人信服。

在文学作品论方面，教材以艺术至境论为中心，以文本层次论取代了传统的结构论，建立了新的作品阐释模式。教材把文本看成一个由表及里的多层次审美结构系统，包括文本的语言层面、文本的形象层面、文本的意蕴层面，来替代传统教材中文学作品构成的"内容/形式"两分法。作者以有机统一的文本整体分析替代了机械的文学研究方法。机械的研究方法忽视了文学的特殊性，破坏了文本的自足完满，违反了艺术规律；而文本层次论则始终把文本看成一种气韵生动的艺术世界和生命形式，能揭示出文本的有机构成和审美属性。作者吸收中西方文论精华，构建了由典型、意境、意象构成的当代艺术至境论，尤其对以往很多教材较少开展剖析的"意象"概念做了理论的生发，恢复中国古代文论"意象"古义，同时借鉴西方现代派"审美意象"概念，将"意象"上升为和"典型""意境"三足鼎立的中心概念之一，并具体分析了其艺术特征和分类。由于理论的合情合理和辩证统一，

"意象"理论已被越来越多的学人认同与采纳，影响力与日俱增。[①]

在文学创作论方面，教材同样体现出广泛吸收中西方文论精华的特色。利用中国古代文论的摹心说对西方传统的摹仿说进行了改造，对心理分析学派创作论、格式塔心理学创作论展开评介，对艺术思维特征的概括、心理机制的分析和意象思维、具象思维作的类型划分，以及在文学叙事部分对西方叙事学的吸收，在文学修辞技巧部分对新批评学派含混、复义、悖论、反讽等原理的新释与化用，都显示出对理论的融会贯通和新创。

在文学发展论方面，教材将社会心理看作文学发展的客观动因（即他律），将审美理想模式的变化看作文学发展的主观因素（即自律），并认为由二者的合力形成了文学发展模式，这也为新时期文艺发展论增添了新的理论内容。

在文学接受论方面，教材也有新意。作者认为应该建构中西融合的接受论，他吸收德国接受美学的方法阐述了文学接受论。在文学批评一节，在介绍和评价了道德批评、社会批评、文本批评、心理批评等批评方法的基础上，教材用专节重点讨论了马克思主义文学批评方法，对其作出了理论上的概括和高度评价，作者认为，美学的历史的观点相统一的批评原则体现了马克思主义文学批评的性质和原则，综合了人类文学批评史上一切方法的长处，是一种崭新的超越性文学批评方法，具有开放性，超越一切封闭的、片面化的文学批评方式，成为"最高的"批评方法。在这种批评原则指导下，其批评标准必须是

[①] 顾祖钊的"意象"理论早在1992年参与编写的由童庆炳主编的《文学理论教程》中就建立了初步理论体系，在《文学原理新释》中更为系统完整和辩证统一，由于教材是独著，因此这一理论在有机性、统一性、完整性方面更为突出，成为全书突出的理论亮点。这一理论在《文学理论教程》后面若干个修订版中也得到延续和进一步完善。

真、善、美相统一的标准。该教材整体理论框架中所倡导和追求的是历史理性、人文关怀和审美升华的原则，真、善、美统一的批评标准恰恰与此呼应，显示了教材理论体系的完整性、系统性和统一性。最后，作者还概括总结了马克思主义文学批评实践的方法和细则。

由于《文学原理新释》一书是作者独著，因此具有非常鲜明的个人特色和理论的系统性、连贯性，该书兼具 90 年代后期文论教材的普遍特征，也基本体现了 90 年代文论教材的总体水平，指明了未来文论教材的发展趋向，称得上是新时期文艺学建设的一项可喜成果。

(六)《文学理论教程》(高等教育出版社 1992 年版，1998 年修订版)

《文学理论教程》当属这一阶段的集大成者，教材主编是当代著名文学理论家童庆炳教授，参编者也多为新时期文论界代表人物。总体来看，该教材坚持以马克思主义为指导，贯彻历史唯物主义和辩证唯物主义。同时力求吸纳中外古今文学理论研究有价值的成果，密切结合文学实践特别是当代现实文学活动，体现文学理论的中国特色和当代性，"强调要体现师范性特点"等方面，这就为教材确立了高起点、高水准、高要求的编写原则。

该教材与 80 年代的以以群本、蔡仪本、边疆十四院校本为代表的文学教材相比，实现了全方位的超越，呈现出新的理论体系、新的结构思路、新的教材面貌。即使和 90 年代同期革新教材相比，该教材在文学审美意识形态论上旗帜更为鲜明、贯彻更为彻底，阐明了文学审美意识形态的内涵、特征等，更贴近文学研究对象，对教材内容的阐发也更为完整、周全，在研究方法的更新、教材结构的调整包括教材语言的谨严性和学理性等方面，都超过了同时期教材。有些文学新思想、新观点、新方法、新思路并非该教材首创或原创，但该教材在借鉴和吸收这些因素时，不只是简单的绍介和生硬的植入，而是作了必要的理论提升与整合，使之具有了新的理论内涵，提升了理论高度。因此该教材一出版就大受欢迎，被许多院校选用。该教材成为我国文学理论教材史上从 80 年代到 90 年代发展过程中真正意义上的"换代教材"，称得上是积新时期文学理论研究与教学多年之功结出的硕果，标志着文学理论教材的巨大进步。虽然限于时代，全书在体系框架建构上仍然套用了 80 年代教材，在内容上有求全倾向，导致枝蔓过多，文字量过大，有冗长烦琐之嫌；在教材具体的论述方面，有些术语和概念也显得庞杂，不够明确和精炼；语言表述上有些部分显得过于深奥、晦涩难懂；还有些理论观点的立论基础尚需商榷和完善。但瑕不掩瑜，作为一代学人的智慧结晶，它在新时期文论教材史和当代文论教材史中必然是一个里程碑般的存在。①

三、90 年代和 80 年代文论教材的区别

概括起来，90 年代文论教材从苏式教材的桎梏中逐渐摆脱出来，转为向欧美文论的学习和吸收，同时注意对中国古代文论的吸收，并将中西方文论做有机的融会贯通，显示出和 80 年代文论教材迥异的新面貌。

文学研究由静态向动态迁移。80 年代苏式教材继承季莫菲耶夫的体系，这种体系"是西方美学文艺学的写实传统的产物，有一定的片面性"，"以群、蔡仪、十四院校都是季氏模式的翻版"。② 它用机械反

---

① 这部教材将在本书第三编作为专章探讨，此处只做简略介绍。
② 萧君和：《文学引论》，2 页，哈尔滨，黑龙江教育出版社，1999。

映论，从静态的角度研究文学现象，以哲学原理套用文学原理，以文学的社会意识形态属性作为文学的基本属性，制约和忽视了文学的审美本性，对文学创作心理和接受过程研究中的主体性关注明显不足。到 90 年代，这种理论明显已不能适应社会的发展和文艺的变迁，显露出简单化、庸俗化、易流于工具论的弊端。90 年代教材以艾布拉姆斯的文学活动四要素为理论依据，把文学看作一个有机的活动系统，"文学理论所把握的不是这四个要素中孤立的一个要素，而是四个要素构成的整体活动及其流动过程和反馈过程。"①教材知识体系日趋合理，偏向对文学自身属性的挖掘。

文学观念由封闭转向开放。80 年代教材中依旧强调文学的政治功能，"文学是阶级斗争的工具"，"文学为政治服务"的观点体现了从文学外部因素(尤其是政治因素)分析文学的惯性思维，使文学容易流于概念化。90 年代教材通过审美性的引入和分析文学的自身特性，"将逻辑起点从人以外的世界移居到人自身内部，呈现出'作家论——作品论——读者论'整合倾向。"②同时，90 年代的教材对文学的研究也不再局限于文学现象，而是越发开放和外延，诸如有些教材就从"广义文学和文化""折中义文学和惯例"来认识和观照文学。文学活动也不仅限于文学创作—文学作品—文学接受一个流程，在吸收马克思关于"艺术生产"的相关理论后，还可以从文学生产—作品价值—文学消费这个流程对文学进行研究。③

研究视角由单一转向多样。80 年代教材用辩证唯物主义和历史唯

---

① 童庆炳：《文学理论教程》，7 页，北京，高等教育出版社，1998。
② 包中：《当代中国文艺理论史》，512 页，南京，江苏教育出版社，1998。
③ 童庆炳：《文学理论教程》，12、80 页，北京，高等教育出版社，1998。

物主义原理直接分析文学现象，总结文学规律，研究文学视角单一，以哲学、社会学为主。90 年代教材在坚持文学活动四要素的理论前提下，广泛吸取当代社会科学和自然科学的最新成果，研究视角大为拓展，包括哲学、社会学、美学、心理学、语言学、价值论、信息论、阐释学、接受美学、符号学、文化学等。随着文学理论边界的不断扩大，多视角的切入能更全面地揭示其内部规律。

文学研究由外部转向内部。80 年代苏式教材将重点放在文学的外部研究，对体现文学审美属性的作品本身关注有限。西方 20 世纪形式主义文论给我国文论很大的冲击和启示，新批评理论代表人物韦勒克、沃伦在《文学理论》中指出：致力于作家个性、社会环境、时代精神、历史背景等因果性的外在研究方法，没有一个能够恰当分析评价一部作品，必须转向内部研究。[①] 90 年代教材在此基础上认为："谈文学的外部关系，即文学与社会，文学与作者，文学与其他艺术的关系，固然有助于理解文学，但要真正解开文学的奥秘，还得研究文学自身，也即文学的存在方式、构成、技巧、文体、类型等文学的内部状况。"[②]因此这批教材不约而同地回归文学本体，纷纷加大了作品构成论的分量，对作品展开详尽的分析，并避免纯理论建构，注重理论的应用、实践。

学术资源由偏狭到包容。80 年代文论教材资源以马列经典作家、文论家为主，90 年代则全面开花、博采众长、无论中外、不废古今。西方当代文论精华被吸收，中国文论界也开展了古代文论现代转化的

---

① ［美］勒内·韦勒克、奥斯汀、沃伦：《文学理论》，65 页，北京，生活·读书·新知三联书店，1984。

② 王纪人等：《文艺学教程》，2 页，上海，上海文艺出版社，1993。

具体实践，这些都使教材面貌为之一新。面对大众文化的来袭，文学的内涵、存在方式等都出现了新变化，90 年代教材对这些新现象、新问题也没有回避，对此进行了阐述，体现了文论的实践性品格。

学术语言由哲学化转向文论化。语言是思想的直接体现，是思维的符号。思维方式的转变必然会引起语言表达的变化。80 年代教材建立在哲学方法论基础上，大量套用哲学概念、术语、命题，抽象晦涩、平直无味，大多缺乏文采。90 年代教材认为"文艺学既是一门独立的形态，必然要求创造自己特有的概念、范畴与表达方式"[①]。同样是论及典型特征，80 年代教材概括为："典型必须通过个性体现共性，通过个别表现一般，通过偶然表现必然，通过现象表现本质。"[②]90 年代教材则表述为"现象与本质在这里相连，个别与一般在这里重合，形与神在这里统一，意与象在这里聚首，情与理在这里交融"[③]。不论是概念表述还是语言文采，学术语言都成为和哲学话语有明显差异的文论学术话语。

需要指出的是，90 年代和 80 年代文论教材尽管区别很大，但指导思想并没有突破一元化的马克思主义文论思想，主导的文学观念、编写体例等方面并没有根本性的改变。这也说明，文学理论新的体系构架还需假以时日，并不是一蹴而就的事。"文艺是时代前进的号角，最能代表一个时代的风貌，最能引领一个时代的风气。"[④]文学理论的改变取决于文学理论自身的突破性进展，也取决于其他学科的发展变化和时代语境的根本改变。

①　包中文：《当代中国文艺理论史》，159 页，南京，江苏教育出版社，1998。
②　[苏]季莫菲耶夫：《文学原理》，15 页，上海，平明出版社，1955。
③　童庆炳：《文学理论教程》，266 页，北京，高等教育出版社，1998。
④　习近平：《在文艺工作座谈会上的讲话》，载《人民日报》，2014-10-15。

第六章　21世纪初文学理论教材

第一节　文学理论的危机

　　20世纪90年代后，全球化在各个领域加速推进，伴随着市场经济转型和20世纪末21世纪初现代性与后现代性社会状况，加速了当代中国社会文化转型。中国社会文化开始呈现种种变化：（1）文艺活动日益深刻的市场化、商业化与产业化；（2）由于商业化以及大众传播方式的普及、文化工业、影视工业、身体产业等的兴起而导致的大众日常生活的审美化，以及相应的审美活动的日常生活化（或曰审美的泛化），日常生活与文艺/审美活动之间的界限正在逐渐缩小乃至消弭；（3）艺术消费方式与消费目的的变化，艺术接受的休闲化与日常生活化；（4）新的知识分子/文人类型、新的文化与艺术的从业人员以及"新媒介人"阶层（如艺术经纪人、图书商人、各种游走于官方、大众与市场之间的编辑记者等）的出现；（5）文化生产机构与传播机构（如出版社、画廊、音乐厅、博物馆等）的种类与性质的变化，各种具有中国特色的文化艺术机构（如图书出版工作室、唱片公司、影视剧制作中心）的出现。这种介于官方与民间之间的出版机构正日益显示出强大的生命力，其对文学生产与传播方式的改变影响深远。[①] 21世纪初，我国的文艺学在获得学科独立地位的同时又遭受外忧内患，迅速走向了边缘化，文论界掀起了关于文艺学的边界和生死存亡问题的大论争。文论界关于文艺学的现代性反思一直在进行着，并且在不断地扩大自己的视野。这次论争是从对文艺学学科的反思开始的，论争聚焦在以下几方面。

第一，日常生活审美化的问题。

随着我国城市化进程的加快，社会开始呈现出消费社会的特征。当代审美文化的研究对象发生了巨大改变，关注审美的日常生活化渐成风尚，人们的审美观念随着社会生活的世俗化不断进行主动适应和相应调整，文化（包括文学）越来越融入日常生活，审美日常化成为文化和文学的基本事实和趋势之一。审美从高居在上、纯粹的、超脱的、无功利的姿态一步步走向生活、走向平凡、走向日常。[②] 一批学者密切关注这种转变。他们紧承90年代的大众文化问题，在世纪之交提出了日常生活审美化的命题。这个命题一时成为学界研究的热门

---

① 陶东风：《文学理论基本问题》，2页，北京，北京大学出版社，2004。

② "审美文化"一词最早由席勒在《美育书简》中提出，表现了他的审美救世的启蒙情怀和精英主义的审美追求。马修·阿诺德在1869年出版的《文化与无政府状态》中继承了席勒的思想，推崇用"思想过和言说过的最好的东西"——精英文化来救世，因此赫伯特·斯宾塞把马修·阿诺德所主张的文化也称为"审美文化"。在《教育论》中，赫伯特·斯宾塞把建筑、雕塑、油画、音乐、诗歌等和闲暇、人生乐趣的艺术门类都归于审美文化。20世纪90年代，随着审美文化一词经由金亚娜从俄文传入我国，审美文化研究在中国大陆迅速升温，成了人文社科研究中的"显学"之一。从周宪的《中国当代审美文化研究》（北京大学出版社，1997年版）、姚文放的《当代审美文化批判》（山东文艺出版社，1999年版）、陶东风的《社会转型期审美文化研究》（北京出版社，2002年版）、陈炎等人的多卷本中国历代审美文化史述《中国审美文化史》（山东画报出版社，2000年版）和《当代中国审美文化》（河南人民出版社，2008年版）、张晶、范周主编的《当代审美文化新论》（中国传媒大学出版社，2008年版），从不同侧面对审美文化进行了全面的审视、阐析和梳理。

话题。"就文艺学专业而言，审美化的意义在于打破了艺术（审美）与日常生活的界限：审美活动已经超出所谓纯艺术或文学的范围而渗透到大众的日常生活中。占据大众文化生活中心的已经不是传统的经典文学艺术门类，而是一些新兴的泛审美/艺术现象，如广告、流行歌曲、时装、电视连续剧、娱乐化艺术乃至环境设计、城市规划、居室装修等。艺术活动的场所也已经远远逸出与大众的日常生活严重隔离的高雅艺术场馆，而深入到大众的日常生活空间（如城市广场、购物中心、超级市场、街心花园）。"①

世纪之交的日常生活审美化的潮流，使审美转向关注普通生活、关注市井红尘，改变了传统美学研究和文化研究高高在上、孤芳自赏的封闭情况，而面向更广阔的社会人生，显示出文化对变动不居的社会情境的主动选择，展现出时代性和蓬勃的生命力。但在肯定其积极作用的同时，也有学者提出质疑："忽视日常生活的审美化的语境条件，将少数人的话语操作在学术研究的合法名义下潜在地偷换为普遍性话语，不仅仅有可能使我们的话语场成为西方话语的跑马场，而且会有可能使我们成为中国小资的同路人：因为通过谈论他们的文化，我们与他们建立了一种同谋关系，我们的这种研究本身甚至也可能成为小资文化的一部分，成为一种时髦、有趣的文化消费品。"②

如何正确理解和对待日常生活审美化？笔者认为李春青先生的观点不失客观公正："文化成为消费品是现今文化发展的大趋势。大众文化、日常生活审美化等文化现象正在成为社会主流文化。面对这样

---

① 陶东风：《日常生活的审美化与文艺社会学的重建》，载《文艺研究》，2004(1)。

② 朱国华：《中国人也在诗意地栖居吗？略论日常生活审美化的语境条件》，载《文艺争鸣》，2003(6)。

的文化状况，传统的文艺学、美学不应依然恪守原来的固有领域，而应将大众文化与日常生活审美化视为与纯文学具有同等地位的研究对象，对这种新的文化现象进行细致深入的剖析和评价，肯定其存在的合理性，批判其负面作用。这样做既能促进大众文化的健康发展，又可为文艺学和美学寻找到新的理论生长点。"①

第二，文化研究和文学的边界问题。

20世纪90年代中后期，我国文论界出现了从语言论向文化论转向的趋势。早在20世纪中期，欧美便逐渐兴起了文化研究。而文化研究直到90年代才开始大行其道，有着多方面因素的影响。

一方面，这是社会转型时期的结果。20世纪80年代，我国就开始对西方文化理论展开译介②，然而国内学界对之真正关注却是1992年之后的事情。从90年代初开始，随着我国市场经济的全面铺展，消费社会逐渐形成，我国当代社会的状况与西方文化研究产生的社会背景有了某种程度的契合。此时诸如以法兰克福学派为代表的西方马克思主义理论和其他西方文化著述被大量译介到我国，新的文化理论对中国文论界影响甚著，加之从90年代"人文精神大讨论"中被突显出来的大众文化话题，共同汇成了我国文化理论生发的理论土壤。学者们将目光越来越集中在文化、大众文化、文化理论、审美文化、后殖民主义、女性主义、视觉文化、媒介文化等观念和议题上，文学理论的文化转向应运而生。此时西方文化研究也方兴未艾，持续对我国学界产生影响。

---

① 李春青：《在消费文化面前文艺学何为》，载《北京师范大学学报（社会科学版）》，2004(2)。

② 文化研究的代表作之一杰姆逊的《后现代主义与文化理论》于1986年在我国出版。

另一方面，文化研究此时持续发力，成为我国文艺学中的"显学"，也是和中国传统文论在某些方面达成了契合。文化研究扩大了文学研究的边界，将文学视为文化，重视其社会功能，也是我国传统文论的一向偏爱和选择：我国古代文论向来重视文学的社会性和外在功能，即使是在当代，"文艺学似乎从来就不是纯粹的书斋学术。从20世纪50年代开始，文艺学就和意识形态乃至政治斗争结下了不解之缘，对文学的研究常常变成了意识形态化的社会政治与历史批判，也就是所谓'庸俗社会学'倾向。在改革开放初期的80年代，文艺学曾经出现了所谓'向内转'的趋势，研究方向从意识形态化的'庸俗社会学'倾向转向了'文学本体论'倾向，即以文学作品内部的审美特征特别是以文学形式为中心的研究方向。到了90年代，文艺学研究似乎经历了一个否定之否定的过程，又转向了对文学外部的文化语境的研究。"①重视文学外在功能的理论背景使我国的文艺学研究在接受西方文化研究思想和社会学研究方法时自然而然、水到渠成，使文化研究得以在我国世纪之交大行其事。哈贝马斯大力抨击德国文艺学放弃对政治问题的热情和文化公共领域关注的做法，"'法兰克福日尔曼语言文学家大会'之后，德国文艺学乃至整个德国语文学的致命错误在于彻底放弃了其社会关怀，人为地把自己限定为一项研究使命，从而把自己导向了科学主义的研究取向，具体表现为以文艺学为核心的语文学在现代高等教育体系当中迅速地完成了其制度化过程，拼命地强调其科学使命，极力地回避社会担当。"②他认为这些从事文学研究的知识分子忘却了所肩负着的批判和反思社会现实问题以及塑造社会的

---

① 高小康：《从文化批判回到学术研究》，载《文艺研究》，2004(1)。
② ［德］哈贝马斯：《后民族结构》，24 页，上海，上海人民出版社，2002。

神圣使命。所以，他呼吁采取批判的文学社会学研究方法，将文学内在的审美性和外在的社会实践性结合起来。"文化研究和批判的一支指向消费、娱乐、经济利益趋向，其表征是大众文化批判；另一支则指向权力、政治和社会问题，其表征是社会批判。"①这些观点恰好暗合了中国知识分子意图担当社会书写者的集体无意识，为文化研究在中国的兴起和发展推波助澜。

20世纪90年代末21世纪初，由李陀主编的《视界》和陶东风、金元浦主编的《文化研究》辑刊分别创刊。前者把相对宽泛的社会文化现象作为自己关注的焦点。② 而后者则致力于中国文化研究的推广与传播，介绍国外前沿理论及重要理论家，力倡文化研究理论的本土化及中国学派的建立。受这两本辑刊影响，我国文论界迅速掀起了文化研究的热潮。

由此引申出文学边界的问题。2002年《文艺研究》发表了《对"理论热"消退后美国文学研究的思考》和《文学的终结与文学性的蔓延——兼谈后现代文学研究的任务》。《文艺争鸣》2003年第6期连刊八篇文章，都是讨论文化研究和文艺学的关系，大都认为文艺学已不适应当前文化发展的需求，而必须迅速越界、扩容。《文艺研究》2004年第1期在"当代文艺学学科反思"的栏目下，又刊出了一组论文来讨论该问题。2004年5月，北京师范大学文艺学研究中心和中国中外文艺理论学会共同组织"文学理论边界问题研讨会"。2004年6月中旬，中国中外文艺理论学会与一些大学联合举办的文学理论国际研讨会，也对多元对话语境中的文学理论建构问题，特别就文学理论的边界问题进行

---

① 王东：《诸侯争"话"和争"道"》，载《宜春学院学报》，2007(2)。

② 曾军：《比较视野中的文学理论教材编写》，载《学习与探索》，2008(2)。

了广泛的讨论。大多数学者对此作出积极回应，主张文学理论应回应当下现实，拓展边界，这也是文学自身内部要素运动的结果，"先前曾经显赫一时的现代文学以及当代文学如今已经走向了衰落，代之而兴起的，是所谓大众文化，是影视文化，甚至是图像文化，包括现在大受儿童亦或成人喜欢的'动漫'文化。而即使是那些仍然可以称为'文学'的创作、写作，也早已不再恪守先前文学理论的规约，早已突出了重围，甚至可以说已经走向了'非文学'。"①"文学必须重新审视原有的文学对象，越过传统的边界，对文化的转向做出新的更为合理的阐释。"②"文学理论就学科本身来说，在内容上具有较大的包容性和易变性，在理论范畴的阐释上具有多义性，在理论范畴的发展上具有较大的延展性，在其资源支持上又不如文学史、文学批评有着坚实的史料可以依循，而具有不稳定性。所以，文学理论这一学科具有不断变化、丰富的特性。"③文学研究者的身份也随之改变，由立法者到阐释者："这种'阐释者'的最大特点就是认同多元主义的不可逆转性，放弃'对于普遍性和不可动摇的真理基础的哲学探求'，将话语行为改造为一种以平等的态度进行的'有教养的交谈活动'。"④学界从各个方面充分肯定了文化研究的合理性。同时学者们也指出不能完全照搬西方的文学研究：（中国社会状况）"也绝对不是欧洲等发达国家的形态，首先有东西部地域差距，另又有城乡生活质量差距。其实中国是真正的在形成现代性的路途中，还没有出现东西部、城乡一体化的现代性完成形态，这样，作为现代性的一个阶段的后现代状况也没有典型形

---

① 　钱竞：《中国的文艺学不会消亡》，载《文学评论》，2005(1)。

② 　金元浦：《文艺学的问题意识与文化转向》，载《中国人民大学学报》，2003(6)。

③ 　转引自钱中文：《文学理论反思与"前苏联体系"问题》，载《文学评论》，2005(1)。

④ 　李春青：《关于"文学理论边界"之争的多维解读》，载《文学评论》，2005(1)。

成，任何简单套用、盲目追随西方后现代文化话语都是危险的。"① 钱中文先生在肯定文化研究的合理性时，还指出了一个重要问题，即理查德·罗蒂说过后现代主义在美国并未占据主流地位，而在我国却将后现代主义奉为圭臬，这是有问题的。② 因此要警惕以日常审美替代全部文学审美、用文化研究偷换文学理论概念、模糊文化与非文学界限的举动，以泛文化批评替代文学理论的理论偏颇，以免造成文学研究边界的虚无化。

第三，文艺学学科和文学理论教材的问题。

21世纪初，有学者指出了当今大学文学理论课程的种种弊端，并就文学理论学科的合法性等问题进行了反思和论争。③ 有学者认为，社会情势的变化推动了文学艺术的变化，文艺学、文学理论也应该随着研究对象的变化做出调整和改变，然而文学理论在面对当代文学的现实时，严重滞后甚至回避、失语。陈晓明说，"事实上，文艺学学科中的人们对那些核心理论那些基本命题也有点惶惶然，上课给学生讲的是一回事，背后自己热衷做的研究是另一回事。一门学科的存在当然是以其理论核心、基本的命题、基本的体系为标识，但对于文艺学来说，这些核心、命题和体系都显得疲惫不堪，只是依靠过去的威严才维持住现在的体面。在中国，文艺学学科汇集了一大批才俊之

---

① 王东：《诸侯争"话"和争"道"》，载《宜春学院学报》，2007(2)。

② 钱中文：《文学理论反思与"前苏联体系"问题》，载《文学评论》，2005(1)。

③ 陶东风：《大学文艺学的学科反思》，载《文学评论》，2001(1)；李春青：《对文学理论学科性的反思》，载《文艺争鸣》，2001(3)；曾庆元：《也谈文学理论学科性的"合法依据"》，载《文艺争鸣》，2001(6)；王志耕：《文学理论：走在路上》，载《文艺争鸣》，2002(4)；田忠辉：《文学理论反思与文化诗学走向》，载《文艺争鸣》，2002(4)；曾庆元：《再论文学理论学科的合法性依据——兼答王志耕的〈文学理论：走在路上〉》，载《文艺争鸣》，2002(6)。

士，就像这门学科一样，曾经豪情万丈、野心勃勃，都是要给文艺立法，给文艺提供一套行之有效的观念方法。但现在，当代文学实践早已是脱了缰的野马，跑得不知去向，现行的文艺学已经难以望其项背。面对着文学创作实践，面对着当代五花八门的新理论新术语，还有更为咄咄逼人的各色媒体，文艺学已经是六神无主，无所适从。不是说文艺学学科确立的那些命题有什么不对（它曾经是真理性的绝对命题，直到今天我也不敢对其说三道四），只是人们不再这样来看问题，不再这样来谈论问题。"①

有学者则从 80 年代苏式教材的流弊进行反思："苏联文学理论教材有一个明显的特点，即将文学理论科学化，因此偏重理论的阐述，而忽视具体操作，这也是其不将批评论列入体系的原因。而这种重理论轻批评的风气，对中国文艺理论的影响至为深远。特别是 20 世纪 80 年代西方理论的进一步推波助澜，使得这种风气愈演愈烈。科学化或者说理论化，使得理论话语成了文艺学学科必不可少的知识形态，批评反而可有可无。这是导致文艺学学科合法化危机的重要原因之一，也在很大程度上导致文学理论与中国当代文学渐行渐远，几乎要分道扬镳的尴尬处境。"②

学者李春青则进一步从文学理论与文学现象关系上来探讨文学理论合法性危机的原因：时代的变化使文学理论言说者不再需要通过文学理论来掌控文学，因为文学理论成为丧失实际功用的纯学问和封闭的仅供专业人士研究的东西；而作为消费文化的文学更多的遵循市场

---

①　陈晓明：《历史断裂与接轨之后：对当代文艺学的反思》，载《文艺研究》，2004（1）。

②　彭民权：《在意识形态与审美之间》，载《北京科技大学学报》，2008（2）。

经济的规律，脱离了文学理论的掌控，拒绝被解释、被操控，甚至文学本身在消费时代也被边缘化了，这些是文学理论面临危机的其他重要原因。①

"文变染乎世情，兴废系乎时序"，文学理论教材从来都和时代的文化语境息息相关。消费时代带来的文化形态转变使文艺学陷入困境。文学自身沉重的理论束缚和保守的研究姿态严重制约了文学理论研究的自我反思能力与知识创新能力。文学理论与文学现象严重脱节，从理论的产生和研究到教材的出版和使用，其间又客观存在着时间的滞后性。因此学界对 21 世纪初高校中文系文艺学的教学现状，尤其是教材状况严重不满。倘若抱持僵化的教材模式不变，甚或反对学术创新，只能导致文学理论和文论教材越发封闭僵化，导致自我消亡。教材研究与文化实际、文学现实严重脱节的问题，成为此次论争的导火索和主线之一。围绕文艺学学科面临的问题、学科合法性及文论教材弊端所展开的争议和反思的结果，反映在了这一时期的文论教材之中，使文论教材有了质的改变。

第二节　文论的复调时代：主要文学理论教材简析

21 世纪的文学理论教材无论是体系结构、指导原则、文学思想，还是文本类型和文本数量，其丰富多彩的程度完全超越了八九十年代的教材。在八九十年代，无论每本教材侧重点、语言风格、引用材料

---

① 李春青：《在审美与意识形态之间》，245～247 页，北京，北京大学出版社，2006。

等如何不同，但始终围绕一个主体模式展开：80 年代是以社会反映论为基础的苏联教材模式，90 年代是以审美意识形态论、文学活动论为基础的五大块结构教材模式，几乎所有的文本同声歌唱同一个主旋律。而这种现象在 21 世纪文论教材中很少见到，这个时期的教材异彩纷呈，每本教材都有自己的体系结构、文学观念，犹如一首首不同声部的乐曲，相互层叠，组成一曲宏大的复调乐曲。文论教材由独白时代进入复调时代。

"复调"是巴赫金对陀思妥耶夫斯基长篇小说基本特点的艺术概括："有着众多的各自独立而不相融合的声音和意识，由具有充分价值的不同声音组成真正的复调。"巴赫金认为复调的实质在于，"不同的声音在这里仍保持各自的独立，作为独立的声音结合在一个统一体中"。[①] 即作家能够将不同的意识和声音展现在同一部作品之中。巴赫金将思想划分为两种类型：独白型的官方思想常和等级、秩序、权力等因素相联系，排斥异己，自以为是唯一正确的、最权威的，而对话式的民间真理承认不同意见和声音的存在，和压制性的、权威性的声音针锋相对。巴赫金褒扬后者的观点，他认为思想的本质是对话，是受现实生活的对话性决定的，所以文学思想和文学思想指导下的文学，都应该反映和贯彻对话的原则。90 年代的文学理论教材开始调整自身姿态，不再以一种绝对权威性的、不容置疑的、高高在上的指导者身份出现，而是贯穿平等和对话的思想，对作家、读者、作品、其他文论，都保持着一种开放和交流的态度。

21 世纪后现代主义理论推进了文学理论多元化的生成和发展。后

_____

① ［苏］巴赫金：《陀思妥耶夫斯基诗学问题》，29、50 页，北京，生活·读书·新知三联书店，1988。

现代主义本身就不是一种单一性的思潮，而是各种当代社会思潮的综合体，兼容了多种声音和理论。后现代主义理论家大卫·雷格里芬说："如果说后现代主义这一词汇在使用时可以从不同方向找到共同之处的话，那就是，它指的是一种广泛的情绪而不是任何共同的教条——即一种人类可以而且必须超越现代的情绪。"①弗雷德里克·詹姆逊认为，"'后现代'一词应该为这种思想保留下来。这个术语及其各种各样的词组，似乎反而已经演变为各种党派的价值表现，它们大部分取决于对这种或那种多元主义肯定或否定的看法。但是，这些是更容易以具体的社会术语，例如，各种女权主义的术语或新的社会运动的术语来论证的观点。然而，作为一种意识形态的后现代主义，我们最好理解为整个社会及其文化或生活方式中更深刻的结构变化的一种征象。"②不同时期具有反传统理论倾向的哲学理论流派如后结构主义、解构主义、新历史主义等，都在对现代性文论产生着巨大的冲击，启发着当代文论，客观上推进了文学理论多元化进程的脚步。

一、董学文、张永刚的《文学原理》(北京大学出版社 2001 年版)

第一，教材的简约特色。这部教材无论从理论阐述到行文风格，都给人简约朴素的印象。然而简约不是简单化，朴素也并不意味着普通平庸。因为作者认为，"好的教材主要功能不应只满足于传播知识，而应着重考虑培养学生如何思考问题、提出问题和创造性的解决问题，所以自觉加大了方法论的成分，以期实现让文学原理真正成为文

---

① [美]大卫·格里芬：《后现代科学：科学魅力的再现》，1 页，北京，中央编译出版社，2004。

② [美]弗雷德里克·詹姆逊：《时间的种子》，1 页，南京，江苏教育出版社，2006。

学原理"①的目标。为了实现这个目标，就要注重文学原理之间的有机性、关联性、逻辑性和承递性，使它们成为互不重复、有序衔接的整体，并保持理论的严整性，所以对不适宜加入原理阐述系统的文论史、文学理论的一些成分、创作思潮和批评状况等，都未写入这部教材。这样做的结果，一方面使最基本的文学原理更纯粹、更加突出；另一方面，教材中有不少"空白"，召唤教师和学生在讲授和学习过程中去发现、补充，给教师留出了发挥和讲解的余地，给学生留下了激发思维活性的空间。这种"留白"手法的运用有以少胜多之妙，而且适应和鼓励教学的开放性，这也是作者所期望的："本书主张贯彻启发式的教学方法，……鼓励学生自己去思索。""提倡讨论，提倡学生对书本和教师所讲的意见提出怀疑和质询，这对于树立好的学风，对于培养创造性人才，是至关重要的。"②

　　第二，理论的学术创新。由于作者采用了以上思路，所以教材的内容和体系也更加精简和纯粹。作者将文学概括为"文学是什么""文学写什么""文学怎么写""文学写成什么样""文学有什么用"五个部分，分别是一到五章的内容，第六章是一个总结。这种体系结构迥异于90年代通行教材的"五大块"结构，确立了自己的文学原理系统。在第一章"文学的本体和形态"中，作者从观念和现象两方面对文学加以考察，认为文学作为观念，体现了文学本体世界的构成规律，意识与思维、审美与精神是文学本体世界的基础支柱；作为现象，文学的物质形态是话语，由此产生了言象意的有机组合规律。在为文学勾勒了基本轮廓后，作者接着为文学定位：在文化发展过程和现实生活中，人

① 董学文、张永刚：《文学原理》，2页，北京，北京大学出版社，2001。
② 董学文、张永刚：《文学原理》，5页，北京，北京大学出版社，2001。

们如何看待文学，文学在人们心目中到底是什么样子。作者认为文学最基本的属性是人学性质，人性、阶级性、人民性、民族性、世界性都是人学属性的具体体现。同时，考虑到文学还是一个不断演进的概念，作者把文学定义为："创作主体运用形象思维创造出来的体现着人类审美意识形态特点并实现了象意体系建构的话语方式。"①第二章"文学的客体和对象"讨论文学的客体是丰富多彩的人类生活（或称生活客体），文学的对象是文学客体的具体呈现，包括题材和主题。第三章"文学的主体与创造"认为文学的主体是作家和读者，这是由文学活动的完整体系决定的，文学是二者的共同产物，同时不能忽视二者创造方式和结构的不同。第四章"文学的文本与解读"分析了文本的构成：语言、修辞、形象、意境、体裁、类型等，并阐述了文本特点，即文本达到较高水平后流露出来的总体特色，其中最有价值的是风格、雅俗与虚实侧重。在前面四章从宏观和微观角度分析了文学本体与形态之后，作者提出第五个问题："文学有什么用？"即第五章"文学的价值和影响"，作者从价值生成的角度把文学功能分为社会功能、认识功能、教育功能、娱乐功能，文学的"自律"和"他律"（即相对独立性和被制约性）决定了文学的价值状况更为复杂。从价值的外化方式可以感受到文学价值的两个基本取向：人间情怀和精神向度，它们充分体现出文学对于人类生活的重要意义。最后一章"文学的理论与方法"讲文学与文学理论的区别、文学理论的构成与机制，以期进一步提高学生对文学原理认识的自觉性。从本体→客体→主体→文本→价值，教材内在逻辑非常清晰，具有鲜明的理论个性和主体性。

第三，少引用，多原创。教材为了适应独创的理论，尽量用自己

---

① 董学文、张永刚：《文学原理》，57 页，北京，北京大学出版社，2001。

的话来说明文学原理，引用的话语压缩到很少的分量。即使是引用他人的话，"也是觉得它对说明某个问题有较大的代表性，并把它有机地纳入自己的原理体系中来，争取不重复，不累赘，避免原文的大段引用和转录。"①作者的引用自然贴切，巧妙地转化到要说明的文学原理之中。在有些需要特别说明或较详细的引用时，作者则采用放在章后注释的方法，解决了问题的同时还保持了行文简洁的统一风格。

这部教材为新世纪的教材提供了一种新的路径和模式，它完全脱离了 90 年代的文论教材形式，更像一本以教材形式写成的学术专著，但同时也兼顾了教材基本编写规范。这种全新面貌的出现，标志着新时代文论教材的到来。

二、杨春时、俞兆平、黄鸣奋的《文学概论》(人民文学出版社 2002 年版)

这本《文学概论》是厦门大学中文系文艺理论教研室教师们编写的教材。

如果说董学文、张永刚的《文学原理》是立意出新，打破原有的体系，那么杨春时等编著的《文学概论》就是"旧瓶装新酒"，在旧的体系中融入了新时代的文论观。教材分"总体论""文本论""创作论""接受论"四编，其中总体论包含了本质论和发生发展论的内容。

教材有三个突出特点：

第一，反本质主义倾向。传统的本质主义规定文学的本质是单一的、单向的、不变的，而反本质主义认为文学是多层次、多关系、多侧面的。在教材的"总体论"中，编者先从外延方面界定文学是语言艺

---

① 董学文、张永刚：《文学原理》，4 页，北京，北京大学出版社，2001。

术，再从内涵方面将文学界定为以审美为导向的生存活动和生存体验，其审美性表现在文学的形象性、文学的思想性和倾向性、文学的情感性、文学的虚拟性和文学的个性化，从多角度廓清文学的本质。在"文本论"中，编者将文本视作多层次的结构，具有多重意义和多重形态。文本的结构包括三个层面：深层结构——原型层面，表层结构——现实层面，超验结构——审美层面。三个层面对应着文学的三种形态：原型层面突出的是通俗文学，现实层面突出的是严肃文学，审美层面突出的是纯文学。文学的三个层面和三种形态对应着文学的三种意义：原型层面体现了文学的原型意义即原始意象，通俗文学的原型意义突出；现实层面体现了现实意义即意识形态观念，严肃文学的现实意义突出；审美层面体现了审美意义即对生存意义的领悟。这三种意义处在互相联系、影响、冲突和转化中。不论是多角度的观照文学，还是文学的三重结构观，都力图克服本质主义的弊病，从而解决文学在本质问题上意识形态论和审美论之间的争执，更合理地阐释各种文学形态的性质。

第二，开放的学术精神。教材继承了八九十年代文学理论发展的学术成果，以开放的学术心态吸收哲学、美学、语言学、心理学、人类学、社会学、传播学等多学科的知识。80年代的美学热极大地冲击了传统文论的简单社会学倾向，所以教材很注重从美学的角度考察文学现象，突出美学特色。教材继承了中国古代文论的合理因素并做现代转化，吸收诸如精神分析批评、俄国形式主义文论、新批评、结构主义文论、存在主义文论、原型批评、接受美学、解构主义文论、后现代主义文论的精华。具体来看，教材总体论借鉴了哲学、人类学理论，文本论借鉴了现代语言学、当代叙事学理论，创作论借鉴了哲学、心理学皮亚杰的发生认识论及符号学理论，接受论借鉴了接受美学和传播学理论，对古代文论的引用和吸收更是不胜枚举。

第三，注重教学实践的需要。教材每一章由几部分组成：在每章开头有简短的几行总结性文字，概括这一章主要内容。每章正文后面附有"学习目的""本章提要""主要术语、概念""复习与练习""参考书目"等内容，既便于教师授课把握教学目的和主要内容，也便于学生学习、复习。参考书目作为课内知识的来源和引申，可以调动学生求知欲望，激发学习主动性。尤其值得重视的是教材后面所附的"余论：数码时代的文学变革"，此章介绍了信息时代对文学创作和文学鉴赏的深刻影响和文学发生的巨大变化，强调文学理论必须正视和研究这些变化，并从文学创作和文学接受的实践中汲取新鲜经验，保持自身学术活力。这样的介绍，直接面对中国文学和文化的最新发展，从文学的实际出发，寻求理论新的生长点。这样的文学理论，从实践中来到实践中去，在实践中完善、发展，这是编者理论联系实际的具体运用。

三、葛红兵的《文学概论通用教程》（上海大学出版社 2002 年版）

这部教材是作者在给中文系学生连续六次开设文学概论课程的基础上编写的，作者力图建立自己的文学观念系统，将其定位为"专著型教材"。全书体系由八章五部分组成：第一章引论，第二章本质论解决文学的定义问题，第三章作家论和第四章作品论分别从客体和主体两方面论证、充实"本质论"中提出的观点，细化本质论中对"什么是文学"的回答。文学研究论包括第五章批评论、第六章文学史论、第七章比较文学论。最后一章网络文学论并附影视艺术论，回答当代文学发展中出现的新问题。

21世纪以来的文论教材作者都有志于创立自己的文论体系、概念体系、语言风格，表达自己对文学问题的个人化理解，这部教材也不例外。作者希望写出一本既讲明道理又不摆面孔，既讲文学知识又讲文学信念，既容纳一家之言又介绍各家思想，且能够引导学生读原著的教材。由于这部教材是在学生听课笔记的基础上改写而成，保留了富有激情和自然流畅的教学口语风格。正文部分用个性化的语言来讲述大量的文学史实例、丰富的文学作品、多样的文学现象，旁征博引、生动感性，可读性较强。为了引导学生读原著，作者将学习由课上延伸到课下，正文后面有附录，摘引了古今中外名著中对相关理论问题的经典论述，作为延伸性阅读材料，这种做法的确增强了教材的知识系统性，拓展了学生的理论视野。作者自我概括该书的知识体系特点有三：新，如对网络文学理论、影视文学理论、比较文学理论以及文学史理论的探讨，为该教材所独有；全，涵括了文学基本原理、文学批评、比较文学、文学史四大块的全部理论问题；异，体现了作者对于个人性文论体系的追求。先易后难，逐渐导入。

我们可以看出，作者的目标是建立一种新的文论知识体系和言说方式，也极力向这个目标努力。例如在本质论中，每部分的题目分别是"超越的、精神的、无功利的""教化、怨刺、快感""话语、超越日常功利目的的话语、追求形式价值的话语"，分别说明文学的特点、文学的功用、文学作品和非文学作品的区别，文学话语和日常话语的区别。这种极具个人性和口语性的理论概括和语言风格，带着著作浓烈的学术性格色彩，在其他教材中的确少见，形成独特魅力，给人耳目一新之感。我们也可以看出反本质主义观对作者的影响，他从不同的层面和角度阐释文学本质，同样是文学功能，从读者的角度看是教化，从作者的角度看是怨刺，从读者和作者共同的感受来看，则具有快感。直到本质论的最后，作者也并没有给出一个确切的文学定义，反映出他对本质主义文学观的有意疏离和明显反拨。这一点还明显反映在他在文学史论中对所谓"文学史规律"的彻底放弃。以下诸章作者也全部用这样的方法论和文风来构筑自己的文论体系，尤其是文学史论，作者将文学的起源和发展放在这一章中，显示了他希望把这个问题放在文学内部探讨，而不像传统教材从外部展开研究。作者关于文学史研究、文学史学的介绍，关于文学史时间、文学史规律、文学史方法的辨析，以及对文学史几种研究模式的论述，都非常有新意。网络文学和影视文学理论也发前人和时人所未发之见。再例如，我们几乎从每章都能看出著者对读者和作者主体性的强调和突出，体现新世纪文论对主体性、个体性的肯定。从这些方面来看，作者的自我评价是有道理的。

但是，要建立"具有完善的理论结构，具有独创的范畴系统，具有周延的历史阐释力"[①]的文学理论，作者的努力和文本实际呈现的效果还是有差异的。在体系方面，作者虽然出新，但各章之间缺乏紧密的逻辑关系和衔接，使教材更像一个个专题的集合，分而论之不乏精彩之处，合而为一则缺乏整体性和系统性。在理论方面，作为以文学批评家和作家身份见长的作者，在涉及文学理论方面，感性有余，理性不足，对具体文学现象的分析得心应手，上升到理论层面则有力不从心之感，并不是说作者体味不深，恰恰是他有创作的丰富经验，能品味创作中的甘苦和奥妙，所以作家论这部分尤为精彩，但文学、文学批评和文学理论毕竟有很大区别。理论是建立在前二者基础之上，概括总结具有指导性的基本原理，但作者在从个别到一般、从特殊到普遍的理论概括上还有继续开拓的空间。此外，在篇幅的分配上，文

①　葛红兵：《文学概论通用教程》，9页，上海，上海大学出版社，2002。

学史和文学批评所占的比例也过大。作为教材，和个人专著还是有一定区别的，作者有志于写出专著型教材，进行新体系的建构、融入自己的研究成果，对于新世纪文论教材的自身丰富和理论开阔都是有益的，但个人的风格不能冲淡文论教材基础通用的性质，这是该教材应该注意的地方。

四、王先霈、孙文宪的《文学理论导引》(高等教育出版社 2005 年版)

这本《文学理论导引》是教育部"面向 21 世纪课程教材"之一，也是普通高等教育"十五"国家级规划教材和高等教育出版社"百门精品"教材。这部教材和《文学发展论》《文学批评导引》《文学欣赏导引》共同组成一套以大学中文系本科学生为主要对象的文艺学系列教材，《文学理论批评术语词典》是与这套教材配合的教学辅助工具书。《文学理论导引》《文学发展论》《文学批评导引》是从文艺学三个分支建立起文艺学教材体系，针对教材对象——初入大学的低年级学生文学欣赏习惯的转变和知识准备的不足，是以《文学欣赏导引》为指导。

这本文学理论教材有几个突出特色：

第一，体系完整。教材以文学实践的"问题意识"为出发点，从理论上阐释"什么是文学"，这就是第一章"文学观念与文学本体"。文学存在的现实形态是文学文本，现代文学理论把文学文本当作一个独立自足的艺术世界，这就是第二章"文学文本与文体种类"。当把文学研究从观念的层面转向具体文学现象时，文学以多种多样的表现形态存在，这是教材第三章"文学的形态类型"。文学创作是理论研究基本课题之一，教材第四章"文学创作"加以具体阐述。文学接受是文学活动系统另一个不可或缺的环节，第五章"文学接受"探讨其一般性质等内容。文学作为一种活动，始终要和广阔的现实人生发生联系，以此为视角对文学进行动态考察，就是第六章"文学活动"。教材的体系性在于把内容按照内在的逻辑构成一个可以自足的系统，给教师和学生搭建起条清理晰的专业知识框架。

第二，文学观念的开放性。对于某个文学原理或文学见解，作者往往是通过描述、比较、分析文学实践的各种理论观点，将其呈现在读者面前的。例如探讨文学本体时，教材呈现了几种不同的文学观念，模仿说、实用说、表现说、客观说等，通过分析，发现各种文学观念虽有分歧，但也存在共识，即都涉及了文学的审美性，以此开始下一节"文学与审美"的讨论，再一步步逼近文学本体。编者采取这种方式的原因在于："从理论研究的角度说，任何文学观念都只是逼近而不是穷尽关于文学本体的认识，所以了解各种文学观念有助于对文学本体的理解；从文学理论学习的角度说，重要的并不是一个结论，而是探讨问题的思路和方法，这只有通过各种文学观的比较方可见出。"①所以，尽管第一章中最后为文学下了一个定义："文学是作家借助于虚构和想象，通过语言形象来表现他对人生的审美感受和理解的艺术样式"②，但我们通过阅读和学习，的确感到这个结论已不再重要，重要的是我们感受到了文学观念的多样性，对文学可以做多样的解读，以及在追寻文学本体时可以采取什么样的思路和方法，作者着意强调对各种文学观念乃至理论知识的客观描述，以其开放性，避免教材成为某种文学见解的一家之言。这种开放性还表现在注重读者的主体性，作者为读者呈现多种文学观点，介绍多种文学理论知识，不以一种观点强加给读者，还特别在课后精心设计的讨论题中，进一步

---

① 王先霈、孙文宪：《文学理论导引》，1页，北京，高等教育出版社，2005。
② 王先霈、孙文宪：《文学理论导引》，54页，北京，高等教育出版社，2005。

鼓励读者的自主性。第一章课后的讨论题有一道是"对于多种文学观，你是采取'它们都有道理'的相对主义态度，还是认为这些观点只是为了进一步讨论文学本体提供了思路，需要继续研究下去呢?"作为教材中相关内容的延伸，这道题不仅可以让学生复习课内文学观念，还可以激发学生用学到的问题意识和方法论，对文学本体问题做进一步的思考和拓展。从文本到读者，从课内到课外，从教材到实践，理论实现了敞开和深入，释放了新的可待解释和挖掘的理论开放空间。

第三，内容和体例上的新成分。在第一章"文学的审美性"一节中，作者着重阐述了文学的虚构性。虚构是文学审美把握人生的重要方式，也是文学作为意识形态的一个基本属性。文学的虚构意义在于以生活材料来重新构建一个世界，发掘和表现现实生活中有价值的东西。虚构性显示了文学活动的主体性特征，并给文学理论提出了如何判断和理解文学真实性的问题。在第四章"文学创作"的"文学创作与作家"一节，作者谈到文学传统对文学创作的影响，教材增添了"母题和原型"两个因素，更全面地反映了传统文化观念和审美趣味对当下文学创作的制约。在第六章"文学活动"第二节中，作者增添了"文学发展与传播媒介"的内容，尤其是电子媒介阶段文学具有了互动游戏的新特点。第三节作者增添了"俗文学"的阐述和分析，并指出其在未来的发展趋势。这些问题是以往教材较少涉及但又是和文学研究密切相关的。为了搭建起条清理晰的专业知识框架，将新的成果吸纳进教材，使文学理论更丰富、全面，该教材的编者做出了努力。

五、杨春时的《文学理论新编》(北京大学出版社 2007 年版)

杨春时的《文学理论新编》致力于对文学理论体系的革新。他认为90年代以来随着市场经济的发展，人们的生存方式有所改变，但也加剧了人的生存困境："第一，计划经济体制下的个体与集体的一体化被打破，个体独立、个体生存取代了集体生存。第二，在商品关系下，人的异化发生，这意味着进步与沦落同步进行。第三，理性与非理性的冲突产生，理性信念开始瓦解，精神苦恼加剧，生存意义成为问题。换句话说，精神世界的冲突取代了社会冲突而成为中心问题。"①面对现代性所引发的人的精神世界的冲突，如何定位文学？如何看待文学对于人的生存意义？这构成了教材产生的历史文化背景。

　　教材的创新之处在于，首先，作者建立了以审美本质为主导的多重文学本质观。杨春时认为，文学本质的言说是可能的。在后现代主义对本质主义的冲击下，文学的本质一时似乎丧失了意义，但是"应该反对的是实体性的本质主义，而不是超越性的本质主义"。因为"实体性的存在者被取消了，但存在本身并没有被取消，而存在就是生存——人与世界的共在"。他坚信"生存的'本质'即意义不是现实性的，而是超越性的，它具有否定性，指向自由"。因为"人不满足于现实，追求自由，渴望超越，而且有不可泯灭的对生存意义的追问。存在的自由、超越本质在审美活动中得到实现，审美成为自由的活动和对生存意义的领悟。这就意味着从存在论角度，可以言说超越性的本质，后现代主义也不能消解它"②。而文学作为一种生产方式，就具有超越性的审美本质（意义）。这样，对实体性的存在者的考察就置换成了对存在本身的考察，文学的本质问题转换为文学的意义问题。文学理论的哲学基础也随之改变，由实体论转变成了存在论；文学的本质

---

① 杨春时：《美学要回应现代性的挑战》，载《广西师范大学学报（哲学社会科学版）》，2001（1）。

② 杨春时：《文学理论新编》，297 页，北京，北京大学出版社，2007-01。

问题也变成了文学意义问题。因此，他既不主张童庆炳《文学理论教程》中的实体论本质主义的单一文学本质观，也不认同陶东风《文学理论基础问题》中的反本质主义文学观，而是结合西方哲学理论和自己多年的理论探索，在以存在论取代实体论、以文学意义替代文学本质的前提下，建构起一种以审美本质为主导的多重文学本质观。①

教材把文学结构分为三个层次：深层的原型层面、表层的现实层面、超越性的审美层面。相应地，文学具有三重意义：原型意义、意识形态意义、审美意义。文学的审美意义是对文学原型意义的升华，对现实意义的超越，对人的生存意义问题、终极价值问题的回应，是文学的最高意义，与此对应，文学的审美本质在文学多重性质中具有主导作用。同时，由于文学各个层面的作用不同，就形成了突出原型意义、具有消遣娱乐价值的通俗文学，突出意识形态意义的严肃文学，突出审美意义的纯文学。这种多重文学本质观避免了实体论文学本质观的本质主义弊病和反本质主义易蹈的虚无主义倾向，从哲学存在论的高度对文学的本质作了全新的探讨和言说，展示出新的文论建构模式和多维化的研究视角。作者在这种文学本质观的基础上，展开了全书整体性的论述：他将从文学的三个层面考察文学问题的思路贯穿在文学本质论、文学形态论、文学作品论、文学创作论、文学接受论、文学功能论等各个章节之中，成为教材的主要方法和线索。

其次，在以审美本质为主导的多重文学本质观的基础上，作者运用主体间性的超越性美学，建立了存在论基础上的主体间性文学理论。在作者看来，无论是20世纪五六十年代的将客观现实作为文学

---

① 这一文学观点在 2002 年杨春时、俞兆平、黄鸣奋编著的《文学概论》中已经确立，参见前文。

本体的客体性反映论文学理论，还是 20 世纪 80 年代的将主体看作文学本体的主体性实践论文学理论都存在很大弊端：无论是前者强调的主体对客体的服从，还是后者主张的主体对客体的征服，都是主客二元对立模式，在这种模式下，不可能达成真正的审美自由。作者认为审美是自由的生存方式和超越的生存体验方式，文学和其他生存活动的区别在于它是自由个性的创造和对生存意义的领悟，因此具有审美意义。以此为前提，文学既不是客体性的反映，也不是主体性的表现，而是自我主体与世界客体之间的对话、理解、同情和融合，使审美的自由以及对文学意义的理解得以发生——这样作者建立起了主体间性的文学理论，并运用这一基本理论对一系列问题，如文学的起源、文学语言、文学的历史等作出了合乎逻辑的新的阐述，从而形成了一个完整的新的文学理论教材体系。

20 世纪 80 年代，我国的文学理论刚刚摆脱反映论、意识形态论文学理论的拘囿，提出主体性、审美论的文学理论，但初见端倪就在 90 年代西方现代文论的强烈冲击下中断了，而西方现代文论尚未为文学理论界所消化就受到后现代文论的冲击。于是，21 世纪初我国文学理论界"也没有形成一个相对稳定的、有代表性的文学理论体系"①。为了摆脱这种状况，在充分借鉴现代西方文艺理论的基础上，结合自己的理论探索成果，杨春时力求建构起一套有中国文论主体性的文学理论体系。他的《文学理论新编》与世界现代文学理论接轨，实践着中国文学理论的现代转化，体现了现代性的理论品质，具有建设性。教材对于传统文论和后现代主义文论都有所借鉴，也有所扬弃，并且进行了自己的创造。这是当前我国文艺学学科反思与重建值得关注的一

① 杨春时：《文学理论新编》，296 页，北京，北京大学出版社，2007。

条思路，也是当前我国的文学理论教学中非常具有启发性和操作性的一种理论体系。值得一提的是，作为由研究文艺美学继而扬名立身于文论界的理论家，杨春时扎实而深厚的哲学背景、美学功底，使他建构的文学理论体系在结构的周全、理论的谨严、逻辑的严密和不失感性的美学体验方面，较之同时期文论教材高人一筹，具有很强的体系性和可读性。

六、阎嘉的《文学理论基础》(四川大学出版社 2005 年版)，童庆炳、赵勇的《文学理论新编》(北京师范大学出版社 2005 年版)，汪正龙的《文学理论导引》(南京大学出版社 2006 年版)

这三本教材都是读本＋概述(或称选本型)的教材，以读本为主，概述为辅。在反本质主义、文化研究、大众文化和西方文论包括西方文论教材的启示、教材改革驱动下形成的大的语境中，这类教材的出现是必然的。

世纪之交，英美文论教材陆续被引入，成为我国开发新世纪教材重要的参照物。"自 20 世纪八九十年代以来，英美文学理论教材形成了流派理论史与核心概念或关键词两种主要的编写模式，其共同特点是放弃从某一先在预设前提出发的理论演绎，平等交代各家各派学说，重视文学知识生成的特殊性与历史条件，关注理论的阐释功能和师生互动。这体现了西方文学理论知识构建方式和文学理论教学理念、教材编写理念的变化，对我国文学理论研究及教材改革具有启示意义。而在内容和结构安排上，也由以往编者的单维论证板块，变为容纳了多种成分无中心的开放式互补链接。这体现了由于文学理论知识构建方式变化而引发的英美文学理论教材在教学理念与编写理念上的巨大变化，即由编写者与教师为主转向多元阐释、师生互动。合理地评估这一走向，对我国文学理论教材编写、文学理论教学改革乃至文学理论研究本身无疑都有重要的启示。""大多作者的个人学术立场不太鲜明，或者说在表达个人学术立场时比较谨慎，总体上持一种相对主义的学术立场，认为文学没有固定不变的本质，将文学本身看作一个不断生成发展的历史过程，以描述的方式平等地交代各家各派的观点，走向开放、多元，追求某种对话与复调的效果，代表了新的学术理念与编写理念。在学术视野上，有的教材还将对各种新出现的文学问题与新兴的文学变异形态的考察纳入其中。这样做无疑有助于培养学生开放性的文学观念，也适应了不断发展变化的文学现实。英美文学理论教材的变化反映了西方文学观念以及文学理论教学理念和文学理论教材编写理念的变化。""英美文学理论教材有一个最重要的走向，就是强化文学理论的实践功能。伯顿斯的《文学理论基础》把文学批评称为解释的实践，指出：'最近三十年来，理论与解释相互之间越来越接近。事实上，对于许多当代的批评家与理论家来说，解释与理论绝不可分离。'"在吸收英美教材之长的基础上，我国文论家在思考"如何把世界眼光与本土意识相结合，放弃从一个先在前提出发的本质主义和唯我独尊的话语模式，公允地交代各种文学观点和文学研究方法，吸收新的文学问题与文学事实，更加注重文学理论的阐释功能，构建古今文论、中西文论、教师和学生对话的平台，当是我国文学理论教材建设和教学改革需要解决的问题。"①这些考虑在新世纪初的教材中得到体现。

---

① 汪正龙：《英美文学理论教材的现状与走向管窥》，载《江汉论坛》，2009(6)。

(一)阎嘉主编的《文学理论基础》

这部教材的编写起于 2003 年。教材的体系是传统的本质论(第一章)、构成论(第二章)、写作论(第三章)、接受论(第四五章)、发展论(第六章),然而每章的编写方法与之前的教材截然不同。

编者打破"全知全能式"的教材编写理念,"全书的构成以论域和问题为基本框架,以概述为引导,以选录经典理论和观点为主要内容,每章列出若干有针对性的思考题,覆盖本章的内容,以此体现我们试图改变传统教材编写方法的基本思路。"该教材所采用的文献,均具有代表性和权威性。这种做法既考虑教学对象的理解程度,为初上大学的学生提供了阅读原典资源,打下学习文学理论第一步的基础,又避免以编者的观点代替教材内容客观的介绍和陈述,启发学生在学习中的主观能动性,同时,以必要的引导和综述来介绍语境,概括一种观点或理论的传承、演变、发展和问题的焦点,引导学生从经典文献中把握观点或理论的内在脉络。① 所以每章前面有 3000 字左右的概述,以问题为核心,对相关的、有重要影响的问题、理论、观点的发展演变做出简要的概括。每小节有 1000 字的概述,就本节内容的发展概况、主要代表人物、理论、观点做出较为全面的介绍,并与本节选录的文献挂钩。每章后面附复习思考题,全书最后附主要阅读书目。

教材对文学本质持开放的态度,采用视角主义的态度,即倡导从不同的视点认识一个对象,得出不同的知识,而不追求一个统摄一切

---

① 童庆炳、赵勇:《文学理论新编》修订版,前言 2~3 页,北京,北京师范大学出版社,2005。

的、用之四海皆准的普遍的永恒真理。因此，就文学而言，就不存在一个决定一切的普遍的本质，任何关于文学的本质都是在一定历史时代、一定的空间位置上的认识，都是在一种视角中得出的，在某种程度上都有一定的合理性。人们可以在不同的时代、不同的文化语境中来认识文学的本质，可以在不同的视角下来阐释与关注具体的丰富多彩的文学现象。① 教材采取这种策略，并没有得出一个包容一切的答案，而是为人们对文学多样性、复杂性的具体存在的认识留下了多元广阔的空间。

(二)童庆炳、赵勇的《文学理论新编》

2005年，由北京师范大学文学院组编的"新世纪高等学校教材·中国汉语言文学专业丛书"之一《文学理论新编》(修订版)(以下简称《新编》)出版，编者把《新编》形容为"一幅崭新的面孔"。"新"就新在这是作者所提倡的文化诗学的一次文学理论教材的文本实践。

《新编》的最大特色是采用了文化诗学的方法论。教材强调："无论文学如何变化，它都离不开三个维度：语言的维度、审美的维度和文化的维度……正因为文学存在着这么三个维度，思考文学理论的基本问题就不能不围绕这三个维度展开。因此，语言、审美、文化三维度是本教材的核心观念，其他的设计则是这一观念的拓展与深化。"② 教材虽然没有出现"文化诗学"的字眼，但它的理论表述和体系构建均鲜明地传达了一个讯号：这是对童庆炳倡导的文化诗学理论的一次文

---

① 阎嘉：《文学理论基础》，4～5页，成都，四川大学出版社，2005。
② 童庆炳、赵勇：《文学理论新编》修订版，前言，北京，北京师范大学出版社，2005。

论教材文本的具体实践，而童庆炳近年来围绕文化诗学的讨论也多次提及他从文化诗学的角度对文学的基本理解。如："'文化诗学'的构思把文学理解为文学是语言、审美和文化三个维度的结合。'文化诗学'就是要全面关注这三个维度，从文本的语言切入，揭示文本的诗情画意，挖掘出某种积极的文化精神，用以回应现实文化的挑战或弥补现实文化精神的缺失或纠正现实文化的失范"①。很显然，文化诗学是了解和把握《新编》的一把钥匙。

从关于文化诗学的若干论著中，我们可以看到文化诗学是以童庆炳挂帅的北师大文艺学中心在 20 世纪 90 年代提出的一种文学理论研究方法。当时倡导文学理论的"双向拓展"：既采用文化的眼光来看待文学艺术以及文本的问题，文学向宏观的文化领域拓展；又重视具体的文本分析和文本解读，文学向微观的文本方面拓展——这两方面形成文化诗学的初步建构。换言之，文化诗学"仍然是'诗学'，保持和发展审美的批评是必要的；但又是文化的，从跨学科的文化视野，把所谓'内部研究'与'外部研究'贯通起来，通过对文学文本的分析，广泛而深入地接触和联系现实。综合了文化研究的文化视野和 20 世纪 80 年代以来的审美批评，实现了方法论上的一次转型"②。

概括起来，文化诗学有几方面的内涵：首先，文化诗学是建立在文化研究和审美批评基础之上，并对二者实现了超越，进行了融合。文化诗学对文化研究进行了理论的吸收和借鉴，使文学研究不能离开文学作品及其审美属性，但也要超越纯粹的文本批评，强化关注社会和现实的品格。"文化诗学是吸收'文化研究'特性的具有当代性的文

---

① 童庆炳：《文化诗学——文学理论的新格局》，载《东方丛刊》，2006(1)。
② 童庆炳：《文学审美论的自觉》，代序 13 页，北京，北京师范大学出版社，2011。

学理论。"①其次，文化诗学的建立是在力避文化研究对文学特性消解的过程中产生的。童庆炳认为文学研究既要吸收文化研究的营养，也不能迷失和放弃自己的学术家园。文化研究所关注的当代文化现象在相当大程度上属于社会学研究的领域，对作品而言，它只关心艺术作品的内容能否作为"文化研究"某一论点的例证，而不关注艺术品质的高低，在童庆炳看来这是一种不可取的、剥夺了文学特质的"反诗意"研究，文学研究在借鉴文化研究方法的同时，决不能使自己失去对诗情画意的审美。"我们最大的担心还是由于文化研究对象的转移，而失去文学理论的起码的学科品格。正是基于这种担心我们才提出'文化诗学'的构想。"他认为："文学的诗情画意是其生命的魅力所在……文学批评的第一要务是确定对象美学上的优点，如果对象经不住美学的检验的话，就不值得进行历史文化的批评了。"②很显然，在语言、审美和文化三者之间，语言、审美是进行文学的文化研究的前提，而这种文化诗学的理论构架从 80 年代就为童庆炳着意思索并逐步落实于教材文本实践。

　　早在 80 年代末，童庆炳在《文学活动的美学阐释》一书中就对文学的审美特性和文化特性做过详尽的分析。他从两个层面上说明文学的审美本质：先从宏观的人的活动的分类出发考察文学，确定了文学在人的活动坐标上的位置，说明文学是满足人的审美需要的活动，其本质是审美；再考察文学活动内部诸要素之间的关系，发现就其整体性质而言，是审美关系。同时作者强调："我们说文学的本质是审美，强调把文学与非文学区分开来，但这并不等于说，文学就只有审美。

---

　　①　童庆炳：《植根于现实土壤的"文化诗学"》，载《文学评论》，2001(6)。
　　②　童庆炳：《文化与诗学丛书》，总序，北京，北京大学出版社，2001。

文学的疆域是十分辽阔的。文学是审美的,文学又是文化的。人类全部文化都必然要在文学中折射出来。神话、宗教、政治、历史、科学、哲学等一切文化形态都蕴涵在文学中。文学不是什么'纯审美'之物。"①在 1992 年的《文学理论教程》中,作者已经正式从文化、审美和惯例三个方面界定文学。在 1995 年的《文学理论概略》中,更推进一步,按照考察文学在文化整体中的位置→文学作为一般意识形态→文学作为审美意识形态→文学作为话语含蕴中的审美意识形态这一逻辑顺序和流程,童庆炳已经进行了文化诗学"语言、审美、文化"三个层面的具体文本实践。

在《新编》中,相对之前的文本实践,童庆炳实现了哪些突破呢?

首先,教材坚持历史优先原则。将文学问题放置到原有的历史文化语境中去把握。《新编》一改童庆炳历年编著文学理论教材时采用的单一性和单向交流的理论叙述,而代之以多元化的、对话性的以经典文本阅读和相关问题概说为框架的教材编写体例。教材每一章都是一个文学问题,以围绕这个问题的文学理论的经典文本为教材的首要和主体。与阎嘉本不同的是,这部教材把精选文本放在每章的最前面,每篇文本有详细注释,文后有"作者简介""背景知识""文本解读"三个环节,形成一个完整的经典文本阅读体系。考虑到经典文本是对某个具体问题的发言,而无法完全涵盖某个文学理论的大问题,于是每章中又涉及了"相关问题概说"。这样的优势是在编者与作者之间、文本与文本之间、问题与问题之间构成一种多层次的对话,而不再是单向的灌输,同时也考虑到教学中学生的实际需要,直接接触经典文本比接受抽象理论更有效。另外,在每章后面附思考题以及辅助阅读材

---

① 童庆炳:《文学活动的审美维度》,66 页,北京,高等教育出版社,2001。

料。在全书最后附有书中出现的知识点索引，以方便读者查阅。从实用的角度说，这是根据学生的实际情况来思考文学理论教材的编写方案，有助于学生一开始就接触经典文献并跟随大师的思绪获得启迪。当教材讨论的问题进入历史文化语境时，这个问题的针对性自然而然就凸显了出来。

其次，在教材中作为文化诗学的文学理论的体现，就是对文学本质的三维度建构。在前言中，《新编》分别从语言、审美、文化三个方面界定了文学的特点："文学是语言的艺术，打造不出精良的文学语言，即意味着无法创作出美的文学作品；文学营造了一个诗情画意的审美空间，这个空间的有无多寡，很大程度上决定着文学作品的得失成败；文学又是与文化交往的产物，文学本身已包含了神话、宗教、历史、科学、伦理、道德、政治、哲学等文化蕴含。欠缺或丧失文化蕴含的文学肯定显得势单力薄、形销骨立。"①其实，即使是语言也是从审美层面进行观照和衡量的。因此，文化诗学最重要的两个维度分别是审美和文化，而"审美仍然是文学作品最基本的一个属性"②，在童庆炳对文化研究的质疑中，由于文化研究是资本主义政治批评的场域之一，所以他抱持对文化研究自身理论起点的警惕，更让他提防的是大众文化对文学带来的负面影响。在他看来，在大众文化的冲击下，文学不仅被推向边缘，而且有被消解诗意的危险。但是，既然采用了文化诗学，就要从文化的角度观照文学，又必须直面这一当代文化现实。同时，大众文化的产生也有其特定的历史背景和理论起点：它是20世纪20年代开始在西方资本主义国家随着现代工业社会所产

---

① 童庆炳、赵勇：《文学理论新编》修订版，前言，北京，北京师范大学出版社，2005。
② 童庆炳：《文学审美论的自觉》，代序12页，北京，北京师范大学出版社，2011。

生的与市场经济发展相适应的一种新型文化形态。而教材对文学的理解和阐述建立在涵盖古今中外文学发展历程的基础上，这样，就势必要突破西方文化研究特定的社会历史文化语境以及对大众文化的限定。对此，《新编》采取的策略是：将高雅文学与通俗文学进行区分，作为思考文学与大众文化的"前理解"，进而从通俗文化中引导出大众文化。文学的雅俗之别成为区分文学精英与大众文化的准绳，而大众文化晚近的发展形态则是文化研究式的大众文化。教材以此完成了关于文学和文化的理论建构。

最后，文化诗学作为文学观念，在教材中体现为对文学三个维度的阐述，为了将它和现有的文论知识融合和衔接，达到理论的自洽，《新编》采取了特殊的处理方式：从艾布拉姆斯的"文学四要素"出发，以"文学活动论"为逻辑起点，对文学的三个维度进行现实的历史的分析，以此来结构教材，建立自己的体系。教材分十三章，分别是文学本质论（第一章文学与文学理论、第二章文学与语言、第三章文学与审美、第四章文学与文化）、文学文本论（第五章文学抒情、第六章文学叙事、第七章文学与戏剧）、文学创作论（第八章文学写作、第十一章文学的风格、）、文学接受论（第九章文学接受、第十章文学批评）、文学发展论（第十二章文学思潮的发展、第十三章文学的未来），基本涵盖了文学理论的主要内容，是文学活动论理论的具体展开，这是文学活动论从文化诗学角度的一次新的理论丰富和具体运用，实现了逻辑的自洽和阐述的圆融。①

---

① 这不是文学活动论在童庆炳教材中的第一次运用，早在 90 年代《文学理论教程》中，"导论"之后便是"文学活动"，其后的"文学创造""文学作品""文学消费与接受"都是其理论的具体展开。

(三)汪正龙主编的《文学理论导引》

汪正龙的《文学理论导引》认为，教材应体现问题意识和历史优先两个原则，对文学问题给予多维度的阐释，同时将文学置于一定的历史文化语境中考察，这样做的目的是训练与培养学生对文学的阐释能力，同时教材以平等的身份与学生沟通，对每一具体问题的阐发也尽可能充分展示前人与时下他人的观点，少下判断，从而架构一个中西对话、古今对话和师生对话的平台，培养学生独立思考能力和科研能力。

全书分四编十五章，作者选择了十四个文学基本问题为章节结构全书。第一编基本是本质论，包括第一章"何为文学理论，为何要学习文学理论"、第二章"文学是什么"。第二编属于作品论，包括第三章"文学语言"、第四章"文体与文类"、第五章"诗与抒情"、第六章"小说与叙事"、第七章"戏剧与戏剧性"、第八章"形式与风格"、第九章"主题与形象分析"。第三编包含了创作论、接受论以及发生发展论的部分内容，有第十章"作者与写作"、第十一章"读者与阅读"、第十二章"文学与社会"。第四编"文学史论""文学研究方法"则是对文艺学体系的丰富补充，以求对文学活动中诸多因素做多角度、多侧面的透视。每章由导论、选文、延伸阅读、问题与思考、研究实践几部分组成。选文前面有简短的导言，对论文基本内容和学术价值进行概述和评价，选文基本按先中国后西方、先古代后现代、先总论后分论的顺序编排。延伸阅读、问题与思考、研究实践把该章的问题引向纵深，进一步引导学生展开探究性学习。教材最后附有参考书目。

此外，21世纪初的文论教材还有杨铸的《文学概论》(北京大学出版社2005年版)、黄也平的《文学通论——导论》(吉林大学出版社2009年版)、《文学理论》编写组的《文学理论》(高等教育出版社2009

年版）等，在此不再一一阐析。①

第三节　21 世纪初文学理论教材的基本特征

一、后现代主义和反本质主义特质

波普尔对本质主义有一段广为人知的精彩论述：“我用方法论本质主义这个名称来表示柏拉图和许多他的后继者所主张的观点。这种观点认为，纯粹知识或‘科学’的任务是去发现和描述事物的真正本性，即隐藏在它们背后的那个实在或本质。柏拉图尤其相信，可感知事物的本质可以在较真实的其他事物中找到，即在它们的始祖或形式中找到。其后有许多方法论本质主义者，例如亚里士多德，在这一点上，虽然和他并非完全相同，但是他们都和他一样，都认定纯粹知识的任务是要发现事物的隐藏本性、形式或本质。所有这些方法论本质主义都和柏拉图一样，认为本质是可以借助智性直接来发现并识别出来；认为每一本质都有一个专门的名称，而可感知事物则按该名称来称谓；认为它是可以用语词来描述的。对事物本质的描述被称为‘定义’。”②这段论述概括了“本质主义”是西方传统形而上学把握世界的一种思维方式，它以追问“是什么”的方式把握事物，而这个“什么”即事

---

① 这一时期最具代表性的文论教材有南帆《文学理论新读本》（浙江文艺出版社 2002 年版）、王一川《文学理论》（四川人民出版社 2003 年版）、陶东风《文学理论基本问题》（北京大学出版社 2004 年版），集中在第三编做具体阐述分析，此编略过。

② ［英］卡尔·波普尔：《开放社会及其敌人》第一卷，66 页，北京，中国社会科学出版社，1999。

物的某种本质属性。它的基本理论预设是：确信事物现象背后隐藏着某种实体，即事物的本质，人类任务就是发现、寻找、描述这种作为实体的本质，从而把握住世界、事物。我国有学者这样概括："本质主义是一种教条，这种教条把一些固定的特性或本质作为普遍的东西归于一些特定的人群。把任何文化的分类编组加以模式化的基本原则，都是在用本质主义的方式进行运作。"①

本质主义的文学观念一直占据 20 世纪之前的西方文学理论研究主流。20 世纪之后，"本质主义"受到了新实证主义、分析哲学、新历史主义、后结构主义、结构主义等文化思潮的普遍质疑和批判。他们各自都反对以特定方式来继承固有或者既定的理念。② 德里达说："当批评家们把我的工作看作是这样一个见解的时候，我总是感到非常惊讶：语言之外别无他物，我们被囚禁于语言之中；实际上，解构主义想要阐明的恰恰是相反的观点。对逻各斯中心主义的批判首先也是对于'他者'和'语言的他者'的探寻。"传统的形而上学的一切领域，一切固有的确定性，所有的既定界限、概念、范畴、等级制度，在他看来都是应该被推翻的。③ 在此语境中，他们对本质主义加以抵制和解构，消解宏大叙事、"逻各斯中心论""二元对立思维"等本质主义思维便成为新的需求和取向。

具体到文学理论，就是反对认为文学有固定的本质，极端者甚至取消了文学本质问题。伊格尔顿梳理了文论史上诸多有关文学的定义后得出结论："文学根本就没有什么'本质'。"他引用伯克利在《文学批

---

① 陶东风：《文化研究导论》，142～143 页，见《文学理论：建构主义还是本质主义》，http://blog.sina.com.cn/s/blog_48a348be0100cxu3.html2009-04-22。

② ［美］乔纳森·卡勒：《文学理论》，23 页，沈阳，辽宁教育出版社，1998。

③ 包亚明：《德里达解构理论的启示》，载《学术研究》，1999(9)。

评理论：逻辑分析》中的比喻说明："'文学'一词颇似'杂草'一词：杂草并不是一种具体的植物，而是园丁出于某种理由想要除掉的任何一种植物。文学意味着某种相反的东西：它是人们出于某种理由而赋予其高度价值的任何一种作品……从这一意义上说，'文学'是一种形式的、空洞的定义。……如果说文学是一组具有确定不变之价值的作品，以某些共同的内在特性为标志，那么，这种意义上的文学并不存在。因此，从现在起，当我再在本书中使用'文学的'或'文学'这些字眼时，我给它们加上了一个隐形的叉号，以表明这些术语并非真正合适，不过我们此刻还没有更好的替代者。"①乔纳森·卡勒在此基础上说："文学就是一个特定的社会认为是文学的任何作品，也就是由文化来裁决，认为可以算作文学作品的任何文本。"究其内涵，反本质主义反对的是传统形而上学家们假想出来的孤立静止、固定不变、超历史的本质，本质主义者力图通过对事物本质的抓取来认识事物自身。从这个意义来说，反本质主义有相当的合理性和针对性，因为事物本质只能代表事物主要的主流或主导的方面，本质主义在认识事物过程中将非本质的因素摒弃在外，所以本质并不能替代事物的全体，更不等于事物存在本身，因此不可能达到把握事物本身的目的，对文学的认识也是如此。而中国 21 世纪之前的文学理论一直延续西方本质主义文学观，文学理论教材建设普遍采用和延续的是本质主义文论，它以似乎天然的立法者面貌出现，来界定有关文学的基本观念，显示了极强的本质主义倾向。这种本质主义文论一直延续到 90 年代，大多数文论教材中仍将追寻文学本质的唯一答案作为首要任务，一定要提

---

① ［英］伊格尔顿：《二十世纪西方文学理论》，12～14 页，西安，陕西师范大学出版社，1986。

供一个关于文学本质的具有普适性的意义，力图涵括所有文学现象，回答"文学是什么"。但这种努力只是教材编撰者的主观幻想，因为任何文学都是受到不同历史阶段和不同场域影响的产物①，不存在一个涵盖一切文学现象的所谓"本质"。

21世纪，后现代主义及其理论被引进我国，切合了我国大众文化兴起后的文化心理和研究需求，迅速对我国文学理论产生了影响。后现代主义以反形而上学的本质主义为核心，从而形成了新的文学观念，具体到文学理论研究中，则体现为也不再执着于追寻文学本质，"而是将它视为一个文本，一个需要置于社会历史文化语境中定位和理解的文本。人们可以从各个不同的角度去理解文本，不同的文本之间可以成为阐释的关系。"②

反本质主义倾向给我国的文学理论带来了双重后果。从积极的一面看，21世纪初在我国的文学理论界中，那种单一的、单向的、绝对的对待复杂多变的文学现象的本质主义文论，几乎被这股反本质主义的大潮涤清，并使中国文论确立了新的理论模式。从消极的一面看，反本质主义一旦走向极端，世界、事物根本不存在形而上之维，剩下的只有形而下的现象。以彻底的解构代替必要的建构，以历史替代理论，放弃对文学本质的追寻，取消了文学存在的合理性，实质上也就

---

① 按照阐释学的观点，"真正的历史对象不是客体，而是自身和他者的统一物，是一种关系。在此关系中同时存在着历史的真实和历史理解的真实"，伽达默尔把这样一种历史称为"效果历史"。在此基础上的"效果历史意识"是意识到人类的历史性和有限性，作为解释者是处在不可任意选择的传统中的，任何解释是被传统运动的本身所左右。"历史地生存着，就意味着对自身的认识绝不可能完成。一切自我认识都是从那历史地在先给定的东西开始的。"

② 肖明华：《走向"大文学理论"——大众文化语境中的当代文学理论转型》，载《江西社会科学》，2011(9)。

放弃了文学理论自身存在的必要性和合理性，从而走向虚无主义。

综观 21 世纪初我国文论教材，我们可以看到它们对后现代主义和反本质主义理论的有效吸收，呈现出鲜明的反本质主义特征。在文学本质方面，多种教材都不再先验地假定文学有某种普遍规律或固定本质，不再给文学下一个绝对的定义，不再只肯定某一种文学观，而对其他文学观持否定或鞭挞的态度。教材编者们几乎不约而同地对文学本质采取了多层次或多侧面、多角度的言说。对文学现象不再一分为二地看待，对内在与外在、实体与现象、中心与边缘的二元论也不再采取疏离的态度。在文学文本方面，不再做内容/形式的截然两分，不再对文学类型做特征/本质的探寻；在文学创作方面，不再将创作过程机械地划分为某些固定的阶段；在文学接受方面，承认当代传播媒介条件下，文学消费对文学无功利性的偏移和否定；在理论陈述方面，对同一个问题，尽可能以客观、中性的介绍为学生提供各种有代表性的观点，而非只对某一个观点进行灌输，否定其他……总之，在文学理论的各个方面，多种教材均对本质主义文学观提出了质疑和否定。

文学理论教材不同于文学理论专著，教材要反映编者对最新文艺学成果的理解和吸收，但教材在使用上要注意通用性和稳定性，而且编者一般持自我警醒、考虑周全的理性态度，所以文学理论教材较少走向理论的极端，而是普遍持批判地接受的理性态度。我们看这批 21 世纪初的教材，编者首先都肯定反本质主义的正确性的一面：本质主义认为世界是实体性的存在，实体是与主体无关的客观存在，因此实体是世界绝对的不变的本质，确认了实体也就可以解释一切现象。而现代哲学否定了实体观念，将其归结为伪概念。谈论实体没有意义，所以存在论取代了实体论，意义取代了本质。这样，现象世界就没有一个实体性的、绝对的、不变的本质，而成为历史存在中的意义世界。从这个角度看，反本质主义是正确的。但他们也不否定文学本质存在的合理性和必要性。即使是反本质主义的急先锋陶东风先生，也在痛陈本质主义给文学理论带来的种种危害和弊病之后，仍旧说到："这并不意味着我们认为文学根本没有本质，因而也就根本不存在什么关于文学的'理论'。一方面我们坚信文学与其他的人类社会文化现象一样是随着时代的变化而变化的，不存在万古不变的文学特征（本质），因而也不存在万古不变的大文学理论（Literary Theory）；同时我们也不否认，在一定的时代与社会中，文学活动可能呈现出相对稳定的一致性特征，从而一种关于文学特征或本质的界说可能在知识界获得相当程度的支配性，得到多数文学研究者乃至一般大众的认同。"[①]另一位学者杨春时也主张"反对形而上学的本质主义，并不意味着文学没有本质和反对一切关于文学本质的言说"，他认为，在反本质主义大旗下，不管是以反映论为基础的客观性文论，还是以表现人学为基础的主体性文论，都被视为本质主义文论，这是有一定局限的。因为反本质主义"在反对实体性的本质主义的同时，也把存在论的本质主义反对掉了；在解构实体性的本质的同时，也解构了超越性的本质"，这种超越性的本质即"人不满足于现实，追求自由，渴望超越，而且有不可泯灭的对生存意义的追问"。就文学而言，文学作为一种生存方式，具有超越性的审美本质，这是文学之为文学的根据。[②]阎嘉也直言："在当今的解构潮流与怀疑主义的冲击与影响下，人们不再关心本质的问题，也不注重对文学是什么的问题去刨根问底，这种反本质主义的认识已经暴露出矛盾与弊端。"所以他致力于建立一种

---

① 陶东风：《文学理论基本问题》，11页，北京，北京大学出版社，2004。

② 杨春时：《文学理论新编》，297～298页，北京，北京大学出版社，2007。

超越传统本质观和力避反本质主义弊病的对文学本质的认识。①

正因为这种自觉的理论认识，所以在这个阶段的教材中，编者们根据自己的理解和选择，以各自的策略实现反本质主义的目的。有的学者用知识社会学的方法揭示文学理论知识生产的社会历史条件，强调文学现象和文学理论知识的历史的地域的差异，主张以历史化和地方化的方法论原则重建文艺学知识；有的学者则运用主体间性超越论美学来分析文学；有的学者则将文学视为动态的文学活动，所以不给予绝对的文学定义……单是在对文学本质的探讨上，几乎所有编者不约而同地自觉回避或放弃了下定义的做法，而改为一种客观阐述的言说姿态。在这些教材中，还有一个共同点就是意识形态边缘化：90年代将文学的社会意识形态论调整为审美意识形态论，21世纪的文论教材编者几乎集体回避了这个问题，实际上也是与本质主义划清界限的另一种姿态显现。文学生活化以及传统文学理论言说者身份和赖以生存的"元理论"发生了变化，导致文学理论面临着一次重要转型。编者们调整言说立场，定位于"阐释"，拓展研究领域，以应对业已发生根本性变化的文学实际、文化历史语境以及社会需求，寻求文学理论的出路。② 这一点成为新世纪以来文论教材心领神会的共同选择。

二、强烈的问题意识和开放性

我们在生活和学习中，经常会遇到一些迷惑不解或难以解决的问题和现象，对此产生的怀疑、困惑、焦虑、探究的心理状态，就是问

---

① 阎嘉：《文学理论基础》，4页，成都，四川大学出版社，2005。
② 参考李春青：《谈谈文学理论的转型问题》，载《新疆大学学报（哲学社会科学版）》，2004(3)；李春青：《在审美与意识形态之间：中国当代文学理论研究反思》，北京，北京大学出版社，2006。

题意识。面对 21 世纪文学理论的危机，在有志于建设中国新的文学理论的背景和前提下，这一代学者都有强烈的问题意识。理论要保持发展和前进，就要扫除障碍，解决不断出现的问题。理论的生命力取决于它对问题的说明和解决能力。董学文在其编著的《文学原理》导言中提出："要有问题化的研究意识"，教材强调文学理论的"当代性"问题，"文学理论要关注当代问题，紧扣时代脉搏，注意清理研究的问题哪些是老问题，哪些是新问题，哪些问题已经解决或接近解决，哪些问题有待重新思考或进一步深化，哪些问题经过历史的检验证明是真问题，哪些是伪问题，哪些是西方的问题，哪些是中国的问题，哪些是带有普遍性的问题，哪些是特殊性问题，哪些是带有前瞻性、预见性和设想性的问题等。这样，文学理论才能发展，才能进入新境界和新形态。把文学理论学成一堆'死知识'或'新概念'而缺乏问题意识，是有悖于文学理论的功用的。"[1]

陶东风主编的《文学理论基本问题》是在对文艺学研究和教材进行深刻反思之后的产物，解决的方法就是打破文艺学教材传统的四大块的通行体例，"改为用中外文学理论史上反复涉及的、或者在今天的文学研究中大家集中关注的基本问题结构全书的原则"，"在认真梳理、研究中西方文学理论史的基础上，提出不同国家话语民族的文学理论共同设计的几个'基本问题'与重要概念"，他将问题由一种思维心理直接上升为教材的体例，教材也以《文学理论基本问题》为名，突出显示了编者急迫和强烈的问题意识。[2] 阎嘉主编的《文学理论基础》

---

[1]　董学文、张永刚：《文学原理》，9 页，北京，北京大学出版社，2001。
[2]　陶东风：《文学理论基本问题》，25 页，北京，北京大学出版社，2004。

也直言教材是"以论域和问题为基本框架"①。汪正龙等编著的《文学理论研究导引》认为教材编写"首先要有问题意识,文学理论,其实就是对有关文学活动的各种'问题'的阐释"。②

以问题为中心的文学理论教材重视文学知识生成的历史性和地域性的特殊条件,虽然提出文学的多种问题,却不追求给出一个唯一的最终的答案,因为"任何关于文学的'阐释'都应当是多层面、多方向和无穷尽的"。与传统文学理论教材的封闭性相比③,将文学本身看作一个不断生成发展的历史过程,在学术视野上能够将对各种新出现的文学问题与新兴的文学变异形态(如大众文学、网络文学等)的考察、对文学史的考察和思考纳入其中,能以描述的方式平等地交代各家各派的观点,培养学生开放性的文学观。这种新的编写理念、文学观念也适应了不断发展变化的文学现实,使文论教材走向开放、多元与对话。④

三、高扬的主体意识

对文学的讨论和研究伴随着文学产生而开始,对于文学的本质、文学的规律、文学的作用、文学的边界、文学的前景和未来等问题,人们一直存在着争执和分歧。究其原因,一是文学自身的丰富性,二是研究者的差异性。文学是人学,它是人类的一种高级精神活动,是人性的反映,心灵的表征。人的心灵和精神有多复杂,人的生活有多

---

① 阎嘉:《文学理论基础》,3页,成都,四川大学出版社,2005。

② 汪正龙等:《文学理论研究导引》,1页,南京,南京大学出版社,2006。

③ 传统教材也会介绍与自己确立的本质主义文学观不同的观点与学说,但多数或轻描淡写、简略带过,或作为反面、予以否定,不是持平等、对话的原则展开论述。

④ 汪正龙:《问题意识、开放式和层次性》,载《首都师范大学学报(社会科学版)》,81页,2005(1)。

丰富，人的精神世界有多辽阔，文学就有多么复杂多变、广阔无垠。所以，对文学的讨论也就没有穷尽。"文学理论是一套关于人类的文学活动现象的知识体系，它的研究对象与人的本真存在状态密切相关，其中包括人的审美活动、言语活动，以及情绪、情感、信仰、憧憬等个人化的、变动不居的诸多要素。"①而文学研究者的思想基础、理论选择、审美情趣、个人体验等诸多差异，也使他们在研究过程中，必不可免地将自己的文学观念、审美情调、价值倾向等投射或灌注到自己的研究过程和研究成果之中，形成文学理论的差异。在新时期的八九十年代，文学理论编者基本还遵循同一种模式，有甚者干脆参照其他教材拼接组装，照搬照抄了事。教材自然大同小异，难逃窠臼，少不了人云亦云、缺乏创新的教材通病。曾有人讥讽文学理论的创作和书写：我们总是要求文学生机盎然、魅力四射，而我们的文学理论却越来越艰涩冗繁、枯燥乏味，我们的文学理论与文学活动差不多总是背道而驰的。

而在21世纪初反本质主义大旗的召领之下，在文化日益大众化、通俗化、审美化的社会语境中，文学教材传统的书写模式受到挑战，一大批充满学术生机和活力的教材问世，它们各有生动鲜活的学术个性，各有充满个人特点的思维方式、结构体系、语言风格。董学文、张永刚的《文学原理》直接声明："本书采取了不通过他人的话来建立什么观点的论述办法，而是尽量用自己的理论语言来表达。""别人的意见也应重视，关键是不可人云亦云，'辗转抄袭'。"②葛红兵毫不讳言自己的《文学概论通用教程》"各部分均笼罩在作者对文学问题的个

---

① 鲁枢元、刘峰杰、姚鹤鸣：《文学理论》，1页，上海，华东师范大学出版社，2006。
② 董学文、张永刚：《文学原理》，5页，北京，北京大学出版社，2001。

人化理解,体现了作者对个人性文论体系的追求"①。黄也平主编的
《文学通论——导论》为了解决文学理论课程设置和相关教材在培养学
生的两大教学目标(理论知识的学习和用理论分析、研究文学现象的
能力)之间的矛盾,索性另寻思路,对教材做出全新设计。杨春时则
号召原则上不要再搞集体创作,而应独立完成,因为教材需要创新性
的综合,要求作者站在时代学术思想的制高点,把握精粹、统揽全
局,而不是一味抄袭照搬或修修补补。只有这样,个性化的写作才能
有所创新而避免雷同,才能形成体系而避免散乱,才能具备高水准而
避免低水平重复,所以他的教材就以《文学理论新编》为名,独立完
成,立意出新。教材的主体意识不仅体现在编者个性的充分释放、解
放和张扬方面,教材读者的主体性,乃至教材文本自身的主体性,同
样是教材关注的方面。教材编者基本都表达同一个目标:通过具有基
础性、知识性、经典性和开放性、多元性、新颖性兼具的教材,启发
和鼓励学生在课程学习中的主动性、积极性和创造性,教材文本在学
生的解读过程中,也成为教学活动中一个潜在的对话主体。阎嘉主编
的《文学理论基础》坦言:教材"目的在于启发和开拓他们自己的思路,
而不是把他们局限在一个狭小的知识领域中。或者说,我们不想再像
过去那样,一再重复老师讲什么学生就接受什么的僵化教学模式。我
们相信,老师和教材都不是真理的化身"。陶东风则说:"我的希望是
本教材可以使学生明白关于'文学'本来就有无限多元的解释与理解,
从而培养他们开放的文学观念。"(《文学理论基本问题》前言第2页)概
括之,文学理论教材中呈现出从未有过的主体意识,形成了新世纪文
论教材百花齐放的蔚然大观。

---

① 葛红兵:《文学概论通用教程》,"使用提示"2页,上海,上海大学出版社,2002。

这种主体性最鲜明地体现在一些教材的同中之异上。我们以鲁枢元、刘峰杰、姚鹤鸣的《文学理论》(简称"鲁本"，华东师范大学出版社 2006 年版)，狄其骢、王汶成、凌晨光的《文艺学通论》(简称"狄本"，高等教育出版社 2009 年版)为例来看这种个体的差异。

之所以选取这两本教材，是因为它们和 90 年代文论教材有些貌似，但实则内涵不同。鲁本分十二章，第一、二、三章基本是关于文学本体论的阐述。第四、五章阐述文学的创作论。第六、七章是作品论。第八章是文学价值论。第九、十章是鉴赏批评论。第十一、十二章是文学的演变发展论。狄本分为四编：第一编文学总论论述文艺学的研究对象和范围、文学的外在属性和人学根基、文学的本性特征和功能以及文学的起源和发展；第二编文学作品论述了作品的存在方式、构成、语言以及作品的种类和体裁；第三编"文学创作"阐述创作活动的成因、能力、过程、经验和历史类型；第四编文学交流论述了文学交流的内涵和价值、对文学阅读的一般理解、文学阅读的主体性以及文学批评活动的性质与定位、程序、步骤、功能等。选用这种体例，是出于教材编者的编著原则所考虑。鲁本认为，国内流行的教材有很多种，在结构上、体例上基本不脱本体论、作家论、创作论、作品论、价值论、批评论、发展论等几个部分。编者编著教材时对这种情况进行反思："对于一本'概论'性质文学理论教科书来说，这种结构和布局有其坚实的合理性。如果我们不是以机械的态度看待这些部分，而是把它们看作一个相互联系、相互作用、生长发育着的有机整体，那么这种体例就更不能轻率加以改变。"①所以编者在编写这部教材时，就遵循这一有机整体论的观念安排教材结构和体例。狄本的编

---

① 鲁枢元、刘峰杰、姚鹤鸣：《文学理论》，3 页，上海，华东师范大学出版社，2006。

写原则是"出新不出格"。编者认为，出新不是一般的标新立异，更不是否定和反对一切的"创新"，而是对旧有教材的推陈出新，在变革发展了的新事实面前，去掉一些不符合新事实发展的旧有观念，而在自己的观念体系中求得对新事实的解释——于是就吸收、改造和产生一些新观念，甚至使整个体系结构有所变化。① 两本教材的编者其实表达了同一个意见，即教材的编写其实是个继承和发展的问题，如果原有的观念依旧保持着学术生命力，可以阐释已经发展的文学现象，就完全可以实事求是地承继这些观念，而没有必要为了创新而创新，把这些合理的因素拒之门外。因此这两本教材不约而同地承继了传统教材的几大块结构，而根据文学情况的发展和变动，适应变革需求，在具体的理论依据、教材整体结构、文学观念、理论范畴、语言表述等多方面各自有所创新。

鲁本的编排基本按照文学活动的顺序，在第一、二、三章文学本体论的总论之后，进入文学创作→作品→作品价值→鉴赏批评，最后分析文学的发展演变。教材注意吸收新时期以来我国文艺学界取得的新的研究成果，主要包括对多年来把持中国文坛的极左文艺思想的批判、对西方文论的介绍和引进、对我国民族传统文化结合时代提出的新问题等。教材尽量把这些成果融化渗透到各个章节，同时关注各学科之间的渗透和跨越，力图使其成为一本能够展现时代风貌的教材。这些变化具体体现在：在文学本体论中，通过对文学词义在中外文论史上的梳理，放弃本质主义的定义，"通过描述的方式来说明文学的基本特点，以期建立认识文学的知识系统"。在编者看来，"文学是一

---

① 鲁枢元、刘峰杰、姚鹤鸣：《文学理论》，379～380 页，上海，华东师范大学出版社，2006。

种人文现象，是一种精神活动，作为一种语言艺术，它是对人性故事的审美书写"，通过这样的策略，"从而彻底地解决文学的认识问题"。[①] 在文学类型的探讨中，将文学类型界定为艺术形象塑造的模式，包括原始意象、原型形象、模式形象三类，并分析其意义。鲁本运用现代语言学理论，区分文学语言和文学言语，确定文学言语是文学使用的特有语言，进一步分析了其多种特征。在文学创作部分，突出了作家的主体性，还指出了文学创作活动中的种种悖论，发人深思。它提出文学的建构技巧概念，阐述了以点带面、线性发展、循环往复与多向交织等技巧建构模式。在文学批评中，教材详细介绍了文学批评的多元化。在文学演变发展部分，教材对文学演变的动力，提出了外在动力说和内在动力说，将文学演变的形态分为表层形态、深层形态、综合形态。该教材同时增添了文学史的内容，介绍文学理论和文学史的关系，文学史研究的审美尺度、历史意识和当代意识。教材通过文学理论、文学批评、文学史三方面的内容，达到对文艺学的整体观照。在行文中根据需要穿插一些典型例证作为"专栏"内容与概念。在每章的后面，附有该章出现的关键词、思考题以及阅读链接，力图将学习延伸到课下，便于学生阅读、复习，以及作为进一步思考和学习的基础。

狄本内在线索是以对象结构为依据，文学对象是动态的文学活动，所以教材的结构也就对应文学活动的三大环节：文学创作、文学作品、文学交流。教材的逻辑结构并没有按照文学活动的自然顺序，而是将文学创作和交流的中介环节排在三部分的最前面，因为作者认为，在整个文学运动过程中，只有文学作品是稳定的、具有具体物质

---

① 鲁枢元、刘峰杰、姚鹤鸣：《文学理论》，13 页，上海，华东师范大学出版社，2006。

形式的空间性存在，而文学创作、文学交流都是流动的，只有精神的时间性存在。文学作品作为整个文学活动的中介环节，它既是文学创作的目的和对象，也是文学交流的前提和对象，是作家和读者交流的中介，连接着整个文学活动，因此在理论逻辑上，作者将这个环节提前。除这三个环节之外，教材还有一编总论，对文学作品、文学创作、文学交流、文学活动作出解释和阐述，这一编是其他三编的理论升华和总的指导、概括，所以放在教材首编。这种结构，不仅加强了理论结构的系统性，加强了文学主体性的观念，还直接影响了教材对文学总体的研究。因为将研究对象视为动态发展的文学活动，所以对文学就不再做一种本质的界定，而是从文学与外部世界的关系中描写它的各种内在属性，如社会属性、文化属性、语言属性、艺术属性等，从文学自身存在中描述它的各种本体特性，如再现功能、表现功能、形式功能、综合功能，作者认为文学的性质就取决于这些外在属性和本体特性之间固有的联系和综合。根据文学和文艺学的发展而新出现的文学现象、文学理论，作者也将它们及时吸收进教材，纳入研究视野，例如将文学发展分为原始时期、古典时期和现代时期；在现代时期里，作者对20世纪的现代主义和后现代主义理论加以阐述；对文学商品化、产业化、技术化的现状，提出了"创作主体的物化趋势"等新命题；对后工业社会和全球化语境中出现的文学性问题，如文化研究、文学终结、文学与技术、文学批评的主体间性等问题也加以关注；对网络文学、媒体批评、流行文学等问题都有所论述，该教材可以称得上是汲取和吸纳了更多的当代新成果。在每章的最后都有"概念小结"和"思考题"，便于教师教学实践的开展。①

---

① 参见狄其骢、王汶成、凌晨光：《文艺学通论》，北京，高等教育出版社，2009。

第三编

新时期文学理论教材范本解读

这一编将研究聚焦到教材编撰者——选取各个时期的典型范本，以个案形式研究编者在教材中显现的对当代文艺理论的吸取和见地（包括理论革新、文学观念、知识体系、编写体例、研究方法、学术语言、理论指向、模式转换、内容调整等多方面），并展开详细的文本解读和分析。

第七章　边疆十四院校合编《文学理论基础》

第一节　试用本《文艺理论基础》概述

1979年6月出版的由边疆十四院校编写而成的《文艺理论基础》是新时期比较早的一部教材。这部教材曾被列为高等学校统编教材。该书在教育部直接领导下，由边疆十四院校从1978年4月开始合作编写，1979年6月完稿，并于1981年1月由上海文艺出版社正式出版①。和以群、蔡仪主编的教材相比，这部教材和它们是同类的，"在整个理论体系和论述方式上，也没有超出《文学的基本原理》和《文学概论》"②，基本仿照60年代全国统编教材以群主编的《文学的基本原

---

① 该教材的最早版本是1979年6月由广西藤县印刷厂印刷的版本，下文的论述以此版本为据。

② 白烨关于《文学概论》讨论中提出的问题，载《文学评论》，1982(4)。

理》一书的体系和观点，从目录中可以见出：第一章"文艺的本质和社会作用"、第二章"文艺是社会生活的反映"、第三章"文艺为政治服务"、第四章"文艺的特征"、第五章"文学的创作过程"、第六章"文艺的创作方法"、第七章"文学作品的内容和形式"、第八章"文学作品的体裁"、第九章"文学的风格和流派"、第十章"文艺的民族特点"、第十一章"文艺遗产的批判继承与革新"、第十二章"文艺欣赏和文艺批评"、第十三章"党的文艺方针政策"。编写的原则仍然是"在马列主义、毛泽东文艺思想的指导下"。

但是这部教材和以往相比，在一些章节中有了较大突破。在第三章"文艺为政治服务"的第一节"文艺的倾向性"中论述"文艺的阶级性"时一反旧例，提出了文艺的阶级性的复杂性，并将论述重点放在了这方面：首先，"不能依据作家的阶级出身简单化地判定作家的阶级立场和作品的阶级属性"；其次，"研究文艺的阶级性，还应注意文艺通过形象反映生活的特殊规律"；此外，在论及文艺作品的阶级性的复杂性时还分别列举了写"田园、山水诗、风景、花鸟画的作品"写"各个时代各个阶级的人所共有的社会生活和感受的作品""产生在特定历史时期里，为当时社会上各个不同的阶级甚至对立的阶级所能共同接受的文艺作品"，这三种类型的作品不仅说明了文艺的阶级性呈现出多么复杂的情形，还提出了一个不同的阶级有没有"共同美"的问题。在充分的理论依据和材料基础上，编者得出结论："我们在分析文艺作品的共同美的时候，与资产阶级'人性论'绝无关联"。① 实质上，这已经对传统文论中将文学的阶级性等同于文学的人性，或者只强调阶级性，而忽略或批判人性的做法做出了有力的反拨。对文学作品中存

---

① 边疆十四院校：《文艺理论基础》，53页，梧州，广西藤县印刷厂，1979。

在着反映人性的现象，教材没有回避，而是加以具体分析，可见教材
对"文学是人学"这一文学观念的重新启用和解读。该教材在理论上最
大的创新和进步，是从文学的社会属性、审美特性和文学接受的角度
分别理解人性在文学作品中的客观存在性。它在新时期教材中最早回
应了当时思想界、学术界对人性、人道主义的新提法和新观念，吸收
了十一届三中全会最新思想，体现出强烈的时代精神和文学理论的当
代性，实属难能可贵。在此基础上的 1981 年正式版《文学理论基础》
教材中，直接引用了"文学是人学"这一观点。耐人寻味的是，这种理
论提法上的破冰，并没有发生在北京、上海等传统文化重镇，而是在
一本边疆院校合编的教材中提出，既从一个侧面说明当时意识形态方
面论争的激烈程度，也说明当时为了文学理论的发展所采取的折中
手段。

　　第五章"文学的创作过程"阐述了"创作的准备"是"扎实的生活基
础"和"进步的世界观""相当的艺术素养"，还总结了"创作过程的三个
步骤"，即"素材积累""作品构思""艺术表现"。这种把文学创作分步
骤、分阶段的做法在新时期还属于首次，从文学的理论建构来看，是
有一定创新性和启发性的，由于该教材也曾经作为统编教材向全国推
广过，所以也有相当影响，后来 1981 年正式版的《文学理论基础》在
"文学的创作过程"部分，除个别字眼，结构措辞几乎和该试用本完全
一样，成为后来教材探讨"创作论"的一个新样本。

　　教材中比较有特色的还有第十章和第十三章。第十章是新时期文
论教材第一次将文艺的民族特色列出一个单章来分析，之前只是将文
学的民族风格包含在文学风格中讲授。这和教材编写目的有关："为
了繁荣边疆地区的文化教育事业，贯彻落实党的民族政策，适应边疆
高等学校文艺理论教学的实际需要"。所以，"注重分析研究我国各民

族的文艺现象，逐步地尝试着去总结各民族文艺的创作经验和发展规律，使这部教材具有一定的民族特点"。这一章阐述了文艺民族特点的含义和重要性，按照作品构成"内容""形式"两分法，分别论述了构成文艺民族特点的内容要素和形式要素，最后概括了"文艺民族特点形成和发展的条件"。教材以文学基本原理分析我国少数民族文艺，依据充足的少数民族文艺资料对文艺理论加以论证，很有新意。这种将"文艺民族特点"单列专章的做法后来被正式版的《文学理论基础》所延续。

教材第十三章将"党的文艺方针政策"单列，是对时代的回应，也是沿袭之前教材重视政治性、紧跟政治形势的一种反映。① 其中提出"艺术上不同形式和风格可以自由发展""科学上不同的学派可以自由争论"，将"放"作为"双百方针"的着重点，鼓励放手让大家提意见，敢于批评，敢于争论，广开言路，形成百花齐放、百家争鸣的生动活泼的政治局面，"为社会主义文艺的繁荣和发展开辟广阔的道路"②。教材编者在十届三中全会(1977 年 7 月)和第四次中国文学艺术工作者代表大会(1979 年 11 月)期间提出这些观点，实质上表达了新时期初期文论界对文艺政策的期许和呼声。

此外，教材编者希望"坚持四项基本原则，贯彻'双百'方针，突破四人帮设置的'禁区'，吸收当前文艺理论教学和研究中的新成果，使这部教材具有一定的时代特色"。在第八章"文学的体裁"中，教材根据新时期电影蓬勃发展的形势("文化大革命"后，中国电影在1976—1978 年就生产故事片 80 多部，其中有不少优秀影片)，在诗

---

① 也许是感觉到这一部分尚不完善，1981 年版删掉了此章。
② 边疆十四院校：《文艺理论基础》，402 页，梧州，广西藤县印刷厂，1979。

歌、散文、小说、戏剧文学之外增添了"电影文学"，概括了电影文学的主要特征："要具体、生动地体现视觉形象""要明朗而有力地表现人物的行动""要有深刻而简练的人物对话或对白""要注意结构的紧凑和情节的完整"，并总结了电影的社会作用。"电影文学"的内容参考了苏联 H·列别杰夫编写的《党的电影》①的相关内容，虽然现在看来比较浅显和简单，但在开拓文学体裁研究方面闯出了新的领域。教材还加入了"说唱文学"的专节，一方面是面对新时期伊始曲艺、文艺蓬勃发展的形势；另一方面也是由于该教材面对的边疆地区各具民族特色的说唱文学种类。编者也在此节中对各民族的说唱文学种类做出了概括，如汉族的"鼓词"、壮族的"末伦"、蒙古族的"好来宝"、维吾尔族的"拉帕尔"说唱、哈萨克族的"冬不拉"弹唱、柯尔克孜族的"库木子"弹唱、侗族的"琵琶歌"、瑶族的"乐春鼓"、苗族的"果哈"以及朝鲜族的"延边唱弹"等。教材选取的这些说唱种类极具民族特色，丰富了我国文学研究的种类，扩大了文学理论的领域，令人耳目一新。教材第九章"文学的风格与流派"中对文学流派做分析时，介绍和涉及了西方"愤怒的青年""垮掉的一代""荒诞派"等，不同于之前教材对此一味回避或彻底否定，而是做了比较中肯的介绍和评价。

教材还希望"加强基础理论和基础知识，克服以往文艺理论教学中轻视和忽视文艺规律、文艺特点的偏向"，虽然有这样的编撰初衷，但教材本身在这方面并不突出，没有达到预期的目的。

在语言的叙述上，由于教学对象的特殊性，该教材的语言文字也力求简明扼要、通俗易懂。

---

① ［苏］H·列别杰夫：《党的电影》，北京，时代出版社，1951。

第二节 正式版《文学理论基础》简论

边疆十四院校编写的《文学理论基础》(以下简称"十四院校本")出版于 1981 年 1 月,这部高等学校文科统编教材是在教育部的直接领导下编写完成的,综合了之前的以群本和蔡仪本,我们可以将之视为以群本和蔡仪本这两本经典高校统编教材的升级版。编写的目的是"文艺界和高等学校都需要一本新的文学理论基础知识教材,完整准确地阐述马列主义文艺理论、毛泽东文艺思想,批判极左思潮的流毒,吸取文学创作的新鲜经验和文学理论研究的最新成果,加强基本理论、基础知识和基本技能的系统训练。"[1]客观地讲,它在阐述马克思主义文学原理,吸收新时期以来文艺理论研究的新成果,以及结合我国各民族文艺创作的实际等方面,做出了一定的努力,论述简明通俗,适于教学和自学之用,因而颇受师生欢迎。据统计,在它问世后的 20 多年时间里,至 2006 年已印刷 29 次,印数达 125 万多册。教材的内容依据是马克思主义文学理论:"(一)文学与社会生活的关系。包括文学与经济的关系、文学与政治以及上层建筑其他部分的关系,文学与人们社会生活的关系,文学的党性、阶级性、人民性和人性,以及文学的社会作用等等;(二)文学本身的特征和内部结构。文学的形象、典型,文学创作的思维方式和创作过程,文学创作的原则、方法,文学发展的内部规律,以及构成文学作品内容和形式的诸要素等等;(三)文学作品与读者的关系,即关于文学欣赏和批评的原则、方

---

① 边疆十四院校:《文学理论基础》,426 页,上海,上海文艺出版社,1981。

法及一般规律等等。此外，由于党的有关文学的方针政策是依据马克思主义文学理论的基本观点并结合实际情况制定出来的，因此，在阐述基本原理的时候，必然要涉及党对文学艺术的方针政策，这是很自然的事情。"①在这种理论依据下，全书分为十二章：第一章"文学的特征"，第二章"文学和生活"，第三章"文学的本质和作用"，第四章"文学作品的内容和形式"，第五章"文学作品的体裁"，第六章"文学的创作过程"，第七章"文学的创作方法"，第八章"文学的风格和流派"，第九章"文学的民族特点"，第十章"文学遗产的继承与革新"，第十一章"文学欣赏"，第十二章"文学批评"，涵盖和对应了以上列举的马克思主义文学理论具体内容，并将党对文学艺术的方针政策融合到各个章节的相对应部分，如将毛泽东文艺思想的"推陈出新"和"百家争鸣"分别放在"文学遗产的继承与革新"和"文学批评"章以专节的形式具体展开论述。

这种内容的依据和以群本如出一辙，都是从本质论、作品构成论和鉴赏批评论三个方面进行概括。以群本依据这三方面内容将教材分为三编加以介绍。而十四院校本则对三方面的内容作了自己的理解和排序，显示了新的时代精神和文学观念。概括起来，该教材有以下几个特点。

一、集大成的苏式教材

可以说，苏式教材体系至《文学理论基础》已经完全成熟、定型，《文学理论基础》不但局限于文学的一般意识形态本性而没有向前推进，且在整个理论体系和论述方式上，也没有超出以群本和蔡仪本，

---

① 边疆十四院校：《文学理论基础》，前言 2 页，上海，上海文艺出版社，1981。

在指导思想上，继续坚守马克思列宁主义、毛泽东思想的基本观点和方法，以群本、蔡仪本和十四院校本都依循了苏式教材模式。"早在50年代在举办北大文学理论研究班上，苏联专家向当时中国的大学教师传授了意识形态、经济基础和上层建筑的理论，强调了文学的党性、阶级性思想性、人民性、社会主义现实主义。"①十四院校本依然凸显这些观念，基本延续以群本和蔡仪本的指导原则、理论体系、论述方法等，把文学反映论的全部领域加以拓展。但它几乎囊括了两部教材所涉及的全部内容，把文学反映论理论所能触及的所有领域都做了充分拓展，使这种体系至此完全成熟。

首先，在思维方式方面，第一章开篇提出问题："文学的特征是什么？它和其他社会意识形态有什么相同之处，又有什么不同之处？这是文学理论首先必须弄清楚的一个根本问题。"相同之处是"它们都是社会生活的反映"。不同在于"文学的本质特点是通过形象、典型来认识生活，反映生活"。我们发现，在这里编者预设和默认了一个理论前提，即文学理论是意识形态之一种，至于为什么是，放在了后面的篇章里。这也是80年代文学理论教材典型的本质主义思维方式和论述方式，即将文学做静态化观照和研究，先验地设定了文学理论的"问题"和"答案"，并相信通过科学的方法可以把握这种"本质特征"或"普遍规律"，认可文学是"已经定型且不存在内部差异、矛盾或裂隙的实体，从中可以概括出所谓放之四海而皆准的'一般规律'或'本质特点'"②。在知识论上，本质主义从反映哲学观念出发，将哲学方法等同于文学方法，对文学问题惯于做简单化处理，将丰富多变的文学

---

① 萧君和主编：《文学引论》，2页，哈尔滨，黑龙江教育出版社，1999。
② 陶东风：《文学理论基本问题》，导论3页，北京，北京大学出版社，2004。

现象一分为二，设置一系列二元对立，如分析典型是个别与共性的统一。

其次，传统文学观念的承继。我们以第一章为例，在第一节"文学形象"中，第一个问题是"用形象反映生活是文学的根本特征"，而在以群本中是"文学用形象反映社会生活"，在蔡仪本中是"文学以形象反映生活"，三种提法如出一辙，都是从文学反映论入手，十四院校本并没有更多新意。在论述过程中，编者同样是将文学与其他意识形态（主要是与社会科学）比较异同，得出"它们在本质上都是相同的，都属于社会意识形态范畴，是客观物质世界在人类头脑中反映的产物"这一结论，而在比较不同时，都不约而同地引用别林斯基的一段话来说明：

> 哲学家用三段论法，诗人则用形象和图画说话，然而他们说的都是同一件事。政治经济学家用统计材料武装着，诉诸读者或听众的理智，证明社会中某一阶级的状况，由于某一种原因，业已大为改善，或大为恶化。诗人被生动而鲜明的现实描绘武装着，诉诸读者的想象，在真实的图画里面显示社会中某一阶级的状况，由于某一种原因，业已大为改善，或大为恶化。一个是证明，另一个是显示，可是他们都是说服，所不同的只是一个用逻辑结论，另一个用图画而已。

三本教材按照出版先后时序分别是以群本、蔡仪本和十四院校本，很显然，对"文学形象"的理解存在前后延续关系，十四院校本依旧从意识形态思维方式和表达方式的不同来区分文学和社会科学，由此得出结论：文学是作家运用形象思维，通过具体的生动的形象构成一幅完整的生活图画来反映社会现实生活。接着概括文学形象的定义为："文学形象是作者根据现实生活，经过提炼、加工而创造出来的具体、生动、真实的生活图画。""图画"的提法源于苏联文论，隐含了西方摹写现实的再现论传统和用文学将生活图解的思维方式。从文学实际来看，这个文学理论的舶来词汇并不足以概括文学的所有形象，尽管教材接着加以补充："文学作品中的形象包括人物、景物、场面、环境，和一切有形物体。"但这种提法显然对抒情类的意境或象征性的意象并不妥帖，尤其是对中国传统重表现的抒情类文学的分析就显得颇为牵强，显示了苏式教材形象理论的不足和狭隘，也成为后期教材理论的突破口。

文学反映论观点最突出地表现在第二章"文学和生活"。教材从文学的起源入手，说明原始文艺来源于劳动，由这一情况说明文学来源于生活的合理性。然后用马克思主义反映论的存在第一性、意识第二性的观点套用文学和社会生活的关系，得出文学来源于社会生活的结论，并用大量文学史的例证来论证其正确性。这种由马克思主义哲学原理套用到文学中得出某个文学原理，然后用例证说明这个文学原理的方法，即由普遍到个别、抽象到具体的演绎法，也是苏式文论的典型论证方法，在教材中大量被采用。教材认为，文学是社会生活的反映，但这种反映是作家对现实生活能动的、积极的反映，所以"文学是社会生活在作家头脑中反映的产物"。这个结论显然来源于蔡仪本中"文学是通过作家头脑对社会生活的产物"的提法，但词序调整后，更符合汉语习惯，表述也更为准确，所以这一提法很快被其后的文论教材所吸取。而文学是社会生活的反映是这一阶段的主导型文学观念，体现着文学受到外部制约和支配的思维定势。这一观念也贯穿在整部教材之中。

教材一开始预设的文学的意识形态性在第三章"文学的本质和作用"中得到解答。编者不论是分析文学创作中世界观和创作方法的关系时围绕阶级性进行的分析，还是谈及"阶级性对作家风格形成的作用"，抑或是对文学的民族特点中民族性格"在本质上带着确定的时代和阶级的内容"的论述，以及在如何继承文学遗产方面，对列宁"两种民族文化"学说的沿袭，还是对文学欣赏的阶级性的论述，都围绕着阶级性展开。

在文学创作部分，编者对创作过程的三个步骤的区分方法还是借鉴了法捷耶夫的方法："任何艺术工作的进程都可以假想地分为三个时期：（一）积累素材时期，（二）构思或者'酝酿'作品时期以及（三）写作时期。"[①]取镜于此，教材将创作过程分为素材积累、作品构思和艺术表现三部分。在创作方法部分，教材继承了蔡仪本中关于"世界观虽然决定创作方法但不等同于创作方法"的观点。

二、吸收和反映当时文学理论研究新成果和新理念

第一，加强文学自身特性的重视程度。

这一点在对章节编排顺序的调整方面非常明显，编者将 1979 年试用版中第四章"文艺的特征"调整到全书首章。他们认为，文学不同于其他意识形态的特殊之处是通过文学形象和文学典型来认识生活，反映生活。尽管这种提法依然没有摆脱意识形态论，但还是突出了文学不同于其他社会意识形态的特性，并且将这种特性放在教材的最开始，显示出编者文学观的变化：力图调整和削弱文学意识形态论的决

---

① ［苏联］法捷耶夫：《和初学写作者谈谈我的文学经验》，见《论写作》，175 页，北京，人民文学出版社，1955。

定地位，而把文学研究的首要出发点放在文学之所以为文学的特殊性上，或者说，更为重视文学的自身特性，而有意忽略或暂时搁置文学的社会属性。尽管还是在本质主义思维下，预设了不证自明的意识形态前提，但这种将文学内部规律置于外部规律之前的做法，还是显示了著者文学观念方面的调整和进步，显示了某种文学研究向内转的趋向和动态。

在辨析文学形象定义时，教材也强调了"文学形象并不是照相式地描摹原物，不是外观的简单再现；而是经过作者主观加工创造出来的艺术形象"。尤其是在分析文学形象"是主观和客观的统一"的特点时，编者将论述重点放在"主观"方面：文学形象"又是作家根据生活资料经过他的头脑加工的产物，因此必然带有作家的主观因素"。"作家塑造文学形象决不是单纯地为了逼真地摹拟现实生活的表面现象，而是自觉不自觉地通过对现实生活的具体描绘，来表达他对生活的认识和理解，表达自己的思想感情和审美趣味。……作家在再现生活的全部过程中，使他塑造的形象饱和着自己的思想感情，表现着个人的褒贬和爱憎。"更为难得的是，教材提出："文学作品是以情动人的，感情十分重要。"在以姚雪垠创作《李自成》时的情感起伏为例后教材进一步提出："文学形象饱和着作家的思想感情，这也是文艺作品具有强烈感染力的重要原因。……而思想感情又是和人的审美活动紧紧联系在一起的。人的审美活动就是从美的角度来评价生活，而文学艺术把生活中的美加以集中、突出，因此，表现美是文学艺术的特性之一。……没有美，也就不成其为文学形象了。"这一大段对文学情感性的论述是教材中特别有感染力的部分，原因有二：第一，突破了苏式教材对情感的限定，在苏式教材中，讳谈文学的"感情"因素，而代之以"思想""思想倾向""阶级性""党性"等意识形态化的因素，抹杀了文学的情感特征，在这里肯定了情感对作品的重要作用，这在以群本和蔡仪本中都是缺乏或未明确的。第二，教材将文学的情感和人的审美活动联系在一起，将情感上升到美学的高度，这也是两本经典教材所没有的理论深度。这样的变化，和新时期以来疏离和否定"文以载道""文学为政治服务""文学是阶级斗争的工具"等说法，重视文学情感的表现、追求文学审美特质的新的文学观是分不开的。

教材对文学创作主体的强调还体现在文学创作部分，稍作比较就可以发现，这部教材的创作论部分篇幅远远超过了以群本和蔡仪本，有134页之多，占全书的1/3还多，这也是编者有意加强对文学自身规律探讨的一个举措。虽然编者仍然是从反映论出发，把文学的创作过程看作"一定的物质生活移入作家的头脑并加以改造的过程"，但在实际论述中，编者把更多重点放在了作家的主观能动性方面，"创作的准备"需要"扎实的生活基础""进步的世界观""相当的艺术素养、艺术技巧"，生活和世界观是以往教材强调的比较多的，艺术素养和艺术技巧方面的论述，在以群本中基本未涉及，在蔡仪本中比较简略，而在这部教材中就比较详细和丰富了："作家应该比一般人更富有渊博的文化、生活知识，具有敏锐的观察力、判断力和强烈的艺术感受力和想象力"，还应"注意各种艺术的相互影响和借鉴"，"要在艺术技巧上有所突破和创新"，"可以说一部作品的艺术生命力的获得，在很大程度上是取决于它的艺术技巧"，包括"语言的运用，典型形象的塑造，情节的安排，各种文学体裁特征的把握等等，都需要作家付出心血，精心地加以选择、提炼，才能给人以艺术上的享受，才能使作品强烈地打动读者的思想和感情"。在对作家世界观的阐述中，同样是要求作家有革命的进步的世界观，蔡仪本认为："缺乏进步的世界观，也就缺乏正确的艺术观，只有在世界观中有进步，才能有正确的艺术观点。"①这实际上是对"政治标准第一，艺术标准第二"的另一种阐释；而这部教材在肯定进步的世界观对于创作的重要意义的同时，也提出"世界观并不等于创作，也不等于艺术创作方法"，否定了二者之间有着直接对应的关系，这也是对创作实际情况的深入了解。在论述创作过程时，教材分为"素材积累""作品构思"和"艺术表现"三个步骤，其中将文学素材概括为"指作家自己的生活经历和在此基础上产生的思想感情"，又一次将感情加以突出。在"艺术构思"中，教材专门介绍了"灵感"，这是在教材内容上的一个创新，由于灵感浓厚的创作主体的主观色彩和非政治色彩，一向不为文学理论教材所采纳，对这样一种文学创作中的确存在又被长期忽视的现象，这部教材进行了比较科学和合理的分析："灵感是一种客观存在的精神现象"，"它产生于作家的丰富的生活经验、艰苦劳动、深厚的积累和艺术素养的基础上"。在创作方法部分，在蔡仪本"创作方法不等于世界观，一方面它虽受世界观的指导，另一方面它也反作用于世界观"的观点启发下，教材用了一个专节"世界观和创作方法的关系"来加以展开，从"世界观对创作方法的指导意义"以及"创作方法的相对独立性"两方面展开论述，加深了对文学自身内部规律的探讨。在文学的风格中，特别指出"主观条件对风格的形成具有决定性的作用"。所以"风格的形成应该首先从作家主观方面，即个性方面的因素来加以研究"。在分析风格的表现时，不管是从内容还是形式因素方面，都围绕作家主体的创造和选择展开。在分析"文学的民族特点"时，教材将文学的民族特点与作家创作个性结合起来进行全面考察，把作家风格视为民族风格的前提和基础。

---

① 蔡仪：《文学概论》，233 页，北京，人民文学出版社，1981。

在文学欣赏和文学批评部分，教材强调读者的主体性，对文学批评中艺术标准的探讨也较之前更为深入。教材增加了这些探讨文学自身规律的内容，以较大篇幅强调了作者主观性的重要意义，尤其是情感的重要性，显示了对创作主体内在规律性的重视，而超越了机械反映论，丰富了这一阶段的文学意识形态论，对明显偏重意识形态论的单一维度做了一定的调整和补充。

第二，确立"文学是人学"的观念。

在以群本和蔡仪本中，对文学在论述"典型"时，基本将典型的共性和阶级性等同了。蔡仪本将典型人物的阶级性区分为好的典型和坏的典型。在十四院校本中，编者则认为："把共性完全等于阶级性则未免把问题简单化了。在文学典型中反映出来的具体情况是比较复杂的。……还有另外一类典型人物，他们所体现的阶级性，并不是这个人物所属的那个阶级的本质的或主要的特征，而只是那个阶级的某一方面的属性，甚至还可能是非主要的属性。……有的典型人物的共性则大大超越了他的阶级性，概括了更大范围的某一类人的共同特征。"[1]

在以群本和蔡仪本中，编者对文学特性的分析明显偏重意识形态的单一维度，用较大篇幅论述了经济基础与上层建筑的关系，以及上层建筑各个部分之间的相互关系，将文学看作阶级斗争的工具、文学从属于为政治服务的文学工具论在教材中还留有浓重的痕迹。而在十四院校本中，相关内容大幅度减少：从篇幅上看，以群本用了一章，蔡仪本用了一节，而十四院校本则当成一节中的一个问题来论述，篇幅的减少说明编者不再把这部分作为文学本质的主要方面，出现了从

---

① 边疆十四院校：《文学理论基础》，13页，上海，上海文艺出版社，1981。

文学的外部因素转向内部因素的研究倾向。从内容上看，以群本和蔡仪本仍坚持文学从属于政治并为政治服务的观念，十四院校本的编者却直接以文学为社会主义经济基础服务的观点代之，并对政治工具论进行了批判，做出了深刻的反思："文学对政治的影响，政治对文学的影响，这本来是上层建筑之间客观存在着的内部规律。"肯定文学和政治存在相互关系，但"片面理解或认为扭曲这一规律，则必然受到规律的惩罚。……错误地理解并处理文学与政治的关系，造成政治对文学的横加干涉，使我国无产阶级文学艺术几遭覆灭之灾，这是值得我们永远记取的沉痛教训"。教材进一步指出，"我们不应该把文学和政治的关系狭隘地理解为仅仅是要求配合一时一地的某项政治任务或某项具体政策"，"政治不等于艺术，政治宣传不能代替艺术创作。政治图解式的、说教式的、公式化概念化的、标语口号式的作品，是违反艺术创作的规律的，是不会受人民群众欢迎的，也不能发挥文学艺术的应有的社会作用。"①这是对1949年后罔顾文学和文学理论的实际情况，抹杀文学的基本属性，一味强调文学的政治属性和阶级性做法的全面批判，自此，"文学从属于政治并为政治服务"的文学观念彻底被抛弃，是文艺理论界拨乱反正，贯彻落实党的十一届三中全会和中国文学艺术工作者第四次代表大会精神的具体体现，反映了鲜明的时代精神。

同样，教材在论述"文学的阶级性和人性"问题时，也有明显的理论进步。以群本与蔡仪本中断然否定不存在"超阶级的人性，也就不可能有所谓超阶级的人性的文学"，十四院校本虽然分析人性是"为了进一步批判'地主阶级人性论'及其在文学上的表现，为了用马克思主

---

① 边疆十四院校：《文学理论基础》，66～67页，上海，上海文艺出版社，1981。

义的观点研究人性的本质，使恍惚迷离的人性得到科学的解释，从而阐明无产阶级关于人性的理论，使它在文学上得到正常的反映"，① 但教材肯定了"阶级社会里的共同人性"包含"除阶级性以外的共同的社会属性"，"主要指亲子之爱、男女爱情以及对故乡的怀念、对友谊的忠诚、对自然美的喜爱等人之常情"。为了进一步说明，教材直接引用了"文学是人学"的观点并加以阐述："它既要反映人类丰富多彩的社会生活，又要反映人的错综复杂的思想感情；既要表现人的阶级性，也要表现优美的无产阶级的人学，表现人的内心世界和复杂的心理活动"，明确反对将文学的阶级性等同于人性的做法，并批评这些"简单化、庸俗化的做法都是错误的、有害的"。为了说明文学作品中存在着反映人性的现象，教材列举了"田园、山水诗，风景、花鸟画""写人之常情的作品"和"产生在特定的历史时期，对当时社会上各个不同的阶级，甚至阶级地位对立的人所能共同接受的文学作品"三种类型的作品加以阐述，然后从文学的社会属性、美学角度、欣赏角度分别来理解人性在文学作品中的客观存在，对文学本质的揭示少了些片面和偏颇，多了些深入和全面。早在1957年，钱谷融先生在《文艺月报》第5期发表了《论"文学是人学"》一文，他认为这个命题包含了五个方面：关于文学的任务；关于作家的世界观与创作方法；关于评价文学作品的标准；关于各种创作方法的区别；关于人物的典型性与阶级性。他认为："谈文学最后必然要归结到作家对人的看法、作品对人的影响上；而上面这五个问题，也就是在这一点上统一起来了。文学的任务是在于影响人、教育人；作家对人的看法、作家的美学理想和人道主义精神，就是作家的世界观中对创作起决定作用的部分，

---

①　边疆十四院校：《文学理论基础》，77页，上海，上海文艺出版社，1981。

就是我们评价文学作品的好坏的一个最基本、最必要的标准，就是区分各种不同的创作方法的主要依据；而一个作家只要写出了人物的真正的个性，写出了人物与社会现实的具体联系，也就写出了典型。"[①] 我们用这种比较全面的观点来比照这部教材，虽然编者并没有对"文学是人学"的观点做进一步延伸，但"文学是人学"的观念已经渗透在教材的各个章节之中。例如对文学风格中作家创作个性的强调，就可以视作这一观念的生动具体的体现，编者批判文化大革命时期"完全无视文学艺术创作的发展规律，无视人民群众艺术趣味的多样性。在创作上，抹杀作家的创作个性，用一系列清规戒律，把作家作品纳入到他们的统一模式之中；在理论上，他们完全取缔了对风格的研究，这是造成文艺创作千部一腔，千人一面，百花凋零局面的重要原因"。所以，"作家们努力发展自己的创作个性是应给予鼓励和提倡的。只有这样，才能造就出不愧于时代的伟大作家。"

第三，体系更加完整，术语更加准确，学术态度更加严谨。

1981 年的正式版在 1979 年试用版基础上增添了"前言"，对文学理论的学科性质给予了明确说明："文学理论是一门属于社会科学的学科。它与文学发展史、文学批评一起共同构成文艺学"，并概括了三者的区别和联系："文学发展史按照历史的顺序研究、总结过去各个时代文学发展的状况、经验和规律；文学批评则是研究、分析、评论各个时代的作家、作品和文学现象，以及文学运动中的各种问题。文学理论有赖于文学史提供的大量资料和文学批评的成果；文学史和文学批评又必须以文学理论的基本原理为指导。三者互相联系，互相

---

① 李世涛：《文学是人学——钱谷融先生访谈录》，载《新文学史料》，2006(3)。

影响，相辅相成，共同发展。"①这种对文艺学的三分法以其明晰性和科学性成为后来文学理论教材绪论的标准模板。在前言中，编者陈述了教材的方法论是马克思列宁主义、毛泽东思想的基本观点和方法，并列出了学习文学理论基础的恰当方法，这也是新时期文论教材对文学理论学科归属比较早的论述。对于1979年试用版中将"文艺"和"文学"术语混合使用，造成理论论述缺乏严谨的局面，1981年正式版也统一为"文学"，使之更规范化、学术化。

　　教材在全书的逻辑结构上也更为紧密。第一、二、三章分别从文学的内部特征（文学形象、文学典型、文学是语言的艺术）、文学和外部因素（文学和生活的关系）、文学在整个社会结构中的位置（文学作为上层建筑和经济基础、政治等的关系，文学的阶级性、党性和人民性，文学的社会作用）三方面界定了文学的性质，属于文学本质论；第四、五章分别从文学作品的内容和形式、文学作品的体裁论述了作品的构成，属于作品构成论；第六、七、八、九章分别从文学的创作过程、创作方法、风格和流派以及民族特点阐述了文学创作的各个方面，属于文学创作论；第十章讲述了文学发展中的历史继承性、继承的原则、文学发展的客观规律"推陈出新"等方面，属于文学发展论；第十一章和第十二章总结了文学欣赏和文学批评的问题，属于文学批评论。教材涵盖了以群本和蔡仪本的基本内容，逻辑关系上比较连贯和合理。

　　在学术语言方面，以群本和蔡仪本未能挣脱哲学方法论的锁链，大量概念、术语、命题直接来源于哲学话语，叙述平板枯燥。同时由于时代原因，两本教材有着大批判式的非客观性文风。十四院校本在

---

　　①　边疆十四院校：《文学理论基础》，前言，上海，上海文艺出版社，1981。

这些方面有了改善和调整，语言比较平实客观，主要将文学原理和文学现象有机地结合在一起，显得比较流畅自然。

在学术态度方面，十四院校本坚持了科学、严谨、理性的态度。在"正确开展文学批评"一节中，从两个方面加以说明：一是"从实际出发，对具体的文学现象作具体的分析"，反对庸俗社会学"用抽象的社会学概念来硬套具体、丰富、生动的文艺现象，用贴标签的方法代替对具体作品的分析研究"，"还要反对那种破句读书、断章取义、无限上纲、一语定人死罪的做法"，正确的态度是"把作品和它所反映的客观实际联系起来，把作品和它所产生的时代环境、历史条件（主要是当时的社会矛盾、阶级状况）联系起来，把作品和作家的世界观、生活经历、风格特点等联系起来，对作品的思想和艺术作全面的深入细致的分析，实事求是地得出科学的结论"。二是开展"百家争鸣"，繁荣文学创作，反对"抓辫子、打棍子、扣帽子的恶劣作风"，反对"一言堂，长官意志，大轰大嗡"的做法。教材的这些观点体现出比较客观全面地看待问题、坚持实事求是的原则解决问题的学术精神和态度。

而教材对文学自身的特征，尤其是对文学内部结构的探讨，为下一阶段文学理论研究和文学理论教材建设规划了基本走向。

第三节　修订版《文学理论基础》概述

1985 年《文学理论原基础》的修订版出版，为便于教学和自学，编者还依照该书体例编选了一本《〈文学理论基础〉参考资料》，以供查阅。

和初版相比，修订版有以下改变。

初版第三章题目"文学的本质和作用"改为修订版的"文学的性质和作用"。由本质到性质，虽然一字之差，反映的文学理念却有了改变：本质是事物的根本性质。在初版中，将文学的上层建筑性质、阶级性、党性和人民性都作为文学的根本性质，在修订版中这些性质只作为普通性质出现，而不再是文学本身所固有的根本属性。相形之下，初版认为使文学成为文学的根本属性在文学的外部因素中。修订版中经过这一字眼的改变，使第三章的重要性逊于第一章"文学的特征"。特征指文学所具有的独特属性的征象和标志，文学特有的征象和标志就是文学形象、文学典型和文学语言，这些正是文学的内部因素。显然编者认为，对文学性质而言，文学的内部因素比外部因素更重要——所以，教材虽然没有在语词上明确化，但已经体现出文学研究逐步关注文学自身特性的时代趋向。

初版第三章第二节讲了两个问题：第一个问题"文学的阶级性、人性"，第二个问题"文学的党性"。修订版同章同节的两个问题变为"文学的阶级性""文学的人性"，删除了篇幅有5页之多的"文学的党性"，这一问题不再做讨论。这个改变凸显了对文学的意识形态性和阶级斗争工具论的进一步削减和弱化，有意淡化文学的政治色彩，使文学的其他性质更为突出一些。

第五章"文学作品的体裁"，初版的第五节为"电影文学"，第六节为"说唱文学"；修订版的第五节题目不变，内容增添了"电视文学"的有关介绍，虽然很简略，但显示了教材对新的文学现象的及时吸收和研究。随着时代的发展和变化，说唱文学已经不再是文学体裁的主要样式，所以初版的第六节在修订版中被删去了。

初版第六章第二节题目是"创作过程的三个步骤"，修订版改为

"创作过程的基本环节"。步骤指事情进行的程序、次序，基本环节指主要的大体的相互关联的许多事物中的一个。相较之下，后者更注重事物彼此之间的关联性。文学创作过程中的"素材积累""作品构思"和"艺术表现"，如果用"步骤"概括，只是一个完整创作过程按一定次序排列的三个组成部分，彼此之间的关系并没有体现。而用"基本环节"更强调三者之间的关联和作用，这也更符合教材该节末的总结："我们虽然分成三个方面去讲，但它们是彼此衔接，互相关联，互相作用的。"但耐人寻味的是，虽然本节题目改了，但内容完全未变，包括节末总结道："综上所述，文学创作过程的三个步骤，是各有其内容、特点和规律的。"不知是编者疏忽，还是和教材编写理念不对应，教材内容给人换汤不换药、力不能及之感。

初版第十一章第二节的题目是"文学欣赏的特点"，修订版改为"文学欣赏的一般规律"，在"文学欣赏过程中的两个阶段""文学欣赏的阶级性和个人差异"之外增添了"文学欣赏的确定性和不确定性"。特点是指人或事物所具有的独特的地方。规律是指事物之间的内在的本质联系，这种联系不断重复出现，在一定条件下经常起作用，并且决定着事物必然向着某种趋向法则。[1] 增加的内容分析了文学欣赏存在的确定性和不确定性，阐述了其产生的原因，并用此观点说明了"艺术形象大于作家的思想"的文学现象，丰富和补充了文学欣赏中确实存在的文学现象和相关理论，这是值得肯定的地方。但无论是被称为"特点"还是"一般规律"，教材中表述为"文学欣赏过程中的两个阶段""文学欣赏的阶级性和个人差异""文学欣赏的确定性和不确定性"，都有名不副实之感。"特点"之说很明显是学习蔡仪本"文学欣赏的特

---

① 定义见《现代汉语词典》第六版，489、1274 页，北京，商务印书馆，2015。

点及其过程"的提法，"一般规律"则是对以群本"文学鉴赏的一般规律"的借鉴。显然，编者力图将这两个经典版本的全部内容都"装入"教材，但在具体术语和命题的表述上，对其内涵、外延都不够了解，只是用一个名词替代另一个。在这一节之前的第一节"文学欣赏的性质与意义"末尾有一段话，很能体现出编者思维的不清晰和表述的模糊性："深入研究欣赏的一般规律，欣赏的特点，以及欣赏与创作、欣赏与批评之间的关系……"①这句话概括的恰恰是后面两节的内容。我们看到在编者那里，"一般规律"和"特点"是等同的，完全可以互相替代，没有显示出实质性区别，所以教材中的表述也不时游移，自相矛盾，不仅收不到理论创新的预期效果，反而令人更加迷惑。既然是理论，就必须严谨、准确、规范，更何况是作为万千学子学习的范本。若是先前的概括有错误或有偏差或不够全面，则变更是必要的；若还没有弄清其中的奥妙、廓清其中的差异，只做名称的变化，而没有什么实质性的改变，那么这种变更是没有任何意义的。这是这部教材比较突出的不足之处和遗憾之笔。

初版的第十二章第二节"文学批评的标准"第一个问题是"从艺术整体上评价作品"，在修订版中改作"从艺术整体上把握评价作品"，多了一个"把握"的环节，"把握"是抓住（抽象的东西）。结合教材具体内容，编者本意是希望文学批评把文学作品作为一个艺术整体来看待，在抓住作品本质的基础上，不要脱离文艺的特点和内部规律，从而做出正确的评价。在这个问题的论述中，修订版添加了部分内容：在"任何批评家都是在自觉不自觉地运用一定的标准去评价作品，得出自己的结论"这句话之后，编者列举了西方美学和中国美学从不同

---

① 边疆十四院校：《文学理论基础》，380 页，上海，上海文艺出版社，1985。

侧面、在不同程度上确认真善美是评价一切文学作品的标准，概括了美学角度的真善美的具体含义；接着又列举了恩格斯评价拉萨尔剧本《济金根》时提出的"美学的观点和历史的观点"的马克思主义批评标准。——增添的这部分内容，从逻辑上看，既是对教材中观点的阐释，同时也是对下文里"评价作品思想性的标准"和"评价作品艺术性的标准"的总规定，起到了承上启下的作用。

80年代边疆十四院校合编的《文学理论基础》，虽然没有脱离苏联文论模式和教材范式，但对文学自身的特征探讨已经展开，这些探讨中蕴含着新变，往往继之而来的是体系的突破和终结。之后的教材，无论是在文论材料的开放性方面，对文学自身特质的进一步深入揭示，还是在文学内部结构上的调整等方面，新的变化均在进行，预示了未来文学理论研究和文学理论教材的前进方向。

第八章　童庆炳主编的《文学理论教程》

　　20 世纪 90 年代童庆炳主编的《文学理论教程》以文学审美论作为基本立论依据和出发点，将文学研究视野扩展为整个文学活动，在多方面实现革新，从而彻底突破苏联文论模式，并以严整的运思和独具的匠心在同期教材中脱颖而出，成为新时期文论教材史上的标杆之作。

　　众所周知，童庆炳先生是我国当代文艺理论巨擘，他在文学理论教材的编著方面也著述颇丰，其数量之多，质量之精，影响之大，新时期文艺界无人望其项背。从 20 世纪 80 年代初到 21 世纪初，他的文学理论编著工作跨越和贯穿了整个新时期，随着时代的发展和文论的进展，他不断推出新作，取得了多方面成就，在众多教材中，论及影响力和普及面，当以《文学理论教程》为最。要分析和解读这部教材在新时期文论中的意义，我们不仅要从共时的角度了解它和同期教材相比的创新和突破，还应该从历时角度来观照编者对自我的不断挑战和超越。这部教材的巨大成功离不开编者前期丰富的文本实践，仅从 1983 年到 1992 年，他所独著或主编的文学理论教材（含参考资料）有：1983 年他主编的《文学理论学习参考资料》（上、下），由北京师范大学出版社出版，是新时期最早的一套文学理论参考著作；1984 年 5 月他的第一部个人著作《文学概论》由红旗出版社出版，是我国党政干部基础课程使用的第一部文学概论教材；1985 年 12 月他与钟子翱、梁仲华共同主编的《文学概论》由北京师范大学出版社出版；1988 年 2 月他主编的《文学理论导引》由高等教育出版社出版，是我国高等教育自学考试第一部由国家级出版社出版的文学概论教材；1988 年 3 月他和梁仲华合编的《文学理论基础读本》由北京广播学院出版社出版；1989 年 2 月他独著的《文学活动的美学阐释》由陕西人民出版社出版，是我国第一部针对文艺学研究生的文学理论教材；1989 年 11 月他主编的《文学概论》由武汉大学出版社出版，是全国高等教育自考指导委员会主编的第一部文学概论教材；1990 年他主编的《文学概论自学考试指导书》由武汉大学出版社出版；1992 年 6 月他主编的《文学理论教程》由高等教育出版社出版，是我国当代文学理论界第一部完全由高等师范院校的教师合作编写的文学理论教材，从教材对象看，这本教材涉及本科生、研究生、自考生、函授生、进修生和电大生等多种类型，涵盖了我国高等教育文学理论教材的方方面面，童庆炳是当之无愧的文学理论教材专家。

在本章的第一节我们列举 80—90 年代除《文学理论教程》之外的几本童庆炳主编或独著的教材，以此来把握著者文论思想的变化，理解《文学理论教程》的当代价值和历史意义。在第二节重点解析《文学理论教程》，第三节择取童庆炳 90 年代编著的代表教材加以解读，以此串成一个完整的脉络，展示编者文艺思想的连贯性和流变性，形成对《文学理论教程》较为全面的观照。

第一节　童庆炳 80 年代主要教材简析

一、《文学活动的美学阐释》(陕西人民出版社 1989 年版)

这本专著的原稿是 80 年代童庆炳给硕士研究生上课时使用的讲稿，从美学角度对文学活动做了深入探讨。在 80 年代，著者对文艺学的发展和趋向就已经有了非常深刻的思考。

首先，这部教材尤其注意方法论的意义，进行了方法论方面的革新，教材导言即为"关于文艺学的方法论问题"。著者认为，就文艺学的研究而言，方法比结论更重要："科学的方法可以帮助人们去发现新的真理"，"有利于发挥研究者的才能"。文艺学的方法是以哲学为前提，借鉴跨学科方法，而基本方法是审美学的方法。因此整部教材是基于审美学的角度结构的，包括"文学活动的审美本质""文学创作的艺术规律""文学作品的审美结构""文学接受的艺术规律"，涉及本体论、创作论、作品构成论和接受论。对文艺学研究方法的选择和运用，著者提出了"三个适应"的原则：文艺学的方法必须与研究对象相适应，必须与运用它的主体相适应，必须与研究目标相适应。[①] 这就把理论联系实际的范围扩大到了研究主体和研究目标，针对教材不同的内容，著者选择的方法论也各有侧重。

其次，在文学观念方面，作者在综合各种文学知识和流派的基础上，往往能独具匠心，不断实现文学理论的新突破，产生新成果，同

[①] 童庆炳：《文学活动的美学阐释》，导言，西安，陕西人民出版社，1989。

时又保持理论的严谨性、逻辑性和系统性，具有很强的说服力。我们以第一章"文学活动的审美本质"为例，本章运用艾布拉姆斯的"文学四要素"观点，将文学视作一种活动，这也是全书的理论基点。艾布拉姆斯的观点最早进入我国是在 1986 年第六期《文艺理论研究》中，这一期刊登了他的一篇论文《批评理论的趋向》，随之被童庆炳吸收进自己的文学理念中，运用到教学和教材之中，并且对此有了阐发。在艾布拉姆斯看来，四要素之间只能形成四种文学本质理论：摹仿说、实用说、表现说、客观说，童庆炳在此基础上增添了体验说、自然说。但这些理论是否可以真正解释文学本质呢？从单一论而言，六种本质说各有局限；从统一论来看，再现说和表现说的统一、客观说与体验说的统一也只是符合因果思维的结果，离文学本质尚有差距。因此童庆炳又运用系统因果思维律，从人的整体活动切入，考察文学活动在整个人的活动坐标上的位置及其所发挥的功能和作用等寻求文学本质，最终得出结论：无论是静态地考察文学的一般情况，还是动态地考察文学在人类社会历史发展过程中的流变和呈现，文学的本质都是审美。作者在章末充满诗意地写道："文学发展的路跟历史老人的路一样漫长一样曲折。从它呱呱坠地的第一天起，审美的因子就在它身上存在着。它是人类的骄子，似乎本该让它在审美的家园嬉戏。但它在成长过程中，为了人类的解放披甲上阵，作为一个英勇的战士东征西战，这虽不是它的'本职'，但确是它的光荣。然而人类爱护这个骄子，无论是过去还是现在都有许多人召唤它回到审美的家园。而人类正在努力着、奋斗着，为美好的明天努力着、奋斗着。人类的骄子——文学——终有一天会完全回归到自己的审美的家园。"①在该教

---

① 童庆炳：《文学活动的美学阐释》，104 页，西安，陕西人民出版社，1989。

材其余章节，教材文学观念的创新之处也处处可见，在对"典型"问题上突破"综合说"，提出"特征"说。作者在批判重内容或重形式的两种文学作品构成论的基础上，提出了基于文学活动论的"文学作品审美结构"这一文学新观念，继而建立起以我国六朝时期王弼的"言象意"说和以波兰现象学家英伽登的"层次论"为基础的文学作品层次新构想：将文学作品由表及里分为浅层结构（由语言—结构层和艺术形象层构成）和深层结构（由历史内容层和哲学意味层构成）。在吸收接受美学理论的基础上，对传统鉴赏理论尤其是文学接受活动的审美心理机制进行了丰富和更新，将其分为文学接受中浅层心理特征（诉诸想象——产生感知——唤起情感——进入审美判断和审美玩味）和深层心理结构（生理与心理的对立统一、情感与理智的对立统一、直觉与思维的对立统一、愉悦性与功利性的对立统一）。教材新意迭出，从各个方面概括和总结了80年代后期当代文学理论的新成果，显示了文学理论发展的新趋向。

最后，坚持多元和开放的学术理念。80年代后期，占据中国当代文学理论教材数十载的苏式模式已然在剧烈摇撼，西方文论纷纷大举进入，古代文论不断被重释或重构，在八面来风和四面楚歌中，如何建立一种反映和吸收文论新成果，推动文学理论不断发展、面向未来的文学理论教材新模式，是童庆炳一直思考的问题。他认为依旧照搬苏式模式或全盘照搬西方或退回到古代文论的思路都不可取，无论一味保守传统还是只谈吸收西方，都不是科学的态度，传统理论和新的理论之间并没有一条不可逾越的鸿沟，因此，他对各种理论、方法首先采取开放的心态，承认真理存在于古今中外一切真正的学者的著作中，决不拒绝这份宝贵的遗产。同时他冷静地审视每种理论的优劣，按照文论教材的需要寻求理论之间的契合点和沟通处，保持一种沟通、交流、对话的精神和心态，自然地将中西文论融合在一起，即使是对一些自然学科的吸收，也力图不露痕迹地吸收、运用，坚持对话和交流形成了教材理论的多元化特色，这种特色是在苏式教材模式衰败之后文学理论发展的必然选择。这部教材开当代文论多元化风气之先，90年代中国文学理论教材的多元化也印证了童庆炳的正确性和远见卓识。

值得一提的是，教材中对待任何一个文学问题，都不是从预设的一个结论出发，而是从文学客观事实开始，层层推进，步步深入，剥茧抽丝，披沙拣金，归纳出具有说服力的结论。作者考虑问题系统全面，思路严谨清晰，逻辑顺序一目了然，体系结构完整，方法多变得宜，由于这是一本独著的研究生教材，所以各章节风格统一，保持了相当的理论高度和深度，体现出作者鲜明的学术个性，更像是一本以教材形式出版的专著，加之独出机杼的论述方式、理性而不乏激情的语言表达，使该教材在80年代一众教材中脱颖而出，少见匹敌，异常醒目。蒋孔阳先生盛赞此书是当时文学理论中"赶在最前面的一批"的"好作品"，"研究面貌和内容""焕然一新"，[①] 是名副其实的。这部教材的学术态度、研究方法、文学观念对童庆炳后来编著的教材都有很大影响。

二、《文学概论》(武汉大学出版社1989年版)

这是一本童庆炳主编的全国高等教育自学考试教材，供个人自学、社会助学和国家考试使用，在深度和广度上与普通高校汉语言文学专业的"文学概论"教材是一致的。由于使用对象不同，和1989年

---

① 童庆炳：《文学活动的美学阐释》，序，西安，陕西人民出版社，1989。

的《文学活动的美学阐释》相比，理论难度降低，但因为是为自学者编写的，所以对文学理论的原理、知识做了更详尽、更通俗的阐述和介绍。教材体系完整，由本质论、构成论、创作论、发生发展论、鉴赏批评论组成。

在这部教材中，审美意识形态论呼之欲出。童庆炳对文学审美特质的追寻始于 80 年代初，1981 年，他就大胆质疑文学形象特征论，认为形象性仅仅规定了文学的形式特征，而不能说明文学的内容特征，因此存在重大理论缺陷。他追根溯源，发现这一理论源于别林斯基对文学与科学的错误认识，即认为二者没有对象的不同，只有形式的区别。这不但混淆了文学和科学各自着眼的独特内容，而且也割裂了文学的内容和形式的有机统一。他认为"文学反映具有审美属性的生活"，反映的生活是人的整体的、美的、个性化的生活，这就是文学内容的基本特征。[①] 1983 年，他发表论文《文学与审美——关于文学本质问题的一点浅见》，认为文学本质的探讨应该包括两个层面：一是文学与其他意识形态共同本质的研究，二是文学本身特色本质的研究。在此基础上，1984 年，童庆炳第一部个人著作《文学概论》出版，该书第一章便是"文学的本质和特征"，融入了他前期的思考成果，用"审美特征论"替代了"形象特征论"，认为文学是审美的，"文学是社会生活的审美反映"，这是第一次把"审美反映"作为基本的文学概念写入文论教材，最早标举文学的审美属性、纠正苏式教材机械反映论、庸俗社会学和全盘政治化的新时期教材之一，起到了从理论高度树立正确文学本质观，肃清长期忽视文学审美属性的流弊的作用。1985 年童庆炳作为执笔人之一的《文学概论》继续强调文学审美特

---

① 参见童庆炳：《关于文学特征问题的思考》，载《北京师范大学学报》，1981(6)。

性，将文学与科学的区别界定为"文学……是一种审美的反映，是更富有作家的个性特点和审美感情的反映"①。

1985年童庆炳发表论文《艺术真实性漫议》，1987年发表《文学真实性问题再议》《把审美作为文学理论的家园》《论文学的结构原理及其审美心理学的依据》等论文，1989年发表的论文《论文学的格式塔质和审美本质》，将文学的审美观扩展到文学的真实性、文学典型、文学欣赏、文学结构、文学心理学等文学诸多基本问题的研究上，不断丰富和完善自己以文学审美特征为中心的文学观念。这些观点集中反映在1989年由他主编的《文学活动的美学阐释》和《文学概论》中。1989年《文学活动的美学阐释》全部章节均围绕审美论结构开展论述，教材导言中明确"社会性和心理性只是文艺的一般属性"，"而审美性则是区别于文学艺术与非文学艺术的关键，是其他意识形态所不具有的，因而应视为文学的特性"。在文学审美本质的规定下，"社会学的方法、心理学的方法必须与审美学的方法相结合，改造为审美社会学和审美心理学，才能成为文学研究方法。"②教材第一部分细致分析了文学活动是由双重审美关系结构而成的：从作家和生活的关系来看，作家以生活的审美属性作为对象，又投入了作家以情感为中心的全部心理机制，建立起折射了其他非审美关系的审美关系；从读者和作品的关系来看，真正的文学作品能够把非审美意义交融在艺术的审美意义中，且读者是以审美感知的方式对待作品的，所以文学的本质必定是审美。第二部分探讨文学创作的艺术规律时，无论是创作客体一般事

---

① 钟子翱、梁仲华、童庆炳：《文学概论》，48页，北京，北京师范大学出版社，1985。

② 童庆炳：《文学活动的美学阐释》，16页，西安，陕西人民出版社，1989。

物的审美属性，还是创作主体作家从生活到艺术要经过两次审美转换，都始终围绕"审美"展开。第三部分"文学作品的审美结构"重点研究文学作品的审美层次结构。第四部分"文学接受的艺术规律"认为文学作品中的审美现实只有在读者的接受中才能实现为有生命的审美现实。1989年的《文学概论》则在第一编"本质论"对文学的社会意识形态做完分析后，直接以"文学的审美特质"作为下一节标题展开论述，其实这已经具备了文学的审美意识形态论的雏形。教材认为，文学艺术的特质是审美，文学有其特殊对象和特殊的反映生活的方式，文学的特殊对象是人生，文学的特殊性规定了文学反映方式的特殊性。文学按照审美方式来反映世界。文学对象的特殊性和审美反映方式的特殊性，决定了文学的内容和形式都是审美的。文学是人对现实的审美反映，是具有审美特质的社会意识形态，这是全书展开论述的理论基点。在后面的章节中，无论是分析文学的审美教育作用、作品构成的诸要素，还是文学创作、文学鉴赏、文学批评，审美特性都贯穿其中，像童庆炳所说的：虽然"不属于具体的部分，却又统领各个部分，各个部分必须在它的制约下才显示出应有的意义"[①]。

此外，在"文学语言"部分，教材借鉴西方现代语言学理论，将文学语言分为内指和外指两类，将文学语言界定为一种"言语"、一种"内指"语言，并且比普通语言更富有独创性，同时也更含蓄、多义、模糊，在有限的语言中可以包含无限的意蕴。这种用西方现代语言学来分析文学语言的做法，为童庆炳在90年代文论教材中对语言的进一步探究、解析奠定了坚实的基础。

---

① 童庆炳：《在历史与人文之间徘徊——童庆炳文学专题论集》，34页，北京，北京师范大学出版社，2007。

为方便自学者，该教材还编写出版了配套的《文学概论自学考试指导书》，其中包括人名、书名注释、概念术语解释、问题解答等，帮助自学者掌握、理解教材内容。

第二节 《文学理论教程》简析

《文学理论教程》由高等教育出版社 1992 年出版，甫一面试就引起我国文论界的轰动，被称为"换代教材""新型教材"，多种美誉加身。它以马克思主义文艺理论为主导，同时吸收融合中国古代文论、中国当代文论和西方现代文论的研究成果，以严整的理论逻辑、创新的文论体系、革新的文学观念、丰富的研究视角、开放包容的理论态度、恢弘的学术视野、中国特色的理论建树，真正摆脱了 20 世纪 50 年代以来中国文学理论教材的苏化模式，在新时期文学理论教材中具有不可替代的重要地位。

这部教材的"新"包括两方面：一方面是沿袭了童庆炳 80 年代教材的创新观点，有理论上的继承性；另一方面是在此基础上的继续创新，有理论上的连续性。我们不能割裂地就这部教材本身来看其创新，而是既要把它和先前及同期其他编者所编的教材相比，看到其新颖之处；还要拿它和童庆炳之前的教材做比较，看出其理论创新的轨迹和自我超越的勇气。换句话说，童庆炳的创新既包括如何在自己之前的理论创新道路上"接着讲"，也包括"重新讲"的某些全新的阐释。这两部分有机地结合在《文学理论教程》中，形成了全方位的开拓与创新：将文学审美论作为基本立论依据和出发点，将文学的对象和任务拓展为整个文学活动范围，将文学创造作为一种特殊的精神生产、艺术生产来分析，将文学文本作为文学研究的重要内容详细阐述，将文学接受纳入文学活动必不可少的组成部分等，使教材焕发出夺目的新意和光彩。

一、教材主要特色

(一)坚持以马克思主义理论为指导思想

《文学理论教程》特别凸显了马克思主义在世界观、方法论方面对中国当代文学理论建设的理论支撑与指导，这是教材始终坚持如一的指导思想和原则。

童庆炳认为：人的认识是分层次的，高层的方法论是哲学方法，它既是世界观又是方法论，它对社会科学、自然科学、思维科学等都是普遍适用的。哲学问题是任何一个研究者都摆脱不掉的，与其想摆脱哲学的指导，不如寻求最好的哲学指导。经过比较分析，他认为：对我们来说，马克思主义的辩证唯物主义哲学概括的程度最高，适用的范围最广，所以对所有的科学的研究都具有普遍的指导意义，包括文艺学。因为采用科学的指导思想，所以可以客观公正地分析文学现象。例如，他用这个观点来考察新时期以来久被诟病的文学的外部问题，他认为：从马克思主义哲学角度观照文学，必然要提出一些带有哲学性的文艺学问题，如文学的意识形态性质之问题，文学的反映问题，文学的人性、民族性、时代性等主要反映文学外部关系的问题，这些是文学实践中必然绕不开的问题。人们现在对这些问题有一种厌倦情绪，是因为长期以来没有给这些问题以真正科学的解释，但谁想把这些问题从文艺学中抹掉，或者只要谁一谈到这个问题，就说谁是保守派，这是一种偏激情绪。这些问题客观存在着，而且从某种意义上说，它们从主要方面规定着我们的文艺学的马克思主义性质。所以我们的任务不是取消它们，而是给予它们以真正的科学的阐释。① 客观而深入的思考使童庆炳每一部教材都自觉坚持马克思主义为指导思想，即使对曾被诟病已久的文学反映论，也被他从马克思主义的角度加以全面、客观、公正地认识和判断。同时他坚持回到马克思主义原典去深入挖掘其原意和精髓，寻求马克思主义与文学理论的契合和交集之处，作为新的文学理论生长点。

早在1989年的《文学活动的美学阐释》一书中，童庆炳就坚持马克思主义思想并用于具体文论实践。他依据马克思在《资本论》第一卷第三编第五章中对"劳动过程"问题所做的总结，并结合《1844年经济学哲学手稿》所谈的人与动物的五点区别来论证人的生活活动的特征，用恩格斯《在马克思墓前的讲话》来对人的活动进行分类，并进一步将文学活动放在整个人类活动系统中考察，概括文学活动的基本性质。以马克思主义的共产主义理论说明文学活动的自由阶段。以马克思对资本主义的批判和"异化"理论来探讨今天的文学要建立什么样的精神价值取向，以马克思提出的"人的复归"的观念来探讨文学接受的深层意义等。

《文学活动的美学阐释》的指导思想在《文学理论教程》中被进一步发扬光大，概括来看，《文学理论教程》的哲学基础是历史唯物主义和辩证唯物主义。尤其是以马克思主义的活动论、艺术生产论和唯物主义反映论作为教材的逻辑起点，注重整体的理论背景。

---

① 参见童庆炳：《文学活动的审美维度》，导言，北京，高等教育出版社，2001。该教材是出版于1989年的《文学活动的美学阐释》的升级版，增添了部分内容，但基本文学思想未变。

综观全教材，马克思主义文学理论作为一个完整的体系，不但从方法论上对教材做了规定，而且贯穿了文学起源论、现实主义的创作论、文学发展论、文学批评论等章节的具体论述，称得上全书的"活的灵魂"。

在第一编"导论"的第一章中，作者以马克思艺术生产论为前提，把文学创作视为一种艺术生产，将文学运动理解为"文学生产—作品价值—文学消费"的过程，从不同视角区分出几种主要的文学形态，马克思主义理论成为划分文学理论形态多样化的依据。第二章介绍了马克思主义文学理论的起源、基石和发展，同时对如何开展中国当代的文学理论建设做了阐述，其中明确规定：以马克思主义作为理论指南，包括以马克思主义的世界观和方法论及马克思恩格斯所创立的、由列宁、毛泽东丰富、发展了的马克思主义文学理论作为指导，马克思主义文论是一个辩证与开放的体系，既要坚持以此为指导原则，又要注重文论的发展。

在第二编"文学活动"中，作者把马克思在《德意志意识形态》《资本论》中提出的"人是活动"的范畴引入文学理论，并由此出发来探讨文学的基本性质。教材将文学视作"人的生活活动"之一，是人的本质力量的对象化。文学是建立在经济基础之上的上层建筑中的一种社会意识形态，它是与物质生产既有联系又有区别的一种艺术生产。作为一种社会意识形态，文学既具有一般社会意识形态的共同性质、共同规律，又具有区别于一般意识形态的特殊本质和规律。反映论是理解文学的本质特征和其他文学问题的基础。教材认为，文学作为一种意识形态，是社会生活的能动的反映。

在第三编"文学生产"中，作者把马克思恩格斯在《德意志意识形态》《〈政治经济学批判〉导言》等著作中提出的艺术劳动、艺术生产观引入文学理论，不仅从社会生产活动的角度将文学视为反映过程，而且也是"艺术生产"过程，是一种特殊的生产方式，文学创作实质上就是文学生产，在此基础上产生了文学创造的本质规律。文学生产的成果是文学作品，在 1992 年版中被称为"文学产品"，"文学产品"意味着文学生产过程的结束，也标明了文学消费过程的开始，第四编就重点分析文学生产与文学消费的中间环节——文学产品。

在第四编，教材借鉴马克思在《〈政治经济学批判〉导言》里提出的"生产—消费"关系原理："生产直接是消费，消费直接是生产，每一方直接是对方"，展开了文学消费和接受的理论阐述。

全书完整地贯彻了以马克思主义为指导的思想，不仅以此搭构了全书体系，而且引用古代文论和西方文论观点材料，以及我国当代文学理论研究的新成果时，也用马克思主义加以过滤，取其精华，去其糟粕，我们可以从教材对文学问题的相关论述中明显看出《文学理论教程》对《文学活动的美学阐释》的理论继承和发展。

(二)坚持动态的文学活动论的研究

在 1989 年的《文学活动的美学阐释》和《文学概论》中，童庆炳都吸收了美国著名文学批评家艾布拉姆斯提出的文学活动四要素理论，即作品、作者、世界与读者，以此来分析文学活动的审美本质和文学理论的对象任务。《文学理论教程》在前两本教材基础上，以马克思主义为指导，建基于文学活动四要素观点之上，确立了以"文学活动论"为中心和主线的新的文学理论教材体系。在这部教材的导论中编者提出了自己的文学活动论观点："文学不是以成品这种形式而存在，文学是以活动的方式而存在的"。以文学活动论为核心，教材将文学的发生发展、文学的创造和生产、文学的消费和接受、文学鉴赏和批评都看作文学活动，是一种人类的特殊的动态的精神活动和审美活动。四要素中的作者和世界构成了文学创作和文学生产环节，作品则是作为艺术生产的终点和艺术消费的起点，是二者的中间环节，读者是接受和消费环节的主体。教材对文学消费环节尤其重视，列出专章详尽阐述，一改之前教材对这一环节均有不同忽视的做法，将其纳入文学活动的完整体系中加以考察。文学四要素被融入文学生产论的框架结论之中，该书以"活动论"为核心，克服和避免了之前教科书中文学活动各个环节之间缺乏有机联系或处于分散状态的弊病，形成互相关联而统一的整体。

《文学理论教程》以文学活动论出发考察文学，摆脱了80年代教材机械反映论和庸俗社会学从阶级斗争和客观反映的视角对文学活动和文学现象做静态的片面的分析的思维方式，同时，《文学理论教程》从马克思主义反映论出发，并不否定文学的社会意识形态属性，还属于"反映论"，但它将文学活动作为人的生活活动的一部分，以"活动论"为中心建构起理论体系，因而和传统的"反映论"拉开了距离。例如，教材第四编用文学活动论分析文学产品，指出文学产品既表明文学生产过程的结束，也预示着文学消费过程的开始。这一编先阐明文学产品的外在形态，根据文学生产主客体关系和文学作为意识形态对现实的不同反映方式，将文学产品分为现实型、理想型和象征型三种。教材接着阐述文学产品的内在形态，包括本文层次、审美呈现方式、外在形态和内在形态融合而成的经典形态：叙事和抒情，以及话语特色即产品呈现的文学风格。这样，教材通过文学活动论就巧妙地绕开了苏式教材中对文学作品形象做资产阶级与无产阶级的机械式的二元对立区分法，避免了把文学理论拖向政治化，对文学自身属性做了深入的探讨。

(三)坚持审美意识形态论

80 年代以后，随着对文学政治化的反思和对文学"主体性"探讨的深入，文论界越来越认识到苏化教材忽视文学自身审美属性的局限性，并围绕文学的审美特性展开了深入探讨。其中以童庆炳、钱中文和王元骧为代表，从不同角度提出并完善"文学审美特征论""文学审美反映论"，理论影响日益扩大，以此为理论基础来编写文学理论教科书渐成主流。

童庆炳对文学审美的提倡始于新时期对文论旧体例的批判和反思，从 80 年代的文学审美特征论和文学审美反映论开始，他经过多年的酝酿和思考，在 1992 年的《文学理论教程》中正式提出了"文学的审美意识形态性质"这一观点，审美意识形态论第一次从论文的理论商榷正式作为定论走进教材，审美意识形态论至此已定型和成熟。

童庆炳将审美意识形态作为文学的基本原理，这已成为他主编的《文学理论教程》的最大理论亮点和创新点之一。教材论述中心和重心被放在文学自身规律的探讨上，作者以"审美"为核心建构了新的文学本质观，实现了由文学的外部研究转向文学的内部研究，以文学的审美本质统摄全书各个部分。

《文学理论教程》在第四章"文学活动的意识形态性质"开辟专节"文学的审美意识形态的性质"，可视为这一重要理论的成熟。教材首先在辨析文学概念的含义和演化的基础上，从文学和反映的角度确证了文学的一般意识形态性质。在此基础上作者指出："文学不仅是一般意识形态，更是审美意识形态，文学的一般意识形态是其普遍性质，而文学的审美意识形态才是其特殊性质。这种普遍性质总是被包含在特殊性质之中，并通过特殊性质显现出来。因此，更为重要的是把握文学的审美意识形态性质，在这里也就是，把文学视为一种审美意识形态。"文学审美的无功利性、意象—直觉性、评价性和意识形态的功利性、概念—推理性、认识性相互交织，相互渗透，"因此，所谓审美意识形态，就必然是审美与意识形态这样双重性质的复杂组合形式"①。这个结论的创新性在于，作者指出文学具有审美与意识形态的双重性质：文学既是审美的，又是社会的。审美性决定了文学不同于其他意识形态、上层建筑和经济基础；一般意识形态性决定了它与其他意识形态、上层建筑乃至经济基础具有复杂关系。审美意识形态性不是审美与意识形态的简单相加，而是保持审美风貌的同时也与现实生活保持密切的联系，文学正是要以直接的审美风貌去实现间接的社会性质，它是一个独立的整体性的结构形态。教材以此为依据，将传统文学理论的诸多问题统摄其下：如文学的社会作用、文学的形象情感性、文学是语言的艺术等，通过审美意识形态论给予了新的解释，实现了新的理论体系的建构。教材认为：文学的审美意识形态性存在于其特有的话语蕴藉之中，并通过话语蕴藉表现出来。这一章最后将文学定义为"文学是显现在话语含蕴中的审美意识形态"。这个定义言简意赅、内涵丰富，强调了文学的审美意识形态性质，同时从使用媒介的角度将文学与其他审美意识形态区分开来，指出文学与其他艺术的不同在于整个文学活动中带有"话语含蕴"的性质，而"话语"这个概念本身就突出了文学的意识形态性质，"含蕴"突出了文学作为社会性话语活动所包含的丰富的意义生成可能性。

另外，值得提出的是，该教材还延续了童庆炳之前教材对文学作为一般意识形态的理性认识，在突出文学自身特殊属性的同时，也没

---

① 童庆炳：《文学理论教程》，84～85页，北京，高等教育出版社，1992。

有忽视文学的社会意识形态性，对其做了客观公允的分析。教材将文学的外部研究和内部研究结合和统一起来，显示了理论的全面性和系统性。

此外，童庆炳提出的"文学活动的审美意识形态性"是一个动态的、变化的文学本质论，而不是以往教材中抽象的、凝固不动的"文学的意识形态性"。他将审美意识形态论和文学活动论结合起来，把文学的本质放在文学活动中加以考察，这种理论高度和深度，是同时期其他文论教材所不能企及的。

20世纪80年代的苏化教材大都保留着中华人民共和国成立初期苏联旧教材的范式，强调文学的政治功能，用机械反映论生搬硬套丰富多彩的文学现象，用庸俗社会学简单化地解释马克思主义关于意识形态的阶级制约性，认为文学创作被经济关系和作家的阶级出身所决定，还存在影响文学和文学理论发展的错误倾向和落伍做法：忽视文学自身特质，抹杀文学特性，把文学目的、内容同社会科学的目的、内容机械地混淆、等同起来，把文学变成对社会学的某种形象化图解等。很显然，面对新时期文学理论教学改革和蓬勃发展的文学实践，这些教材已经显示出相当的不适应性。虽然有些教材在文论创新上多有亮点，但多是局部调整，难以撼动苏式教材的根基，与能够反映文学发展新状况、新成果的新型教材的目标相差甚远。《文学理论教程》的出现，一举确立审美意识形态的观念，以此为核心确立了一个以审美为中心的文学理论体系，犹如一股清流，将苏式教材流弊几乎涤尽。

(四)坚持中西文论和各种方法论的吸收与融合，树立中国特色文艺理论的高度理论自觉和具体文本实践

教材以综合视野构筑开放性框架实现对西方文论的自觉吸取，对中国文论的有效吸收乃至对一切新的、旧的理论的广泛吸收。童庆炳在 80 年代就说过："在许多人眼中，新旧两种理论，泾渭分明，势不两立，要前者就不能要后者，要后者就不能要前者。或者说，熊掌与鱼，二者不可兼得。我的看法则恰恰相反，熊掌，要！鱼，也要！我认为传统的理论和新的理论之间并不存在不可逾越的鸿沟。我想在它们之间架起一座桥，使它们能够互通和互补。"①因此他能够作出如下选择："既不绝对地抛弃旧的而抱定新的，也不简单地割据或依傍于某一边，而是冷静地透视各边优劣，根据现实需要而寻求其相互沟通。"②

教材导论的第二章第二节"中国当代的文学理论建设"中提出了文学理论应该具有中国特色和当代性的主张。教材认为："离开中国的历史和现实的特点和实际情况来谈文学理论的建设，必然使国际性的内容与民族性的形式相割裂，经验证明，这是无法完成真正的理论建设的。"同时，中国古代文论中"有许多观念、范畴都达到对文学普遍规律的深刻揭示，是很有价值的。它在经过重新审视和筛选之后，完全可以而且应该融入到中国当代马克思主义文学理论的体系中去。这样做既可以使马克思主义的理论表述具有中国特性，又可以丰富其内涵，增强其活力。"教材还提出，当代中国文学进行了丰富的实践，提供了许多新经验，同时，20 世纪以来西方文论和科学新方法也对我国文论提出了新挑战。综上所述，要"充分借鉴传统文学理论的精华，敢于面对当代文学发展的复杂现实，敢于面对 20 世纪西方文论的挑战，敢于采用一些新的方法"，才能建立并发展我国当代文学理论，

---

① 童庆炳：《文学活动的美学阐释》，333 页，西安，陕西人民出版社，1989。
② 王一川：《探险者风范》，载《文艺争鸣》，1998(1)。

使之具有鲜明的当代性。

教材充分汲取中国文论尤其是古代文论的营养，吸收了大量中国古代文论的优秀成果，例如对文学意象、文学意境的阐述，论述文学风格时对《文心雕龙·体性》篇的精到引用和分析，在分析文学风格形态时所做的"四对八种"划分法：刚健与柔婉，浓丽与素朴，庄正与诙谐，含蓄与畅达，完全基于古代文论相关论述，所举的例子均信手拈来，恰到好处。编者分析伦理批评、社会历史批评、审美批评、心理批评、语言批评等文学批评形态时对古代文论的娴熟引用，都显示了对古代文论知识和体系的驾轻就熟，同时，教材也及时吸收我国当代文论的新研究成果，如蒋孔阳的"生活活动"论、顾祖钊对文学意象的拓展等，丰富和发展了我国当代文论的知识体系。

教材还广泛涉猎了西方文论和现代自然学科：不仅包括马克思主义经典作家及西方古典作家的文学思想，更有对西方 20 世纪文论批评和自然学科大量的吸收借鉴，如艾布拉姆斯的文学活动四要素理论，当代信息论，价值学，俄国形式主义，英美新批评，当代文化学，现代语言学，当代叙事学，卡西尔的人论，苏珊·朗格的符号学，英伽登的现象学，姚斯、伊瑟尔的接受美学，斯坦利费什的读者反应批评，加拿大弗莱的原型批评，法国列维·斯特劳斯的结构主义理论等，这些理论充实发展了当代文学理论体系。

更为难得的是，在对中西方文论的吸收之中，显示出编者在对中西方文学理论经过重新审视和筛选之后，力图中西结合、古今对话的编写构思。例如对文学意象的分析，既从中国古代文论中追溯"意象"的古义，又结合了 20 世纪西方"意象派"的观点，对文学意象做了全新的诠释。

（五）坚持文学观念的创新

首先，编者界定了教材所探讨的文学理论的范围。教材采用的是一元多样化的研究视角，开篇即言："我们学习的不是别的审美文学理论，而是马克思主义文学理论，即以马克思主义的世界观、方法论为指导思想的文学理论。"①这段话说明了教材的理论前提，是在马克思主义视角下的文学理论，在此视角下，包容和介绍其他多种多样的文论观点。在此基础上，教材缩小范围，明确文学理论的学科性质：文学理论隶属文艺学，是文艺学的分支之一，与其他分支既有区别又有联系。文学理论研究对象和范围是"以文学的普遍的规律为其研究对象，具体地说，它以文学的基本原理、概念范畴以及相关的科学方法为其研究对象"②。通过层次缩小范围，教材为自己言说的文学理论划定了疆界。

其次，编者创立了一系列新的文学概念。一门学科具有独特、完备体系的首要标志是实现概念与范畴系统的自足完满，在中国文学理论的现代史上，中国学人忙于追赶西方潮流，大量套用西方学术体系，借用别人的概念，阐释别人的学说，却无暇停下脚步，思索有自己特色的文学理论体系。单就新时期而言，80 年代刚刚摆脱客体反映论，又提出主体性文论，未及梳理清晰，90 年代西方文论大潮已至，现代主义文论在我国还立足未稳，后现代主义又袭来。

在这种"未及建构，就被解构"③的被动局面中，《文学理论教程》

① 童庆炳主编：《文学理论教程》，51 页，北京，高等教育出版社，1992。
② 童庆炳主编：《文学理论教程》，5 页，北京，高等教育出版社，1992。
③ 杨春时：《文学理论新编》，296 页，北京，北京大学出版社，2007。

主动建立的一套新的概念范畴就显得难得可贵，有些概念范畴是编者自创的，有些是旧词赋予新意。如第一编"导论"中主要有文学活动论、文学活动"四要素"、文学理论的多种形态、中国当代文学理论的中国特色和当代性等。第二编"文学活动"中主要有人的本质力量的确证、作品本体论、广义文学、狭义文学、折中义文学、惯例、审美意识形态性、话语含蕴等。第三编"文学生产"中主要有艺术生产、精神生产、话语、特殊的艺术生产者、美的体验者、评价者和创造者、材料(信息)储备、艺术发现、创作动机、艺术构思、直觉与灵感、意识与无意识、理智与情感、想象与联想、回忆与沉思、综合、突出与简化、变形与陌生化、即兴与推敲、艺术真实、生活真实、科学真实、艺术概括、情感把握、形式创造等。第四编"文学作品"中主要有现实型文学、理想型文学、象征型文学、现代主义文学、本文、文学产品的本文层次、文学意象、写实意象、浪漫意象、象征意象、文学典型、特征化、文学意境、情景交融、虚实相生、叙事学、叙事内容、故事、行动元与角色、表层结构与深层结构、叙述话语、本文时间与故事时间、时序、时长、叙述频率、视角、叙述动作、层次与声音、叙述者、叙述接受者、超故事叙述者、故事内叙述者、抒情自我、抒情性产品的结构层次、声音层、画面层、情感经验层、音调、情调、节奏、隐喻、象征、倒装、歧义、用典、抒情角色、创作个性、话语情境、刚健与柔婉、浓丽与素朴、庄正与诙谐、含蓄与畅达、时代风格、民族风格、地域风格、流派风格等。第五编"文学消费与接受"中主要有文学消费、文学传播、大众传播媒介、文化市场、意识形态消费、认识者、审美者、阐释者、高雅文学、大众文学、消费心理、文学接受、文学的认识属性、文学的审美属性、文学的文化属性、期待视野、接受动机、接受心境、隐含的读者、填空、对话、兴味、还原、异变、前理解、正解、误解、正误、反误、期待遇挫、共鸣、净化、领悟、延留、文学诠释、伦理批评、社会历史批评、审美批评、心理批评、语言批评等。大量自创的或被赋予新意的概念范畴形成了一个创新的又相对稳定的、有普遍意义又具有鲜明学术个性、令人耳目一新又具有内在逻辑联系的文学理论体系，同时也为中国特色文论体系的建立进行了有益的探索。

教材对文学概念和范畴展开具体阐述时，也时时注重创新：在文学文本的层次问题方面，教材继承了《文学活动的美学阐释》中应用英伽登现象学方法论对文本所做的浅层结构和深层结构的区分法，在此基础上，将文本层次进一步细化为文学话语层面、文学意象层面和文学意蕴层面，而意蕴层面更是区分出审美意蕴层、历史内容层和哲理意味层等若干层次。

在分析文学典型美学特征时，《文学理论教程》吸收了《文学活动的美学阐释》中关于典型特征的研究成果。《文学活动的美学阐释》在典型问题上突破以高尔基和鲁迅为代表的"综合"论，提出"特征"说，指出特征是能体现内在本质的生动、独特和个别的标志，"'特征化'是创造典型的必由之路"，"是文学作品获得新颖、简洁、含蓄、蕴藉、深沉等艺术品格的基本途径，是文学作品的艺术感染力和生命力的基础"[①]，这个提法一定程度上克服了文学理论界研究典型时重共性化轻个性化的理论偏颇。这个观点运用在了《文学理论教程》对文学典型美学特征的概括中，将文学典型定义为"文学话语系统中显出特征的富于魅力的意象"，特征性是其最突出的特征，从而对文学典型的

---

① 参见童庆炳：《文学活动的美学阐释》，120～129 页，西安，陕西人民出版社，1989。

个性化特征做了阐发和补充。

教材还充分体现出 20 世纪八九十年代文学理论对文学主体性的研究和吸收：包括对文学的创造主体和接受主体的详细讲述，以及创作论和接受论在教材中占据的篇幅很大，都表明了作者对文学主体的充分重视。

文学观念的创新也带来教材叙述语言的改变，这是真正的学术性语言：科学、准确、富有逻辑、富于思辨、言之有物、实事求是。与苏化教材相比，诸如"革命性""人民性""党性""文艺战线""人民群众""四人帮"等带有浓厚政治色彩的范畴、带有急功近利的政治话语和空洞的政治说教不再出现，偏激的批判式文风退出了教材。教材少了非此即彼的极端提法和排斥其他的一元性观点，转变为包容、开放、多元的言说方式。

此外，教材还重视思辨的圆融和逻辑的严整，能够在充分占有材料的基础上爬罗剔抉出事物的不同属性，继而揭示不同属性之间的有机关联并从整体上涵盖和把握对象，实现体系的完整和自洽。教材对文学本质的阐述就很可以说明问题，遵循从宏观到微观、从外到内、从一般到特殊的逻辑顺序：文学作为活动→文学概念辨析→文学作为社会结构→文学作为一般意识形态→文学作为审美意识形态→文学作为显现在话语含蕴中的审美意识形态，如层层剥笋，逐步缩小范围，条分缕析，文学的本质逐渐显明。这种清晰的逻辑不仅有助于教师讲授、学生理解，更有助于学生逻辑思维能力和科研意识的养成，这都是之前和同期其他教材未企及的高度。

教材还兼顾理论性和实用性，加大作品文本研究，适应对象需要，打造高师型教材。教材引用和阐述的代表性的西方文论观点之多是前所未有的，同时为适应高师院校学生未来从事实际语文教学的需要，增加"作品论"章节，突出教材的师范特色。

正由于在诸多方面的全新创造，这部教材开启了新时期文论的新时代。如果说童庆炳 1989 年主编的《文学概论》还只是调整和改善，那 1992 年他主编的《文学理论教程》则标志着对苏化模式的彻底摆脱和颠覆，标志着一个文论教材时代的终结和新的文论教材时代的开启，教材运思独特、结构完整、理论建构全面丰富、内容整合、统一协调、语言谨严、学理思辨、思想前沿，建立了全新的理论体系，树立了新型的文学观念，容纳了多种文论资源，显示了理论的开放性，体现出大胆的革新精神。

二、局限性

第一，在教材内容方面，"导论"中为了创新文学观念，人为地从文学理论和文学批评中分割出文学理论史和文学批评史，硬性地将其割裂为共识性结构和历时性结构，将文艺学扩展为五个分支。但在实际教学使用时，这种创新并没有体现在教材理论体系中，也没有做相关的理论阐发，有"为创新而创新"之嫌，在后来的第三版中不再采用。教材仍未能从学理上对马克思主义文论、中国古代文论、西方文艺理论实现体系间内在的融会贯通。个别文学观念还没有完全摆脱 80 年代苏式教材的影子，如在导论中依然强调"文学理论的阶级性"，将其作为文学理论的重要品格加以论述，还带有传统文论教材的影响，这部分内容在第二版中也被削减，用"文学的价值取向"取而代之。

第二，教材的本质主义倾向。实体论本质主义认为，事物或现象的背后一定隐藏着起决定性作用的实体，实体是世界的本源、事物的本质，哲学的任务就是寻找作为事物绝对本质的实体。这种形而上学的本质主义思维模式曾统治西方哲学、美学数千年，但进入 20 世纪，不断遭到摒弃、颠覆，先是在世纪之初被现代哲学所否定，至 20 年代后期更被后现代主义哲学无情解构。本质主义文学理论建立在实体论本质主义哲学观基础上，执着于对本质的追问，坚持从一个先在的理论预设出发的本质主义模式。从根本上看，童庆炳的审美意识形态论仍然是意识形态论，建立在审美反映论基础上，统摄全书的仍然是"先入为主"式的本质主义思维方式，文学反映物质实体，带有本质主义的色彩，不过更加突出审美主体的能力和文学自身的审美特性。换言之，童庆炳用审美意识形态论的本质主义替代了社会反映论的本质主义。这种文学观一方面是对当代文学理论建设成果的延续和吸收，还无法超脱时代的影响；另一方面也是在当时历史条件下易于为主流意识形态所接受和容纳的一种选择，作为 90 年代文学理论教材的主流，有其现实性，正如有人评价它是一种"从计划经济到市场经济，从民族国家到全球化语境，从文化战争到文化建设，从现实主义文学理论到文化论文学理论，从意识形态文学观到现代性文学观过渡阶段的文学理论"①。在新时期文论史上，它起到了承上启下的作用。

第三，追求教材的宏大体系。在编写观念上，出于对宏大叙述的惯性化思维，教材希望能集古今中外文论之大成，事无巨细，意图把所有文学问题都在这本教科书中加以解决，为此追求宏大话语，强调面面俱到，延续传统文论教材"五大块"的窠臼，却缺乏新意。在照顾到全面性的同时，反而使教材显得过于庞杂和沉重，给人浩无边际、无从下手之感，中心和重点不明显、不突出；虽然想把所有的文艺理

---

① 章辉：《过渡时期的文学理论》，载《中国图书评论》，2006(8)。

论都展现出来，反而使得各种思潮都比较模糊和泛泛。①

第四，在实际操作上，教材理论性过强，减弱了实践性。孔子自谦，说自己是"述而不作"，即传述既有内容不做始创性的阐发。教材却既要"述"，也要"作"，并且"述"的成分要大于"作"，"作"多"述"少，在教材的实际教学操作上存在难度。若是文学理论著作或论文，原创性内容居多是正常的，但作为大学一、二年级使用的教材，"作"多"述"少的缺陷却非常突出：理论的主观性陈述过多，就会挤占教师和学生思考的空间，削弱教师和学生的主观能动性，既不利于讲授，限制了教师自由发挥的余地，使教师成为教材的传声筒；也不利于学生的学习，使学生成为被灌输知识的对象，无济于客观地把握文学理论基本原理。这一点在后来的版本中也有所修正。

总之，童庆炳主编的《文学理论教程》是在 20 世纪 90 年代思想解放、改革开放的大的社会语境和学科求变、开拓创新的具体文化语境中结出的文论硕果。它汲取西方文论和自然学科的精华，吸收中国古代文论和当代文论的成果，打造出全新的教材模式；它彻底摆脱了苏联文论教材范式，挣脱了以往强加给文学的种种束缚，使文学研究真正回归学术、回归审美；它确立了对文学性质和文学观念的多元化言说，代表了 90 年代文学理论所能达到的理论高度和深度的极限，也第一次把中国的文学理论提高到与世界对话的、与国际接轨的当代水

---

　　①　更适应教学的教材，需要编写观念的调整，建立起理论的边界，明确核心和边缘、重点和一般，这样才有可能进行取舍，把一些可有可无的东西省略掉，才有可能使文学理论本身的逻辑框架更加简洁、明朗。教材还应以精选的文论文本为主干，展开典型的案例剖析，甚至可以把对同一个文本的多种学术声音呈现在学生面前，使学生从教材中直面文论原典的精华部分，从而避免一叶障目、在一种主观的阐释之下失于理解的狭隘和偏颇。编者本人也意识到了这个问题，才有了 2005 年由童庆炳主编，北京师范大学文学院教师参编的《文学理论新编》。详见第二编第四章。

平。结合当时的时代语境来看，这些重要意义和历史功绩无论如何评价都不为过。

事实证明，《文学理论教程》的探索和革新完全经受了社会、读者的考验。《文学理论教程》出版之后，立即受到热烈的欢迎，迄今(2016年)已修订出版了第五版，印刷册数以百万计，被国内数百所高校采用，影响深远。

1998年的修订版指导思想不变，坚持马克思主义世界观、方法论的指导，保持大的框架，主要修订的有：(1)对少量不够完善和严密的观点和理论进行必要的修改。(2)对教材中重要概念没有清晰界定的，都做出界定，并对个别概念的解释作必要调整；例如将文学定义为："文学是显现在话语蕴藉中的审美意识形态"，将初版中的"话语含蕴"调整为"话语蕴藉"，"话语蕴藉"这个命题既有对西方话语理论的吸收，又融合了我国古代文论的表示含蕴意味的"蕴藉"概念，体现了学术的多元共生的同时，实现古代文论的现代转换，显示了中西文论融合后形成新质的努力。(3)对某些艰涩的部分进行修改，使全书深入浅出。(4)对逻辑上、文字上的毛病进行修改。(5)统一全书的术语。(6)对重要问题的表述加强学理性。因为教材容量有限，为了尽可能把相关概念、知识和范例分析显示给读者，教材编写组又编写了配套的《文学理论教程教学参考书》。

2004年的修订二版在1998年修订版基础上进行了修改和完善。(1)梳理指导思想，教材在修订时把马克思主义文学理论的基石概括为"五论"：文学活动论、文学反映论、艺术生产论、文学审美意识形态论和艺术交往论。教材对文学问题的解释以"五论"为指导。(2)寻求学理根据，凡教材中出现的论点，都寻找出学理根据，并一一加以说明，凡没有根据的或根据不足的一律删去。这些学理根据，或是古代文论或是外国文论，对于这一些文论的各种相融、相通、相悖等关系也尽可能加以说明。这样做，无疑可以提高教材的学术质量。(3)适当降低难度，修订二版内容的难度有所降低。原本一些比较难的章节也作了通俗化处理。如"叙事性作品"一章，由于引进当代西方叙事学理论，名词概念较多，这次修订有所减少，不仅文字显得更简洁明白了，还使教学更便于操作，为教师讲授和学生理解留下了个性发挥和自我思索的余地。(4)加强文本实践，这一版教材的"文学批评"一章有较大改变。删去了"文学批评家"的专节，增加了"文学批评的实践"专节，提出进入批评实践及完成某一批评实践的主要操作原则：了解对象、选点切入、确定要旨、布局安排、力求创见。这部分教材内容的调整主要删去的是空洞的理论说教，替之以具体操作环节，体现了 21 世纪教材对实践性的强调、对教材接受者实际要求的呼应。

2008 年的第四版主要修改处包括：(1)坚持以马克思主义和中国化的马克思主义为指导，贯彻党的十七大提出的科学发展观的精神，全书继续以历史唯物主义和辩证唯物主义提出问题，分析问题，解答问题，务使马克思主义的指导思想能够贯彻到各章各节。(2)对教材提出的观点、概念进行小部分调整，争取采用有学界一定共识的、权威性的具体根据，争取使概念的定义既科学又简明扼要。(3)在消灭带有知识性的"硬伤"的同时，引文注意采用权威版本，并且格式规范统一。(4)对某些章节写得不够精练或准确的章节，适当加以压缩和调整。

2015 年的第五版主要修改包括：(1)坚持和明确以马克思主义为指导思想，坚持以文学审美意识形态论、文学活动论、文学反映论、艺术生产论和艺术交往论为指导阐释文学问题。(2)加强理论的历史语境，使理论脉络更系统。（3）保持原有教材框架、章节和难易程度，方便原来使用这部教材的师生继续使用，并在每章末增加"推荐阅读文献"，下列 2～3 个书目或文章，便于学生进一步阅读和研习。（4）更新教材具体内容。及时将当代文学理论新成果吸纳进教材，例如将"文学批评的实践"一节内容做了实质性改变，由主要操作原则的介绍变为结合当下中国文学批评现状而区分出的三种文学批评样式：学院批评、媒体批评和读者批评，其中读者批评是随着新媒介时代出现的文论新景观，教材作了及时的绍介和总结，提出了文学理论研究的新课题。[①]

《文学理论教程》历次修改不断吸取了专家、读者的意见和建议，不断吸纳不同历史时期新的文论思想，并结合全国各高校文学理论教学一线的反馈意见，及时进行调整，虽历久而弥新，体现出理论教材鲜明的当代性和实践性品格。

第三节　童庆炳 90 年代其他教材简析

一、《文学理论要略》(人民文学出版社 1995 年版)

该书为高校中文系文学概论课教材，属国家教育委员会"七五"教材规划项目，同时也是编者的一部专著，带有比较强烈的学术探讨性质。

教材锐意革新，"作为一部教材，本书全面系统地介绍了文学理

---

① 参考各版"后记"。

论诸方面的观点和知识，上编是理论编，以文学理论界说、文学的性质、文学的创作、文学作品的构成、文学的接受共五章形成了文学理论的完整结构。下编是历史编，分两章简括而扼要地描述中西文论发展的不同脉络和不同的形态特征，这一编是全书的独创，纵观新时期教材，将中西文论史作为与文学基本原理并驾齐驱的框架结构的教材绝无仅有，使全书形成了新的纵横结合的系统。作为一部专著，则力图有所发现，有所前进。凡以前同类教材已写得比较充分的部分，本书或简要概述或略而不写，凡以前教材注意不够或全未注意却又是重要的部分，本书则在广泛吸收国内外研究成果的基础上，进行较深入、具体的讨论，以补已出版的同类教材之不足。因此本书也带有尝试性质。"①教材研究方法主张一元多视角，在马克思主义指导下，采用哲学、社会学、心理学、符号学、语言学、阐释学等多种视角，对文学进行系统深入的把握。

在内容上，教材对于当代国内外文学理论领域出现的新情况新问题给予较多的注意，以体现理论联系实际的原则。对于中外历史上形成的文学理论各学派的观点，各章都择要作了必要的评述，形成和马克思主义文论的映照，通过比较使读者更了解马克思主义文论的精髓所在。我们仅以上编"理论编"来加以说明。

在上编第一章"文学理论界说"和第二章"文学的性质"中，我们可以明显感受到1992年版《文学理论教程》的影响。教材将文艺学分为五个分支，在传统的文学史、文学批评、文学理论三个分支上，增添了文学理论史、文学批评史两个分支，这也是教材分为上下两编的理论依据，下编"历史编"主要包括的就是文学理论史、文学批评史。在

---

① 童庆炳：《文学理论要略》，前言，北京，人民文学出版社，1995。

第二章"文学的性质"中，教材沿袭 1992 年版《文学理论教程》对文学的界定，按照"文学作为文化→文学作为一般意识形态→文学作为审美意识形态→文学作为话语含蕴中的审美意识形态"的逻辑顺序将文学定义为"文学是显现在话语含蕴中的审美意识形态，这种审美意识形态是一般意识形态的特殊形式，而一般意识形态又属于文化总体中的上层建筑"。文学的审美意识形态性质就必然是审美与意识形态双重性质的复杂组合形式。其中教材从文学与话语、文学与社会、文学与物质存在三种关系将文学的一般意识形态性质概括为"文学是与物质存在具有复杂联系的社会性话语活动。这种活动实质上是对现实社会生活的反映"①。这是对文学反映论的深入而不失全面的探讨，避免了 80 年代苏式教材机械唯物主义反映论的弊端，也显示了编者对文学的社会性的重视和科学性的阐述。

在第三章"文学的创作"中，教材介绍了研究文学创作的三条途径：通过作品的研究创作；根据作家的创作经验进行研究；从心理学切入进行研究。教材遵循心理学途径，对文学创作展开详尽研究，评述了历史上重要的文学创作心理学说，例如柏拉图的"迷狂说"、弗洛伊德的无意识与"性欲升华说"、荣格的集体无意识等。教材分析了文学创作中审美知觉力、艺术想象力、艺术情感力以及三者的关系等，并从心理学角度详细讲解了创作动机和创作过程。

第四章"文学作品的形式"意在就其他同类教材相对忽略的形式做细致分析，以补偏救弊。因为编者认为文学作品的内容和形式是不可分割的，所以这一章分析的文学形式也不是孤立的形式，而是具有内容的形式，所做的形式分析也就必然包含了一定的内容分析。该章从

---

① 童庆炳：《文学理论要略》，78、63 页，北京，人民文学出版社，1995。

形式与形式主义辨析、文学语言的层面分析、现代诗歌技巧与细读式批评、叙事理论四个方面讨论文学的形式问题。

第五章"文学的接受"讨论了文学接受的含义、特征和作用，对现代西方关于接受的研究做了概述，介绍了关于接受的修辞学研究、符号学和结构主义研究、现象学研究、主观主义和心理分析的研究、社会学和历史学的研究、释义学研究等，探讨了文本的意义和接受过程中若干心理机制，涉及理解循环、海德尔格的历史性概念、布龙菲尔德的语言论、姚斯的接受美学、布卢姆的"影响的焦虑"、文学接受的惯例经验等全新的西方文论观念，显示出极强的理论性和思辨性，体现了编者对 20 世纪西方文论和科学方法的大胆借鉴和吸收。

二、《文学概论新编》(北京师范大学出版社 1995 年版)

(一)教材的内容和新意

"文学概论"是国家教委社科司〔1992〕10 号"通知"文件所颁布的汉语言文学专业十门专业必修课之一，这部教材便是依据此通知而编写的，"力求吸收前次有关诸种教材之长，反映目前汉语言文学科学研究的最新成果，突出教材的科学性、实用性。"①

在构架上，教材以文学活动的四要素作为纲目，生活、作者、作品、接受，都列了专编，由于文学对文本与作家精神个性的关系的重视，教材把风格问题也列了专编，发展论则是传统的内容，教材予以

---

① 童庆炳：《文学概论新编》，编写说明，北京，北京师范大学出版社，1995。

了保留。这样教材就包括本质论、作品论、创作论、风格论、鉴赏批评论、发生发展论六编。

在本质论中，教材从三个层次讨论文学的本质特征：文学是一种社会意识形态→文学是一种审美意识形态→文学是语言的艺术，逐层深入，探讨"文学是什么"这个基本问题。教材借鉴现代心理学观点，说明文学能动地反映生活。将文学能动反映生活的具体表现归纳为"变位与变形""以形传神，显现意蕴"和"渗透个性，表现心灵"。突出文学是一种审美意识形态的观点，以此区分文学和其他意识形态，文学有独特的内容、独特的形式、独特的功能。教材把文学与其他艺术相比的主要特征之一别出心裁地概括为"更加浓厚的文化性"。在作品论中，教材将文学作品的体裁划分为独立型、依附型、交叉型三大类。其中诗歌、小说、散文属于独立型，戏剧文学、影视文学属于依附型，报告文学、杂文、史传文学、科幻小说等属于第三类。在发生发展论中，教材分析文学源泉时不止运用传统的哲学反映论思想，还借鉴心理学、信息论等方法说明问题，这些对文学理论问题的探讨都显示出一定的新意。

(二)关于文学作品的内容和形式

如果我们把 1995 年出版的这两本教材放在一起研究的话，能够发现童庆炳 90 年代中期在文学理论教材中文学观念的一个重要突破：如何看待文学的作品和形式？

早在 80 年代，童庆炳就对作品构成论中内容和形式的两分法提出深刻质疑。在 1989 年出版的《文学活动的美学阐释》中，童庆炳指出这种二分法的致命弱点是，"它以纯哲学的内容和形式的范畴直接地、僵硬地去剖析作品的构成，这就产生了两个弊端：其一，未能紧密结合文学作品的审美特征，不能真正进入作品构成的分析；其二，把文学作品的形式置于附庸地位和与内容相游离状态，人为地割裂了内容和形式的联系，并低估了形式在作品构成中的意义。"他认为："实际上，文学作品的内容与形式是不可分的，其形式也不是游离于内容之外的……内容与形式二分法所遇到的困难就在于它把不可分离的硬分开来。"[①]在 1989 年的《文学概论》中，童庆炳进一步指出文学内容和形式之间是互相渗透和转化的，内容和形式的区分是相对的，他引用黑格尔"内容非他，即形式之转化为内容；形式非他，即内容之转化为形式"以及克莱夫贝尔"有意味的形式"说，来说明在具体的文学作品中，内容和形式是互相渗透、融为一体的。内容与形式的地位和重要性也是互相转化的，这其中已经包含了对内容/形式二分法的否定。

1994 年云南人民出版社出版的由童庆炳所著的《文体与文体的创造》（这本书最初叫《内容与形式的相互征服》，童庆炳对这个问题的关注程度可见一斑）一书，在 80 年代两本教材的基础上，集中探讨了内容与形式的问题，提出了新的辩证的看法，他对内容与形式并不划分轩轾，区分轻重，而是持一种新的、更辩证的看法。童庆炳认为，"在作品中，内容无法独立于形式之外，或者说文学作品只有在既有的以语言体式为中心的形式中才能存在并发挥它的心理影响。"所以，"艺术形式在艺术作品中起非常积极的、特殊的和独特的作用，具有非同寻常的美学意义"[②]。经过辨析，他得出结论：美并不只在于内容或形式，而在于内容与形式的有机统一。文学作品的内容和形式"具

---

① 童庆炳：《文学活动的美学阐释》，西安，陕西人民出版社，1989。

② 童庆炳：《文体与文体的创造》，271 页，昆明，云南人民出版社，1994。

有如盐溶解于水般的不可分离性",因此不可能孤立地、封闭地去分解艺术作品的内容和形式。为了界说作品的内容和形式,童庆炳借助了一个重要的中介概念:题材。他以此为基础给艺术内容下了一个全新的定义:"作品的内容是经过深度加工的题材,以语言体式为中心的形式则是对题材进行深度艺术加工的独特方式,一定的题材经过某种独特方式(形式)的深度艺术加工就转化为艺术作品的内容。"题材在传统的文学观念中通常被归入文学内容,童庆炳认为,这种认识是不够全面和深入的,如何认识内容与形式的辩证运动呢?童庆炳在二者之间找到了一个重要的中介概念,即题材。按照传统的文学观念,题材属于文学内容的范畴,但童庆炳认为,这种观点是表面和肤浅的。一方面,"题材是作家从生活中寻找到的、并初步选择过的材料",有很强的客观性,"是可以意释的,可以用说明式言语转述出来的";另一方面,题材"一旦经过特定艺术形式的深度加工,转化为艺术内容之后,一般就不可以意释和转述了。"能否意释和转述便成为内容和形式区分的标志和界限。他以李白的名篇《静夜思》为例,"你可以说它的题材是'月夜思乡',但要用散文的语言原原本本的把它的真正内容重述出来,则是做不到的。你可以背诵它而要意释它却不容易。"所以"作品的内容是从艺术形式深度加工过的题材那里转化的",而艺术作品形式的"起点是对题材的处理,终点是内容与形式相统一的整个作品的完成"。① 由此,童庆炳确立了形式的重要地位。他批驳了传统文论中存在的一种错误观点:"内容是主人,形式是仆人,形式仅仅是消极地配合、补充内容,服服帖帖地为内容服务。"在他看来,"创作最终达到的内容与形式的和谐统一,不是形式消极适应题材的结果,

———————

① 童庆炳:《文体与文体的创造》,289~290页,昆明,云南人民出版社,1994。

恰好相反，是形式与题材对立、冲突，最终形式征服（也可以说克服）题材的结果。"①

1995 年的《文学理论要略》第四章"文学作品的形式"就完全吸收和体现了编者前期对传统文学理论教材的内容/形式二分法的思考成果，编者将以上探讨的结果写入了教材，并概括道："文学作品的内容不是单纯的题材（包括主题、人物、环境、情节和情景等），单纯的题材还只是一堆材料，至多是经过作家构思过的材料，在它未获得确定的形式之前，它还不是作品内容。作品内容是指经过一定的文学形式加工塑造过的题材，换言之，题材在得到了文学形式的有力的安排改造、表现之后，才转化为真正的内容。"所以，内容和形式是密不可分的，"既不能离开内容来说形式，又不能离开形式来说内容。"②这种对作品内容和形式关系的新提法，与西方文论界探讨的最新文论问题正相吻合。20 世纪西方随着形式主义文论的发展，出现了历史主义的对立，完全脱离社会性、摒闭外部研究的弊端也逐渐显现，如何解决形式主义和历史主义的关系，或者说如何解决内容与形式的关系问题，是世界文论界共同要面对的一个重要问题，童庆炳给出了中国式的解决策略，并自觉地将研究成果融入了教材编著中。

在 1995 年的《文学概论新编》作品论中，编者不再将文学作品的构成做内容/形式的二元区分，而是把语言、题材、蕴含作为作品构成的三大要素，即文学作品构成由外到内的三个层面。这个观点的提出，受到童庆炳 1992 年编著的《文学理论教程》和 1994 年独著的《文体与文体的创造》的影响：前者基于我国经学家王弼"言象意"和波兰

---

① 童庆炳：《文体与文体的创造》，298 页，昆明，云南人民出版社，1994。
② 童庆炳：《文学理论要略》，139 页，北京，人民文学出版社，1995。

现象学家英伽登对文学层面的区分，将文学产品的本文层次划分为文学话语层面、文学意象层面、文学意蕴层面；后者对文学构成论进行了革新，不再作内容和形式的机械二分法。在《文学概论新编》中，编者参考《文学理论教程》，将文学作品的构成划分为语言、题材、蕴含三个层面。在题材层面又参考了《文体与文体的创造》的研究成果，最终编者为文学作品的题材下的定义是："文学作品的题材是作家对素材审美改造的结果，是作家审美活动产物，是主客观的有机统一体。"①题材既不是传统意义上纯主观的内容，也不是客观的形式，而是二者的统一体，是二者和谐的体现物。这部教材体现出作者对作品构成的新的思考和理论开拓。

20 个世纪 80 年代到 90 年代，童庆炳一直跋涉在学术前沿，身体力行地进行学术探险，不断打破学术禁区，取得了丰硕成果，他不仅突破他人的创作，也始终没有停下自我挑战和自我超越的脚步，"如果没有甘冒政治与学术双重风险的胆识、没有虚怀若谷地学习和吸收新东西的气度，以及没有逆境中默默耕耘的韧劲和甘做'嫁衣裳'的奉献精神，是绝不可能如此跋涉过来的。"②这种学术探险者的风范，这种永无止境的学术追求，这种对学术始终如一的革新的勇气和锐气，从主观上保证了他所开创的文学理论及理论教材的质量，也激励着一代代后学踵迹前贤，开启新篇。

---

① 童庆炳：《文学概论新编》，101 页，北京，北京师范大学出版社，1995。
② 王一川：《探险者风范》，载《文艺争鸣》，1998(1)。

第九章　文化研究和反本质主义的急先锋：
新世纪教材范本

进入 21 世纪以来，伴随着西方文化研究、反本质主义思想的涌入和盛行，我国文学理论日益呈现出跨文化、全球化和反本质主义的特色，文论教材的中心问题也随之转向如何在此语境下建构具有中国特色和时代特征的文论教材体系。在 21 世纪之初，南帆主编的《文学理论（新读本）》、王一川的《文学理论》、陶东风主编的《文学理论基本问题》成为其中的佼佼者，引起文论界的瞩目。

在本书第六章"21 世纪初文学理论教材"，我们曾对 21 世纪初文学理论教材面临的情况做过比较详尽的分析，在这里简单地再概括、补充一下产生这三本教材的具体历史文化语境。

一是反本质主义思维方式在学界的流行。从当代思潮来看，20 世纪八九十年代文论教材遵循的是本质主义思维模式。"本质主义思维方式即从某种神圣思想出发演绎出文学的一般规定，这种文学理论教材无力顾及文学的新现象，由此导致了中国当代大学文艺学教学的困境。正是基于对本质主义思维模式的反驳，文学理论新的探索出现了。"[1]反本质主义表现在文学研究中就是反对对文学做唯一的、独断

---

① 章辉：《文学理论基本问题研究》，载《学习与探索》，2007(6)。

的阐释，从而使文学研究走向多元和开放。

二是学术思想包容性的增强。自 80 年代特里·伊格尔顿的《文学理论引论》伊始，文论教材编者逐渐建立起包容开放的学术视野和研究姿态，不再以排他的、异己的目光提防和反对持不同意见者。"大多作者的个人学术立场不太鲜明，或者说在表达个人学术立场时比较谨慎，总体上持一种相对主义的学术立场，认为文学没有固定不变的本质，将文学本身看作一个不断生成发展的历史过程，以描述的方式平等地交代各家各派的观点，走向开放、多元，追求某种对话与复调的效果，代表了新的学术理念与编写理念。在学术视野上，有的教材还能将对各种新出现的文学问题与新兴的文学变异形态的考察纳入其中。这样做无疑有助于培养学生开放性的文学观念，也适应了不断发展变化的文学现实。"①

三是新的理论资源的涌现和启发。改革开放后的三十多年来，我国持续引进大量西方学术理论，尤其是 20 世纪西方文论和文化资源。经过多年的吸收学习和深入研究，西方后现代主义学术思潮以及在此影响下的文化研究已被学界广泛认可和吸收，这些思想对我国新世纪文学研究思路和方法的改变提供了理论依据，当代中国古代文论的现代转化理论也日渐成熟，它们共同为新世纪文学理论的更新提供了新的理论资源。乔纳森·卡勒是西方后现代主义文论的代表，对我国 21 世纪文论影响深远。他的专著《文学理论》1998 年由辽宁教育出版社联合牛津大学出版社翻译出版，中国学界对它的重视由此可见一斑。相较伊格尔顿、佛克玛等人以思潮流派的方式进行历时性描述的知识策略，卡勒用明确的"理论"意识和方法论实现了超越。他认为："介绍

---

① 汪正龙：《英美文学理论教材的现状与走向管窥》，载《江汉论坛》，2009(6)。

理论比较好的办法是讨论共同存在的问题和共有的主张；讨论那些重大的辩论，但不要把一个（学派）置于另一个（学派）的对立面；讨论各种流派内的明显不同。这要比概括论述不同理论学派的方法好。"在这种明确的"理论"意识下，卡勒发现，（理论）已经使文学研究的本质发生了根本的变化，从事文学研究的学者在讨论相关理论时会惊奇地发现，自己进行的"非文学的讨论太多了"，"而这些问题与文学几乎没有任何关系"。因此，他重建了文学理论的知识体系。在对待"文学是什么"上，卡勒不再寻觅文学唯一的本质属性，而将各门派对文学的本质性定义视为对这一问题的解答；在文化研究的影响之下，文学研究关注的焦点转变为对文学研究方法和文学研究对象（即"经典"问题）的反思；在现代语言哲学、结构主义、解构主义社会思潮的影响之下，文学由传统文论中的"语言的艺术"转变为有意义的生产；诗歌和小说在传统文学理论中属于文体问题，此时也转换成修辞与叙述问题，成为语言的意义与效果问题；传统文论中将作家的创作与接受问题视作审美的活动，此时也转换为身份认同和主体性建构的过程。[①]卡勒的"文学理论"成为21世纪中国文学理论体系创新的强大理论来源和推进动力。仅就本编解读的三本教材而言，南帆对文学研究的界定主要依据卡勒的观点[②]，王一川承认卡勒对文学理论的见解"有助于我们大体了解当前西方文学理论的总体情势。同时，这也可以促使我们重新思考中国文学理论的当下问题，使得我们在建构文学理论框架时不致逆历史潮流而动"[③]。而陶东风主编的《文学理论基本问题》不仅

---

①　参见[美]乔纳森·卡勒：《文学理论》，沈阳，辽宁教育出版社和牛津大学出版社，1998。

②　参见南帆：《文学理论》（新读本），导言，杭州，浙江文艺出版社，2002。

③　王一川：《文学理论》，7页，成都，四川人民出版社，2003。

理论借鉴，而且第七章标题"文学与身份认同"就与卡勒《文学理论》的章节名称相同。除了文论的影响，在教材建设方面，英美文学理论教材的变化是西方文学观念、文学理论教学理念、文学理论教材编写理念的生动体现，其中充满学术张力的研究方式、独特的思维方式、开放的学术视野、具体的实践操作都为我们编写教材提供了新的维度和启发。

四是文学理论教材出现危机，亟须更新。90年代后期的文学理论教材大多呈现出社会反映论的思维模式和宏大叙事的言说模式，对20世纪90年代后出现的文学新现象、文学新观念均未予以足够关注。面对21世纪新的社会历史环境，"一批举足轻重的范畴不再拥有强大的理论阐释能力，已有的理论体系无法应对现今如此丰富的文学。"[1]由此导致文学理论教材在理论上的乏力和针对性不强，凸显出大学文学理论教材改革的必要性。

综上所述，在21世纪之初新的历史文化语境中，我国文学理论改革的教材大批出现了。这三本当时影响最大的教材，反映出21世纪初文论家对建立新的文学理论的态度和实践。他们面临共同的时代语境和相同的文学理论新困境，都怀着重构中国新时代文论教材的愿望，都受到后现代思维的深刻影响，有强烈的问题意识和反本质主义倾向，有共识也有差异，各自从不同的角度对文学理论教材做出了新的文本实践，犹如针对90年代文学模式打出的一套组合拳，从不同的角度摇撼了旧的文论的根基，也用不同观点重构了新时代文论的基础，描绘出一幅幅新世纪文论教材的生动画卷。

---

[1] 南帆：《文学理论》（新读本），后记，杭州，浙江文艺出版社，2002。

第一节　南帆主编的《文学理论(新读本)》

这部教材出版于 2002 年，是 21 世纪初最早全面以文化研究作为理论基石并取得较大影响的一本高校文科实验教材。

一、文化研究特色

作者在导言中非常详尽地分析了教材写作的时代背景和理论背景。他认为，"既有的文学理论正在遭受全方位的挑战，也许已经到了重新考察种种文学理论基本问题的时候了。"在他看来，中国文学理论是在世界学术的新语境尤其是西方主流文化研究的语境下来重新思索文学理论范式的，如"实证，体系，逻辑，概念与范畴，规律，定理与公式，启蒙与理性逐渐确立了一套清晰的学术规范。这时，古代批评家笔下的零散短章如一些残缺的边角料。如果没有系统的理论阐释和理论范畴之间的深刻转换，这种文学知识不可能作为主导的文学理论范式持久地存活于现代大学的教学体制和学术体制之中"。"进入九十年代之后，后现代主义文化与全球化语境正在将文学问题引入一个更大的理论空间。这时，传统的文学理论模式已经不够用了，一批重大的文学理论命题必须在现有的历史环境之中重新考察与定位。"[1]

问题的提出让文学理论的两条对立的线索得以显示：一条认为文学是独立的、纯粹的，拒绝社会历史插手，文学具有永远给定的和经久不变的客观性，文学研究就是研究一个稳定、明确的实体，韦勒克

---

[1]　南帆：《文学理论》(新读本)，1~2 页，杭州，浙江文艺出版社，2002。

曾断言："文学的本质和作用，自从可以作为概念上广泛运用的术语与人类其他活动和价值观念相对照和比较以来，基本上没有改变过。"俄国形式主义、新批评、解构主义即持这种理论主张，在文本的封闭式结构中展开文学研究。另一条代表了文学理论的历史主义线索，即文学理论必须尾随文学回到历史语境之中，像伊格尔顿所说的那样，"什么是文学"只是一个历史性的问题，人们无法也没有必要为文学设计一个无懈可击的形而上学的定义，只能根据特定历史时期的文化网络和权力关系解答"什么是文学"①。20世纪下半叶，后结构主义思想打破文本封闭式结构后，文学语言与社会历史的关系重新进入了文学理论的视野，成为文学研究的焦点之一。

在南帆看来，文化研究进入当代文学理论是必然的：因为历史主义与文学理论普遍性的相互交织制造了双重复杂的关系，文学话语与社会历史之间既彼此开放，又互相角力。纵观文学史和文学理论，文学观念的形成并不是真正意义上的文学独立，历史语境仍然限定了文学观念的规模和地位，包括20世纪以文学语言为坐标的一系列文学理论因为脱离外部因素又出现了新的形而上学的倾向，所以文学研究最终回到了文学和社会历史的关系上。在南帆看来，文学的效果来自某种文学话语与社会的认同，文学理论不仅分析文学的存在，更为重要的是分析文学如何历史地存在，用乔纳森·卡勒的话来说"文学就是一个特定的社会认为是文学的任何作品"，所以这部教材对文学理论使命的理解便是"话语分析必须发现文学语言、社会历史、意识形态相互关系之间的交汇地带，最终阐述它们之间的秘密结构和持久的

---

① 南帆：《文学理论》（新读本），1～3页，杭州，浙江文艺出版社，2002。

互动"①。换言之，随着历史语境的变化，如果 20 世纪的文学理论是文学研究的语言转向所致，那么 21 世纪的文学理论必然会转向文化研究。这样的结论说明编者充分肯定、认同文学理论与历史语境间的互动关系，体现出编者在文学研究方面有意顺应了当代文化历史潮流，使教材体现出这种文化转向的鲜明特色。

文化研究的缘起可以追溯到 60 年代英国一批理论家和法国的罗兰·巴特，不同于关注普遍性、形而上学、超验、本体和永恒的传统研究，文学研究开始转向了微观、具体、经验和日常的世俗生活。理论在日常生活的分析中重新获得活力，90 年代后期我国的文学研究也已经开始铺展开来。文学研究的一个理论转折就是反对简单的经济决定论，而扩大了文化功能、文化意义以及文化独立性的理解，在研究对象上，文化研究重视的是大众文化。21 世纪初文学研究的文化转向，使文学研究极大地拓展了研究的视野，媒介文学、女性文学、大众文学等均纳入观照的范围，并取得突飞猛进的进步。在运用文化研究时，如何避免用政治的公正代替文学的判断？教材提出的建议是在坚持文本和形式的研究基础上，放大文学理论考察的半径，尤其是"意识形态施加在文本和形式之上的压力"②。所以编者提出了"关系主义"的理论模式来替代"本质主义"的命题，即"文学必须置于多重文化关系网络之中加以研究，特定历史时期呈现的关系表明了文学研究的历史维度。在关系主义的视野之中，无论是文学性质、典型性格、文学之上一些著名概念还是文学经典都将因为复杂的关系网络而得到多

---

① 南帆：《文学理论》（新读本），14 页，杭州，浙江文艺出版社，2002。
② 南帆：《文学理论》（新读本），286 页，杭州，浙江文艺出版社，2002。

重解释，而不是力图将结论还原到某种单一的'本质'"。①

二、反本质主义特色

　　文化研究中对文学与社会历史的关系的认识，使教材自然举起了反本质主义的旗帜。教材认为：既然文学必定要和社会之间发生千丝万缕的联系，那么文学的秘密就不是单纯地源于文学话语内部的某种"本质"，传统文论认为文学形象背后一定隐藏着某种规定了文学之所以是文学的本质。而在当代很多文论家看来，"文学是什么"这个提问方式本身就陷入悖论：文学的定义要求对文学现象进行全面而准确的把握，这是一种本体论的文学本质观，但德里达认为"在场的形而上学"只是一个神话，所有定义都无法真正准确、全面和完整地掌握事物和现象，任何关于文学本质的定义也都无法穷尽文学现象。所以"任何声称对于'文学是什么'拥有永恒、绝对的答案的文学理论，都只能是一种虚构和幻想"。那么如何界定文学现象？"文学理论的一个重要转向即是从本体论的思考途径转向认识论的和功能论的思考。"教材给出解决方法是："不再追问文学的本质，而是探究我们是如何认识文学——即在某一特定的历史语境之中，我们把什么样的文化事实认定为文学事实，指认什么是文学，依据又是什么；这种历史语境中，文学发生了什么样的功能，并且对社会的文化意识造成什么效果。"这样，就从"文学是什么"的问题转向"什么是文学"的问题。正是特定的历史语境规定什么是文学，"文学就是一个特定历史语境中的社会认为是'文学'的任何文本"。② 教材的阐述呈现出明显的反本质主

① 南帆：《文学研究：本质主义，抑或关系主义》，载《文艺研究》，2007(8)。
② 南帆：《文学理论》(新读本)，32～33页，杭州，浙江文艺出版社，2002。

义理论特征。

三、教材的体系结构

　　这部教材体系是按照什么样的理论路线结构起来的呢？南帆认为要建立起循序渐进、条理清晰的逻辑顺序："一个初涉文学的人为什么对文学理论发生兴趣呢？他首先要求解释的是，一些虚构的语言为什么具有如此的魅力？谁组织了这种特殊的语言？这种语言具有哪些类型？历史上出现过哪些文学类型？现今，文学与其他文化门类具有哪些联系？当然，上述的考察逐渐深入之后，如何评判文学必然会提上议事日程——这就是文学批评与文学阐释。的确，这部著作即是如此一步一步地提出问题。我期望这种理论线路可能成为一条相对的捷径。"①教材结构便是依据这样的理论路线和逻辑展开的，除导言外，共 4 编 27 章。第一编是文学的构成，第二编是历史与理论，第三编是文学与文化，第四编是批评与阐释。

四、教材章节分析

　　由于编者志于将文化研究理念贯穿于教材之中，并且持反本质主义立场，所以在各章中并没有采用归纳法或演绎法推导出或印证某个文学原理的正确性，而是充分展示在不同历史阶段、文化语境中某种文学现象的不同观念。

　　第一编第一章"文学的再现"，介绍了中外文论史上对"再现"的不同观念。第二章"文学话语"，确证教材主要内容是详细地论述如何在现今的文化条件下确认文学话语，并介绍了文学话语的两方面特征：

---

　　①　南帆：《文学理论》(新读本)，298 页，杭州，浙江文艺出版社，2002。

陌生化和虚构。第三章"作家",列举了文学理论史上对作家的规定和看法。第四章"文本"分别介绍了新批评、后结构主义、俄国形式主义、英伽登的文本理论。第五章"文类"介绍了弗莱、结构主义、俄国形式主义等流派的文类理论,将文类视作社会历史与语言历史的交叉地。第六章"叙事话语"则涉及了诸多叙事学家的观点。第七章"抒情话语"则介绍了诗人查尔斯赖特、布拉格学派、威廉·燕卜逊、朱光潜、韦勒克、刘若愚、布鲁克斯、雅各布森等人对抒情话语的认识。第八章"修辞"列举了古今中外的修辞观。第九章"传播媒介"介绍了传播学、大众文化学者的观点,历数了传播媒介从口语媒介到书写媒介再到电子媒介发生的巨大变化,尤其是互联网时代给文学带来的巨大改变。

在教材第二编"历史与理论"中,第十章文学的起源列举了模仿说、游戏说、巫术说、劳动说等文学起源论,从文化研究的角度概括了研究文学起源的意义:"首先,这种考察不仅说明了原始社会的文学环境,同时还说明了文学在那种环境之中承担了哪些功能。其次,对文学艺术起源的追溯和探寻不仅在于分析现今的历史语境,更重要的是,它也是对现今文学匮乏的维度进行反思,从而在古老的源头中重新发现再生的资源。"[1]教材接着探究各种源头说的共同之处在于文学坚持审美的维度。而在当下的社会话语中,文学应该坚持这一维度并尽可能将这样的维度展开于现实的人文环境之中,从某种意义上可以说,"一个社会将通过文学话语参与改写特定的人文环境。"对于文学来说,这就是"改变语言"与"改变世界"的相互呼应。[2] 在第十一章

---

① 南帆:《文学理论》(新读本),107 页,杭州,浙江文艺出版社,2002。

② 南帆:《文学理论》(新读本),112 页,杭州,浙江文艺出版社,2002。

到第十六章中，教材展示了"经典""大众文学""古典主义与浪漫主义""现实主义""现代主义""后现代主义"的历史、不同历史阶段中的理论主张，使读者对文学的发生和发展有系统的了解。

在第三编"文学与文化"中，第十七章"文学与意识形态"介绍了 19世纪马克思主义经典作家的意识形态理论，也介绍了 20 世纪意识形态诸种诠释。第十八章"文学与历史"从文学与历史交融的人类文化早期的文学，到历史与历史演义小说，再到文学叙事与历史叙事，表明了历史之于文学的种种关系及文本表现。第十九章"文学与社会"列举了社会学批评诸种观点，重点对地域风格、文学与种族进行了介绍，在地域风格部分，教材将"本土"概念置于经济全球化和文化全球化语境中突显其意义。第二十章"文学与道德"重点介绍了古今中外的道德批评及与之相抗衡的审美批评。第二十一章"文学与思想"梳理了文学史与思想史的渊源、文学与思想的冲突以及具体创作中审美直觉与理性思想的关系。第二十二章"文学与性别"从性别的文化属性说起，重点介绍了 20 世纪六七十年代女性主义运动的观点，说明文学是培养性别认同的重要领域，并以具体文本说明了父权文化制度文学对女性的两种基本策略："妖魔化"和"理想化"，在此基础上介绍女性文学及其四种定义。

第四编"批评与阐述"中，第二十三章"文学批评的功能"介绍了历史上文学批评的不同功能，分别从读者和文学发展的角度区分出不同的文学批评类型，并对中国古代文学理论和当代文学批评的关系进行了详尽的论述。编者认为："中国古代文学理论仍然是文学批评宝贵的理论资源。一方面，传统文化美感意识仍然对现今的文学产生着或隐或现的影响；另一方面，中国古代文学理论尚实用、轻体系，在许多具体问题上能够尝试真知灼见，其短小轻快的体制也可能成为好大喜功的批评风格的一种遏制。"编者还提出了对中国古代文论和当代文学批评的衔接、转化（教材称为"转义"），对 20 世纪文学批评等问题提出了很多真知灼见，直接回应了文学理论的现实问题。在这一章末尾，教材提出历史上的文学批评都围绕作家、作品或作品所进入的社会（包括社会环境与读者本身）来进行，而其后的三章便是对这三者的依次考察："文学批评与作家中心传统""文学批评与作品的研究""文学批评与研究理论"。因为全书理念是"展示"而非"评价"，所以每章都不长，含导言29万多字，每章1万字左右，使教材看起来非常简洁扼要。

除了非常明晰的文化研究的线索外，教材在21世纪初的教材中开了若干先河。

第一次将传播媒介作为专章纳入文学理论体系，成为文学理论重要组成部分，而不是像之前教材泛泛而提，简单带过。第九章"传播媒介"分析了传播媒介的三个发展阶段，科技在传播媒介发展中起到的重要作用，指出新的技术时常导致文化的转型，文学之为文学与生产工具和生产方式有着千丝万缕的联系。电子媒介成熟后，文学与经济之间的关系更为引人注目，这甚至迫使人们重新考虑文学的意义和功能。教材阐述了从书写文本到电子文本，经历了从文字到影像的巨大转变，电子媒介系统长驱而入，印刷文明创立的媒介系统显露出溃退的迹象，"这同时改变了书写文本的地位。相对地说，人们阅读字、词、句的种种微妙感觉日益迟钝和退化，某些文字的修辞与表意策略丧失了往昔的魅力，一些文字表述固有的内涵将在多媒体技术中逐渐消逝"。教材指出：传播媒介将会改变既有的信息，传播工具同时也就是生产工具。编者从文化研究的角度将传播媒介视作构造文学的历史条件之一，在电子媒介影响下的文学功能有了改变。教材特别分析了网络文学的特征：颠覆了传统文学的等级制度，冲击了传统的作家身份。同时也指出了网络文学自身的发展悖论：互联网意味着即时性消费，文学却尽可能指向永恒。对网络的要求降低了，文学进入了更多人的生活，这就是网络空间文学社会学的真谛。教材还对"超文本"（hypertext）做了分析，认为其突破了文本意义的限制，深刻解构了原有的文学成规。同时，编者也对这种无穷的意义延伸提出质疑：无穷的意义会不会等于无意义？① 这些现在看来习以为常的理论，在 21 世纪初新兴媒介、网络文学兴起不久，由敏锐的文论家捕捉到这些最新资讯和变化，并及时进行了理论总结，收入教材，确实显得别开生面，昭显了教材编者及时概括新的文学现象的理论功底和对新生文学事物开放和多元的学术取向，我们也感叹编者对网络"超文本"负面作用的大胆推测，钦佩其超前眼光。当时的文论家不约而同地注意到媒介的力量和网络文学流行的趋势，其后王一川在自己的教材中直接提出"媒介优先"理论，以专章阐述文学媒介；注重网络文学，在文学文本的媒介形态中对其加以重点介绍。

南帆的这部教材也是新时期第一部把大众文化、现代主义、后现代主义列为专章讨论的教材，由于重在展示不同历史语境中文学现象、概念、术语的面貌，所以我们得以看到围绕同一个问题的诸多文学观点的呈现。教材直陈：在现今的历史语境中，大众文学已经是一个不可忽视的存在。编者也没有避讳：现代主义和后现代主义存在着种种理论难点。② 此外，教材在"文学与意识形态"章对阿尔都塞、伊

① 　南帆：《文学理论》（新读本），92、94、96～97 页，杭州，浙江文艺出版社，2002。

② 　南帆：《文学理论》（新读本），133 页，杭州，浙江文艺出版社，2002。

格尔顿的意识形态说的介绍，在"文学与历史的交融"章从文学与历史的关系中分析历史演义小说、关于 80 年代寻根文学质疑既定历史陈述的理论剖析、对文学话语解构历史之后历史题材影视文学的巨大变化，在"文学与性别"章对女权主义运动和女性文学的分析介绍，在"文学批评与接受理论"章对阐释学的介绍，尤其是最后一章"文学批评与文化研究"对文化研究的详尽阐述，都是新时期文论教材史上的第一次。编者将每个文学问题都置于特定的历史语境加以考察，辅之以比较客观、不加臧否的陈述方式，让读者在吸收知识的同时，有了自主思考和独立判断的能力，对一部教材来说，能收到开拓学生视野并培养学生思考理论问题的能力的效果，是比较成功的。

和同时期一批撰写文论教材的先行者一样，南帆在编写理念上也不是试图书写一部大而全的著作，而是持开放和多元化的心态，将自己的编写作为通达文学玄奥之处的其中一条路径而已。该书后序说："这部著作远未达到缜密和完备。许多方面，这毋宁说是一部抛砖引玉之作。同时，由于这部著作的主要读者定位于大学里的学生和研究生，不少问题的论述只能浅尝辄止。作者的想象之中，这部著作仅仅勾画出一个理论架构的轮廓，告知读者这里有一条走廊，那里有一扇进入房间的门，如此而已，对于那些企图登堂入室深造的读者来说，这部著作仅仅提供了一些初步的检索门径。""其实，风格各异的文学理论诸本已经很多——这可以从列举的参考书目中得到证明。"①

五、教材的效果

我们从以上的分析中可以看出，南帆的这部教材代表了 21 世纪

---

① 南帆：《文学理论》（新读本），298 页，杭州，浙江文艺出版社，2002。

初我国文学理论教材努力的一个方向：即从话语分析走向文本的历史语境分析，由文学的内部研究重新转向文学的外部研究，而这种外部研究不同于以前，是向无限的文化背景敞开的："话语分析是文学理论的焦点"，"某种话语特征的形成必须在一个更大的话语组织之中才能得到充分的解释，后者根植于社会历史之中"。"话语分析的企图是把解释扩大至文学语言的形成背景。话语分析认为，文学语言的内部结构仅仅是一个表象；只有赢得意识形态的支持，这种语言结构才能产生美学意义"。[①] 早在 20 世纪之初，西方文论便发生了"语言论转向"，由于各种历史原因，直到 20 世纪 80 年代我国文论界对文学的研究开始由外部转向内部，借鉴西方形式主义文论的方法论，吸收西方现代语言学的营养，在教材中加重文学自身审美特性的研究比重成了 90 年代前期的主流。90 年代随着社会经济发展，文化情景的改变，西方文论的文化研究以其多元性特征、反对文化霸权主义、反对中心论的倾向，顺应了当今社会发展的需求，开始影响我国，90 年代后期至 21 世纪初，文化研究在我国开始兴起，这部教材就是顺应和学习文化研究的集中成果展示。文化研究以其跨学科的开阔视野和开放格局，拓展了我国文学理论研究的疆界，使文学理论跳出原有的思维惯式和理论模式，发掘了一条新的出路，影响和改变了我国 21 世纪之初的文学理论原有格局，显示了我国当前文化生活的丰富与学术的进步。而文化研究关怀现实的品格，也密切了文学理论与社会现实的关系，暗合了我国文论一向重视社会历史研究的传统，显示出很强的理论适应性，因此，这部教材一出，就对当代文学理论教材的编写造成了一股冲击波，形成了一种新的教材理论体系，这种历史贡献是不言

---

① 南帆：《文学理论》（新读本），9、11 页，杭州，浙江文艺出版社，2002。

而喻的。

　　没有任何一种文学理论是可以包罗万象、面面俱到的。完美的理论是不存在的。文学研究园地的异彩纷呈正是无数研究者从不同视角，采用不同方法对文学魅力的挖掘和展示。从某种程度上说，没有偏见就没有洞见。南帆的这部教材也同样如此，它并不完美，却给人以启发，也展现出自身的理论矛盾之处。教材学习西方文论，运用西方学理成果，力图形成一个新的理论体系，对文学现象诸多基本问题做陈列式的分析研究，却涵盖甚广，客观上形成了新的宏大叙事；编者主观上想走向多元和开放，但其理论基础和理论终点都是西方文论，造成客观上教材呈现的仍然是围绕西方文论学说的一个封闭的场域。这与教材反本质的初衷产生了偏离，实质上成了西方文论的另一种展示，在文化研究的外衣下重蹈了为西方文论做注脚的覆辙，造成了编者意图和教材文本的不相吻合。编者在某种程度上显示出用文化研究替代文学原理的理论倾向，但文化研究与文学研究在对象、任务、领域、形态、作用等方面均有差异，虽然二者在资源和方法上可以沟通、借鉴、互补，但意图兼容则非常困难。

　　格罗斯伯格曾指出：文化研究的特点之一是"极度语境化的"(radically context)，即"对文化研究而言，语境就是一切，一切都是语境"(context is everything and everying is context)，并说我们最好把文化研究视作"一种语境化的关于语境的理论"。① 这隐含了一个开展西方文化研究的前提，即首先必须弄明白文化研究理论产生的社会历史文

---

① L. Grossberg, "Cultural Studies, Modern Logic and the Theory of Globalization," *in Back to Reality? Social Experience and Cultural Studies*, ed. Angela McRoddie, Manchester, Manchester University Press, 1997, p. 8.

化语境是什么，由此才能讨论文化研究在我国文化语境中的适用性和可能性，进行相应的调整和改变。因为国情不同，文化不一，决定了文化研究在我国的接受语境绝不等于西方，这种语境的独特性决定了文学理论的独特性，而这部教材在文化接受语境方面是有所缺失的。

　　首先，它忽视了中国当代文学理论根植的具体历史文化状况。我国的文学理论建设是从现代性出发的一个未竟事业，教材所依据的文化研究是西方后现代主义的产物，与中国文化的接受语境之间有很大偏差，二者存在天然的差异。"在西方，体系型的文学理论是建立在流派型的文学理论之上的，因此当流派的演进走向后现代性的时候，体系型的文学理论也随之走向了后现代性。而在中国，没有流派，当然谈不上流派型理论，由于没有众多流派的纷争和在纷争中呈现出来的对整体性的否定，一种后现代型文学理论除了从西方那里得到一种理解外，根本就没法从中国文学理论自身的逻辑产生，而一种体系型的文学理论是很难自身生长出后现代型的文学理论来的。"①文化研究兴起的一个重要语境是大众文化的崛起。大众文化之中的大众文学，包括网络文学、边缘文学、民间文学均是文学研究的兴趣点。然而，中国本土的大众文学与西方的大众文学产生的经济基础、文化背景都有很多差异，教材第十二章专门展开对大众文学的阐述。教材指出，由于大众和作家之间存在两种关系模式：大众是作家的启蒙对象或大众是作家的真正导师。在这两种模式所寄存的历史语境中，中国"大众文学"具有两种不同的含义：启蒙语境下的大众文学，是用来启蒙大众的白话文学；革命语境下的大众文学，则是服务于工农兵、甘当大众代言的通俗文学。但接着，教材在"批判与肯定"一节中又放弃对

① 张法：《走向前卫的文学理论的时空位置》，载《文艺争鸣》，2007(11)。

中国式大众文化的界定和阐述，转而论述西方商业文化语境下的西方大众文学，"在世界范围内，'大众文学'更多地是在商业社会中得到合法化的定位"①。这种相对于精英主义而言的大众文学的定义，模糊了中国大众文学和西方大众文学的界限和差别。教材又引用和辨析了法兰克福学派与伯明翰学派在大众文学问题上的争议，说明即使是西方的大众文化批判理论自身还在不断地变化、更新，可想而知，在社会制度、文化差异悬殊的中西之间，大众文化之间的差别就更大了，它在中国当代适用性和具体表现如何呢？教材并没有展现出来。

其次，该书对中国文学理论教材对象的独特性重视不够。编者虽然声称："这部著作的主要读者设定为大学中的学生和研究生"，但作为一部为文学专业基础理论课教学而编写的中国高校文学理论教材，它对理论前沿的密切关注和追踪，具有极强的学术个性和相当的学术难度，看起来更像一本以教材面貌出现的理论专著，适合专门从事专业文学理论研究的学者、博士生或高年级硕士研究生阅读、使用。它的教学却要针对"大学中的学生和研究生"，一部分是初入文学领域的本科低年级学生，一部分是初涉文学研究的硕士低年级学生，基础性理论显然在教材中比较零散，令初学者学习起来有一定难度。

最后，该书忽视了中国文学理论自身的独特性。例如，教材采用的是文化研究视角，所以格外重视文学和文化的关系，用整个第三编共六章的篇幅来探讨这个问题。教材认为，20世纪文学理论重在显示文学这种审美意识形态的独特性，从文化研究的视角来看待文学，教材则不重在揭示文学独特的审美特性，而在于揭示文学不仅从属于意识形态，更产生意识形态的文化属性，文学阐释的目标就是"寻绎出

---

① 南帆：《文学理论》(新读本)，128～129页，杭州，浙江文艺出版社，2002。

文学文本与意识形态的内在关系"①。因此在这一编中作者将文学研究的批判目标主要确定为对意识形态的批判。事实上，中国语境中的批判形态是相当复杂的，中国的历史、宗教、道德、民族、思想、性别等文化，因为其独特性和复杂性，很难用西方的批评术语完全界定、阐释、涵盖，以及准确揭示其内涵和特征。对这本文论教材而言，从文化研究的独特视角入手，开拓了新的学术视野，但如果未能和中国文化历史语境有机结合，就无法充分发挥新理论的效用。

　　这种忽视最明显的表现是在中国古代文论的阐释和利用方面。编者在教材后记中指出："不言而喻，中国古代文学理论始终是这部著作的一个重要资源。许多问题的论述均包含了中国古代文学理论家的观点。但是，必须承认，中国古代文学理论并未在一系列重大问题的阐述之中占有足够的分量。一批举足轻重的范畴不再拥有强大的理论阐释能力，已有的理论体系无法应对现今如此丰富的文学。如何深刻地解放中国古代文学理论隐藏的潜力？"这段话说明编者显然考虑到对中国古代文论的再诠释问题，但教材在探讨具体问题时，往往视西方文学理论为圭臬，无形中给初学者一种暗示，即西方文学理论优于中国文论，造成对中国文论的历史意义、现实价值的忽视，使学生很难建立起真正的客观的文学观念。在完成这部著作之后，教材编者自叙也清晰地意识到这些问题。② 这些问题的出现说明我们在学习、借鉴西方文化研究的基础上，要结合中国自身的文化实际、文学实际情况来选择和建设属于我们自己的文化研究方法，走出自己的新路。

　　因此，尽管编者从主观上努力用现代性思维来整合西方后现代主

---

① 南帆：《文学理论》（新读本），182 页，杭州，浙江文艺出版社，2002。

② 南帆：《文学理论》（新读本），后记，杭州，浙江文艺出版社，2002。

义文学理论，极力弥合种种差异，但这种理论起点本身就存在着矛盾，体现在教材中就显现出若干理论难以弥合之处，使读者总感到和中国的文化语境似乎隔了一层，若即若离，原因大概源于此。究其本质，教材的深层问题仍然是西方文论在中国本土化的问题，我们当然不能阻挡和拒绝西方文论的进入和影响，这既不符合时代发展也不利于我国文论自身发展，但如何在借鉴西方的观点、方法，并使之水乳交融地进入中国文论体系，尚需很多工作要做。改革开放以来，我们引进了一批新的现代化的科技知识、西方世界的思想观念、审美意识和批评标准，为我们的文学理论提供了新的知识、新的方法论，但诚如童庆炳先生所言，这些科学和观念的背后是某种哲学，在某种哲学的背后是某种文化。① 这些观念对我们的文学理论学科来说，既是挑战，也是机遇。我们现在想把西方的科学技术与他们的思想文化切割开来，取其科学技术，舍其思想文化，这种愿望自然是好的，但实行起来则困难重重。西方文论和各个学科中的思维方式、新名词、新术语如果没有很好地吸收和适用，难免会出现水土不服的症状。南帆的这部教材出现的主要问题就是中国传统文化与西方外来文化的冲突在文艺学研究方面的反映。所以，在西方文论本土化方面，我们尚有很多工作要做。这部教材之后，中国文论家给出了其他路径和选择。

第二节　王一川的《文学理论》

同样面对 21 世纪初新的历史文化语境，王一川提出了自己的对

---

① 童庆炳：《文学活动的美学阐释》，2 页，西安，陕西人民出版社，1989。

策和取向：第一要敢于想——坚持提出中国美学自己的问题，第二要知道怎么做——寻求并建立适合自己的阐释框架，第三要知道从什么角度去看阐释框架——确立自己的问题域和立足点。在中国当代文论已经深受西方现代文论影响的时代背景下，王一川这部教材在建构中国本土文学理论的探索道路上作出了独特而突出的贡献。

一、反本质主义的另一种策略

新世纪文学研究反本质主义倾向，从学理上的深入逐渐进入文论教材实践，在 21 世纪初的文学理论教材建设显现出来。由于编者对反本质主义的接受和取舍不同，每个人的学术个性不一，他们采取了不同策略来体现反本质主义的文学观：南帆明确反对本质主义，否定文学本质的命题，以关系主义、文化研究的新模式取而代之，进行了对本质主义较彻底的批判，为确立新的文学观做了大胆的革新和实验。还有一种则是以王一川为代表的折中主义的做法：回避文学本质的提法，而是以文学属性的研究代替文学本质论，但最终还是给出了一个比较明确的文学定义。

他的《文学理论》明确倡导反本质主义思维模式，"人们不可能一劳永逸地给文学下一个在任何时候都适用的精确的定义，""但是，出于自己对文学的特定理解而做出某种带有操作性意义的界定，还是必要和可能的。也就是说，你自己在何种意义上理解和使用文学？这个问题是可以有个大体明确的阐述和交代的。"①因此，他不谈文学本质而力主文学属性研究："过去讨论这个问题一向采用'本质'一词，说'文学的本质'如何，而这里却改用'属性'。为什么舍弃'文学本质'而

---

① 王一川：《文学理论》，13 页，成都，四川人民出版社，2003。

改用'文学属性'呢？可以说，中国现代文论界曾经具有一种文学本质论传统，这是来自西方的文学本质观与中国现代文化的特殊需要相契合的结果。本质，英文作"essence"，指的是事物之所以为事物的根本的或终极的原因，而正是这种性质或原因规定了事物的面貌和特性。这种西方传统从20世纪初以来对中国文论界产生过重要影响，人们从种种不同角度对文学的本质提出各自不同的界定。然而，在今天看来，本质并不就等于确定无疑的实在，而不过是主体的人为设定而已。也就是说，相信事物存在着唯一本质，属于人的思维假设。人假定事物有其本质，就会竭力去寻找。而不同的人由于各种原因的限制，就会从同一对象中'发现'不同的本质，这就使设想中的唯一本质变得多样了，因而也就不可靠了。反之，如果舍弃本质式思维使用'属性'的视角去观察，倒可能会发现事物的多种多样的面貌及其变化。由于如此，这里考虑不谈本质而谈属性。"①

作者声称"不打算追问文学的抽象的本质，但还是试图就我主张的文学观念做出自己的操作性界说。"②虽然教材还是提出了一个力图涵盖和概括一切文学现象的文学定义，即认为文学是一种感兴修辞，但他一再特别强调，"与抽象的本质带有囊括一切的唯一确定性不同，这里的解说性操作仅仅是对我自己在这里主张和运用的这一种文学观念的具体说明，而绝不奢望它可以总括一切和具有永久适用性"。"在我看来，今天已经不可能存在着任何一种全新而又完美的文学理论了。"③

---

① 王一川：《文学理论》，69～70页，成都，四川人民出版社，2003。

② 王一川：《文学理论》，13页，成都，四川人民出版社，2003。

③ 王一川：《文学理论》，13、64页，成都，四川人民出版社，2003。

不仅如此，王一川用文学属性替代文学本质还有更深层次的要求和规定："从以审美本质为中心的单一分析转向对文学的多重属性分析。这使我们可以将文学的审美分析与政治、经济、社会、商业等属性的分析结合起来。"①这就使他的反本质策略指向文学的多元和开放。

二、感兴修辞诗学

王一川的文学观是什么呢？用一个词概括的话，就是"感兴修辞诗学"。对于文学观念，王一川以中西方文论作为该书理论来源，吸收中国古代文论"感兴"和西方文论"修辞"为文学定义，提出了"感兴修辞诗学"，在中国文论界产生了很大影响。

王一川提出修辞论美学和他的学术经历、学术思考有很大关系。他的学术经历曾有过一个比较大的改变，早年他从事西方美学的研究工作，但发现这种理论性的本质问题的研究，始终无法和具体文本实践很好地结合起来。80年代后期他在牛津大学经历了语言论转向带来的冲击，决定在学术上进行两个转向：从对文学、美学和文学理论的研究转向对具体的文本现象的分析；从对西方美学问题的研究转向对中国问题的关注上来。

从1982年起，王一川就注意到"兴"或"感兴"及其与体验的关联关系。在胡经之主编的《中国古典美学从编》中卷，就收入了他收集并编撰的"感兴"范畴。1985年在深圳举行的第四届中国比较文学国际学术研讨会上，他提交的论文《中国"诗言志"论与西方"诗言回忆"论》，提出中国诗的起源与特质在于"兴"或"感兴"的观点。之后，他始终没有停止思索如何将古典"感兴"传统在现代文学理论框架中重新发明和

---

① 王一川：《文学理论》，68页，成都，四川人民出版社，2003。

安置的问题，希望让这样一个富有生命力的古典概念在现代文论中重新显示其新的角色和意义。与此同时，他一直在从事基于 20 世纪西方美学基础上的对中国现代文学文本的修辞论阐释工作。90 年代，在他的专著《修辞论美学》中，他概括了 90 年代的三种美学格局：以王国维"意境"范畴为中心开启的现代感兴论美学，以梁启超"小说界革命"肇始的现代认识论美学，以 20 世纪 80 年代"方法论热"为标志的语言论美学。他认为，90 年代中国认识论美学已丧失了其一统天下的格局，与复兴的感兴论美学、新起的语言论美学一起形成多形态美学格局，在分析了三种美学形态的局限后，他提出设想：把认识论美学的内容分析和历史视界、感兴论美学的个体体验崇尚、语言论美学的语言中心立场和模型化这三者综合起来，相互倚重和补缺，以便建立起新的修辞论美学。① 2001 年年底至 2002 年年初，在哈佛访学期间，他参考了诸多新近英语世界文学理论教材，逐渐对自己要编写的教材有了越来越清晰的思路："我编写的教材不应单纯参照过去套路或西方路子，而应当注意按中国现代文论自己的逻辑演进，在此基点上激活古典传统。"②"应该根据现代的需要从传统中寻找并改造某些有用的东西。"③他在以后的反复酝酿过程中，将"感兴论"和"修辞论"阐释思路综合起来，于是就有了"感兴修辞诗学"这一新的文论命题。这部由他个人独著的教材就是对这些思考的充分阐述。他的目的不单是确立几个文学理论的新概念、提出几个新观点，而是建立自己的一种文学理论框架（体系）——"一种建立在对于文学的感兴修辞属性的理解基

---

① 王一川：《修辞论美学》，72~73、7 页，长春，东北师范大学出版社，1998。
② 王一川：《文学理论》，454 页，成都，四川人民出版社，2003。
③ 王一川：《文学理论讲演录》，215 页，桂林，广西师范大学出版社，2004。

础上的文学理论"①。

(一)内涵

感兴修辞诗学(以下简称"兴辞诗学")作为全书最重要也最有特色的概念，有其独特的内涵。兴辞诗学直接的理论来源是中国古代文论中的"感兴论"和西方文论中的"修辞论"。

感兴论在中国具有悠久而深厚的传统。在教材第二章，作者论述了感兴论的发展历程：从孔子提出"兴于诗"到现代宗白华，中国文学理论形成一条感兴诗学的传统。中国人强调"兴"或"感兴"对文学有特殊而又重要的意义。在甲骨文和钟鼎文中，"兴"表示一种原始巫术仪式，由此引申出群体借助舞蹈以表达他们对个体生命的无限欢欣的意义，开始构成中国人独特的生存体验概念。从六朝开始，"兴"及其派生逐渐进入文学研究，成为文学理论的重要问题。至唐代，感兴已成为文学的一种被普遍认可的基本属性，也被赋予了新的内涵："不仅是对诗人个人生活的体验，而且更应该是通过个人而对超个人的社会生存境遇的体验。"作者概括感兴在文学活动中的特色和显现有：文学是对"志""情""兴"的表达，即对个人的独特的生命体验的表达；文学创作依赖于"感兴"和"伫兴"，即要求作者不仅善于寻求个体体验，而且善于把这种体验储存在心中以便期待某种瞬间的艺术领悟和发动；文学作品是"兴象"的结晶，即要通过语言创造出充满体验的活生生的形象；读者阅读要以"兴会"去感悟作者寄寓其中的独特体验；文学理论或批评不应是逻辑式或推论式的，而应该是体验式的。② 同时，作

---

① 王一川：《文学理论》，7~8 页，成都，四川人民出版社，2003。

② 王一川：《文学理论》，42 页，成都，四川人民出版社，2003。

者也指出，西方文论中也有类似"感兴"的论述，从柏拉图、维柯、康德、席勒到19世纪的叔本华、尼采、狄尔泰等人，他们从各自的"生命"概念入手思考文学问题，体现了一条清晰的体验论思路。所以"感兴"是中西方文论都极为关注的一个话题。

对于"修辞论"，王一川同样从中西方文论中回溯了它的渊源和发展："中国古代有着源远流长的文学'修辞'论传统。《易经·文言》就有'修辞立其诚'的表述。尽管这里的'修辞'是否是它的现在用法还存在争议，但是可以肯定的是，当魏晋南北朝时刘勰在《文心雕龙》里频频使用'修辞'时，它已经与今义大体一致了。……指语词的调整和运用。""同时，作为一种文学批评传统，中国很早就注重文学的修辞性。""现代意义上的修辞学，是大约'五四'时期引进的。陈望道的《修辞学发凡》(1932)被公认为是中国现代修辞学的开山之作。"①王一川在这里提到的"修辞"主要是指中国古代文论中的词语用法问题。在西方，修辞学有着久远的传统，起源于公元前5世纪的希腊城邦国家。"修辞，英文作rhetoric，源于希腊文rhetorica，拉丁文rhetorike(tehne)，有两个基本含义：一是指说话的艺术，可译为'修辞'；二是指研究说话的艺术的学问，可译为'修辞学'。这两个基本含义显示了修辞一词的主要内涵：有效地运用语言。"教材介绍了亚里士多德、博克、布斯、德曼、伊格尔顿等西方学者的修辞论述以后，王一川为修辞下了个定义："修辞一词，在极简化的意义上，可以说是语言与社会效应相加的结果。"他概括中西方文学修辞论的共性是："文学修辞论不是孤立地强调语言在文学中的作用，而是注重它与社会语境的联系"；"突出语言系统本身的多样性或朦胧性，但不是把其原因归结为

---

① 王一川：《文学理论》，52页，成都，四川人民出版社，2003。

语言本身，而是归结为社会语境的复杂作用"；"把文学修辞视为人的行动，从而突出文学对于社会的认识与影响作用"。① 值得注意的是，作者特别强调了社会语境对修辞的影响，显示出文学文化研究的趋向。因此，从上述论述来看，"修辞论"同样包含了中西方文论的智慧和精华。

在教材分别阐述过感兴和修辞之后，作者认为"感兴"和"修辞"两者又是紧密联系在一起的，独出机杼地将感兴与修辞关联了起来："应当强调指出，中国古代文论家并不愿意孤立地谈论感兴，而总是习惯于把它与文学的具体修辞环节联系起来讲：人感物而兴，兴而修辞，从而生成感兴修辞即兴辞"。"感兴与修辞在文学中实际上是紧密结合在一起的东西，感兴修辞即兴辞。感兴修辞，意思是说感物而兴、兴而修辞，也就是感物兴辞。换言之，感兴修辞就是富于感兴的修辞，是始终与体验结合着的修辞。文学正是这样一种感兴凝聚为修辞、修辞激发感兴的艺术。""作为一种感兴修辞，文学中的感兴与修辞当然是相互渗透和难分彼此的。"② 所以，"文学的感性修辞性，正是指文学具有感物而兴，兴而修辞的属性"。

我们从教材的前两章开始就可以看到，作者力图将中西方文论精华进行有机的融会贯通。前两章是为文学做出具有操作性的界说，作者的思路是：这种界说可以从两个层面进行，"第一个层面是文学的含义，主要回答文学一词指的是什么，或者哪些特征可以满足'文学'一词的基本要求。第二个层面为文学的属性，回答文学具有哪些必须

---

① 王一川：《文学理论》，78、52、53、61 页，成都，四川人民出版社，2003。
② 王一川：《文学理论》，80—81、84、88、84 页，成都，四川人民出版社，2003。

具备的主要构成特性。"①第一章"文学含义"，作者首先追溯了文学在中西文化中的演变历史："文学即文章和博学，文学即有文采的缘情性作品，文学即一切语言性符号。"三者在现代学术分类上出现一种新的交汇，即文学的现代含义："文学是一种语言性艺术，是运用富有文采的语言去表情达意的艺术样式。"②在第一章中我们可以看到作者主要依据文学在中国文化的演变中先后经历的三种含义展开论述，相形之下，西方文学观点只占据极微小的分量，显示出作者对中国文化资源的偏爱和以中国文论为参照物的取向。第二章"文学属性"，作者归纳和考察了中西历史上模仿论、表现论、实用论、体验论（又叫感兴论）、语言论、修辞论、文化论七大文学观念，无论是从篇幅上还是从论述中，我们都可以感受到作者明显倾向感兴论和修辞论：作为中西文论的核心范畴，感兴修辞不但突出了文学作为语言艺术的特点，还具有中西方文论融合的可能性。模仿论、表现论、实用论建立在古典认识论基础上，这是作者反本质主义文论思想所要力避的。感兴论强调文学创作活动中对象与主体、人与自然融为一体的状况，试图传达个人丰厚而独特的体验。而且，古代文论中的感兴论与西方的体验论美学可以互相沟通，感兴论不足之处在于容易把作家个人的亲身体验简单地等同于作品的意义。而修辞论不仅考虑文学的语言性，而且趋向于把这种语言和在特定语境中取得的社会效果紧密联系起来进行思考，是对传统模仿论、表现论、实用论和现代语言论、文化论文学观的综合。把文学视为修辞实践，也是中西方文论的一个共同传统，但修辞论往往容易忽略文学的个性体验特点。因此，作者在诸多

---

① 王一川：《文学理论》，13页，成都，四川人民出版社，2003。
② 王一川：《文学理论》，25页，成都，四川人民出版社，2003。

文学观念中选用感兴和修辞不仅抓住了中西文学的最根本特征，并且扬长避短，实现理论的全面性和普遍性。

他进一步探讨感兴修辞对文学属性涵盖的可能性，概括文学属性包含媒介、语言、形象、体验、修辞和产品属性。之所以取感兴和修辞两方面作为文学的代表性属性，是因为这两个属性可以涵盖文学的其他属性，是主导性的：感兴可以将形象属性涵摄进去，因为感兴是必须由形象去激发的，始终和形象不可分离的；而修辞则涵盖媒介、语言和产品属性。因为后三者属性都体现出人调达现实矛盾的努力，都需要从修辞性上去把握。①

综合文学含义和属性，他给文学下了一个操作性定义："文学是以富有文采的语言去表情达意的艺术样式，是一种在媒介中传输语言、生产形象和唤起感兴以便使现实矛盾获得象征性调达的艺术。简言之，文学是一种感兴修辞。更简洁地说，文学是一种兴辞。"②

(二)重要性

兴辞诗学在教材中如此重要，作者不仅用它作为一个新型概念，还要用它来结构全篇，第一章"文学含义"历史地描述"文学"一词的含义及其演进，在此基础上，第二章"文学属性"通过梳理历史上的七种文学观念，重点阐明文学的感兴修辞属性及其相关问题。因为这种感兴修辞只有借助媒介才能与读者见面，所以第三章便是"文学媒介"，介绍文学媒介概念及其演化、作用和特点等。文学媒介的功能在于传输文学文本，接下来第四章便是"文学文本"，阐述其概念、要素、约

---

① 王一川：《文学理论》，77页，成都，四川人民出版社，2003。
② 王一川：《文学理论》，77页，成都，四川人民出版社，2003。

定文类、媒介形态和文化类型。第五章"文学文本层面"从文学的感兴修辞属性出发建立文学文本六层面论，包括媒型层、兴辞层、兴象层、意兴层、余兴层、衍兴层。第六章阐述富于感兴修辞的文学作品是如何产生的，即"文学创作"，包括文学创作的创制互渗性、文学创作的文化类型、作者角色、创作动因、创作过程等。创作需要感性，阅读也需要读者的兴会，第七章"文学阅读"分析文学阅读及其消受互渗性、文学阅读中的读者与感兴、文学阅读的文化类型等问题。第八章"文学批评"阐述感性修辞批评及其个案分析实例。我们可以看到，兴辞诗学不但是一个关键词和一种方法，而且是形成了以感兴修辞为核心的一种新的文学理论框架，实现了新世纪文学理论教材的一个创新。

（三）意义

首先，感兴修辞使文学回归了文学文本。这部教材最具有独特性也是最为人称道之处就在于对中国古典的兴辞问题进行了现代阐释，实现了一次古代文论的现代转化的教材文本实践。从教材的论述中我们可以得知，作者所概括的"感兴修辞"中的"感兴"和"修辞"两者本身就包含中西方文论的精义。不仅如此，在作者的论述中，我们可以感受到"感兴"和"修辞"涵义在"感兴修辞"概念中各有侧重的结合，显示了一种当代意义上的中西文论的融合。教材通过对感兴修辞的高密度阐释和使用，显示出作者对文学的起源和语言特性的有意凸显。感兴属于典型的中国古代文论范畴，讲的是文学的起兴，由"兴起"到"兴意"生成，说明了文学来源与其他文化形式如科学、哲学等的差异，属于文学的写作发端问题，蕴含的是文学起源问题。修辞则是在西方传统修辞学基础上，融汇当代西方语言学观点对文学作为语言性艺术最重要的特点的概括，修辞使文学与其他非语言艺术如雕塑、建筑等区别开来，突出了文学作品的根本特性：语言特性问题。80 年代的一般意识形态论、90 年代的审美意识形态论、21 世纪初的文化研究，都注重从社会学角度对文学做外部研究，而感兴修辞力图调整研究方向，回到文学文本本身，从文学内部去发现文学自身的魅力，包括在文学上各种权力关系的缠绕，而不是从外部入手研究文学特性。"感兴修辞论抓住了文学作为语言艺术的根本特征，祛除了遮蔽在文学现象上的意识形态灰尘，文学作为语言艺术的诗性智慧和鲜活灵性被呈现出来。面对文学这一历史性的极其复杂的文化现象，任何一种本质性的规定都只能是一种视角，这种视角既有洞见也有所不见，感兴修辞论作为文学的定义是对半个世纪以来中国文学理论因囿于宏大叙事模式对文学最直接最根本特性遮蔽之后的一个反拨，这一规定让我们回到文学文本本身，文学文本的基质得以敞亮。"[①]这种不随俗、不盲从的学术姿态使这部教材在 21 世纪初诸多教材中独树一帜。

其次，感兴修辞有效地实现了古代文论的现代转化，使之成为当代文论的有机组成部分，甚至上升为一种中国式文学理论。感兴修辞论以其浓郁的民族特色和厚重的民族文化底蕴，成为新时期以来深具中国特色的文学理论，它从中国文本中来，到中国文本中去，尤其在分析中国文本时独擅胜场，相对来说，以这种理论框定西方的叙述型文学时，远不如阐释中国文本那般水乳交融、游刃有余。我们从目录里每章的小标题来看，全书 56 个小标题中（不含引言），感兴修辞出现了 13 次；与之密切相联的"兴"这一中国古代文论范畴，除了在"感兴修辞"里出现外，作为小标题还以"兴体""兴象""意兴""余兴""衍

---

① 章辉：《古代文论现代转换的一个尝试》，载《湖南大学学报》，2007(5)。

兴""感兴"等词汇出现，共计 6 次。这种以大量古代文论的关键概念来结构教材、阐述理论的形式在新时期文论教材中是前所未有的，传达出作者重要的指导理念：古代文论不再是附庸于西方文论体系的中国论据，而是作为理论本身的重要内容直接参与到当代文学理论的建设之中，成为其有机的组成部分。此外，感兴修辞作为完整的理论线索贯穿了文学理论问题的各个部分，直接上升为一种新的文学理论。作者将感兴修辞运用于文学理论问题的各个层面，为我们提供了一个进行大规模古代文论的现代转化和具体文本实践的试验性个案。"感兴修辞论是中国文学理论，其思想来自中国传统，其解释对象适合中国文学现象。这一结论也可从如下事实得到印证：整部教材，作者只在第 58 页间接引用了一处外国文学作品，其余文学作品全部来自中国特别是现当代文学，而西方的社会学、传播学、修辞学理论在作者笔下则只是解剖中国文学现象的工具。从这一角度看，本书是中国古代文论创造性现代转换的一个成功尝试。"①感兴突出的是中国传统的诗性思维、感性体验、诗意言说的文学思维方式和创作方式，修辞也最鲜明地体现在中国古代文学这门语言艺术的典范文类——诗歌之中，因此，感兴修辞论在阐释中国文学传统方面非常适合和贴切。

最后，感兴修辞实现了中西文论的有机融合。教材在坚持中国古典兴辞诗学的基础上，也对西方现代文论进行了合理的吸收，在完成自己理论体系建构的同时，在跨文化语境方面做出了自己新的尝试：即走出了一条以中国文论为基础的中西文论融合的道路。这一点我们可以从书中注释见出。作者在一本书中的注释，很大程度上体现了作者思想理论的来源。据统计：在教材中，引用西方的相关文论注释共

① 章辉：《古代文论现代转换的一个尝试》，载《湖南大学学报》，2007(5)。

122 处，中国的相关文论 131 处，自己的相关文论 47 处。[①] 这是因为作者大量地阐释了中国现代的兴辞诗学思想并加强了对中国当代文学的文本分析，从而引证中国文论的注释大大增加。他自觉地从中国民族文论出发去建构自己的兴辞诗学，同时他对西方文论的影响也比较关注，西方当代的文化研究与批评理论也是其着力思考的问题。教材在跨文化研究的语境中实现了中西文论的融合。

作者将作为中国古代文论重要概念的感兴实践于当代文学理论的构建之中，做出了可贵的探索和实践，提供了一条古代文论现代转化的可行性思路，为古代文论的现代化提供了文本参考和理论参照，对当代中国文学理论，尤其是中国特色的文学理论的建设问题做出了积极的回应和成功的实践。

三、教材其他创新

除了感兴修辞诗学，教材中还有不少创新的闪光之处。必须要说明的是，因为感兴修辞诗学是教材确立的一种中国式文学理论，所以我们以下所分析的创新之处基本上是涵盖在这一理论下的。

(一)感兴修辞的各个层面、类型和基本形式

在第二章作者把文学属性定位为感兴修辞之后，用了相当大的篇幅(四节内容)，力图从各个方面说明、完善这一全新概念。

作者从读者阅读角度将感兴修辞分为由外到内的四个层面："感触修辞、修辞生兴、兴会酣畅和兴味深长"。感触修辞指"读者以自己的感官去阅读和理解文学修辞，感受文本修辞的意指作用及其原创特

---

① 胡友峰：《跨文化语境下文学理论的书写困境》，载《当代文坛》，2012(6)。

色"。修辞生兴指"由富有原创特点的修辞激发起内心的感兴波澜"。兴会醺畅指"读者在修辞的激发下沉入特别感动的体验境界，发现人生的深厚奥妙"。兴味深长指"读者有时可以透过文本修辞而体悟到更为朦胧、深邃而又悠长的感兴意味"。从这四个层面，作者确定了文学的审美价值在于："修辞如何激发感兴，即原创性的修辞如何把读者牵引到对原创性的感兴的领悟和享受上。"①

从读者角度为感兴修辞区分层面之后，作者又将博克的认同修辞观和马斯洛的需要层级观和中国感兴理论联系起来考察，将感兴修辞定位为一种通过感兴修辞而实现的社会认同实践。从认同实质来看，作者将文学的感兴修辞又区分出生理型认同、安全型认同、亲情型认同、尊重型认同、审美型认同、认知型认同、自我实现型认同。接着，作者根据博克有关认同修辞的三种分类，区分出三种感兴修辞类型：同情式认同、对立式认同、无意识认同，这三种认同存在交叉渗透，形成综合式认同。

在这一章的最后，作者又概括了感兴修辞的基本形式：兴体，即感兴修辞的体式，在具体文本中有五个构成要素：兴辞、兴象、意兴、类兴、余兴。

关于这一部分的内容，我们看到作者建立起一种新的文学理论之后，希望它从体系上、逻辑上、各个层面的观照上，都有相应的概念、范畴去加以阐释，所以作者会在不长的篇幅中，有如此密集的或原创、或旧词赋予新意的努力。

这种努力有没有实现作者的初衷呢？如果作为理论专著，这样做无可厚非，作者可以将最新思考的成果都呈现在文本中。但如果作为

---

① 王一川：《文学理论》，88~90页，成都，四川人民出版社，2003。

教材，这种做法就有待商榷了。教材是面向学生和教师的，教材内容需要已经在文论界达成一定共识，对教师而言，要在课堂上一一澄清这些概念、范畴的区别(有些区别非常微妙)，简直是一件不可能完成的任务；对学生来说，文学理论课面对的是本科一二年级学生，这部分教材中的理论难度和深度，涉及的文学问题之广度，显然也不在他们的认知范畴之内。此外，感兴修辞是富有中国民族特色的文学理论，在文本实践方面最适合分析中国作品，而这部分不少概念是从西方文论或科学里移植过来的，文学艺术的很多层面却未必是通过这些新名词可以触及和切入的，大批新名词、新术语一时又做不到不露痕迹地被吸收和运用，种种相加，使这部分内容在整个教材体系中都比较生硬、突兀。作者创新无可厚非，但过犹不及，这部分内容失之烦琐、冗赘、庞杂、套用。作者本人也意识到这个问题，所以在2011年修订时对这部分进行了大刀阔斧的删减和调整：以上内容均不再出现，替之以"兴辞的构成及类型"部分，将兴辞视为一种多重组合体，区分为平常性兴辞、冲淡式兴辞、融汇式修辞，明晰利落，效果就很好。这也揭示出在本土化文论建设的前进道路上，拓垦者迈出的每一步都很曲折和艰难，需要不断调整和改变。但只要去做，就会一点点进步。如同作者所言："要建设这种新传统现代文论，原是要许多人一道来付出艰苦努力的。我自知个人能力有限，距离真正地道的新传统还有相当的路程，但甘愿做这条道上的一枚铺路石子，让它通向新传统现代文论的建立和成熟。"①

---

① 王一川：《文学理论》修订版，6页，北京，北京大学出版社，2011。

(二)文学媒介

教材对文学媒介的强调,使文学媒介成为文学理论的重要问题之一。作者认为,"媒介不再是文学的简单载体,而是与文学的意义密切关涉的东西。媒介关乎意义。不同的媒介会造成不同的意义构型。"①作者的这一观点建立在他对文本存在方式和时代文化语境的了解基础之上,一方面,传统文论认为读者面对的文本第一要素就是它的语言,作者则指出,"读者阅读文学作品时首先接触到的不是它的语言,而是语言得以存在的具体物质形态——媒介。文学总是依赖一定的媒介去实现其修辞效果的,媒介是文学中的重要因素。"以往文论对它的忽视是由于对这种媒介过于熟悉以至于意识不到其存在和作用,而作者将其推向前台,突出了"媒介优先"的原则,这是符合文学基本规律的。另一方面,随着90年代以来大众媒介在我国人民生活和文学艺术中的作用越来越突出,媒介在文学中的地位和角色备受关注。综合起来,作者对文学媒介给予了足够重视。这种对媒介的高度重视并以专章形式来讨论的做法在新时期文学理论教材中也是第一次。在这部教材之后,文学理论教材对媒介的重视渐渐成为一种潮流和标配。

教材对文学媒介的分析还是围绕感兴修辞展开的,作者分析了文学媒介演化的五个阶段,指出文学媒介在文学中的作用在于它的"选择运用在特定语境总是关涉文学文本的意义和修辞效果"。文学媒介具有自身的修辞性特点,包括涉义性、物质性、中介性、语境依托性。在此基础上,作者讨论了文学文本的各类形态,特别指出,"文

---

① 王一川:《文学理论》,420页,成都,四川人民出版社,2003。

学媒介与文学文本之间既有着传输工具和被传输信息的明显区别，但同时更结成丰富而又复杂的修辞性联系"①，所以，在文学文本形态论中，除了传统文论从文类角度对文学所做的诗歌、散文、小说、剧本的分类法外，作者从文学媒介的角度将文学分为：口语文本、文字文本、印刷文本、大众媒介文本和网络文本等。这也是新时期文论教材第一次引进传播学理论深入分析文本类型取得的文论新成果。

(三)文学文本中心立场

从整部教材各部分的比重来看，作者坚持文学文本的中心立场，他将文学文本作为整个文学过程中的一幕重场戏，置于全书最重点阐述的部分，全书正文 8 章 419 页，文学文本占据其中两章，共 141 页，占全书 1/3。这样的比例充分说明作者对文本的重视，将其作为中心性问题去探讨。他说，"文学文本及其层面是文学的一个焦点性问题，""正是在文学文本及其层面内，通常的文类、文化类型、媒介、语言、形象、意蕴等复杂的文学问题都找到了各自的位置。重要的是，这些文学问题在这里不再被置于文学文本之外，而是作为文学文本事实本身去把握。"在第四章中，作者介绍了文学文本的概念，在感兴修辞的规定下，这部教材的文学文本指"由媒介传输的具有完整表意系统和文采的富于感兴修辞的语言产品"②。文学文本的形态除了上文提到的文类分法和媒介分法，作者还从文化的角度，将文学文本视为一种具体文化形态，分为主导文化文本、高雅文化文本、大众文化文本和民间文化文本，并指出各种文化文本之间存在多元互渗。从文

---

①　王一川：《文学理论》，137、144 页，成都，四川人民出版社，2003。

②　王一川：《文学理论》，147 页，成都，四川人民出版社，2003。

化角度区分文学文本类型也开辟了新时期文论的一个先河。

接下来第五章，作者进一步开辟专章来论述文学文本的层面构造。他创新地提出"文学文本六层面论"：媒型层、兴辞层、兴象层、意兴层、余兴层、衍兴层。这是根据文学文本由外部向内部步步拓深得出的结论。在六个层面中，作者最不吝笔墨的是对兴象的论述。

兴象这一概念在教材中的地位和作用大致与传统文论教材中的形象相仿，但它对形象内涵有跨越式的推进和丰富。在"文学文本层面"一章中，作者居然以38页之多的篇幅对兴象层展开了详尽论述：先从宏观角度论述兴象定义、兴象层面和兴象分类，他认为，"对于中国文学来说，文学形象是必须呈现为兴象的。兴象，是兴中之象，即是富于感性的虚拟形象，是在兴辞中构造的活生生的虚拟物象。""作为一个文论概念，文学文本中的兴象是指那种由文学媒介和兴辞呈现的、依赖于读者的想象的富于深意及余蕴的活生生的物象形态，简单说，兴象是富于感兴的虚拟物象。""兴象可以分为四个层面：媒介层面，简称媒象；文学语言形象，简称语象；心理形象，简称心象；幻觉形象，简称幻象。"作者在每一个兴象层面又做了具体而微的分析，涉及作家、文本、读者等文学活动诸方面。从某些角度来看，兴象论宛如作家感兴修辞诗学的一个缩影，具体而微地代表和呈现了作者的理论。

在兴象的类型方面，作者把兴象分为典型、意境和流兴，典型属于现代文学中长时间占据主流地位的兴象，意境属于古典文学所特有并在现代仍然产生影响的兴象，流兴则是现代文学中新出现的融汇着古典意境质素与现代典型碎片的新型兴象。流兴是作者自创的又一新概念，作者把这个概念放在中国现代性文化演进的历程中来加以观照，认为这是处于新的现代性世界格局的中国人在生存焦虑中，主动创造和欣赏的古典感兴的现代流变物。所以这个概念突破了从中国文学和文化来加以界定的常规，而是置于中西文化对比和交融的大文化视野、大文化语境和大文化格局里，来对中国现代文学中的这种独特表达类型做了界定。

虽然在文学文本的两个专章里，作者呈现出几乎令我们目不暇接的一个个新名词和新术语，但这部分却并不晦涩难懂，相反，可读性相当强，原因在于作者的论述方式。他对中国现当代文学有充分的关注，前期丰富的文学语言文学批评实践被他恰当地和理论结合了起来，或者也可以倒过来说，正是对这些文学作品语言的个性研究和书写使作者有了理论概括和提炼的基础，因此他能够把感兴修辞理论娴熟地加以应用，落实文本实践。

（四）感兴修辞批评及其个案分析

教材最后一章"文学批评"，作者提出一种"尽可能吸收多种文学批评模式并针对具体文本分析实践的批评框架"：感兴修辞批评。这是"由注重个体体验的感兴论与突出特定语境的语言效果的修辞论两者融汇起来的批评框架"，其显著特色是"致力于文本体验、分析和语境阐释汇通的路径"①，包括文本感兴激活、文本语言阐释、文本深层结构阐释、文本与语境的相互阐释、文本独特意义阐释五个阐释圈。为了说明感兴修辞批评的步骤和帮助读者具体研习，作者列举了自己的数个感兴修辞批评个案，并在每个个案前面做简短的提示，说明该个案运用了哪几个阐释圈。这些个案涉及当代文学诗歌、小说、电影等体裁，涵盖高雅文化文本、大众文化文本、多种文化互渗的文本，

---

① 王一川：《文学理论》，354、358、359 页，成都，四川人民出版社，2003。

这些生动独到的批评个案，不仅显示了感兴修辞批评对文本的适用性和深入性，而且也启发读者实际动手开展文学批评。

进一步看，作者的理论创新从来不是一种纯理论的建构，而是紧密结合文学发展的形势，始终不脱离具体的文本阐释，教材在这一章里附录了作者运用感兴修辞批评对 20 世纪 80 年代和 90 年代中国当代文学若干代表作品所做的批评个案，其他章节中对当代文学现象、文学文本的独到分析和见解也比比皆是。而随着时代变化和文学发展，在 8 年后出版的该教材的修订版中，这些个案则被作者出于"大多不够新了"[①]的考虑都删掉了，代之以更新、更能反映文学新面貌的作品分析。因此，我们从他诸多的当代文学文本分析中可以清晰地看到他积极的理论回应。这为新世纪文学理论提供了一条可行性思路，即不断变化的文学现象为文学理论提供了生发点，借助古今中外可以利用的思想和文化资源来对新的文学现实加以合理阐释，并从不断处于流变中的文学现实中提炼概括新的范畴、概念，乃至建立新的理论体系，不失为一条文学理论的创新之途。在这一点上，王一川的这本《文学理论》就很具有代表意义，他在教材中大量的原创性概念就来自作者多年对中国现当代文学的研究、对文学批评的具体文本实践。在他看来，文学史、文学批评和文学理论三者是密不可分的一个整体，"文学批评不是理论的简单运用，而就是文学理论的一部分。……文学理论决不是可以脱离文本实际的空洞思考，而是始终与具体文本分析紧密结合，并在文本分析中生长的东西。"[②]三者的统一和通容是文学基本理论创造的源泉。由于这种紧密贴合文学现实的特性和内在的

---

① 王一川：《文学理论》修订版，367 页，北京，北京大学出版社，2011。

② 王一川：《文学理论》，421 页，成都，四川人民出版社，2003。

中国民族特色，使它比其他两本根植于西方文论基础的教材对国人更有吸引力。

（五）教材后附有《文学理论术语词典》《进一步阅读书目》

这两个附录列举了103个书中出现的关键词条和27本中外代表书目，方便学生进一步查阅和学习。

在教材的"结束语"中，作者自陈并没有在教材中把全部重要的文学理论问题都囊括进去，在他看来，他采取的是"有所为有所不为"的策略："谈自己认为最应该谈的方面，而对其他方面则加以省略"。[①]我们不妨将这种策略称为"教材的留白"。作者这样做，一方面是正视文学理论发展现实的基础上所做的理性选择："随着文学理论研究的进展或演变，有些问题在过去可能显得很重要甚至必不可少，但在现在看来却很可能已经变得可谈可不谈甚至了无意思了。"另一方面，我们也可从中看出作者对传统文论那种追求无所不知的宏大叙事的有意放弃，不再面面俱到，有意留下适当空白，反而与这部有着浓重的中国基因和鲜明的中国特色的教材相得益彰，这大概是教材带给我们的"余兴"吧。

第三节　陶东风主编的《文学理论基本问题》

随着新世纪以来文论界对反本质主义的逐渐深入，2004年，陶东风主编的《文学理论基本问题》出版，这本教材以反本质主义作为理论

---

① 王一川：《文学理论》，421页，成都，四川人民出版社，2003。

基石，以激进的姿态旗帜鲜明地批驳文学本质主义，核心是"反思文艺学学科中的普遍主义与本质主义倾向，强调文艺学知识的知识性与地方性"，从教材的理论依据、方法论、结构框架、编写体例到文本阐述上都打破以往本质主义模式，对文艺学教材进行了较彻底的革新和实验。

一、教材产生的背景

(一)社会语境发生重大变化

经过改革开放和商品经济、市场经济实践，90 年代后期，中国社会发生了重大转型。在我国学术界，后现代理论渐成显学，出现现代主义和后现代主义并存的文化景观。大众文化、传媒文化、消费文化日渐兴盛，日常生活审美化成为美学的中心主题，而传统的各类文学形态日渐衰落。同时，解构主义、新历史主义、后殖民主义、女性主义、文化研究等西方后现代理论资源纷纷涌入国内，对中国当代文论的发展和建设产生了巨大的影响。陶东风在《文学理论基本问题》的"导论"里坦言：他主编的这部教材是在中国后现代质素有所滋生、后现代理论大规模译介到中国的现实与学理背景下应运而生的，可以看作中国文艺理论界对后现代思潮的系统接纳。因此具有鲜明的后现代性品质，是一部以后现代哲学为基础建构起来的具有激进性质的文学理论体系的教材，这种鲜明特色显然是时代所赋。

(二)文艺学的自身发展出现危机

面对各类新兴理论和文化形态，如何面对其带来的挑战，在研究、吸收的基础上将这些理论资源与我国具体的文学理论实践相结合，使之成为中国当代文论的新质，成为许多学者关注和思考的焦点，也成为文论界亟需回应的话题。在编著这本《文学理论基本问题》之前，南帆和王一川都不约而同地提到文艺学危机和转型问题。陶东风写作这样一本文学理论教材乃是有感于"大学的文艺学（很大程度上也是一般的文艺学）已经不能积极有效地介入当下的社会文化与审美/艺术活动，不能解释改革开放尤其是1990年以来文学艺术的生产方式、传播方式以及大众的文化消费方式的巨大变化"。这些变化包括"（1）文艺活动日益深刻的市场化、商品化与产业化；（2）由于商业化以及大众传播方式的普及而导致的大众日常生活的审美化，以及相应的审美活动的日常生活化（或曰审美的泛化）——电视连续剧、广告、流行歌曲等成为大众主要的文化消费对象就是明证；（3）艺术消费方式与消费目的的变化，艺术接受的休闲化与日常生活化；（4）新的知识分子/文人类型、新的文化与艺术的从业人员以及'新媒介人'阶层（比如艺术经纪人、图书商人、各种游走于官方、大众与市场之间的编辑记者等）的出现；（5）文化生产机构与传播机构（如出版社、画廊、音乐厅、博物馆等）的种类与性质的变化，各种具有中国特色的文化艺术机构（如唱片公司、影视剧制作中心）的出现等"①。而文艺学没有能够对这些新的文化与文艺状态做出及时有力的回应。

（三）文艺学的思维方式陷入僵化

陶东风认为：文艺学一旦丧失了对文学现实问题积极回应和研究的能力，也就失去了学术创新的能力。导致这种能力丧失的根本原因在于文艺学思维方式长期的拘泥不化："以其中关于'文学本质'的元

---

① 陶东风：《文学理论基本问题》，1～2页，北京，北京大学出版社，2004。

叙事或宏大叙事为特征的、非历史的本质主义思维方式严重束缚了文艺学研究的反思能力与知识创新能力，使之无法随着文艺活动的具体时空语境的变化来更新自己。"不仅如此，教材认为本质主义直接导致了另一个严重后果，"即文艺学研究与公共领域、社会现实以及大众的实际文化活动、文艺实践、审美活动之间曾经拥有的积极而活跃的联系正在丧失。""而对于新近出现的文艺活动深刻变化的一味回避或拒斥，又反过来强化了文艺学中原有的本质主义倾向。"[①]因此教材直指本质主义之弊病，以反本质主义作为主题和核心问题。

二、教材的指导原则和重要思想

这本教材是围绕反本质主义编写的，编者希望以这部教材作为重建文艺学的一次尝试和实践。陶东风对此早形成了比较清晰的思路和系统的构想，在 2001 年 4 月全球化语境中的文学理论研究与教学学术讨论会上，他在发言中提出了重建文艺社会学的设想，他认为传统文艺社会学的理论基础和研究对象都存在着局限。首先，他指出重建文艺社会学应该在理论方法上吸收 20 世纪语言论转向与文化论转向的成果，打破文化与社会存在的二元论与依附论，把文化理解为一种基本的社会实践，它不只反映现实，同时也建构现实。其次，文学理论研究必须重视消费社会中日常生活的审美化趋势，以及由此导致的社会学的美学转向，不仅要用社会理论来解读文艺、文化现象，同时也从审美的、文艺学的角度来解读社会现象，而且用审美现代性来反思、诊断现当代社会的偏向。最后，文艺社会学的研究对象必须拓展，文艺社会学应当在作家作品思潮之外，把文学机构、文学的生产

---

① 陶东风：《文学理论基本问题》，1 页，北京，北京大学出版社，2004。

与传播方式，以及文学从业人员的社会构成纳入自己的研究视野。①

　　这部教材的导论相当重要，介绍了教材编写的初衷，深刻反思了当今文艺学，提出了解决办法，直接规定了这部教材的编写原则、编写体例、编写方法等。

　　导论一开始就对中国现代文艺学学科建制进行了反思，陶东风认为文艺学中的本质主义思维束缚了当代文艺学的发展，他首先从哲学上将本质主义视作一种僵化、封闭、独断的思维方式和知识生产方式。"在本体论上，本质主义不是假定事物具有一定本质而是假定事物具有超历史的、普遍的永恒本质（绝对实在、普遍人性、本真自我等），这个本质不因时空条件的变化而变化；在知识论上，本质主义设置了以现象/本质为核心的一系列二元对立，坚信绝对的真理，热衷于建构'大写'的哲学、'元叙事'或'宏伟叙事'以及'绝对的主体'，认为这个'主体'只要掌握了普遍的认识方法，就可以获得超历史的、绝对正确的对'本质'的认识，创作出普遍有效的知识。"②教材列举了受这种哲学思维影响的文学理论教科书中本质主义的种种体现："总是把文学视作一种具有'普遍规律''固定本质'的实体，它不是在特定的语境中提出并讨论文学理论的具体问题，而是先验地假定了'问题'及其'答案'，并相信只要把握了正确科学的方法，就可以把握这种'普遍规律'、'固定本质'，从而生产出普遍有效的文艺学'绝对真理'。在它看来，似乎'文学'是已经定型且不存在内部差异矛盾与裂隙的实体，从中可以概括出所谓放之四海而皆准的'一般规律'或'本

---

① 黄石明：《全球化与文学理论的发展策略》，载《扬州大学学报》，2001(4)。
② ［美］罗蒂：《后哲学文化》，158 页，上海，上海译文出版社，1992。

质特点'。"①

然后教材用当代文论教材中几部代表作品——以群主编的《文学的基本原理》、边疆十四院校编写的《文学理论基础》和童庆炳主编的《文学理论教程》为例痛陈和直击本质主义文学思想的弊害，例如在文学性质方面，《文学的基本原理》"把历史上各种各样的文学观念（无论是中国的还是西方的）统统归入'唯心'与'唯物'两种"，"否定了文学理论与文学本质的多元性"。《文学理论教程》"把文学的本质界定为'审美的意识形态'"，"把'审美'视作文艺的特殊性质或'内在性质'，而把'意识形态'视作与'审美'对立的'外在性质'"②，这种二元对立模式是本质主义基本特征之一。因此，中国当代文学理论传统教材都没有脱离文学本质主义的僵化思维。教材强调应该吸收后现代主义和文化研究思想，"对'文学'以及文学的'本质'采取一种历史的、非本质主义的开放态度"，"强调'文学本质'各种界定的具体社会文化语境而不是寻找一种普遍有效的'文学'定义"。"不把'文学'视作一种可以一劳永逸地解决的概念，而是转向把'文学'视作一种话语建构"。③ 在吸取伊格尔顿的社会学、美学理论和乔纳森·卡勒的文艺学思想突出实践性与语境性的基础上，作者以历史性的、地方性的、实践性的和语境性的眼光看待文学现象和文学理论知识。最后提倡借鉴福柯事件化方法和布尔迪厄反思性方法，以历史化与地方化的方法论原则重建文艺学知识的路径。陶东风写道："我们认为，对于文学研究者而言，有意义的问题不是'什么样的文学理论是正确的，是对于文学固有的、

---

① 陶东风：《文学理论基本问题》，3 页，北京，北京大学出版社，2004。

② 陶东风：《文学理论基本问题》，5 页，北京，北京大学出版社，2004。

③ 陶东风：《文学理论基本问题》，8 页，北京，北京大学出版社，2004。

真正的本质的揭示'，而是'在什么时候、什么情况下、什么样的文学理论被认为是对于文学本质的揭示'、'各种文学理论的话语是如何建构出来的，它们被什么人出于何种需要建构出来'、'为什么在这个时候这种关于文学的界说取得了支配性地位'等等。"①通过这样的文艺学知识形态的重建，建构起面向未来的反本质主义文艺学，重新确立文学理论的有效性。

在反本质主义原则规定下，教材确立的基本构架、写作宗旨和编写体例是：首先，解构文艺学教材传统四大块的通行体例，用不同国家和民族文学理论共同涉及的几个"基本问题"——"什么是文学""文学的思维形式""文学与世界""文学的语言""意义和解释""文学的传统与创新""文学与文化""道德及意识形态""文学与身份认同"等结构全书；其次，教材对每个问题采用历史化和地方化的方法，建立一个具有历史性和地方性的文学理论知识体系；最后，介绍完毕后，作者并没有给出每个问题的最终答案，而是不做结论，把问题敞开，让学生自己去思考。② 以此力避本质主义思维的绝对真理性、诠释单一性、二元对立性。在作者看来，这样才是真正自由、多元、民主的文艺学。③

三、教材的价值

（一）后现代主义理论的文本实践

西方启蒙运动之后，进入了现代社会，现代性最突出的内涵是启

---

① 陶东风：《文学理论基本问题》，12 页，北京，北京大学出版社，2004。

② 陶东风：《文学理论基本问题》，25 页，北京，北京大学出版社，2004。

③ 陶东风：《文学理论基本问题》，22 页，北京，北京大学出版社，2004。

蒙精神的兴起。启蒙精神强调人类理性的重要性，相信凭借人类的理性，可以探究客观世界的真理，找寻规范人类行为的普遍原则，建立公平正义尊重人类尊严的社会，达成对美的终极追求。在现代性统摄下的主流理论通常又被称为元叙事话语（metanarratives）或者宏观叙事话语（grandnarratives），这种话语思想或者行为提供正当性或合法性的论述。后现代是针对现代而言的，直接质疑人类理性、理想的力量，质疑客观世界和普遍真理的存在，质疑科学和理性的稳定性，也质疑并力图颠覆所有关于正当性的宏观叙事话语，由此放弃对绝对真理的追求，强调对世界、对个体做不同的阐释和理解。陶东风的《文学理论基本问题》应用后现代理论，体现出浓厚的解构主义色彩。

在文学本质观问题上，教材持鲜明的反本质主义态度。后现代主义消解了实体论本质主义，进而摧毁了传统的文学理论模式。反本质主义不再认为文学存在一个普遍的、恒定的、超历史、唯一正确的文学本质，任何有关文学本质的界说实际上都是"有具体的社会历史条件的，是与各种非文学维度相互缠连的，是一种历史性、地方性的知识和话语建构"。①

在教材体系架构上，编者也持鲜明的后现代立场，应用后现代新历史主义理论将历史事件化、叙事化。教材放弃文学理论的宏观叙事式的体系建构，通过对反本质主义的诸多理论大家如"海德格尔、维特根斯坦、罗蒂、福柯、德里达、利奥塔"等人理论的介绍和梳理，采用"知识社会学"为理论武器重建文艺学知识的社会历史语境，运用

---

① 陶东风：《文学理论基本问题》，11 页，北京，北京大学出版社，2004。

福柯的"事件化方法"和布厄迪的"反思性方法"①还原文学理论的历史真相。教材在每个问题下面列举中西古今的文学思想，在编者看来，这些问题没有高下之分、优劣之别，所以并不确立某种经典思想进行特殊阐释，体现出鲜明的反本质主义倾向。

在教材整体连缀上，各章之间并没有一个有内在逻辑的线索，而是围绕几个没有关联性的中外文论史上的重要问题结构成章，集合成书，变传统文学理论教材的逻辑布局为问题布局。这就解构了传统文学理论教材写作中的"元叙事"模式而代之以一种后现代的零散化模式。

在教材主要论题上，教材有意将后现代文论中的一些重要问题写入教材。如第六章"文学与文化、道德、意识形态"对文化研究、大众文化的论述，第七章"文学与身份认同"的章节设立和其中对"文学与身份认同""文学与民族身份"等问题的阐释，都直接涉及后现代文论中的重要议题，并加以详尽介绍。

因此，相较于南帆教材中对选用了后现代主义的"文化研究"，王一川教材以文学属性的研究代替文学本质论的委婉做法，陶东风这部教材体现出新世纪以来全面与世界后现代主义文论接轨的特征，涉及反本质主义、新历史主义、文化研究等多种后现代主义文论，以激进的姿态破除了形而上学的本质主义的文学理论，对盘踞我国文学理论界多年的本质主义积弊有纠偏之效；他主张对文学理论要进行历史的、社会学的分析，把文艺学知识历史化、地方化，用历史考古学的方法对一些文学理论基本问题做历史性、地方性描述，进而挖掘出具

---

① 　陶东风：《文学理论基本问题》，3、21、22、23 页，北京，北京大学出版社，2004。

体历史语境和地域环境中隐藏在这些问题背后的意识形态与权力话语；他肯定文化研究对当代文学理论建设的必要性和合理性，从而为我国现代文论的建设提供了一个可资参考和借鉴的范本。他的理论体系紧扣我国当代文学和文化发展的实际情况，直指我国当代文艺学的弊病，对促进新世纪我国文艺学改革和发展也发挥了必要的作用。作为中国新世纪极具代表性的反本质主义文学理论教材的先行者，该教材开辟了中国当代文学理论教材建设的另一条全新路径，对其后的教材有深刻而持久的影响，具有相当的理论创新性和很高的理论价值。

(二)鲜明的问题意识

赵宪章曾以"问题意识和历史优先"来概括陶东风这部教材的特点，可谓一语中的。这部教材保持问题意识，甚至以《文学理论的基本问题》作为教材名称，刻意用问题意识代替对原理的刻意追求，形成了教材的一大特色。

我们经常说，教学应该体现最新科研成果，科研是为了提高教学学术水平，二者应该互相促进，但在实际生活中，教师在课堂上和在学术研究中是不同的学术姿态。教学求稳，科研求新。以教学为目的的理论归纳多是文学经典，追求的是理论完满自足，这一套文学原理应用到丰富多彩的社会文学实践中常常有捉襟见肘、力不从心之感。这促使我们反思，建立一种大而化之、力图涵盖一切文学现象的绝对客观文学原理是必要的吗？后现代主义理论已经揭示了这种本质主义的种种弊病，并提出了历史化、地方化的研究思路和方法，那么，建构一种意在掌控一切、绝对真理式的文学理论已成为一个伪命题，倒不如潇洒转身，让文学理论保持开放的状态，留下多种阐释的可能。《文学理论基本问题》便展现了这种开放的姿态：从问题出发，概括归纳出具有前卫性的文学理论热点问题，致力于在每个问题专题下介绍文学理论的基本知识，而且这种知识性介绍尽可能地涉及了文学理论的各个方面。作为以绍介和描述为主的知识型教材，虽然没有提供新的文学理论，但也不会产生因从编者主观视角出发对文学丰富意义造成遮蔽的后果。即使是在某个问题专题列举古今中外文学理论知识后，对其所做的简单概括和比较，也绝不以自身的理论强迫教材读者去接受，只是做自然的呈现。有学者称赞教材对问题意识的敏锐和坚持："这种对'文学原理'、文学知识的绝对性、客观性的质疑来自学院内部犹为可贵，它表现了一种通过对自身地位、权力的反省而重获新生的勇气，鲜明的问题意识则呈现了面向社会、面向文学实践的开放态度。也许，文学存在绝对的、客观的、普适的真理的预设被当作文艺学安身立命的基点，因此当它受到质疑的时候，许多人才会有大厦将倾之虞。但是，承认文学知识的相对性、主观性绝不是宣告这一知识的无理无效，而是让我们换一个角度去看待和理解这些知识，让它们为我所用，去磨砺敏锐的思想锋芒。我们欣慰地注意到，这种工作是在质疑和打破的同时蕴含了新的建设理念，虽然可能有缺憾，但毕竟为我们提供了关于文学观念的一种开阔视角和思路。"①

(三)文学理论本土化资源的一种呈现路径

很多人将目光凝聚在陶东风看似激进的反本质主义姿态，却忽略了他在具体教材结构中暗含的对文学理论本土资源的保留和梳理。按照陶东风对教材的体系设计，在每个基本问题下面按照历史化和地方

---

① 阎景娟：《从"原理"到"问题"：文学教育的一种开放姿态》，载《首都师大学学报（社会科学版）》，2005(1)。

化的方法，分别列举中外文论对于该问题的看法和基本知识，采用一种中西文论平行比较的方式来结构全书，这给中国文学理论资源一个与西方文论并驾齐驱的展示机会，而不仅仅沦为传统教材文本中印证西方某种文论的碎片式材料，编者对传统文艺学教科书中的这种做法痛心疾首、极其反对。他认为传统文艺学教材在定下四大块的结构之后，"用'剪刀＋浆糊'的方法，把中外古今'相关'言论加以肢解，在完全不顾其文本语境、更不用说社会历史语境的前提下拼凑起来……这种拼凑式的编写方式决定了几乎所有文艺学教科书都没有、也无法组成一个具有内在联系的系统知识体系。"①而编者正是要通过新的教材编写方式，组成一个有内在联系的系统知识体系，他的思路是强调文艺学知识的历史化和地方化，具体操作步骤是：每一章中，编者先拟订问题，然后梳理古今中外文学思想对这一问题的观念。其中有几章在章末还就中西文学思想对于这一问题的论述加以比较和评述。

教材的重要篇幅都留给了中西文论关于某个问题的观念梳理和展示，客观上提高了中国文论在文学理论教材体系中的地位，成为与西方文论连镳并轸的组成部分，甚至在一些章节中，和西方文论相比，处于更为前台的位置。第一章"什么是文学"列举了文学概念在中国从古代文论中的早期表述到逐渐成熟再到20世纪文学观在我国的发展；第二章"文学的思维方式"第二节"中国古代文论体系中的文学思维论"，介绍了"虚静"与"神思"、"凝思"与"苦吟"、"兴会"与"妙悟"，第四节"关于文学思维论的几个基本问题"中的"意在笔先"介绍了古代文论对灵感的阐述；第三章"文学与世界"介绍了中国文学思想中的文

---

① 陶东风：《文学理论基本问题》，18页，北京，北京大学出版社，2004。

学—世界关系论，而且包括中国古代、近现代和当代文学思想；第四章"文学的语言、意义和解释"的第一节即为"中国古代文论相关观念范畴的梳理及综述"；第五章"文学的传统与创新"第一节是"文学的'通'与'变'"，详细介绍了"变则其久，通则不乏""脱胎换骨，点铁成金""文必秦汉，诗必盛唐""独抒性灵，不拘格套"等中国文学观；第六章"文学与文化、道德及社会形态"，独独选取这三个角度和内容，是因为这是西方后现代主义理论谈得较多的部分，各节中也都展示了中国文论的相关论述；第七章"文学与身份认同"也是西方后现代主义的重点之一，教材分别介绍了中国文论论文学与性别身份、中国文论对文学民族身份问题的阐述。从教材关于本体资源的分量、篇幅上来看，在文学理论的地方化、民族化方面还是比较突出的。有学者认为这恰恰反映出编者主观意图和具体文本之间呈现出来的不相一致：导言中申明采用福柯的"事件化方法"和布厄迪的"反思性方法"，建立一个具有历史性和地方性的文艺理论知识体系，但在教材具体章节中这一目标和具体方法都没有得到充分的贯彻，各章呈现的是中西方文论的平行呈现，没有实现知识的整合，建立起新的文艺理论体系。[①] 虽然与编者初衷有所背离，但教材最终呈现的面貌却客观地实现了对中国文论的彰显和前置，这是陶东风在反本质主义的坚硬姿态下隐藏的低调柔性的本土化策略。

（四）教材的教育目标的超前性

教材列举了旧的文艺学教科书的弊病：所谓井井有条的四大块体系结构，"完全切断了中外古今文学理论的整体性与它得以产生的社

---

① 参见张法：《走向前卫的文学理论时空位置》，载《文艺争鸣》，2007(11)。

会文化语境"。"遮蔽了文学理论知识的历史具体性和历史差异性",
"遮蔽了文学理论知识的地方性(民族具体性或民族差异)"。这类教
材,"先有了一个关于文学的'普遍经验'的先验之见,然后到各种'文
学理论资料汇编'、'中外作家理论家论文学'之类的工具书中断章取
义地寻找合乎自己需要的片段言论,把这些只言片语为我所用地剪接
在一起",文艺学的"真理"就堂而皇之地出炉了。"大学文学理论教学
僵化的考试——评估制度与方式更加强化了文艺学的学科规训力量,
这是对教师和学生的双重规训。"对教师而言,"本质主义的文艺学知
识以及僵化的教学—评估—考试体制导致了文艺学的研究与教师人员
思维方式的僵化,塑造了他们'教科书'式的思维和写作方式。"即先想
出一个所谓"理论"问题,然后找各种工具书中各种各样的"证据"来论
证这个"理论"。陶东风挖苦这类学者:"似乎学贯中西、雄辩滔滔,
实则一知半解,满脑子'名人名言'。"陶东风也痛斥僵化教条的大学文
艺学对学生的戕害,他认为,这种旧的文艺学教材封杀了学生的创新
性思维能力,扼杀了学生的独立思考能力。① 陶东风在反思文艺学学
科的普遍主义和本质主义之后,希望自己这本著作能够成为突出文艺
学知识的历史性和地方性的文论教材。在作者的预想中,这种教材并
不给出"什么是文学"的最终答案,不作最终定论,把文学问题敞开,
让学生自己去思考。"使学生明白关于'文学'本来就有无限多元的解
释和理解,从而培养他们开放的文学观念。"②在新世纪,大学阶段的
教育目标是培养具有世界文化胸怀和具有解决问题能力的人才,陶东
风这部教材无疑是对这一目标的具体文本实践和回应。

---

① 陶东风:《文学理论基本问题》,18~21 页,北京,北京大学出版社,2004。
② 陶东风:《文学理论基本问题》,25 页,北京,北京大学出版社,2004。

（五）教材的学术性

这部教材虽然重在保持客观地呈现中西文论史上对文学多个基本问题的观念，但并非没有作者自己的思考和理论主张，编者将学术性的理论思索保留在了一些章节的"述评"（或"评述"）之中，虽然分量不多，但闪烁着编者学术的灵光，凝聚着编者智慧的结晶。第一章"什么是文学"的最后一节是"述评：'文学性问题'"，对前面四节内容作了理论上的对比、综合和概括，说明了编者对文学的理解；第二章"文学的思维方式"最后一节概括和分析了"关于文学思维论的几个问题"；第三章"文学与世界"最后一节阐述了作者对于"再现"的理解；第四章"文学的语言、意义和解释"最后一节将中西文论语言、意义观念做了对比和整合；第五章"文学的传统与创新"最后一节编者思考着是否存在永恒不变的创作规律和艺术形式，文学发展是否具有整体性、连贯性和历史继承性，文学的来源与影响，文学的独创性等问题；第六章"文学与文化、道德及社会形态"的第四节是"评述"；第七章"文学与身份认同"则在每节的末尾加以评述。

值得注意的是，和王一川教材中将自己的理论和丰富的文本实践相结合的做法迥异，这部教材很少引用文学作品，作者的目的不是新创或复述某种观点去解决问题，而是强调古今中外文学理论史上是如何表述和看待文学的某个基本问题的，对历史上这些观点做出客观展示，因此作者强调的是史而不是论。这也许和文学理论教材观点明确地力图用某种理论和体系解决应对文学理论问题的惯例相差甚远，但并不意味着没有学术性。有学者概括学术性的几点必备："（1）论点，具有创新性，是作者的独到见解，是学科中从无人提出，或虽有人提出但仍值得探讨的问题，要显示出论点在学科中的位置和意义。

(2)论据，论据具有权威性和时间的贴近性。(3)论证，应该是对论题本体的研究，抓住事物本质进行论述，具有严密的逻辑性。(4)语言的简明性，简明性是学术性的必然要求。"①对照这一标准，教材在论证方面的确是有所缺失的，虽然在"述评"(或"评述")之中有所补救，但份量明显不够，对于教学对象来说，还是需要一些具有内在关联性和逻辑性的理论阐述来使学生更好地把握教材展示的种种文学观点，并在此基础上进一步开展理论深化，例如对教材列举的中西文论是否能够解释中国当前的文学现象展开一定探讨，发掘中国古代文论与西方文论的内在文化差异，寻觅中国文论的西方化与本土化的关系，探索文学理论的发展方向等问题，为学生指引探索的方向和努力的目标。解决这个问题需要编者在梳理和这些文学理论基本问题有关的中西文学理论文献时，进一步将其来龙去脉及历史演变的复杂性展示出来，丰富历史性的内涵，同时结合文学作品和文学现象，体现文论的地方性、民族性和共时性，展现文学理论对于文学现象的穿透力。

四、教材的矛盾

这部教材在导论中是力主反本质主义的，而在后面的教材文本中，反本质主义和本质主义的纠葛不时可见。这也是被大多数论者诟病的，将其概括为某种缺陷，但在笔者看来，与其说是带有错误性倾向的缺陷，不如说是带有先天性难以调和的矛盾。

(一)具体表现

从导论中的编写目标来看，教材是明确反本质主义的，但从全书

---

① 曲家源:《什么是学术性》，载《编辑学刊》，1993(4)。

的基本预设、问题选择以及某些具体言说来看，它又有本质主义的倾向。文学存在成品与意图不完全相符的现象，在文学理论教材中同样也可能存在。我们通过教材的梳理来看一下编者是否实现了编写的初衷，达到了反本质主义的目标。

从教材体系来看，教材提出反对本质主义的学科体制，希望重建一个历史化和地方化的文学理论教材体系，但这一重建设想并没有在后面的编写中得到很好的贯彻与实现。体系，泛指一定范围内或同类的事物按照一定的秩序和内部联系组合而成的整体，是不同系统组成的系统。涉及体系，就涉及教材各个理论部分的内在秩序和有机组合问题，我们现在看到的却恰恰缺乏这些，基本上类似一部文学理论基本问题史的论文集，甚至有些章的前后顺序交换一下也不影响现有教材的面貌，教材在各章之间显然缺乏一条内在的逻辑线索。

从对文学本质的看法来看，教材一方面采取激进的反本质主义姿态，另一方面又承认"这并不意味着我们认为文学根本没有本质，因而也就根本不存在什么关于文学的'理论'"。教材不否认"在一定的时代与社会中，文学活动可能呈现出相对稳定的一致性特征，从而一种关于文学特征或本质的界说可能在知识界获得相当程度的支配性，得到多数文学研究者乃至一般大众的认同"[①]。第一章"什么是文学"，在列举和介绍了古今中外不同理论流派对文学的各种看法后，编者提出："综观世界文学史与文论史，我们的确很难找到文学一成不变的'本质'并提供与之对应的理论概念，但似乎在差异的背后却又存在着某些基本的、大致的(而不是完全一样的)延续性因素和'规律'。正是这些大致有迹可寻的延续性因素，或许提供关于'文学'的普遍理论形

---

① 陶东风：《文学理论基本问题》，11 页，北京，北京大学出版社，2004。

成的可能性"，教材得出中西方文论对"什么是文学"这个问题的基本
共识："一、创作与文体上，'诗'（韵文）与'文'（散文）两大类文体样
式至今仍然是最流行的文体"，"二、文学观念的最大共识主要有四方
面表述，即关于文学的语言、情感、形象、想象的论说".① 从这些共
识中，我们基本可以推导出一条关于文学本质的界说：文学是以诗
（韵文）与文（散文）为主要文体，并综合了语言、情感、形象、想象等
因素。这就是作者找到的在差异的文学现象和文学知识背后存在着的
某些基本的、大致的（而不是完全一样的）延续性因素和"规律"，并据
此提供了关于"文学"的普遍理论——实际上，教材已经不知不觉绕回
了本质主义的老路上去：关于"什么是文学"的结论本身是本质主义
的，提供文学的普遍理论的思维方式是本质主义的，甚至文学的语
言、情感、形象、想象这四个要素的理论来源也是本质主义的——它
们出自本质主义教材的代表作：温彻斯特的《文学评论之原理》提出的
著名的文学四要素说：思想、想象、感情和形式，以及苏联文论家季
莫菲耶夫的《文学原理》将形象性作为文学的最本质特征。这些本质主
义的表现与导论中对本质主义激烈的抨击、否定出现在同一本教材
中，形成了鲜明对比，难免有自相矛盾之感。

从教材结构来看，全书七个章节。第一章"什么是文学"、第三章
"文学与世界"、第六章"文学与文化、道德及意识形态"②，对应传统
文艺学教材中的文学本质问题；第二章"文学的思维方式"对应传统文
艺学教材中的文学创作问题；第四章"文学的语言、意义和解释"对应

---

① 陶东风：《文学理论基本问题》，90、92 页，北京，北京大学出版社，2004。

② 这章内容对应传统教材中文学与上层建筑之间关系问题，作者引进了新的西方
"文化研究"的视角，对文学作了新的意识形态论的解释，还属于文学本质的探讨。

传统文艺学教科书中的"文学作品论"和"文学接受论"，并且是在现代"意义"理论的基础上所做的作品论和接受论阐释；第五章"文学的传统与创新"对应传统文艺学教科书中的"文学发展论"，探讨文学的发生、发展和古今演变问题；第七章"文学与身份认同"，这是从西方"后殖民主义"的视角对文学观念做出的理论创新。纵观全书，教材各个章节的编写模式主体还是传统文艺学中所涉及的本质论、发展论、创作论、作品论、接受论等，并没有体现出主编在导论中誓言旦旦要打破传统文论四大块结构的写作宗旨，教材反本质主义立场对传统文艺学四大块的解构并不成功。①

（二）原因

很明显，教材的导论与正文确实存在分离现象，原因之一在于正文未能做到真正有效地贯彻导论提出的历史性和地方性的方法论。文学理论与诗学、批评理论、文化研究、中国文论存在系统差异性，教材正文没有将历史性和地方性原则落实在这种差异性意识中，更没有看到这种差异在更深层次上源于中西文化某些方面的不可通约性。与南帆的教材一样，这部教材在教材理论背景方面存在阙如：后现代主义社会指从 20 世纪 60 年代开始，随着科学技术的革命和资本主义的高度发展，西方社会进入的一种"后工业社会"，也称作信息社会、高技术社会、媒体社会、消费社会等，必须看到的是，这是一种在资本主义制度下生长起来的文化形态，它与我国新时期以来的政治体制、经济体制存在基本差异，所以导致后现代主义的理论拿来之后，力图

---

① 该段参考了胡友峰《反本质主义与文学理论知识空间的重组》一文，见《文学评论》，2010(5)。

作为立法原则对文学进行立法时，与我国历史文化语境产生了激烈碰撞、巨大差别和明显冲突，这些不相适应处在文学理论教材编写中不时出现，说明这种后现代话语在纠正本质主义文论种种弊病上有纠偏之效、启发之功，但若想从根本上解决文艺学存在的问题，恐怕只能停留在编者的主观构想之中。

这种矛盾和纠葛一方面是中国国情和文论自身的复杂性所致；另一方面源于编者多年的学习和研究集合而成的一种学术"前视野"是以本质主义为基本形态的，尽管编者极力回避，但在写作中仍潜移默化地发生着作用。编者承认："在研究过程中，我们发现在许多问题上，古今中外的文学观念与理论依然存在大致的'交叉共识'，从而在力求避免'过渡阐释'的前提下，我们也尝试发现各种不同的文学理论之间的这种'交叉共识'。"①换言之，文学理论中必定存在着一些在不同历史阶段比较稳定的文学原理、理论共识，这些构成了一个历史阶段内文学理论的基本骨架。出现这种状况，既说明传统文论的强大性（在反本质主义者看来是顽固性），也说明其存在相当的合理性，乃至自觉不自觉地规范着反本质主义教材编写者的思维。从终极意义上来说，这种反本质主义吊诡地走向它否定的反面，确立了一种以反本质主义为中心的理论体系，并力图用这个逻辑框架阐释文学，走上了编者在导论中激烈否定的本质主义做法：在诸多理论中选择了一种作为对事物观照的唯一正确揭示，导致成为一种反本质主义的新的本质观。在这种历史和现实语境下，陶东风的反本质主义并不彻底也不可能彻底。

值得注意的是，这部教材效法的后现代主义理论本身也存在极端

---

① 陶东风：《文学理论基本问题》，25 页，北京，北京大学出版社，2004。

性和危险性，绝对历史主义取向会取消文学本质的共时性，尽管编者声称"我们所说的反本质主义并不是根本否定本质的存在，而是否定对于本质的形而上学的、非历史的理解"，以此将自己与根本否定事物具有任何本质的极端本质主义拉开距离。① 但教材要以文学理论问题的历史化、地域化来取代文学理论的建构，导致文学理论中的一些共时性问题也就被取消了。文学总还有成其为自身的共时性特征，甚至文学的地方性言说中也仍有共同性，否则文化的差异和文学的交流就失去了可能性。此外，教材采用的知识社会学视角易造成对文学的审美本质的忽略。丹尼尔·贝尔说："传统的现代主义试图以美学对生活的证明来代替宗教或道德；不但创造艺术还要真正成为艺术——仅仅这一点即为人超越自我的努力提供了意义。"② 人类永远抱持对存在意义和终极价值的追求、追问，文学的审美本质存在超历史性、超地域性、超民族性，这是后现代主义力所不能及的场域。

　　在这一节中，我们对陶东风教材的矛盾性和局限性论述得比较多，但这并非是否定这部教材的理论价值和实践价值，恰恰相反，学界对其巨大的争议正反映出它对传统文学理论教材的挑战和创新性达到了一个新的高度和深度，才能"一石激起千层浪"。我们也不必用当下的文论观点苛求从前的教材，如果借用陶东风在教材中提倡的历史化和地方化理论来观照这部教材的话，它在 21 世纪之初语境中所具有的理论高度、深度和广度都达到了当时极高的水平，体现出 21 世纪初我国文论教材的学术水准和实践能力。

---

　　① 　陶东风：《文学理论基本问题》，21 页，北京，北京大学出版社，2004。

　　② 　[美]丹尼尔·贝尔：《资本主义的文化矛盾》，98 页，北京，生活·读书·新知三联书店，1998。

21 世纪初这三本教材的编者都是生于 50 年代后期的学者，写作教材时都是 40 多岁年富力强又充满锐气的黄金年华，他们已经有了丰富的学术积淀，他们经历和见证了新时期以来纷繁的文学现象、诸种文学思潮的喧嚣和文学理论的变迁，不同于老一代学者思想上深刻的政治烙印，他们没有那么多理论束缚和思想包袱，对新生事物不排斥不拒绝也不断然否认或批判，甘于冒险和探索开拓，勇于吸收、善于甄别、敢于创新，同时他们以扎实的理论功底和敏锐的学术触觉，能够得时代风气挺立在时代的潮头，成为时代的弄潮儿。他们有着相同的内在学术共性：坚持反本质主义原则，坚持文化研究方法，始终保持开放和包容的学术心态，不保守、不攻击、不乱扣帽子、不乱打棍子，对待作家、读者、其他接受者（包括持不同意见的文论家）保持平等、民主的学术态度。注重理论的当代性，对待新的文学现象及时介入，展开分析阐释。对待中西文论，保持清醒头脑，尤其是在西方文论体系占据现今文论主导时，思考"如何深刻解放中国古代文学理论隐藏的潜力"①，如何建立中国自己的文学理论，是这几位学者倍加重视和时刻思考的问题。他们的经历又决定了他们是充满理性主义和理想主义的一代，所以有着建设新时期新文论的自觉担当和实行能力。因此，他们从不同的视角，采用各异的方法投入新世纪重建中国文论教材的工作，开创之功，实不可没。

同样是充满激情地写作出来的以理性和思辨见长的理论教材，三本教材个性鲜明、文风各异：南帆的教材理性内敛，文笔冷峻，思维全面缜密；王一川的教材贯通中西，情理并茂，又不失含蓄冲淡；陶东风的教材立足西学，文笔尖锐，往往一针见血。三本教材各有侧

---

① 南帆：《文学理论》（新读本），299 页，杭州，浙江文艺出版社，2002。

重，各有所长，"各照隅隙"①：南帆以文化研究为理论基石，注重对文学与文化的新联系的学理性探究和梳理，以对当代文化制高点和理论制高点的追求，加强了中国文学理论向世界主流文学理论的靠拢和对话。王一川吸收西方现代和后现代文论，执着于深入探究文学特性，推动了我国文学理论现代性进程中对文学审美特质探究的理论发展，并确立起一种紧扣文本、以中国文论概念为核心的中国式文学理论。陶东风以反本质主义为中心，通过中西文学观点的介绍和比较，要建立一种历史化和地方化的文学理论。尽管有多多少少的遗憾和不足，但无损他们在新时期文论史上的突出贡献。王一川说："我相信，文学理论的路是四通八达的，它们引人们从不同方向叩探文学。在哪条路上都可以发现文学的独特风景。"②他们向我们昭示了新世纪文学理论的当代性和实践性品格，为我们呈现了通向文学至境、饱览文学魅力的多种可能性，共同组成文学理论的蔚然大观。

---

① 语出南朝梁刘勰《文心雕龙·序志》。
② 王一川：《文学理论》，421 页，成都，四川人民出版社，2003。

第四编

新时期文学理论教材的
反思和展望

第十章 反 思

　　纵观 40 年的中国新时期文学理论教材，我们可以发现，新时期文学理论教材始终是围绕西方化与本土化两条路径开展建设的。文学理论教材的编撰在取得了诸多成就的同时，也发人深思：如何在吸取西方文论精华的同时保持中国文论的民族性，通过古今对话，在融会贯通的基础上产生新质，实现古代文论真正意义上的现代转化？随着 20 世纪 90 年代以来社会环境的巨大变化和理论空间的极大拓展，文论如何直面纷沓而来的新的文化（包括文学）现象，突破学科边缘化和理论失语的困境，做出学理上的回应并在教材中体现，从而焕发新的生机？文学的审美性和意识形态性究竟是什么关系，如何兼顾？强调文学研究的主体性、个性化和教材的基础性、普适性是否对立，如何解决？……新时期文学理论教材建设提出挑战的同时也勾画出新的发展图景：文论教材面对新的历史语境，必须科学统筹好文论西方化与本土化的关系，努力实现二者有机融会贯通后的超越和创新；充分考量宏大体系的建立与具体实践的应用；从教材的教学实践性出发，注意学理的连贯性和内容的成熟性，保持教材的稳定性和知识普及性；探索和实践文学理论教材编著的多种可能，建立起中国特色的文论教材体系，书写文论界具有中国气派的"中国话语"。

第一节　教材西方化和本土化的实践与得失

中国文学理论的现代化启动于 19 世纪末，至"五四"前后，以王国维、鲁迅为代表的先行者"求新声于异邦"，开启了文学理论本土化与西方化融合的道路。新时期以来的中国文学理论教材基本上是沿着一条西方化的道路在前行：体系上或者是苏式模式，或者是苏式与欧美的结合体，或者是直接向欧美教材看齐；观念上或者是基于韦勒克、沃伦的"文学外部研究"转向"文学内部研究"和艾布拉姆斯的文学活动"四要素"，或者是基于伊格尔顿和乔纳森·卡勒的理论；概念范畴上也大部分移植于西方教材。迄今为止，文学理论教材的基本特征和框架体系是西方化的，但是本土化的努力一直没有停止过。

中华人民共和国成立后，虽然我们照搬了苏联文学理论模式，但在 60 年代初期自主编撰的第一批全国统编教材中，就出现了本土化的取向，1961 年 4 月，中央宣传部、教育部、文化部在北京召开全国高校文科和艺术院校教材编选计划会议。周扬在会上作了《关于高等学校文科教材编选的意见》的发言，强调"编写教材一定要根据总结本国革命和建设的经验，整理自己民族文化的遗产……要编出一个好的教材首先要总结自己的经验，整理自己的遗产，同时要有选择有批判地吸收外国的东西，只有这样，才能编出具有科学水平的教材，才是中国的教育学、中国的文艺学"[1]。以群本、蔡仪本的文学理论教科书

---

[1]　周扬：《关于高等学校文科教材编选的意见》，见袁振国《中国当代教育思潮》，101 页，北京，生活·读书·新知三联书店，1991。

的编写，正是当时历史语境下中国文学理论教材努力趋向本土化、民族化的产物，在指导思想上，以中国化的马克思主义—毛泽东思想为圭臬，尤其是在对文学与社会生活、文学与政治等问题的叙述上，几乎和毛泽东《在延安文艺座谈会上的讲话》如出一辙，将文学批评论作为教材体系的重要部分，也是沿袭《在延安文艺座谈会上的讲话》精神；在对中国古代文学理论的吸收方面，主动吸收古代文论话语并融入教材论述，同时也有意识地用中国文学论证文学理论问题。这些做法体现了本土教材对苏联文论教材体系的完善和修正。

　　新时期以来，文论界建设中国的文学理论教材的本土化实践和努力从未停止，一直保持着进行时，但西方化和本土化的矛盾也一直客观存在，像学者概括的："是保守传统，还是吸收西方；是'中学为体、西学为用'，还是'西学为体，中学为用'，成为一个争论的焦点。就文艺学而言，完全退回古代文论的思路中去已不可能，全盘照搬西方的一套又不可取，而要把中西文论交融起来又谈何容易"①。不能否认，由于历史原因，我们和西方的文论交流曾经很长一段时间处于断绝状态，即使在改革开放之后，仍处于被动追随和消化西方半个多世纪的各种文论、方法论的状态，整体的学术水平和西方有相当差距。王一川先生曾经回忆他在 1988 年到牛津大学做博士后时，国内尚在谈论、研究萨特、弗洛伊德，而西方人文学科整体已进入语言论，他对此大感诧异，称为影响自己一生的"语言论震惊"，当时他的导师伊格尔顿还预见：未来的文学理论的最大热点是文化。② 这个事实反映了我们的确和西方文论存在很大差距。一方面，我国文学理论一直追

①　童庆炳：《文学活动的审美维度》，2 页，北京，高等教育出版社，2001。

②　王一川：《文学理论讲演录》，24～25 页，桂林，广西师范大学出版社，2004。

随西方文论步伐而不得比肩；另一方面，出现了在这个过程中放弃了中国文论的精华而不得要领的现象，这促使我们要停下来认真思考：我国文学理论的未来和出路在哪里？

回首新时期文论教材，占绝大部分的是"西学为体，中学为用"的类型。早至洋务派提出的"西体中用"中，西学已成为新式教育的有机组成部分。而文学理论自身的发展历程，本就是取镜西方的舶来品，是标准的"西学"，被引进我国后，逐渐走上本土化的历程。① 首先我们要肯定的是，我国现代文论的主流话语是西方化的，从体系、体例到术语、概念、思维方式、言说方式，大多摹照西方，通过西方化，我国的现代文论从萌芽到生长到走向成熟，西方化在我国文论逐步现代化的过程中发挥过至关重要的作用，对建构现代中国文学理论起到了巨大的作用，直至当下，我们依旧不断大量引进西方文论论著作为理论资源。西方文论是我国文论最主要的理论学习对象和参照系，这些是不容抹杀的历史和现实，没有必要对之遮遮掩掩、痛心疾首、一概否定。但同时也要看到西方化对我国本土文论资源的冲击带来的一系列负面影响，如若一味采用西方的（也意味着现代的）文学理论体系、观念、方法乃至话语叙述方式来处理本土文论和文学资源，往往会出现这样的后果：在某个文学理论观点下，在本土资源中寻找相应的材料做论据，在这种情形下，本土资源往往沦为前者的注脚，不仅缺乏现代文论的系统性和独立性，也丧失了本民族文化的完整性和独特性，中国文论（尤其是古代文论）自身的系统、优势和特点也在这种套用中变得支离破碎。文论研究者和文学教材编者往往对西方文论青

---

① 从笔者在本书前三编中对 20 世纪到 21 世纪初文学理论教材的解读中，可见这一清晰脉络。

睐有加，对中国古代文论或不屑一顾、弃若敝帚，或轻描淡写、一带而过，以西方话语体系来拆解本土资源，放弃本土资源的体系化和独特性，这种态度自然也受到很多研究者的质疑和批判。当下对文论教材的争议在根源上始于对西方化和本土化矛盾的争议。随着全球化进程的加速，西方化和本土化的关系也越来越密切，矛盾也越来越突出，我们需要将文论教材建设置于全球化背景下做一全面考察。

世界进入和平与发展的时代，地区、民族和国家之间的交往日益频繁与密切，全球化正在各个领域全方位地同步推进，已经全面介入人们的日常生活，全球化的范围从早期的经济全球化、生产全球化，发展到现今的科技、生态、媒体、资讯、政治、思想、文化、艺术、学术、话语等各个方面的全球化。在大势所趋、愈演愈烈的全球化背景下，全球化的内涵及其特点究竟是什么？全球化给我们带来了什么样的挑战？如何应对这些挑战？在全球化语境中我国文学理论的前途和命运如何？应该采取何种应对策略？2001 年 4 月 23 日至 27 日，中国社会科学院文学研究所《文学评论》编辑部、文学理论研究室、扬州大学联合举办了"全球化语境中的文学理论研究与教学"学术讨论会，对当前全球化进程中的中国文学理论研究和教学问题进行了深入的反思和探讨，就以上理论话题展开了热烈的讨论。专家们基本达成共识：全球化已经成为历史趋势，但全球化不等于西方化，也不等于中国化，应该是多元化，是本土化与世界化的辩证统一，是世界各种不同的文学文化理论的友好交往与平等对话。在全球化的前提下，经济主张区域经济一体化，在更为丰富的精神领域和文化领域，包括文学理论这一本应极富有文化个性和民族特色的领域，当然更应该提倡其多元化。所以要以开放的心态、开阔的视野吸收世界其他文论的先进话语，但立足点仍然应该是我们自己的文学实践，保持本土文化的个性和价值，"和而不同""和而不流"，在对话交往的基础上，关注、寻找、谋求本土文化的变革和发展，面对西方的强势话语，清理自己的文学理论资源，寻求话语建构的良性机制，充分发挥话语主体的创造性和原创性，更新话语载体和言说方式，既保持自己独立的价值取向，又借此介入了中心话语。概言之，开放吸收和坚持自我相结合，建设具有中国特色的文化体系，这是发展中国文学理论的可行性路径。①

通过这样的梳理和辨析，我们发现，在西方话语依旧占据优势的理论前提下，我国文学理论要正视的是如何处理本土资源，使之进入现代话语体系，进而建立起中国自己的文学理论体系，这是当下文论界主要争议的焦点和文论实践的关键。要弄清这个问题，我们需要对我国本土文论资源做一基本的回顾和概括，在此基础上，寻觅可行性路径。

一、我国文论本土资源的内容和特点

"求木之长者，必固其根本；欲流之远者，必浚其泉源。"我们的本土文论资源包括中国传统古代文论和现当代中国文论，其中学术界争议的主体集中在中国古代文论。中国文论作为中国文化的一部分，源远流长，具有不同于其他民族的特有审美特性：从《尚书》中的"诗言志"，到孔子对诗三百简约而精到的评述、老庄文论心斋坐忘的虚静观，到汉代的《诗大序》确立的封建整体文艺观，再到六朝做文体区分的《典论·论文》、"体大而虑周"的《文心雕龙》、"思深而意远"的《诗品》、文采斐然的《文赋》，至后世众多诗论、词论，蔚然成大观，

---

① 参见黄石明：《全球化与文学理论的发展策略》，载《扬州大学学报》，2001(4)。

中国古代文论始终以理性和诗性的融合，体现着中国人独特的哲学思考、审美趣味、民族心理，遵循一条和西方文论重逻辑思辨不同的道路，"语言方式的文学性和抒情性，思维方式的直觉性和整体性，生存方式的诗意化与个性化，共同构成中国文学理论的诗性特征。"①这种审美特性，与西方文论各具特色，无论高下。20 世纪以来，当西方理性主义走到尽头，现代西方现象学、存在主义、哲学阐释学等影响巨大的哲学流派纷纷转向古老中国的思想宝库中寻找理论资源、汲取文化营养，足以说明我们自身文化的优秀和不可替代，我们有什么理由将之弃若敝屣，不加珍爱呢？

综上所述，我们需要在思想上对本土文化有正确的态度："要善于从中华文化宝库中萃取精华、汲取能量，保持对自身文化理想、文化价值的高度信心，保持对自身文化生命力、创造力的高度信心"。②

二、我国文论本土资源面临的困境和出现的问题

近代以来，随着文学理论逐步现代化的进程和对西方文论体系的全面学习，我国传统文论在现代文论体系中日渐萎缩，这引起了各个历史时期文学研究者的警觉。

由于当代特殊的历史语境，"文化大革命"之后，我国在文论学科的建设上与西方相差甚远是不争的事实，文论界出于文论现代化的内心焦虑，之后一路追随西方文论的脚步，热衷于对西方话语的移译、介绍，过多地对西方话语的因循、仿效，无暇顾及自身民族化文论的

---

① 李建中：《文学理教材的本土化思考》，载《三峡大学学报》，2003(5)。
② 习近平：《在中国文联十大、中国作协九大开幕式上的讲话》，载《人民日报》，2016-12-01。

梳理和建设，缺乏创新性和原创性，导致我国当代文学理论话语相对于西方话语始终处于弱势，由此造成的弊病也逐渐显露无疑。在当代文论中，以西学体系套中国文论的弊处在于，以西方的唯理性主义和工具主义来取代、消解中华民族特有的诗性智慧，使中国古代文论丧失了自主的体系性，往往被装在各种西学体系或某种主义的框架中，沦为其某种"中国论据"或中国注脚，中国文论特有的体系、范畴、概念、言说方式等变得支离破碎。新时期以来，西方文化蜂拥而至，各种方法纷沓而来。随着全球化愈演愈烈，本土资源的身影在全球化的背景下逐渐消隐，乍一看确有岌岌可危之感，这也是当代学人顿有时不待我之感，对此局面忧心忡忡、痛心疾首乃至大加讨挞的根本原因。显然，在对西方文化过分倚重之后，就势必造成中国传统文化的"失语"和"禁声"，以及本土文化资源的闲置和遗忘，如何处理西方文化资源和本土民族资源的关系，是一个值得且必须讨论的问题。

外来文化对本土文化进行弱化或边缘化处理，带来的严重后果已有过前例。杨国枢认为，我们的社会科学界多年来一直忙于吸收西方的研究成果，模仿西方的研究方式，似乎已经忘记将自己的社会文化背景反映在研究活动之中。在缺乏自我肯定与自我信心的情形下，长期过分模仿西方研究活动的结果，使我们的社会科学研究缺乏个性与特征。我们的学者有意无意抑制自己中国式的思想观念与哲学取向，使其难以表现在研究的历程之中，而只是不加批评地接受与承袭西方的问题、理论及方法。在这种情形下，我们充其量只能亦步亦趋，以赶上国外的学术潮流为能事。① 前事不忘，后事之师，这种沉重而深

① 杨国枢：《"西化华人心理学"的本土化：我的学思心路历程》，1998 年 3 月 9 日在台湾大学通识教育论坛的演讲。

刻的反思，对于我们文学理论的建设和发展也有深刻的警醒和借鉴意义，使我们当下提倡的"文化自信"①有了更深厚的历史根基和更深刻的现实意义。

三、如何看待教材西方化和本土化的关系

在近现代文论史上，中国文人在西方化和本土化的关系上已经有了深刻的思考，有了成功的文本实践。王国维以西方文学观念观照中国传统文学，写出了《人间词话》《宋元戏曲考》等文艺批评新作；鲁迅提倡"采用外国的良规，加以发挥"，"择取中国的遗产，融合新机"。②陈寅恪早有言："其能于思想上自称系统，有所创获者，必须一方面吸收输入外来之学说，一方面不忘本来民族之地位。此二种相反而适相成之态度，乃道教之真精神，新儒学之旧途径，而二千年吾民族与他民族思想接触史之所昭示者也。"③他预言，此后真能于思想上自成系统有所创获的学者，必须一方面吸收、输入外来之学说，一方面不忘本来民族之地位。④ 20 世纪 70 年代，美籍华裔学者刘若愚出版了《中国的文学理论》⑤一书，他在导论中说：本书"第一个也是终极的目的在于通过描述各式各样从源远流长、而基本上是独自发展的中国传

---

① 习近平在 2014 年 3 月两会期间指出："我们要坚持道路自信、理论自信、制度自信，最根本的还有一个文化自信。"

② 鲁迅：《木刻纪程》小引，见《鲁迅全集》第 6 卷，48 页，北京，人民文学出版社，1981。

③ 陈寅恪：《诗学论文选集》，510 页，上海，上海古籍出版社，1992。

④ 分别见《王静安先生遗书序》和《冯友兰中国哲学史下册审查报告》，见《陈寅恪史学论文选集》，501 页、512 页，上海，上海古籍出版社，1992。

⑤ 其英文版于 1975 年由芝加哥大学出版社出版，中文译本于 1978 年由四川人民出版社出版。

统的文学思想中派生出的文学理论，并进一步使它们与源于其他传统的理论的比较成为可能，从而对一个最后可能的普遍的世界性的文学理论的形成有所贡献"。这本著作是最早运用艾布拉姆斯"文学四要素"展开文学研究的中国文论著作，① 作为出生于中国，深承中国传统文论传统，对中国古代文论的审美特色心领神会，同时对西方文论体系和言说方式熟稔于心的学者，他的立足点和落足点放在了有本土特色又具有世界性的中国文论的建设："我们必须力求跨越历史、跨越文化，去探求超越历史和文化差异的文学特征和性质批判的观念与标准。"②尽管这本著作是从比较文学的角度构筑文学理论的，但它采用的方法论和言说方式给了我国文论界一个极好的示范。

一味照着西方说，显然无从谈起建立中国自己的文学理论。我们不能只照着说，还必须接着说，重新说，说自己——旨在学习西方理论精华的基础上，入乎其内，出乎其外，逐渐挣脱西方理论框架的桎梏，祛除西方研究方法的束缚，创造出适应中国国情的文学理论，建构自己的文学理论体系和话语。在此基础上，开展有中国特色的文论教材建设工作——这不仅是当代文学理论建设不断自我更新和变革的现实需要，也是将中国古代文论发扬光大的必经之路。

学者王一川说，"我们今天的文化生态已经发生了很大的改变，变得更加复杂多样：不仅要面对所谓'中国旧文化'和'西方新文化'，还要面对它们以外的全球其他民族文化，……它们共同合成一种中国现代文论和文化不得不在其中生存和生长的远为丰富多样的多元文化

---

① 刘若愚虽入美籍，但根据他的指导思想和主要内容，我们仍然视为中国文论著作。

② ［美］刘若愚：《中国的文学理论》，206 页，成都，四川人民出版社 1987。

资源和文化生态环境。同时，更重要的是，百余年以来的中外文化与中外文论对话的历程表明，我们今天的现代文化和文论赖以继续发展的真正'基础'，既非'西方新文化'，也非'中国旧文化'，而是今天全球各种民族文化都必须正视并生长于其中的现代性世界文化，包括我们中国自己的已有百余年历史的现代文化和文论，而且谁也无法脱离这一新的文化基础和总体而另起炉灶。这就需要达成一种前提性共识：当前的中国现代文论建设必须且只能建立在已有的现代性知识体制及其范式等基础上，而那种简单地继续'西化'或'回归古典'的取向，都是站不住的。"①

因此，在对待西方文论和本土资源方面，我们大可不必在西方文论面前妄自菲薄，也不必泥古不化，倚仗本土资源妄自尊大。一方面，对待西方文论，我们依然不能停止学习、借鉴的脚步，当代文论必须保持开放的胸襟，才能和世界同步，与时代同步，保持发展的活力，这也是当代文论教材的基本特征之一。在对西方文论的学习方面，新时期以来我们做了足够多的工作，在此不做重复论述。我们重点来谈另一方面，如何正确对待本土资源？新时期以来，这个问题逐渐凸显，越来越走向理论前台，成为文论界关注的焦点问题之一。如果对西方文论没有足够的吸纳，在当今西方文论仍占据主流和理论领先的情况下，文论及文论教学便缺少当代性和新颖性；但仅停留于表面的介绍，缺乏有效的梳理，文论及文论教学便会在规范性和完整性上有所缺失；如果不能与本土资源进行有机整合，文学理论便失去了理论自身的生长动力，走上封闭保守、自我僵化的不归途，因此这项工作有待于进一步深化。

---

① 王一川：《文学理论》修订版，2页，北京，北京大学出版社，2011。

四、中国古代文化的现代转换(转化)问题

新时期以来，我国文论界曾有过如影如随地吸纳西方文论的阶段，方法热也好，理论热也罢，都是这种心态支配下的文化潮流和文化选择。20世纪90年代，我们渐渐发现，一味地追随不仅解决不了自己的问题，反而连老祖宗留下的文论遗产也被遗忘已久，顿时感到"于斯时也"，中国文论殆哉，"岌岌乎"！普遍的焦虑和急于立言的迫切催生了文论的"失语"之说，所谓"失语"，失的是中国式话语，其本质是对民族文化强烈认同下的身份认同遭遇危机时的一种形象化比喻。为解决失语症，"中国古代文论的现代转换(转化)"命题出现了。

其实，早在新时期80年代起，在西方文论奔涌而入的一片喧嚣中，就有睿智的中国学人以冷静的目光密切关注到中国文论本土化的问题，并倾尽全力开展了大量的理论建设和文本实践工作。1996年，钱中文正式提出了"中国古代文论的现代转换"命题，引起学界热烈讨论。其后童庆炳也开始加入这一话题的讨论，他将之调整为"古代文论的现代转化"，因为他认为："我不太同意'转换'这个词，我喜欢用'转化'这个词；古代文论不可能'转换'成现代文论，但古代文论可以融化、转化到现代形态的文论中来。"①其后十余年中，他一直坚持从事中西文论对话问题，思索以何种方式重新发掘中国古代文论材料的价值，积极寻求切入古代诗学的研究路径。他通过一种打通古今、融汇中西的诗学阐释方法，以开放的学习心态和包容的学术视野，在充分接受、深入研究西方文论、当代文论的基础上，选择和运用新的视角、新的方法、新的观点来对古代文论展开全新阐释，彰显中国传统

---

① 童庆炳：《中国古代文论的现代意义》，3页，北京，北京师范大学出版社，2001。

文化在新时代的意义和价值。在这个过程中，首先他对一系列古代文论问题做了现代性阐释，使之重新焕发了理论的生命力。例如他对《文心雕龙》中诸多古代文论范畴做出新释，写作了一系列有影响力的论文，涉及刘勰论文原、文变的"道心神理"说、"奇正华实"说、"会通适变"说；刘勰论文体、风格的"因内符外"说、"循体成势"说、"感物吟志"说、"神与物游"说、"风清骨峻"说、"情经辞采"说；刘勰论作品构成的"杂而不越"说、"比显兴隐"说、"言外重旨"说等。① 后来他又解读了孔子、孟子、庄子、陆机、钟嵘、司空图、严羽、李贽、王国维等大家的文论内涵及现代意义。②

在西方文论占据文论界主流的大背景之下，他以自己的文论实践，强调和凸显了中国古代诗学的现代意义，在 2001 年由北京师范大学出版社出版的专著《中国古代文论的现代意义》里，他集中阐述古代文论和中国当代文论建设的关系。我国文论界曾有不少人认为，古代文论随着古代社会和古人的消亡已成为历史，因此忽视它的现代价值和意义，更有甚者，轻视甚至否定古代文论的价值："古代文论无论怎样，也毕竟是古代的，是昔日光辉、明日黄花。古代生活和文学已经成为历史，古代的审美观念、思维、趣味等也一去不复返了。"③因此，有些文论研究者以转述西方学术话语为主业和能事，有人将西方文论奉为中国当代文论的母体，主动放弃研究中国古代文论的本体研究。童庆炳却始终坚持，文学艺术虽然随着时代变迁、社会形态变化、人们的生产方式改变等而有所变化，但其作为一个民族的"经历

---

① 参见童庆炳：《童庆炳谈文心雕龙》，郑州，河南大学出版社，2008。
② 参见童庆炳：《中国古代文论的现代意义》，北京，北京师范大学出版社，2001。
③ 王学谦：《论古代文论的现代转换》，载《呼兰师专学报》，1999(4)。

物"，其内在传统是一脉相传、永不消亡的，因此他一方面将古代文论放置在原有的历史文化语境中去把握，还原其本来面目；另一方面重视发掘古代文论的现代价值和意义。他提出中西对话、古今对话，力求通过对话和阐释激活那些仍有价值但尚在沉睡、有待挖掘的古代文论，使之进入当代文论学术话语体系重获新生。现在，"古代文论的现代转化"这一命题的合理性已经在当今文论界基本达成共识，矛盾集中在中西文论融合过程中实际操作的困难性和复杂性。童庆炳将理论与文本实践结合起来，显示了这一命题的可行性，使这一命题逐渐深入人心，历史功绩实不可没。

中西文化接触后的初级结合方式停留在中体西用或西体中用，这种方式曾经在当时的历史条件下发挥过积极作用，有其历史合理性。但作为一种文化整合方案和教育宗旨，又是有先天缺陷的，中西文化（包括文论）根植于不同的民族精神，有着天然的文化差异，当代文论的建设既不是对西方文论直接的嫁接、生硬的套用，也不是西方文论和中国文论的简单相加，中体西用或西体中用的简单思维和研究方式，必然要被新的发展趋势所替代。古代文论的现代转化应是中西方文论有机融合贯通之后产生新质、实现超越的过程和结果。因此一方面我们要充分考虑西方文论在中国语境下言说的有效性，认真梳理和分析这些西方文论概念术语原初义及发展演变，辨析哪些概念术语可以与中国传统文论实现交融，并具有较强的文本阐释力，发现其在中国当下历史文化语境下的实践性与可行性；另一方面我们发掘中西方文论体系范畴可以互补和结合之处，以此作为当代文论新的生长点，"以古人之规矩，开自己之生面"，实现中国文论的创造性转化和创新性发展，重新发掘出中国古代文论的现代价值。此外，在现代和后现代文化语境中，由于技术时代、工具理性、功利主义给人们带来的虚无感、无归属感、无助感，同样可以用中华民族特有的感性的、体验式、直面当下的诗性智慧来消除、缓解，给人以心灵的慰藉，文学理论的建设也是重建中国人特有的精神世界和心灵家园的过程。

就文学理论学科而言，文学理论话语的建构，最终要从学术研究进入实践教学。文论教材的终极目标不仅是文学理论知识的介绍和传承，而且要通过教学培养出具有良好的理论素养、研究能力和建设能力的后继者，以适应未来文论的发展，接续未来文论的建设事业。落实在文论教材的编写上，进入 21 世纪以来，全球化是大势所趋、历史必然。西方新的文论观念仍在不断涌入，文论教材跨文化的特点越来越突出。文学理论教材建设在全球化语境中该有何作为，文论教学如何贴近文学实践、文学现实和理论研究实践，文论教学观念、教学方法、教学文本如何更新、发展等，是时代对文学理论教材研究提出的一系列问题。有学者对此做如下概括和回答，我们认为是公允和客观的："我们要善于运用辩证全面的观点，把中西文论放在平等的地位上，进行客观、公正的对比性概括，既要看到西方文论的长处，也要强调中国文论的优点和在指导文学创作与批评方面具有的独特之处。这种因中西对比意识淡漠而导致的中国文论的独立价值得不到重视，文学理论观点向西方一边倒的缺陷，事实上既不能保证文学理论自身的科学性和完整性，也不利于培养学生的民族自豪感。教材作为先进文化的组成部分，在编写时必须站在时代的高度，紧扣当今世界科技文化潮流，注重充分挖掘本民族的文化理论，把继承我国优秀文化传统与吸收世界文艺理论前沿成果二者有机地结合起来。实际上，在吸收世界文艺理论前沿成果的同时，我们更应该注重建立当代文学理论的民族立场，提升民族自尊，以富于民族个性的文学、文论与其他外来文学文论平等对话，以避免中国文学理论的生成。只有通过不断地克服保守和僵化，不断地开拓和创造，认真踏实地完成我国古代文论的现代性转化，突出中国特色，重塑中国文论话语体系，才能形成具有鲜明时代特色的、具有中国文化创新气派与风格的与时俱进的新型教材。"①

第二节　对教材实践性的反思

马克思说："哲学家们只是用不同的方式解释世界，而问题在于改变世界。"②理论除了阐释功能，还有另一个更重要的功能——指导实践。文学理论教材是文学理论课程教学所依据的基本材料，我国当代文学理论教材一向比较重视文学理论的阐释性，但在文学理论的实践性方面，一直不尽如人意。

一、我国文论教材实践性的现状

文学理论是一门以哲学方法论为总的指导，从理论高度和宏观视野上阐明文学的性质、特点和一般规律的学科，它的建立要以文学史提供的大量材料与文学批评实践所取得的丰富成果为基础，同时为文学史、文学批评提供理论指导。③文学理论课程对于提高高校汉语言文学专业学生专业素质至关重要，培养学生的理论素养，培养学生的理论实践能力，培养学生以科学的方法对作家、作品、文学现象开展

---

① 王泽华：《教材也应有时代性》，载《光明日报》，2002-01-07。
② 《马克思恩格斯选集》第 1 卷，19 页，北京，人民出版社，1977。
③ 童庆炳：《文学概论》修订版，2、4 页，武汉，武汉大学出版社，1995。

正确的分析与评价。然而，当下具体的文论教学实践往往和这一目标有所差距，正如有的学者所说的："在大学的文艺学研究与教学中，或者说在教科书形态的文艺学知识的生产与传播中，文艺学的危机就表现得尤其突出。学生明显地感觉到课堂上的文艺学教学知识僵化、脱离实际，它不能解释现实生活中提出的各种问题，也不能解释大学生们实际的文艺活动与审美经验。"①

造成这种后果的原因主要有二：

首先，文学理论与文学实践的脱节导致文学理论实践功能的严重削弱。在文艺学学科，文学理论要以具体的文学史与文学批评实践为基础，总结文学原理，反过来指导文学和文学批评的具体创作，三者是密不可分的。但在当前高校汉语言文学专业文艺学课程的教学中，文学理论课程与文学史、文学作品选等课程之间缺乏有效的沟通与整合：文学理论的教研往往与具体的作家作品、丰富的文学现象相脱节，不能回应最新出现的文学现实，对其做出及时的理论总结，更遑论指导；文学史、文学作品选等课程不关注提供总的方法论和基本原理的文学理论问题，只忙于和满足于课程内部的自洽自足。教文论的只讲理论，不讲文学和文学批评文本，远离文学现实，或者对丰富多样的文学实践视而不见，或者只将文本作为某种理论的注脚加以介绍，脱离了文本产生的具体历史文化语境，拆解了文本的生动性和完整性，理论课沦为抽象的理论灌输，导致文学理论和文学实践相差甚远，显得抽象、冷漠、封闭、僵化、高高在上、不接地气。

近年来，当代中国社会飞速发展，文化环境发生巨变，随着市场经济的崛起，后现代文论、文化研究等新的文论涌入国内，而文艺理

---

① 陶东风：《大学文艺学的学科反思》，载《文学评论》，2001(5)。

论教材却显得准备不足、反应迟钝，如同童庆炳先生所指出的那样："过去文学理论只关注现实主义，不关注现代主义。实际上现代、后现代都要关注，各个方面都要照顾到，这样才完整。"①即使有少数编写者引进西方后现代主义文论的某些观点和问题，但未能吸收这些文论的精髓，不能准确地切入、分析中国文学现状，造成"两层皮"现象，表现在教材上很难令人信服。随着新型大众传媒特别是电子媒介、互联网媒介的迅速铺展，文学的内在属性和存在方式都发生了极大变化，文学新现象、新思潮和文学研究新方法纷至沓来，如何了解互联网时代文学的创作、传播和接受规律，都是文学理论教材要直面的时代性话题。而文学理论教材在这些方面往往严重滞后，无视这些显著的变化："文艺学研究的范围局限于经典的作家作品（甚至连在西方已经经典化了的现代主义的文学艺术作品也很难作为例子进入文艺学教材），并且坚持把那些从经典作品中总结出来的文学特征当作文学的永恒不变的本质与标准，建立了相当僵化机械的评估—筛选—排除机制。这就日益丧失了与现实生活中的文化—艺术活动进行积极对话的能力。"②。文学理论知识僵化，脱离实际，无法阐释和解答现实生活中所出现的各种多样的、复杂的、鲜活的、变动的文学问题，这成了人们对于文艺学学科的一个普遍看法。因此，学生往往对于那些看似艰深玄奥、晦涩难懂的文学理论能否真正运用心怀疑虑，对文学理论存在着很矛盾的心理，既觉得自己缺乏阐释作品的基本理论素养，又认为这门课程缺乏实际意义，缺乏学习动力，这也是世纪之交

---

① 童庆炳、王先霈：《面向未来的思考文艺学教学改革与教材建设二人谈》，载《华中师范大学学报（人文社会科学版）》，2002(6)。

② 陶东风：《大学文艺学的学科反思》，载《文学评论》，2001(1)。

文学理论学科产生危机的重要原因之一。

文学理论研究与文学理论教学既密切联系，又有各自的理念，相较而言，文学理论教学要比文学理论研究更讲求规范性、体系性、可操作性，这决定了文学理论研究领域的变革和成果在文学理论教学的层面，其前沿性、探索性、创新性、个人性等势必要有所克制和衰减，但这不应成为文学理论教学墨守成规、裹足不前的借口。文学理论教材是文学理论研究成果进入文学理论教学层面的中间环节，因此，文学理论教材也要顺应时代、与时俱进，体现时代特色、体现新的文论科研成果和方法。

其次，传统文论教学模式导致了为学生创造的实践环节较少。

我们传统的文学理论教学，重视教师"传道授业解惑"的角色，学生更多的是被动接受知识的角色。教师一般不鼓励学生的质疑、师生互动等，主动为学生创造参与理论思维和实践的环节更少。传统的文学理论，普遍重视对理论基本知识本身的阐述和解析，缺乏对现实文学现象的关注和分析，因此，教材中也缺乏引导学生去关注和思考现实文学活动、学习如何确立问题意识并对问题进行探究的相关环节，导致学生独立思考和实践解决问题的能力较弱，逐渐丧失对学习的积极主动性。

21世纪是一个充满挑战与竞争的时代，对人才也提出更高要求，要求他们兼具独立思考和动手能力，具有学以致用的素养。我们谈文学理论的创新和传承，最终都需要由现在的学生——未来的学术研究者来延续，文学理论课的教学目的既要让学生掌握文学基本知识、基本原理，还必须使学生把所学的理论转化为能力，尤其要培养学生将理论运用于实践进而获得鉴别的能力、反思的能力、创新的能力，掌握自己追踪学术发展的本领。所以能力的训练不可或缺，实践的环节至关重要。作为 21 世纪的文论教材必须要以此为目标，不仅要注重概念和原理的阐述，更要对学生能力进行培养和锻炼，激活和践行文学理论本身所应有的当代性品格，实现理论和实践相结合。

二、如何实现文论教材的实践性

(一)改变文论教材的编排理念和文学观念

要实现文学理论教材的实践性，只是对教材做简单的微调是无济于事的，必须对文论教材的编排理念和文学观念做一彻底的革新：将原来静态的、直接阐述理论、单视角观照文学的体系改为动态的、介绍式的、多视角展示文学观念的理论体系。他山之石可以攻玉，在这方面，当代英美文论教材可以给我们提供很大启示："英美有的文学理论教材不仅平等地交代各家各派学说，还深究各派理论的前提、范畴的应用边界，展示各种文学问题生成的历史语境，追求把文学知识传授、文学研究方法论引导和对文学问题的讨论逐步引向纵深，引导学生展开探究式学习。"[①]英国汉斯·伯顿斯在《文学理论基础》中说："目标就是揭示理论与实践怎样不可避免地结合在一起并且已经结合在一起。"[②]我国的文论教材可以借鉴这些做法，对于基本的理论原理，可以把文艺理论界的不同观点作动态的、历史的介绍，做简单的评析，在此基础上把主动权交给学生，充分调动学生参与学习的积极性和主动性，让学生自己思索，提出问题，通过研讨，得出经过推演、论证的结论。这样，变被动的理论灌输为主动的理论思考，通过辨

---

① 汪正龙：《英美文学理论教材的现状与走向管窥》，载《江汉论坛》，2009(6)。
② Hans Bertens：*Literary Theory*：*The Basics*，NewYork，Routledge，2001，p. ix.

析、寻求相关资料，发散学生的思维，激发学生活力，培养他们勤于思考、敢于批判、勇于创作的能力。

需要提出的是，这种改变一开始可能会遭遇来自师生的共同阻力，导致似乎不适用当下文论教学实际的假象。教师要打破陈旧的教学模式，去除长久以来的思维定式，重新确立新的教学观，并非易事，教师备课的难度增加，对教师理论素养和实践素养的要求大幅提高。学生要摆脱被动学习的惰性，要激活在长期传统教育教学中被扼杀的独立思考能力，一时不适应甚至产生抵触情绪也在意料之中。这种不适应背后反映出的东西格外令人深思：不是新的教材观念有问题，而是长久以来形成的教学模式和教学理念本身有问题，有学者一针见血地指出："我国文学理论教材喜欢在大而无当的理论演绎之余，辅之以脱离具体历史语境的文本示例。文本取样涵盖古今中西，比较随意。一元主义理论构架和追求唯一答案的绝对主义论证方式窒息了学生的自由思考空间。"①但久在其中不觉其弊，乃至以错为对，说明文论教材长久的积弊不是一下子可以清除的，也说明文学理论教材的改革任重而道远。文学理论教材需要为学生提供一个独立自主思考问题的空间，恢复他们自己看待问题、思考问题的能力，激发其走向独创。

（二）建基于文学史、文学现实和文学批评，加强文艺学各课程之间的联系和系统安排

要加强文学理论课程的实践性，必须要直接面对文学形势的发展、各种纷繁的文学现象和当下的文学创作，还要改变文学理论课程与文学史、文学作品选读、文学批评课程之间各自为政、相互脱离的

---

① 汪正龙：《英美文学理论教材的现状与走向管窥》，载《江汉论坛》，2009(6)。

教学现状。文学理论建立在文学实践的基础上，是对文学史和文学批评具体文本的理论总结，它源于实践而又面向实践，具有实践性品格。文学理论不仅传授文学知识和基本原理，还要向学生传授理论思维的方法，培养学生理性看待、阐释、分析文学现象的能力，这些能力单靠教师的课堂传授是无法实现的，只能在具体实践中逐步确立起来。鉴于此，加强文学理论课程和文学现实、文学史及作品选读、文学批评之间的联系就势在必行。世纪之交，不少文论教材纷纷做后现代文论、文化研究等方法的专节介绍，对大众文化、网络文学、文学媒介等展开研究和概括；还有一些高校开设文学文本解读、文学批评实践等课程，在对具体文本的解读中培养学生的理论分析能力，加强文艺学课程之间的互动，这是很值得借鉴和发扬的。

(三)增加文学实践环节

在加强文学理论教材实践性方面，我们同样可以借鉴 20 世纪西方文论教材的成功经验。以布雷斯勒的《文学批评的理论与实践引论》为例，该书为了突出实践性，体现师生互动的教学理念，创新写法和体例，每一章包括了导论、历史发展、问题分析、范文、延展阅读、相关网站、学生论文、专家论文等部分，包含了解文学知识、训练文论方法、开展学术学习和研究等过程和层次，循序渐进地将理论落实于实践。还有很多英美文论教材在每一章末附"进一步阅读文献"，在全书末再附上"相关文学理论研究文献"等内容，方便读者进一步展开探究，其中不少教材还有相应的配套研究文献读本。这些环节深深启发了我国 21 世纪以来的文论教材编写和教学。

随着我们对西方文论教材优秀成果的迅速引进和吸收，加之本国文论建设的需要，纵观 21 世纪以来的文论教材，编者都充分注意到

学生实践环节的重要性和必要性，不约而同都添加了大量的文学实践
环节，包括课堂讨论、参考书目、知识卡片、课外延伸阅读、训练
题、关键词索引，组织文学批评和文学鉴赏实践等，① 这一趋向已成
为共识并有逐步加深的趋势。

2012 年胡山林主编的《文学概论》认为："大学中文专业本科教育
的目标……是让学生能运用文学基本理论分析常见的文学现象，尤其
是能独立解读具体的文学作品——这是本科学生所应具备的基本技
能。"②因此，教材将文学接受分为两章，一章讲文学接受基本理论，
另一章做文学接受的文本解读。前一章是后一章的理论指导，后一章
是对前一章的理论实践。在文本解读这一章，教材详细介绍了文本解
读的基本步骤：由一般性阅读、细读、解读（即评判性阅读）组成。一
般性阅读是一个由通晓文字（词、句），到把握作者意图或文本原意的
阅读过程。细读是在一般性阅读的基础上，通过细致研究词的搭配、
特殊句式、句群的意味、语气以及修辞手段的运用等，来细致体味每
个词的本义、暗示义和联想义，在词、句的关系上，即由上下文构成
的具体语境中，重新确定词义的过程。评判性阅读是一个将文本与作
者、与时代联系起来，对文本作延伸性阅读的过程。解读文学文本有
不同的角度。教材认为最基本的角度是从言、象、意（即言语层面、
形象层面、意蕴层面）展开，此为第一系列；第二系列即综合感悟系
列（气势、情调、格调、趣味等）；第三系列即表现手法系列（描写、
抒情、比喻、夸张、佯谬，以及结构安排、情节构思等）。这些步骤
和角度在之后各节对具体的文本类型的解读中有选择地加以阐述和运

① 具体做法参见本书第二编"21 世纪初文学理论教材"章。
② 胡山林：《文学概论》，后记，郑州，河南大学出版社，2012。

用：诗歌文本从外形式（音韵节奏和语言佯谬等）和内形式（意境、意象等）两个层面加以把握；小说通常从一般性解读（情节、人物、环境三要素解读）、意蕴解读和叙事学解读来阐明；散文可以从文辞之美、情趣与理趣、格调和构思等几个方面来阐述；剧本的解读一般体现在剧本语言、戏剧悬念的设置、戏剧冲突和戏剧结构等方面；影视文本的解读主要包括文学构成因素（形象、情节结构、语言、细节等）和技术构成因素（镜头、蒙太奇、声音和音乐色彩、花名、道具等）。这部教材是国内为数不多的具有很强可操作性的文学理论教材，称得上是文论教材适应教学实际进行探索革新的成功之举。

文学理论的形成过程有两种：一种是依托于各种哲学思想对文学展开的理性分析和概括，可称作"自上而下"的方法，演绎产生的文学理论带有理论的抽象性、思辨性色彩；另一种是在分析具体文学文本、文学现象基础上得出关于文学知识和原理的概括与总结，可称作"自下而上"的方法，归纳产生的结论具有感性和体验性的特色。这两种不同的过程，对于文学理论研究而言，没有优劣高下之分。相较而言，就文学理论教学来看，"自下而上"的方法也许更有针对性和实效性。

第三节　对师范院校文学理论教材的反思

在新时期诸多文论教材中，有一部分是为师范院校编写的，因此具有独特的风貌，我们概括为"师范性"。

一、文学理论教材"师范性"是由教学对象的特殊性决定的

师范院校教材不同于一般的高校教材，除了包括一般教材的科学

性基础理论，还必须充分考虑使用对象的需求。师范院校的培养目标是为社会培养和输送合格的中小学教师，就文学理论课程而言，接受对象主要是未来走向中小学语文教师岗位的在校师范生。他们毕业之后大部分要从事中小学基础教育教学，因此师范院系的文学理论教材建设和教学工作，始终围绕这个培养目标而展开，突出师范性，这样才能够更有针对性地开展文学理论教学工作，使学生学以致用，更好地适应未来工作岗位的需要。

文学理论教材主要适用于师范院校汉语言文学专业，在专业教材体系中分量十足，这是由文学教育在中小学教学的地位所决定的。中小学语文教材中大部分是优美的文学作品，语文教师通过对作品的体味和讲解，引导学生感受文学语言的感性优美、文学形象的生动多样、文学意境的含蕴悠长、文学意象的朦胧多解，体味作品中的人生百态，认识大千世界和社会生活，学习蕴含于其中的丰富的文化知识、高尚的道德情操，这种独特的学科价值为其他学科所不能及，决定了文学教育的无法替代性。教师指导中小学生通过接受文学作品，使他们掌握基本的分析文学作品的方法，了解各类文体的区别与基本写作，潜移默化地培养他们的审美能力，丰富他们的审美情感。中小学语文教学目标的很大一部分内容是文学理论课程的基本内容，文学理论课程对中小学语文教师的重要性显而易见，而教师文学理论的学习是在他们本专科阶段完成的，因此，文学理论教材在师范院校专业教材体系中具有重要的地位。

二、文学理论教材要具有鲜明的实践性

师范类文学理论教材要与中小学语文教育实践密切相连，以中小学语文教学实践为中心，要注重对大纲和课程标准的衔接。

《全日制义务教育语文课程标准(2011 年版)》要求学生背诵古今优秀诗文,包括中国古代、现当代和外国优秀诗文,其中古诗文 135 篇(段),课外阅读材料包括适合学生阅读的各类图书和报刊。童话,如安徒生童话、格林童话、叶圣陶《稻草人》、张天翼《宝葫芦的秘密》等;寓言,如中国古今寓言、《伊索寓言》等;故事,如成语故事、神话故事、中外历史故事、各民族民间故事等;诗歌散文作品,如鲁迅《朝花夕拾》、冰心《繁星·春水》《艾青诗选》《革命烈士诗抄》、中外童谣、儿童诗歌等;长篇文学名著,如吴承恩《西游记》、施耐庵《水浒传》、老舍《骆驼祥子》、罗广斌、杨益言《红岩》、笛福《鲁滨逊漂流记》、斯威夫特《格列佛游记》、夏绿蒂·勃朗特《简·爱》、高尔基《童年》、奥斯特洛夫斯基《钢铁是怎样炼成的》等;科普科幻作品,如儒勒·凡尔纳的系列科幻小说,另有各类历史、文化读物及传记,以及介绍自然科学与社会科学常识的普及性读物等。①

《普通高中语文课程标准》要求学生:"阅读优秀作品,品味语言,感受其思想、艺术魅力,发展想像力和审美力。""根据自己的学习目标,选读经典名著和其他优秀读物,与文本展开对话"。从这一要求出发,普通高中语文教材选用了大量的经典文学作品,单是古诗词和散文类就包括:先秦散文,如荀子《劝学》、庄子《逍遥游等》;唐宋散文,如韩愈《师说》、杜牧《阿房宫赋》、苏轼《赤壁赋》等;《诗经》,如《氓》等;楚辞,如《离骚》等;唐诗,如李白《蜀道难》、杜甫《登高》、白居易《琵琶行》、李商隐《锦瑟》等;唐宋词,如李煜《虞美人》(春花秋月何时了)、苏轼《念奴娇》(大江东去)、辛弃疾《永遇乐》(千古江

---

① 中华人民共和国教育部:《全日制义务教育语文课程标准(2011 年版)》,北京,北京师范大学出版社,2012。

山)等。《普通高中语文课程标准》还向中学生推荐了大量的课外经典读物，内容涵盖了古今中外的文学作品、文化经典著作：如《论语》《孟子》《庄子》等；小说，如罗贯中《三国演义》、曹雪芹《红楼梦》、鲁迅《呐喊》、茅盾《子夜》、巴金《家》、沈从文《边城》、塞万提斯《堂·吉诃德》、雨果《巴黎圣母院》、巴尔扎克《欧也妮·葛朗台》、狄更斯《匹克威克外传》、列夫·托尔斯泰《复活》、海明威《老人与海》、莫泊桑短篇小说、契诃夫短篇小说、欧·亨利短篇小说等；诗歌散文，如郭沫若《女神》、普希金诗、泰戈尔诗、鲁迅杂文、朱自清散文等；剧本，如王实甫《西厢记》、曹禺《雷雨》、老舍《茶馆》、莎士比亚《哈姆莱特》等；语言文学理论著作，如吕叔湘《语文常谈》、朱光潜《谈美书简》、爱克曼《歌德谈话录》等，另有其他教师自行推荐的当代文学作品。这些都说明了文学教育构成了中学语文教学的一项重要内容，具有重要的意义，所以，指导学生进行文学欣赏也就构成了中小学语文教师的一项基本能力。①

　　这就对文学专业的师范生提出了要求，面对古今中外的文学作品，他们应该具有一定的文学理论素养，能够在未来的教师岗位上引导学生通过阅读欣赏文本，了解和掌握各种文学形态的基本特征，知晓文学主要表现手法，领会文学的丰富情感和诗情画意，体味文学之美，从而丰富自己的情感世界，增强学生审美能力，养成健康高尚的审美情趣，逐步提高文学修养；通过教师对文本和文化的具体讲解和阐释，学习探究文学问题的方法和步骤，提高学生认识和分析具体文学、文化现象的能力。提高师范生理论素养固然与文学史、文学批评的学习、文学作品的阅读鉴赏有关，但要对文学理论做系统、全面、

深入的把握，离不开文学理论课程的专业学习。正如高等师范院校的《文学理论教程》所言，"因为'高师'中文系的毕业生将站在中学的讲台上，面对程度不一的中学生，具体解析一篇篇样式不一、类型不一、形态不一、风格不一的文学作品。一个中学语文教师如果面对具有无穷艺术魅力的作品只会分析段落大意，抽取枯燥的"主题思想"，却走不进作品绚丽多姿的艺术世界，对作品没有具体的、深入的体会和领悟，不会解析作品，那么这个语文教师很难说是合格的。"①从高等师范院校汉语言文学专业学生文学理论素养培养这一主要目标出发，我们对文学理论教材的要求主要包括以下几方面。

首先，文学理论的教学大纲和理论内容要有师范教育的针对性。高等师范院校文论教材目的在于帮助学生掌握文学的基本原理，使他们对各种文学现象的认识不仅停留在感性体验上，还要对文学本质、作品构成、文学创作、文学批评、文学的发生发展等知识和规律都有较为深入的认识，为他们能正确认识、分析不同时代、不同历史条件、不同文化语境下的丰富复杂的作家作品、文学现象奠定坚实的理论基础，适应今后的教师工作岗位。

其次，文学理论教材要有意识地培养和训练学生的理论思维和理性思辨能力。文学理论作为师范类文学教育的一门基础理论课程，它的目标不仅仅是使学生了解文学的具体规律等文学原理，更重在培养学生分析、阐释作家作品以及各种各样的文学现象的能力，培养学生从理论的高度去认识、评价具体的文学现象、创作实践的能力，通过对教材的理论思辨能力和内在逻辑联系的把握，培养学生正确的思维方法和习惯，能够从文学具象逐步上升到抽象概括，并在此基础上逐

---

① 童庆炳：《文学理论教程》，后记，北京，高等教育出版社，1992。

步养成自己追踪、关注学术发展的能力，为学生以后成长为研究型、学者型的教师打下基础。

最后，文学理论教材还应当培养学生正确认识和分析各种文化现象、文化思潮的能力，包括对当下文化和文学现实进行思考和探究的能力。文学是人类文化的一部分，总是与人类其他文化现象紧密相连、互相渗透、互相作用，文学理论在世纪之交的文化论转向就说明人们开始越来越重视文学的文化意蕴。文学理论教学在传授关于文学的一般知识的基础上，还应该从文学的视角出发，引导学生正确挖掘、认识、体味、评析文学作品中的文化意蕴，培养文化意识。近年来，随着剧烈的社会转型，原有各学科的界限被打破，跨学科研究逐渐成为趋势，大众文化、媒介文化、影视文化、网络文化、图像文化等新的文化形态开始大行其道，文学的边界正在延展，文学的内容和存在方式都发生了深刻变化，从文化学对文学进行研究的视角方兴未艾，在校的师范生——未来的中小学语文教师，就必须具备相关知识和理论，具有对文化现象进行甄别和思考的能力，以应对以后实际教学中出现的种种复杂情况，能够引导中小学生正确看待现实社会中各种纷繁复杂的文学现象。

由于文学理论课程对师范类文学专业学生作用如此重要，所以，在教材中要确立学以致用的指导原则，教材内容应适于掌握和传授，具有可操作性，教材要增加实践性教学的内容，避免本科文学理论教材传授的内容和中小学实际教学脱节，缺乏针对性。这可以通过两种方法实现：一是教材中的文学原理和文学现实紧密联系，和中小学语文课文紧密联系，使学生的理论知识落实到具体的文学现象和文学教学实际中，以免"空对空"，不着实际地漂浮在空中，无济于对文学实际的理解和分析，也解决不了中小学实际教学中对文学课文的理解和讲授。例如在讲授文学风格时，为说明创作个性对风格的作用，我们可以中小学课本中鲁迅的杂文和朱自清散文为例，说明这个文学问题；在讲述各类文学体裁时，可以结合中小学语文课本中的相关篇章展开讲解；在讲述文学和文化现象时，让学生结合自己的阅读经验和接受经验来谈感受，就会收到比较良好的实践效果；也可以增加文学理论教材中的实践性教学环节，如在教学中安排讨论，组织参加社会文艺评论实践，布置学生写文学鉴赏及文学批评短文；教材附上一些应用型的练习题、中小学语文教学的文学基本功训练题，设计中小学语文课外文学阅读方案等；还可以在讲述文学文类时，布置学生写作某个文类同题作文，然后互相学习、讨论，不仅加深对这一文类文学知识和原理的理解，而且锻炼了实际写作的能力和鉴赏分析的能力，在将来入职时能迅速适应中小学教学需要。

三、文学理论教材"师范性"体现在教材重心的调整和改变上

第一，坚持以作品论为重点，即把文学体裁(或称文类)、文学典型、文学意境、文学意象、文学题材、文学主题、文学情节、文学语言、文学表现手法、文学风格等作为这类教材的重点加以阐述，加深学生对文学作品构成的理论把握，以培养学生分析作品的能力。童庆炳主编的《文学理论教程》是我国第一部完全由高等师范院校的教师合作编写的文学概论课程教材，在编写中就特别加强作品论，教材用六章的篇幅展开了对文学作品各个方面的解析和阐述，从而突出了该教材的师范性。

第二，要以文学鉴赏为重点。鉴赏文学是理解和分析文学作品的第一步，学生面对一篇文学作品首先要懂得发自内心去欣赏它，在此基础上才能对它进行评论、讲授、研究等。师范生尤其需要加强文学

鉴赏训练，充分掌握文学鉴赏的性质、条件、步骤、特点、一般规律、主要心理现象、共鸣、形象的再创造等基础知识，不仅为了加强自身文学理论知识的学习，便于展开文学鉴赏，而且在以后的语文教学中，才能指导中小学生开展和进行文学鉴赏。师范生还要加强文学鉴赏的实践活动，获得对文学艺术的直观感受，加深对文学鉴赏理论的理解。所以，在师范类文学理论教材中，要注意引导学生开展文学鉴赏活动，介绍文学鉴赏的基本方法，提供优秀的文学鉴赏文本作为学习和参考，安排学生进行文学鉴赏的练习活动等。由王先霈主编的"文艺学系列教材"是华中师范大学进行文艺学教学改革的成果，依序由《文学文本解读》《文学理论》《文学批评原理》组成，分别是文学文本解读、文学理论和文学批评原理三门文艺学必修基础课的教材。《文学文本解读》旨在激起学生对文学浓厚的兴趣，树立正确的审美趣味，是文学鉴赏的优秀文本和文学鉴赏的具体文本实践。《文学批评原理》则是介绍文学批评方法和思路，培养学生参与文学批评活动的实践能力。《文学理论》讲授文学鉴赏、文学批评的基本原理。三门课程既明确分工也互相交叉、补充、衔接。这套教材将文学鉴赏单列为一门课程，显示了对文学鉴赏的充分重视。

第十一章　展　望

第一节　当今文学理论面临的历史语境

一、新人文精神的提出和高扬

世纪之交，文学理论面临着危机，引导文学理论走出危机的出路何在？学术界进行了多方探讨，达成了一些基本共识：首先，"如果文学理论能够重新建立起自己独立的学术品格，能够坚持其原本具有的人文主义价值取向，还是大有可为的。……文学理论需要一种直接关涉到人的生存意义的理论话语来作为自身的价值依据。""只有建立起自己独到的人文哲学理论，才有可能建设起自己独特的文学理论。"其次，即使是文学创作进入市场化运作，文学和文学理论的关系有了很大改变，但文学理论还是可以通过提高文学消费者的审美水平，通过文学的接受来间接影响文学的创作。"如果一种文学理论能够做到以人为本，从每一个生命个体的生存、利益、幸福、发展的角度出发来建构自己，那么它就会得到人们的普遍接受，从而培养起一种普遍的接受心理，最终必然会表现于具体的文学创作之中。"最后，人类永远不会放弃理想，虽然 20 世纪尤其是后现代主义盛行以来，人们似乎除了对自身的当下存在或纯粹的个体存在有关注的兴趣之外，缺乏对其他事物的热情，但从长久的历史来看，人类不会永远停留在如此消极的状态之中。随着历史的发展，各种新的、更加富于激情和浪漫色彩的理想主义精神必将诞生，伴随这一进程，文学和文学理论将重新找到自己的价值依托。因为文学理论的研究对象是文学、文学中的人生，而不是人存在本身，所以文学理论需要一种直接关涉人的生存意义的理论话语来作为自身的价值依据。这种理论话语应该是某种独到的人文哲学理论，在此基础上建立起新的文学理论。①

综上所述，文学理论不是没有出路，但它有一个重要前提，即所依托的元理论要发生改变，这种理论不是呈现和代表了人类虚无、冷漠、孤寂、隔绝、悲观、失望、消极观念的现代主义，也不是易于滑向相对主义、怀疑主义和价值虚无主义的后现代主义，而是一个指向人的全面发展，指向人类充满生机和希望，一个建基于沟通、交流、对话，承认和拥抱多元化、多样性的理论。正如李春青先生所言："就世界范围而言，经过一个多世纪以来的反现代性思潮，特别是上个世纪后半期以来后现代主义思潮的荡涤，传统的理论思维模式与言说方式都失去了主导地位，人类精神文化面临着重建的重任，在世界不同民族文化不断交融互渗的基础上，一个新的'文艺复兴'时代很可能就要来到。在这种情况下文学理论应该利用自身特有的敏锐参与到寻求与建构新的文化精神的工作中去。""只有建立起自己独到的人文哲学理论，才有可能建设起自己独特的文学理论。"②

西方资本主义初兴之时，新的社会制度曾带给人们许多美好的期

---

① 参见李春青：《在审美与意识形态之间》，247～249 页，北京，北京大学出版社，2006。

② 李春青：《在审美与意识形态之间》，260、247 页，北京，北京大学出版社，2006。

望，随着生产力和自由贸易的发展，在充实的经济基础上有了精神世界自由发展的可能，人们为之振奋和欢呼，期待得到真正的精神自由和个性解放。但事与愿违，资本带来的贫富分化飞速击破了人们的幻梦，金钱至上彻底瓦解了人们对资本主义带来以人为本的憧憬，资本制度带来的个性解放也成了人们一味追求物质、金钱的遮羞布，种种人的异化现象出现，两次世界大战更摧毁人们对人性的信心和向往，自由、博爱、人道理想等观念被战争摧残得体无完肤，人们感受到了人心最险恶和人性最疯狂的一面。随着资本主义的深入，西方精神世界的危机进一步深化。20 世纪 60 年代，后现代解构了现代性的中心论、二元对立论的思想之后也迅速滑向虚无的精神荒漠。90 年代，随着市场经济的逐渐深入，在我国也出现了种种精神领域、思想领域的问题，信仰的缺失、道德的滑落曾经引发了思想界和学术界在新时期的第二次人文精神再讨论。90 年代后期，大众文化、审美化的日常生活日渐深入人心，但其所具有的犬儒化、娱乐化的倾向引起人们新的担忧和警觉。面对西方社会和中国当代出现的理性精神失落的现象，21 世纪之初我国文论界提出了重建理性精神的呼声，2001 年 10 月 10 日至 13 日，厦门大学中文系、中外文艺理论学会、《文学评论》编辑部联合举办了"新理性精神与文学研究方法论全国学术研讨会"，就这一命题展开多方研讨。2002 年，钱中文先生提出"新人文主义"的命题，他认为，中国现代文化建设和文学理论建设，必须重建克服旧理性弊端的新理性精神，这种精神应该具有现代性、新人文精神和交往对话精神等内涵。① 当下的文学理论教材重知识铺陈轻精神内涵、缺少对现实的关注和阐释力、缺少人文精神等问题已经日益引起学界的

---

① 参见钱中文：《新理性精神与文学理论》，载《东南学术》，2002(2)。

关注，新人文精神的建立已成当务之急，必将成为新世纪文论研究的热点之一。这一理论与西方当代学者们寻求的目标不谋而合。

早在 20 世纪初，西方学者就发现了物质主义至上和绝对人性自由带来的种种弊害，转向古老的中国智慧中寻求解决问题的方法和理论。中国文化自古以来就有追求精神生活、以文化加以规范和教化、用道德加以约束和自律的悠远传统。"人文"一词在我国最早出现在《易·贲》："文明以止，人文也。""观乎天文以察时变，观乎人文以化成天下。"孔颖达释为："言圣人观察人文，则诗书礼乐之谓，当法此教而化成天下也。"孔子提出"克己复礼为仁"，刘勰《文心雕龙·原道》曰："观天文以极变，察人文以成化"，中国的人文即用礼教、文化规范人的行为，克制人无尽的欲望。所以美国学者欧文·白璧德认为："孔子是优于许多西方人文主义者的优秀的人文主义者。"这种自觉担当责任和义务的人文精神给西方思想以很大启发；面对被现代工业文明破坏的生态环境，中华民族自古以来天人合一、物我交融的思想也启示、丰富了新的生态思想；自然科学尊崇的工具理性在为人类带来巨大进步的同时，也消减甚至抹杀了人的诗意生存，中国传统文化中的诗性智慧、情感和谐等因素恰可弥补物质社会、功利主义引发的人类精神世界的荒芜和心灵慰藉的缺失。因此，有学者总结："从自然环境、科学发展、社会需求等各方面来看，人类都面临着一个巨大的转折。要平安度过这个转折，首先就要改变人类现有的人生观、世界观，重构人类的精神世界。中国文化保留着极其巨大的空间，可以展开人与自然的和解，调节理性思维与精神信仰、物质追求与审美情趣、自然科学与人文关怀之间的裂断。这些中国文化固有的文化基因与现代诠释相结合，面向当代多元文化的世界，将会创造出新的概念体系、话语体系和知识体系，与其他文化一起，共同建构 21 世纪的新人文精神，开辟一个崭新的人类历史新阶段。"①基于此，我们可以预见，这种新人文主义精神完全可以成为新世纪文学理论依托的元理论之一。

我们仔细观察文学理论在现代发展的基本走向的话，就会发现，现代哲学由认识论向实践论（或叫生存论）转向，相应地，文学理论也从认识论视角转向生存论视角，由认识论文学观念向生存论的文学观念转变。究其本质，认识论从工具理性出发，以物为本，将文学视为被动观照的一种对象。生存论从人出发，以人为本，将文学视为人类的诗性的精神家园，诗意的栖居之地，这种文学观虽然顺应和回答当今时代的文化需求，而其依据的生存论哲学往往把实践与认识加以二元区分甚至对立起来，存在着本质主义倾向；把人的生存方式规定为生存本身，也会出现主观化、个人化与非理性的弊病。随着新人文主义精神的发展和完善，或可以克服传统哲学的弊病，成为文学理论新的出发点。

二、21 世纪文学理论的新文化语境

21 世纪第二个十年已经过大半，文学理论要面对的文化环境又有了突飞猛进的发展：当代文化日益向日常生活领域蔓延的趋势仍在继续，呈现出多元包容的态势。"互联网技术和新媒体改变了文艺形态，催生了一大批新的文艺类型，也带来文艺观念和文艺实践的深刻变化。由于文字数码化、书籍图像化、阅读网络化等发展，文艺乃至社会文化面临着重大变革。"②

---

① 乐黛云：《21 世纪的新人文精神》，载《浙江日报》，2012-03-13。
② 习近平：《在文艺工作座谈会上的讲话》，载《人民日报》，2014-10-15。

文化环境的变化促使文学理论必须扩大自己的研究范围。传统意义上的纯文学早在大众文化和审美化的日常生活的联手夹击下走向式微，如果拘泥于只以纯文学作为研究对象，文学理论只会走向死亡。当今文化现象日新月异，文学的审美主体、研究对象、存在方式、自身特征、发展情境都发生了巨大变化，所以文学理论不能故步自封，必须向新的文化现象敞开，不仅要研究传统的文学，还要研究一切文学的泛化形式和相关的活动因素：包括影视、图像、网络文学、广告、短信、微博文学、微信文学、流行歌曲以及其他包含了文学因素的新的文化形式；包括民营文化工作室、民营文化经纪机构、网络文艺社群等新的文艺组织；还包括网络作家、签约作家、自由撰稿人、独立制片人等新的文艺群体，都可以纳入文学理论的研究体系。

互联网时代的到来不仅扩大了文学的边界，导致文学研究面临新的对象，使传统的文学观念和文学形态发生了深刻变化，甚至超出了我们现有的知识体系，而这方面的文学理论还没有建立，我们现在所见到的主流文学理论教材中还仅限于对互联网文学泛泛的介绍，对其深入的内在特征还缺乏及时的研究和深入的总结。现代传播媒介的拓展和科技的发展导致读图时代的来临，视觉文化已然对文学构成了强烈的冲击和潜在的威胁，相较语言文字，视觉图像大有后来者居上之势，如何寻找一种理想的和适合的理论来分析这种现象也是文学理论的当务之急。在这个消费时代，互联网文化、视觉图像、流行歌曲等成为越来越多人的选择，文学理论如何提升消费者的品位，从而对艺术生产品位的提高发挥作用，从新的角度强化人文关怀意识、守护精神家园，也是我们要直面的文学现实。"明者因时而变，知者随事而制。"随着研究对象的改变，研究者立场和观念也必须更新，文学理论必须进行跨学科和多视角的研究，这些都是新的时代对文学理论提出的新问题和新要求。文学理论只有立足于当代文学实际，对新的文化现象展开及时和敏锐的理论总结，才能有持续的生命力和旺盛的创造力。

三、文艺学教学改革发展趋势

文艺学教学改革直接关系文学理论教材的走向和变化。新世纪以来，关于文艺学教学改革的讨论和会议众多，北京师范大学文艺学中心一直是国内文艺学研究的重镇，我们以 2005 年之后由其主办的两次教学研讨会为例，可大致了解国内文艺学教学改革的最新发展趋势，把握新世纪文论教材的主要发展方向。

(一)"当前文艺学热点与教学改革"学术研讨会

2006 年 9 月 18 日至 21 日由中国中外文艺理论学会、北京师范大学文学院、北京师范大学文艺学研究中心、《文艺研究》杂志社共同主办的"当前文艺学热点与教学改革"学术研讨会在秦皇岛市北戴河举行。本次会议围绕以下几个问题进行了深入的交流与探讨。

第一，对马克思主义文艺思想中国化的反思。如何在中国当前的历史语境下发展马克思主义关系到整个中华民族的前途与命运，马克思主义文艺思想中国化的反思与重建正是在这样的语境下得到文艺学界的重视，成为本次会议的一项重要议题。学者们分别从"审美意识形态论""中国的现代性""人性论""人民的文学"的角度对这一议题展开了讨论。

第二，对文艺学学科建构的思考伴随着全球化进程、物流大潮的冲击、现代媒介日益发达等时代因素的出现，文学和文艺学的发展面临着种种挑战。如何应对所谓学科危机，回应种种质疑的声音，文艺学应该如何在困难中探索前行，对于这些问题，学者们进行了深刻的反思，提出了若干建设性的意见。

第三，对古代文论的现代性转化的思考也是这次会议的一个重要论题，学者们就中西文论的关系、古代文论的研究思路等研究重点与难点展开了探讨。

第四，对消费社会、大众传媒与审美文化的探讨，消费社会、大众传媒与审美文化近年来一直是学术界关注的热点，学界对于该议题的考察与研究尤为突出，学者们从多个研究角度各抒己见，多方位阐述了对大众文化现象的看法，涉及文学的"去精英化"、当代审美的资本化、普遍化、欲望化、审美过度和审美不足、"文学边缘化"、知识分子对消费文化的介入、媒介和生产力的关系、"日常生活审美化"等热点话题。

第五，在教学改革方面的探讨中，与会代表们从自己的教学实际出发，分享和交流了各自的教学经验。在教材改革方面，童庆炳认为教材的编写要有一定的难度和深度，余虹把有争议的文化现象引入教材的做法也引起了与会代表们的兴趣，吴浪平则主张应当在教材中摆出不同的观点供学生比较、选择；在教学方法方面，刘俐俐提倡在教学实践中使用文本分析的方法引起了与会代表的强烈共鸣。童庆炳总结并介绍了他的教学经验：靠理论本身的学理力量吸引学生，理论要与精彩的作品分析相结合，引导学生阅读理论原著与经典，讲课形成个人风格等。李春青认为对于教材要入乎其内、出乎其外，融会贯通；敢于在课堂上提出与教材不同的见解，培养学生的怀疑精神和独立思考的习惯；联系当前文学理论界的热门话题，激发学生的学术兴趣。赵勇则介绍了北师大文学理论教学中一些新的尝试，包括教材编写理念的转变（从"六经注我"到"我注六经"）、文学理论课分成文学概论与文艺学专题两部分在一、二年级分别讲授等课程改革措施。李茂民提出用中国古代"文"的观念重新规划大学中文教育制度，并将其变成一种通识教育的一部分，以此来提升人文和价值观教育水平。谢龙新则主张文学理论教学应该适当通俗化。①

(二)"文艺学新问题与教学改革"学术研讨会

2011 年 10 月 22 日至 23 日，由北京师范大学文艺学研究中心主办的"文艺学新问题与教学改革"学术研讨会在北京香山饭店隆重举行。会议围绕着当前国内外文艺学研究出现的新问题以及相关的文艺学教学改革两大基本问题进行了深入细致的探讨。

针对文艺学新问题这一话题，与会学者展示了自己最新的研究成果，杜书瀛研究员提出了中国的"诗文评"史的话题；罗钢教授在国内关于意境说两种主要观点的基础上，提出了"变体说"；陶东风教授针对目前中国文坛创作的疲软现象，分析"回避崇高""情感缺失""拜金主义"等的成因；党圣元研究员对马克思主义文论中国形态化提出了新的研究路径；赵宪章教授分析了文学与图像之间的关系；赵勇教授以影视同期书为例，对语—图关系做了深度回应。

针对文艺学相关课题的教学与改革话题，大多数学者从一线教学的实际提出文艺学教学中存在的种种问题，比如教材滞后、趋新求异、体系庞大等脱离学生实际的问题，文艺学学科本身成分繁杂、难以独立的学科自立的问题，学生没有知识储备从而缺乏接受视野问题等，话语中透露出当下文艺学教学面临的危机。童庆炳教授认为文艺

---

① 参见王军彦、董阳：《"当前文艺学热点与教学改革"学术研讨会综述》，载《文艺研究》，2006(12)。

学教学和改革应从理论和实践两个方面着手：从理论来说，是回归名篇原著的阅读与教学；从实践中的具体讲课方式来说，让学生实现三个接通，与文学经验接通、与历史语境接通、与人生体验接通。王一川教授从历时角度提出文艺学危机发展的历程。李志宏教授认为可以将本科文艺学课程一分为二：初级概念阶段和高级形成阶段。在初级阶段告诉学生基本的理论知识，激发兴趣。在高级阶段，有针对性地进行原典阐释与理论提升，引导学生从兴趣走向探究。胡亚敏教授认为教学中应以生为本，探索体验式、趣味式教学模式。还有一些学者以进行研讨式教学、巧用多媒体课件等为文艺学教学改革支招。

当代文艺学的热点以及教学改革，一直是高校从事文艺学研究和教学的教师十分关注的问题。2006 年和 2011 年的这两次研讨会，从各个角度和层面展开了探讨，不仅拓展了学科发展的前沿，揭示了新的问题，也就文艺学相关课题的教学改革进行了丰富、深入和高效的探讨。这几次研讨会所达成的共识和取得的成果对推动新世纪文艺学的学术研究和教学起到的作用，我们在下一节中将有所体会。

第二节　新世纪文学理论教材的发展简述(2010 年至今)

一、胡山林主编的《文学概论》(河南大学出版社 2012 年版)

教材采用了国内大多数文学理论教材的基本体例和框架，在此基础上做了一些变通，即按照文学活动的基本流程，把文学理论基本问题分为本体论、特征论、源流论、创作论、技巧论、作品论、接受论、批评论、效果论。教材亮点有三：第一，文学技巧单列一章，强调锤炼语言的重要性，很显然这是对文学内部因素的深入探索。第二，接受论有两章，一章讲基本理论，一章讲具体文本解读，目的是适应中文专业本科教育目标，有助于提高学生分析作品能力，尤其是培养学生独立解读具体文学作品的专业技能。第三，增添了国内教材从未有过的"效果论"，编者认为：文学效果是文学活动的终端，是文学活动的出发点和落脚点。它潜在地支配或左右着此前其他文学活动。文学活动是否能都达到对社会人心、社会文明、社会进步的积极促进作用，必须经过实践的检验。效果论讨论的就是对文学活动的检验。教材将文学效果界定为："文学作品对接受者心理精神诸方面的影响，对接受者素质、性格的熏陶和塑造；包括微观的个人层面和宏观的群体层面。群体层面的效果一般又称社会效果。"编者用"效果"以示和"作用""功能"的区别：效果是由某种力量、做法或因素产生的结果，作用是对事物产生的影响，功能是事物或方法所发挥的有利的作用。相较而言，"效果"更强调外在于事物的因素所发挥的作用，"文学效果"一词突出的是将文学作为活动时诸多因素动态的相互影响。教材概括文学效果的范畴主要有：个体效果与群体效果；宏观效果与微观效果；积极效果与消极效果；长期效果与短期效果；外显效果与潜隐效果；可预期效果与不可预期效果；直接效果与间接效果；精神效果与经济效果；审美效果与非审美效果。文学效果产生的社会机制包括社会心理、社会传播、文学评论、文学管理。教材还详细介绍了文学管理的具体内容：文学理论指导，文学行政指令，加强对文化市场的引导和规范，加强法制建设，用法制手段管好文化市场，扶优除劣，处理好社会效应和经济收益的关系。

教材志在创新："宁愿要不完善的革新，也不愿四平八稳地辗转互抄；宁愿接受批评，也不愿让人蔑视地说'又多了一本平庸的教材'。在基本理论问题上，我们的革新肯定迈不出大步，但是即使迈出一小步也算是进步，也比原地踏步好。"从教材最终呈现的内容看，它确实达到了编者的初衷。

二、张荣翼、李松的《文学概论》(北京大学出版社 2013 年版)

该教材的体例和思路是：认为文学是文学活动的产物，包括作品、作家、读者、社会以及发展过程。因此在体例上也以上述五个论域与问题作为章节框架的结构。全书包括"文学与作品""文学与作家""文学与读者""文学与社会""文学与过程"五章。每章后面附"导学训练"("关键词"和"思考题")、"研讨平台""学术选题思考"和"拓展指南"四部分。这样做是为了使教材具有启发性，将文学问题纳入一定的历史语境中加以考察，展示多元对话的情景，架构一个中西对话、古今对话和师生对话的平台，激活学生文学理解的潜能。

在写作思路上，教材没有构建完整的文学理论体系，或设定关于文学本质、文学规律的界说去规约整个知识体系，而是放弃对普遍有效的抽象理论原理的追求，从具体的文学文本的阅读出发寻找界说阅读经验的理论话语。同时教材以基本问题作为论述的框架，结合文学理论的历史语境认识到知识的建构性特征，避免以本质主义、普遍主义或观念先行的方式设定理论前提，甚至以观念硬套事实。

教材注重如下四个要领。第一，知识性。从中立的角度交给学生全面、丰富、客观性的知识，从古今中西文论思想资源中汲取经典性的、代表性的、多元的、新颖的知识。第二，历史性。教材不但呈现文学理论演化的历史轨迹，揭示文学理论的变化规律，而且注意梳理文学理论知识生成的历史过程和具体语境，引导学生形成历史主义的思维方法，理解历史演化的主要线索和内在逻辑，对历史的复杂性和丰富性有充分认识。第三，问题意识。教材认为以问题为核心的历史书写方式对文学理论史的写作而言，有利于厘清并呈现文学思想形成和发展的历史脉络。

教材不仅是在体例上做了精简，在内容上也实现了"新说"。我们以第一章"文学与作品"为例，看一下教材内容的全新转变。教材认为文学作品借助语言显现自身，所以第一节就是"文学与语言"，介绍了中国古代文论中"言可尽意"和"言不尽意"两种关于文学语言的观点，概括了文学语言的特点：形象性、蕴藉性和音乐性。这一节是从文学作品的视野探讨语言的。第二节"文学与文本"是从文学文本的角度来展开阐述的，分析了"从作品到文本的转型"和"文本的性质与类型"两个问题。"从作品到文本"中概括了文本内涵的四个特点：文学的自主性、文学文本是一种自主自为的存在、文本作为一种方法论的领域、文本作为一种能指的游戏。这一部分是基于西方文论的形式主义文论、现代性和后现代性文论，涉及罗兰巴特、卡勒、詹姆逊、克里斯蒂娃、伊格尔顿等人的论述。通过一二节的对比，第二节末将文学观念的嬗变概括为：作品论意味着作者可以成为作品意义阐发的中心权威；文本论则意味着对于作品中心、本源或根基的颠覆，文学意义从而转向多元化、相对主义和不确定性。这一节第二个问题是"文本话语的性质定位"，说明文学文本的表达不但以文本结构作为相对完整的组织，也与文本之外的文化有所交流、融汇，包括文学文本之间的"互文性"。第三个问题是"文学文本的社会定位"，编者仍坚持以大文本思路看待文学，认为文学文本与文学作品是父子式血缘关系，其次是从作者写作的时代背景来分析文学文本，再次还要结合读者来为文本阐释定位，最后还可以将文本与文化整体的"大文本"结合起来考察，建构起文本定位的可能框架。第四个问题是"文学潜文本"，这个理论范畴在新时期教材中正式提出，尚属第一次。教材认为：文学潜文本是指在文学文本中潜藏着的另一套意义系统，必须经由对文本之外的内容的探掘方可找到，文学潜文本包括作者寓意型、形象暗示型、文本语境型和社会耦合型。第三节"文学意蕴"包括文学意象、文学典型。第四节"文学体裁"，包括诗歌、散文、小说、戏剧文学、影视文学和网络文学。其中网络文学最特别的文本存在样式是超文本，教材分析了超文本的三个特点：超文本链接、读者更大的自由度、非线性的文本。最后总结了网络文学的几个特点：作者身份的匿名性、文本信息的数字化、写作手段的多元化、阅读方式的链接性和沟通方式的网络化。在课后的"研讨平台"中，教材列举了"文学潜文本问题研究"和"文学诗性问题研究"，前者介绍了文学文本和潜文本的对话效果、文学的潜文本与文学批评；后者介绍了文学诗性与形式、文学诗性的传统形态、文学诗性的现代形态、文学诗性的时代性。"学术选题参考"包括了五道题："语言和话语的区别""作者中心论的基本内容""作者之死的含义""蒙太奇的含义""超文本的内涵"。"拓展指南"列举了亚里士多德《诗学》、李渔《闲情偶寄》、巴赫金《文学作品的语言》、闻一多《诗的格律》、焦菊隐《豹头、熊腰、凤尾》，对每本书或文章做了简略的介绍。教材通过这些课后综合训练培养学生的独立思考能力与科学研究能力，体现开放、多元化的文学观念与教学理念。

三、杨守森、周波主编的《文学理论实用教程》(中国人民大学出版社 2013 年版)

教材主张研究文学现象时，既要追求客观真理性，又要以发展的历史眼光，具体问题具体分析；既要尊重基于某一视角的见解，又要以综合性的多元视角从整体上加以把握。教材将文学理论的作用概括为实践功能和文化功能，并将这两个功能贯穿于整部教材的写作和编写体例中。编者认为："要将所有思想成果纳入一'概论'性的教材体系，是不切实际的，难免会有褊狭、牵强、削足适履之弊。""如果过于追求基于某一思想方法之类的体系性，使许多见解定于一尊，会使学生囿于一端，束缚其思想活力，扼杀其创造精神。"所以这部教材的体系力避大而无当的空泛之论，也不求面面俱到，以及内在的所谓体系，而是力图以更为开放的视野，从更具实际意义的文学形态、重要理论范畴及学术研究的方法入手，依次回答四个相关方面的问题：文学有何特征？文学作品是怎样生成的？文学是怎样存在及缘何存在的？关于文学的学术活动是怎样进行的？据此教材分为四编：文学形态、文学生成、文学存在、文学学术。第一编主要研究诗歌、小说、散文、剧本等基本文学形态的特征与创作规则；第二编主要研究与文学生成相关的几个重要问题：文学语言、文学才能、文学境界与文学思潮；第三编主要研究与文学存在相关的四个关键问题：文学生态、文学价值、文学接受与文学界定；第四编主要研究文学学术活动的两个类别：文学评论文章的具体写作原则与方法，如何从事其他方面的文学研究。在每节中根据需要插入"深度思考""研讨平台""相关知识""理性辨析"等栏目，在每章后则附有"本章概要""本章关键词""推荐阅读""思考题"等内容，扩充学生知识视野，启发学生独立思考。

四、余三定主编的《文学概论》(南京大学出版社 2013 年第三版)

这部教材的创新之处在于对文学理论基本范式进行了全面的概括和总结，80 年代之前的理论包括以欧美的人性论、人道主义为根底的文学理论、以苏联的反映论、意识形态学说和党性原则为基础建构的文学理论、庸俗社会学体系传统的文学理论、从中华民族文化艺术发展和重构的时代要求探讨具有中国特色的文学理论模式。80 年代以来的理论包括四种体系化的范式：文学理论美学化、文学理论形式化、文学理论文化化和回到文学理论本身。在梳理和比较之后，编者指出，不应固守某种唯一正确的文学理论，而应允许存在多种不同的文学理论，显示出编者开放的文学观。在教材编写思路和体例方面，编者将教材和中文系的人才培养模式以及学生就业素质结构联系起来，以此作为教材编写的出发点和创新的突破口，因此教材格外重视文学理论的实践性和实用性内容的加入。

教材将以上理念贯彻在编写之中，教材分七章：文学特征论、文学对象论、文学创作论、文学形式论、文学接受论、文学价值论和中外文学理论比较论。每章后面附有"学术新观点"和"讨论提示"。文学特征论包括文学的形象特征、文学的意识形态特征、文学的审美特征和文学的文化特征；文学对象论包括文学的发生发展、作为文学对象的社会生活、文学对象的构成；文学创作论包括文学创作的主体与客体、文学创作中的构思与传达、创作个性与文学风格创作共性与文学类型；文学形式论包括文学是语言的艺术、文学形象的类型、文学文本、文学体裁、通俗文学；文学接受论包括文学接受的意义、文学接受的主体、文学接受过程、文学批评；文学价值论包括文学价值的生成、文学价值的世俗表现、文学价值的脱俗表现；中外文学理论比较论包括中国传统文学理论的基本特征、西方文学理论的基本特征、"全球化"背景下的当代文学理论。教材体现了编者"立足建设、追求创新，重在引导"的宗旨。

五、畅广元、李西建主编的《文学理论研读》(陕西师范大学出版社 2013 年版)

这部教材兼具关键词和读本两种性质。教材由 12 个文学理论关键词在中西文论史上的演变所构成的知识谱系所构成，共 12 章，这 12 个关键词是文学、文学语言、诗、散文、小说、戏剧、文学流派、文学作者、文学读者、文学史、文学理论、文学批评。每章前两节讲述理论，第三节"个案研究"节选中外文论史代表文论或文学批评来与前两节内容形成互证和引申，章后附有"课内实践"，包括必读文献、课堂研究和思考题。

教材充分体现出对学习主体——学生的重视，每个环节都围绕学生展开：关键词所构成的知识谱系的教学目的在于为学生提一种认识文学理论关键概念演变发展的历史线索，从认识论层面扩大其知识视野。"个案分析"是与关键词所蕴含的学理密切相关，且具有一定研讨性的教学活动。学生是该活动的主体，教材编者要求务必充分调动每位学生参与的积极性；坚持对话原则，欢迎学生提出质疑，鼓励学生用自己喜欢的方式进行分析。"课内实践"是学生在每章的教学时间段内应完成的实践活动，要求学生按照"导语"要求认真阅读"必读文献"，鼓励学生用自己喜欢的方式写出阅读"必读文献"笔记。"课堂研究"是对本章教学具有一定总结性的研究活动，学生可集体研讨或个人做出书面作业。"课内实践"第三部分"思考题"是要求学生在一定学理基础上自觉进行认真思考，以养成有"学"有"思"的良好学风，为深化学生所学提供一种路向。

六、周宪的《文学理论导引》(高等教育出版社 2014 年版)

这部教材是教育部中文学科教学指导委员会组编的高校汉语言文学专业基础课程教材。作者希望写出兼具思想性、知识性和趣味性的教材。教材知识架构分为导论和四个单元，导论介绍文学是什么、文学理论是什么和怎样研究文学理论。四个单元分别是第一编文本论，讲述文学文本的一些基本问题，包括文本与语言、文本结构与文类三章；第二编文类论，探讨了诗歌、小说、戏剧三种文类，包括诗的音乐性与行列、诗的意象与比喻、小说叙述、小说的叙述方法、戏剧的文学性与剧场性五章；第三编主体论，分别考察了作者、读者与文本的共时和历时关系，包括文本与作者、文本与读者两章；第四编语境论，包括文本与意识形态、文本与文学史两章。每节中根据需要插入"驻足思考片刻""小工具箱"专栏，每章后附"本章小结"和"延伸阅读"。

教材的主要特点有：以文本为中心，从文本出发，由具体到抽象、由内部到外部、由基础知识到相关问题来结构教材。坚持问题导向，将文学主要问题融入基础知识的相关阐述之中。注重吸纳文学理论前沿知识，更新传统教材知识体系。创新教学理念，将重心由"教"转向"学"，将学生的主体性和参与性体现在教材和教学之中，增加教学互动环节，加强学生文本阅读经验的考察和把握文本的能力。全书的开篇"写给教师的几句话"，简略介绍了编者的意图、教材的知识结构、课程课时安排和教学建议等，体现了作者对教学实效性的充分重视。在行文方面，简洁明快的语言如行云流水，化抽象的理论为形象的讲述，避免晦涩艰深的表达，同时不失文采的闪现。

此外，这个时期还有一些文学理论教材(其中有些未注明是"教材",但整体观照,具有教材的基本特点,可作为教材使用),如查紫阳、孙敬东主编的《文学概论》(云南人民出版社 2012 年版)、张进的《文学理论通论》(人民出版社 2014 年版,研究生教材)、叶知秋的《文艺学三论》(人民出版社 2014 年版)等,在此不再一一解读。

概括来看,21 世纪第二个十年的文论教材确立了以下观念:

第一,坚持阐释的方法论。文学生活化以及传统文学理论言说者身份和赖以生存的"元理论"发生了变化,导致文学理论面临着一次重要转型。调整言说立场,定位于"阐释",拓展研究领域,通过转型以应对业已发生根本性变化的文学实际、文化历史语境以及社会需求,文学理论才会有出路。① 无论是从中国还是从西方的理论学术史来看,文学理论都是一门具有阐释意义的学科,20 世纪之前的文学理论基于某种元理论和意识形态,总体上是从"立法"的角度来研究文学的。当今文论界逐渐地意识到并明确了"阐释"对于文学理论学科的重要性,重视文学理论的自我改变、自我完善与自我反思。中国当代文学理论要进一步发展,必须放弃"立法"式的权威裁定和中心论观点,走向多元的"阐释"。有学者总结其特点:(1)走向理论的对话与沟通,容纳不同理论体系与声音的存在;(2)废除"立法者"的身份立场,明确理论对于创作的意义是启示而非简单的介入;(3)将文学研究与文化研究统一起来,既重视文学阅读经验的阐发和语言形式的研究,又注意揭示文学的社会历史特征和意识形态内涵;(4)赋予本土文学理论资源阐释的优先地位,建立起符合中国文学经验实际的文学理论体系。②

---

① 参见李春青:《谈谈文学理论的转型问题》,载《新疆大学学报(哲学社会科学版)》,2004(3)。

② 毛宣国:《走向阐释的文学理论》,载《华中师范大学学报(人文社会科学版)》,2013(4)。

　　在由立法转向阐释之后，文学研究者对研究对象的研究姿态也随之改变，由高高在上的立法者转向平等对话的阐释者。文学研究方式也随之调整：由探究文学的本质到研究文学的存在方式，即由"文学是什么"到"文学如何存在"的转变。在文学理论教材编写中，以文学存在方式的呈现替代文学本质的追寻，阐述文学如何存在，文学存在何以成为可能，就成为文学理论教材知识体系的理论基础和主要脉络。

　　第二，保持问题意识。教材不再追求大而全、面面俱到的文学理论体系，转而从具体的文学范畴、文学现象和学术研究、各自的视角入手，有明确的从当代出发的问题意识。将文学理论精简为几个大的问题展开论述，在论述过程中注重其历史文化语境，以发展变化的历史眼光，具体问题具体分析，树立学生学理建构总是在不断发展、不断完善的观念。

　　第三，坚持开放多元。面对 21 世纪全球化形势和中国当前文学理论思想剧烈变动的转型期，要坚持文学理论本身存在的必要性、合理性，保持危机感、警惕感的同时积极寻求出路，也要反对以本质主义为理论基石的、以中心论和二元对立为表现的文学理论，解决方法是让文学理论走出单一理论的禁锢，走向开放和多元化。教材注意知识的开放性，吸收古今中外文论史的精华，尤其是部分教材对中国当代文论最新成果的吸收，使之成为文学理论鲜活的因素，尤见当代性；吸收其他学科的方法，把各学科资源中与文学契合之处寻觅和抽取出来，使之成为文学理论有机的元素，从而使教材体系具有建构新的理论空间和产生理论张力的能力；不居于一端，胶柱鼓瑟，以综合性的多元视角，从整体上把握文学现象；注重课外延伸，在各章节外都有与该章节相关的课后阅读材料，包括关键词、推荐阅读文本等，丰富教材知识结构和内容。

　　第四，注重独立思考，致力于创新，力避盲从和雷同。每本教材都根据需要,有自己的考虑,没有像八九十年代的统一模板,不再千人一面、盲从定论,而是独立思考,发现问题,提出自己的见解,从各自文学理念和视角出发架构教材,建立自己独立的符合实际的理论系统和教材编写体例,"人有其性情,人有其气质,人有其形状,人有其声口"。

第五,联系实际、紧扣文本、重视实践。编者紧密联系作家的创作实践、文学文本、文学思潮等具体文学现象进行具体分析,有的教材直接附上具体的文本批评。教材都非常重视加强学生实际动手实践能力,坚持对话性原则,充分注重学生的主体性,欢迎学生提出质疑,鼓励学生用自己喜欢的方式来分析,要求学生阅读相关的参考文献,鼓励学生写出读书笔记。充分吸收西方文论教材优点和经验,注重文本分析和课外延展。对课后的研讨课题,要求学生或集体研讨或作出书面作业,通过多种举措充分调动学生学习课程的主动性和参与学习的积极性。

第六,叙述方式上力避空洞玄奥的言论和枯燥教条的罗列,力求用简明的语言,结合具体实例,深入浅出、化繁为简地讲解文学理论中最为重要也是最为基本的问题。

早在2009年,曾有学者对新的文学理论教材给予厚望:"如何把世界眼光与本土意识相结合,放弃从一个先在前提出发的本质主义和唯我独尊的话语模式,公允地交代各种文学观点和文学研究方法,吸收新的文学问题与文学事实,更加注重文学理论的阐释功能,构建古今文论、中西文论、教师和学生对话的平台,当是我国文学理论教材建设和教学改革需要解决的问题。"①在21世纪第二个十年,这些期许正在逐渐实现,这些目标正在一步步达成。

---

① 汪正龙:《英美文学理论教材的现状与走向管窥》,载《江汉论坛》,2009(6)。

第三节　展望新时代的文学理论教材

一、西方文学理论教材的启示

在全球化的文化背景下，在中国文论现代化的进程中，西方文论始终是我们最重要的参照物，是我们很多文论问题生发的起点和论述的基本框架，这是不能否定的事实，而且在相当一个历史时期内还将存在。在未来我国文论的建设方面，西方文论是我们无法绕开和回避的话题，依旧会发挥重要的作用。所以，展望未来文论教材建设，我们先分析一下西方文论教材能提供给我们哪些启示。

西方尤其是英美高校文学理论教材有三大类：导论型、选本型（或叫读本型）、手册型。有代表性的导论型教材如韦勒克、沃伦的《文学理论》、卡勒的《文学理论》、苏瑞希·纳华的《文学批评基础》、伊格尔顿的《当代西方文学理论》等；选本型教材的代表作如《诺顿文选理论与批评选集》、拉曼·塞尔登的《文学批评理论——从柏拉图到现在》；手册型教材的代表作有威尔弗雷德·L. 古尔灵等编著的《文学批评方法手册》等①。也有学者将英美文学理论教材分为流派理论史模式教材、核心概念或关键词模式教材、读本或选本类教材三类。②但不管是哪种分类法，都可以发现每种教材基本都不以建构普遍的理论体系和宏大的话语体系为目标（韦勒克、沃伦的《文学理论》是个例

---

① 参见胡亚敏：《英美高校文学理论教材研究》，载《中国大学教学》，2006(6)。
② 参见汪正龙：《英美文学理论教材的现状与走向管窥》，载《江汉论坛》，2009(6)。

外，这是少数具有完整体系的教材之一）。这样的教材优点很突出：
"没有绝对权威宏大的'霸权式话语'体系结构，而以一种开放的方式
面对读者，让接受者在文学自身其流动不居变化多端中去多视角地还
原、体认文学本身；此外，对于从事专业的学生而言，可以提升其独
立思考的能力，而祛除一种先入为主的对问题的认知方式。"①在实践
性方面，国外高校尤其具有启发力：因为每种类型的教材各有视角也
决定了必定有所局限，为了克服这种局限，有学者将三种类型的教材
互相补充，配套使用。"塞尔登的三本教材就是可以互相参阅和补充
的。其一《当代文学理论导论》，主要评介了 20 世纪以来的各种理论
批评流派；其二《文学批评理论：从柏拉图到现在》则分主题遴选了自
古希腊以来的经典文学理论著述；其三《理论实践与文学阅读导论》是
一本专门为学生设计的批评案例分析。"②英国汉斯·伯明顿直接把文
学批评称为解释的实践："最近三十年来，理论与解释相互之间越来
越接近。事实上，对于许多当代的批评家与理论家来说，解释与理论
绝不可分离。"③这都是值得我们学习和借鉴的宝贵经验。

英美文学理论教材还有很多做法值得我们学习：

在利用本土资源方面，英美教材"十分注重吸收西方文化和文学
资源，特别是本国文学的历史和现状情况，由此显示出一种本土立
场。英国学者拉曼·塞尔登编著的《文学批评理论——从柏拉图到现
在》选用了 100 多个文论家的著述，其中英国文论家占 1/3 以上，在
第一编第三章和第五编第二章，分别所选的五个文论家都是英国的。

---

① 陈智慧：《关于文学理论教材改革的思考》，载《琼州学院学报》，2012(3)。

② 胡亚敏：《英美高校文学理论教材研究》，载《中国大学教学》，2006(6)。

③ Hans Bertens：*Literary Theory*：*The Basics*，NewYork，Routledge，2001，p. ix.

英国罗杰·韦伯斯特的《文学理论研究入门》第一章分析了英国文学的现状，针对英国经验主义的传统，提出现在到了强调理论的时候了，第二章又设一节专门探讨英国的文学传统。英国汉斯·伯顿斯的《文学理论基础》主要以英国近代马修·阿诺德的诗歌为例子作为演示。美国查尔斯·E. 布莱斯勒的《文学批评：理论与实践导论》开篇所选的范例就是'美国文学之父'马克·吐温的《哈克贝利·费恩历险记》。"

在当代性方面，英美文学理论教材的再版显示出与时俱进的特色，"查尔斯·E. 布莱斯勒编写的《文学批评：理论与实践导论》1994年首版后，分别在1999年和2003年再版，每版都有变化，不断加入最新的文学理论观点和材料。拉曼·塞尔登、彼得·威多森和彼得·布鲁克合编的《当代文学理论导读》第四版也是如此。"

在课外阅读和附录方面，"教材无一例外都附有指导学生进一步阅读的书目，并且书目的编排有多种方式。一般按照由易而难的顺序，这样有利于学生循序渐进地掌握理论知识。也有一些编者根据教材自身的内容安排阅读书目"。在附录中"注意添加一些特殊的内容"。

这些教材中所持的文学观念、编排体例、编写风格等方面的创新，都给我们诸多启发。因此有学者概括当代西方文论教材特点为：不提供有固定定义的答案，注重吸收本土文化和文学资源，重视"如何阐释文学作品"，重视附录和参考读物等。① 我们观照和分析21世纪以来(尤其是第二个十年)我国的文学理论教材时，对此有深切的感受。

二、未来的文学研究对象

文学理论是以文学现象的存在作为研究基础和对象的。新世纪的

---

① 参见胡亚敏：《英美高校文学理论教材研究》，载《中国大学教学》，2006(6)。

文学现象多姿多彩，所以新世纪的文学理论也应该拿出无限开放的勇气和心态。在各种各样的文化现象中，文学被边缘化，文学的边缘化实质上是传统文学被边缘化了，有边缘就有中心，那么文学研究就必须正视当下文学的主流究竟是什么。克尔凯郭尔曾说过：当我们在做不可避免的选择时，就仿佛汪洋里的一条船，领航员置身于大海中，船和大海都在运动，他必须及时测定方位，找到方向，定好自己的位置和目的地，此时的视角是流动的、相对的，但这是常态，必须提供判断和选择。未来的文学主流必定是网络文学，这是媒介革命赋予它的地位。

现实就如同有些学者概括的那样："互联网不仅带来了继发明文字、古登堡印刷术、电报技术之后的第四次传播革命，而且带来了继蒸汽机和电力的广泛应用之后的第三次工业革命。正如发动机和电力已经成为社会的底层架构和标配一样，互联网技术也一定会成为社会的底层架构和标配。"①现在学术界已经形成共识：媒介自身就是生产力。互联网的巨大生产力和影响力早已超出了网友上网的个人范畴，上升到国家战略层面②，成为广泛的公众文化现象。科技日新月异，无线通信在我国不到 30 年时间，却深刻改变了我们的生活方式和社

---

① 郭全中：《互联网时代的传媒产业八大新趋势》，http：//news.ifeng.com/a/20140807/41479854_0.shtml。

② 2000 年国务院通过《互联网信息服务管理办法》，2013 年进入中国共产党十八届三中全会文件，2014 年国家成立中央网络安全和信息化领导小组。2014—2016 年，世界互联网大会在我国浙江省乌镇已连续召开三届，国家主席习近平出席 2015 年、2016 年两届并讲话，在第三届会议上提出推动网络空间实现"平等尊重、创新发展、开放共享、安全有序"的十六字目标。2016 年 4 月 19 日，习近平在京主持召开网络安全和信息化工作座谈会并发表重要讲话。虽然在国家层面强调更多的是网络安全，但这从一个侧面印证了网络对我们日常生活的深入普及。

会面貌，科技更新使移动互联网的发展周期间隔越来越短，① 手机不离手成了很多人的生活常态，甚至有人提出了②"手机已成为人类的新器官"的观点，随着科技的发展，智能手机将具有深度学习能力。手机用户的文学需求必定又不同于传统个人电脑网络使用者，更加频繁和即时性的互动特点，以及手机阅读的碎片化、手机阅读对传统文学产生的冲击和影响，都对文学研究者提出了更高的要求。

互联网给文学带来的能量和改变可能超出我们的想象。在这一点上，我们必须充分舒展自己的想象力，放眼未来。据统计，2013 年中国成年人的数字化阅读首次超越了纸质阅读，占 50.1%，并逐年递增。电子载体和互联网已经开始以各种形式全面进入教育环节，虽然当下我们还处在一个新旧媒介混合期，但新媒介成为主流已经日益成为常态。

网络文学的体系建构正在进行。2013 年 10 月 30 日，中国首家培养网络文学原创作者的公益性大学——网络文学大学在京成立。网络文学大学是在中国作家协会的指导下，由中文在线发起成立，并联合 17K 小说网、纵横中文网、创世中文网、逐浪小说网、塔读文学网、熊猫看书、百度多酷文学网、3G 书城、铁血读书、17K 女生网、四月天小说网等知名原创文学网站共建，为全国网络文学作者提供免费培训。其总体目标是：传承五千年中华文化，为网络文学培养百万作

---

① 1987 年我国进入 1G（G 是英文单词"generation"的缩写，可以理解为"第几代"的意思）通信时代，1995 年 2G 来临，2009 年进入 3G 时代，除了手机，3G 平板电脑崛起，2013 年国内进入 4G 时代，2016 年，我国企业华为 5G 编辑短码入选国际无线标准化体系。据预测，2020 年 5G 成熟，正式投入使用，届时不仅网速提升数十倍（一说上百倍），还将在网络容量上有质的提升。

② http://www.mzyfz.com/html/752/2016-09-19/content-1221660.html。

者，让网络文学新人更快走上职业道路，让网络文学成为社会主流，让网络文学从中国走向世界。① 网络文学大学的成立标志着在现行的教育体制模式之外出现的新型教育模式，它建基于网络文学的蓬勃发展。

初期的网络文学以欲望化、商业化、互动化为特征，例如当下的网络文学主流——网络（手机）收费阅读模式下的类型小说、通俗小说，但它未必是将来网络文学的核心因素，因为网络文学迅猛发展，包含了各种可能性，可以断定的是，未来的网络文学在很长时间内依然会依赖市场经济发展模式，在盈利的号召和吸引下，改变自己、拓展自己，"眼球经济""点击经济"会成为文学创作中新的经济常态。但网络时代的纯文学不会消亡，随着文学网站的多元化和主流化，传统作家也会选择网络作为他们作品的首发地和营利场，他们会逐渐适应网络文学的即时性互动所带来的互动快感和粉丝效应，调整创作，在文化利益和经济利益之间寻求平衡，找到名利双收的新的创作乐趣。②

所以文学的对象必定会充分扩展，仅限于传统文学研究的文学理论已经成为一种自说自话，我们不能对网络文学、影视文学的突飞猛进视而不见。学科要存在，必然要有现实性，对新的文化现象做出阐释是文学理论的学科责任。学科要发展，必然要纳入新质。我们不妨扩展网络文学的范围，不管是何种文学作品，只要通过网络媒介生产、传播、互动、消费、发行、盈利……都可称为网络文学。在此基

---

① http：//daxue. 17k. com/bxbj. html。

② 近期诸多作家的网络创作证明了这一点。金宇澄的《繁花》已是最好的先行者和成功的示范者。这部小说最早是在网上发表并完成的，后来获得了文学界广泛关注，一举摘得 2012 年度中国小说排行榜长篇小说第一名，获首届鲁迅文化奖年度小说奖、2015 年第九届茅盾文学奖。

础上，文学理论研究的眼光还要放得更长远，学术视野还要更开阔，与这些文学和文化现象相关的一切文化历史现象都可以成为文学研究的对象，将文学理论拓展为一种以文学现象为关注焦点的综合性的文化研究理论。如此，文艺学危机自然消除，文学理论找到了新的出路，文学理论自然获得新生。

21世纪第二个十年的教材注意到文学的新变化，不仅在教材编写内容上有所体现，而且教材本身的存在方式和传播方式也随着新媒介的深入使用发生了变化，教材网络化，提倡配有相关的电子书籍、数字化资源、数字化服务等，教材教学慕课化，文学理论的教学不再限于实体课堂，远程教学、网络学习渐渐成为教学的有机组成部分，配合传统纸质教材和传统教学方式，形成立体化结构。但概括来看，当代文论面对文学现象还缺乏及时性总结，加之考虑到文学理论教材相对文学理论的滞后性，当今文学理论教材对新的文学现象的研讨仍是相当落后的，这也导致学生感到与他们的文学经验相去甚远而兴趣索然。所以，面对文学新的对象，我们要做的工作还很多，这些既是未来文学理论的生发点，也是未来文论教材的主要枝干。

三、文化诗学

以上观点都指向一个文学理论的基本事实，即文学理论正在文化化，或者说有一种文化化的文学理论，当然这是基于围绕文学现象为焦点的文学理论或文化，否则将在各种各样的文化研究中"泯然众人矣"，在众声喧哗中再次"失声""失语"，丧失文学理论的独特性。文学理论的学科边界在这种情形下也迥异于前，向文化研究的路径靠拢。文化研究具有关注实际问题、具体分析问题以及切入实际生活等特点，从20世纪60年代产生至今已有半个世纪，依旧是学术界的显学，引领着学术潮流，文学理论应该如何顺应这股时代大潮同时保持自己的一块言说领域呢？

这就要求建设一种经过转型的文学理论，"这种转型首先应该将自己定位为文化研究的一个分支，在此基础上，文学理论的建设就是要细说文化研究的言说立场与话语策略，将自身打造成为一种文化研究语境中的文学理论。它之所以还是文学理论而不是一般的文化研究，主要在于它拥有文学这种独特的研究对象以及文本分析的具体方法。"我们将这种特殊的文化研究称为"文化诗学"。它与美国新历史主义的"文化诗学"有相似，更有差别。这个命名中不仅蕴含了从大的文化视野对文学进行观照的内涵，还体现出强调文学"诗意"特性的文学观念——"诗学"不仅是中西方早期文学研究的代名词，进入了20世纪末由我国文论者命名的"文化诗学"概念体系中，还显示了文论家基于文学特殊属性例如文学审美性、语言性、主体性对这些"文学的诗情画意"（童庆炳语）的坚持确立，同时"诗学"一词还体现了文论家对古老而诗意的中国文化和文学的情有独钟和大力张扬："我们无论如何不可放弃对诗意的追求。文化视角无论如何不要摒弃诗意视角。……我们可以而且应该是文学艺术的诗情画意的守望者。"因此，可以说，文化诗学是西方化和本土化在新世纪之交的又一次交融与合谋，它吸收中国文化的特点，适应中国文化语境，具有鲜明的中国特色，它是一种中国式的文化研究或者说是文化研究的中国化。童庆炳先生说："我们的文化研究要走自己的路，或者说要按照中国自己的文化实际来确定我们自身的文化诗学道路。"[1]概括起来，"文化诗学"

---

[1] 童庆炳等：《中国现代文学理论价值观的演变》，总序4页，北京，北京大学出版社，2005。

有三大因素："一是重建历史语境；二是从不同门类文本的互文性关系入手进行文本细读；三是在体验的层面上呈现阐释的主体间性，即将阐释活动理解为不同主体间的对话关系。"①

四、指向阐释的文学理论教材

随着时代发生的巨大变化，文学理论所面对的文化环境也发生了根本性变化，正如美国著名学者杰姆逊所说，"后现代主义阶段，文化已经完全大众化了，高雅文化与通俗文化，纯文学与通俗文学的距离正在消失……总之，后现代主义的文化已经从过去那种特定的'文化圈层'中扩张出来，进入了人们的日常生活，成为了消费品。"②理论家们进行话语建构的权威性被瓦解，带有精英文化意识的言说立场已经失去了原有的物质基础，随着大众文化、消费文化、消费时代、日常生活审美化、现代传媒文化、网络文化的崛起，早已将原有的文学规则彻底改写，文学的边界迅速扩大，文学和理论的创作者不再只是精英知识阶层——这个制定一套高高在上具权威性和宏大叙事特点的话语规则，以此将自己和普通民众拉开距离和做出区分，形成凌驾于后者之上的指导、启蒙姿态，精雕细琢地对精英文学、高雅文化进行分析和阐述，力图以此来涵盖所有文学现象的文化"立法者"。文学的创作者和接受者（或叫接受者）更多的是由于文化普及和文化消费走向精神及文化自立的普通民众，这个曾被知识阶层视为被教导、被启蒙的对象，如今成为文学新的"立法者"。这使曾经居于文化特权地位、

---

① 李春青：《在审美与意识形态之间》，224、228 页，北京，北京大学出版社，2006。

② ［美］杰姆逊：《后现代主义与文化理论》，162 页，北京，北京大学出版社，1997。

享受支配快感的知识阶层相当不适，产生巨大落差，乃至在世纪之交哀鸿一片，不停发出"文学死了""理论已死"之类自怜自惜的喟叹。不是文学或理论真的要灭亡了，而是知识阶层赖以实现立法权威和身份认同的一套旧规则在新的历史形势下必不可免走向灭亡。"文律运周，日新其业。变则其久，通则不乏。"（《文心雕龙·通变》）认识和接受这个现实的知识阶层要调整战略，放下身段，认同文化的多元化（包括精英文化自身的多元化），达成新的身份认同：由"立法者"成为"阐释者"，这是时代和知识阶层共同的选择。

阐释者对之前曾否定、轻视、漠视的大众文化等新兴文化现象，投注了更多关注的目光，他们意识到，也许会在相当长的一个历史时期，它会成为文学理论重要的理论生长点。"立法"意味着总是试图打造一个唯一的、大一统地指导全部文学的标准和规则，但在新的时代，"由于多元主义是不可逆转的，不可能出现全球普遍认同的世界观和价值观"[①]，所以阐释意味着开放和多元。阐释的文学理论应该注意以下几点："第一，那种包罗万象具有超越时间与地域限制的普适性的文学理论是不可能产生出来的。如果有自称如此的文学理论观念，那只是标志着人类对自己的了解远未成熟。""第二，文学理论作为一种阐释活动，它所能做的只是在一定范围内、一定层面上对文学现象进行有限的言说。它最多只能获得'有限的合理性'。""任何文学现象永远都是一个万花筒，从不同的角度看就会呈现不同的样子。"所以研究应注目于一些在特定历史文化语境中的特定现象。"第三，不要凭空建设理论。文学理论作为阐释应该以体验为基础。……基于体

---

① ［英］齐格蒙·鲍曼：《立法者与阐释者——论现代性、后现代性与知识分子》，190页，上海，上海人民出版社，2001。

验的阐释当然是一种个人化的言说，但唯有这种言说才可以在交往的意义上，即在平等对话与沟通的情境中得到他人的深刻认同，从而超越强加于人的话语暴政。"①

在阐释基础上建立起来的文学理论教材我们称为阐释型教材。这种教材的特点有三：一是开放性。对文学的概念和范畴采取多义化的阐述和介绍方式，例如对"什么是文学"的问题可以从不同角度、不同侧面予以界定；对不同的观点和声音加以介绍也是开放性的表现之一。"一时代之学术，必有其新材料与新问题。取用此材料，以研求问题，则为此时代学术之新潮流。"②不断增添文学理论的新知识和新成果，调整教材知识结构，也是开放性的体现，这一点不仅面对善于创新的新教材，也同样针对勇于修正和补充的再版教材。理论绝对没有唯一正确或永远正确的，教材也不可能成为独断专行的一言堂，在一个多元化时代，文学理论的众声喧哗正是这门学科富于活力和生命力的表现。

二是互动性。阐释型教材注意教材的"隐含读者"，从写作开始就充分考虑使用者的实际需求，并力图吸引读者在学习过程中积极参与教材的建构。美国文论家迪恩·F. 赛道夫和威廉姆·E. 凯恩在《大学当代文学理论教学》中勾画了一幅美好图景："假如我们要培养学生的独立性和独立思考的能力，我们的理论教学就要减少文学的神秘

---

① 李春青：《在审美与意识形态之间》，224、228 页，北京，北京大学出版社，2006。

② 陈寅恪：《金明馆丛稿二编·陈垣敦煌劫余录》序，236 页，上海，上海古籍出版社，1980。

性，使我们的学生成为年轻的合作者。"①

三是超越性。阐释型教材的理论起点本身就包含古今中外诸多文化和文学理论观念，中国文学理论学科的建设，正是在与西方的交流、沟通中产生的，西方文论也好，中国文化也罢，已然化为学科的血脉。全部回到我国古代文论自不可能，照搬西方文论来教学也免不了有削足适履之感，"一些理论观点和学术成果可以用来说明一些国家和民族的发展历程，在一定地域和历史文化中具有合理性，但如果硬要把它们套在各国各民族头上，用它们来对人类生活进行格式化，并以此为裁判，那就是荒谬的了。对国外的理论、概念、话语、方法，要有分析、有鉴别，适用的就拿来用，不适用的就不要生搬硬套。"②所以我们的教材应该超越所谓中外之别、新旧之分，通过对一切可利用的文化资源的整合，"在比较、沟通、总结的基础上建构起一种非西非中、亦西亦中的新型文学理论话语系统"③。这样的文学理论教材，不仅是我国的，也是世界的，这才是阐释型教材最终的价值取向，也是我国文学理论教材在21世纪的时代抉择。

综观新时期的文学理论教材发展历程，从80年代的苏化模式，到90年代主体性和审美性逐步确立的换代和转型，再到21世纪众声喧哗的复调式洋洋大观，新时期文学理论教材始终积极回应着现实，做出不同的时代选择和理论嬗变。"历史和现实都证明，中华民族有着强大的文化创造力。……中华文化既坚守本根又不断与时俱进，使中华民族保持了坚定的民族自信和强大的修复能力，培育了共同的情

---

① Dianne F. Sadoff and William E. Cain：*Teaching Contemporary Theory to Under-graduates*，New York，Moder Language Association of American，1994，p. 66.

② 习近平：《在哲学社会科学工作座谈会上的讲话》，载《人民日报》，2016-05-19。

③ 李春青、赵勇：《反思文艺学》，86页，北京，北京师范大学出版社，2009。

感和价值、共同的理想和精神。"①新世纪的文学理论教材，作为中国时代文化的一部分，也必将通过一代代学人的努力，发出"中国声音"，构建起自己的学科体系、学术体系、话语体系，"把握时代脉搏，承担时代使命，聆听时代声音，勇于回答时代课题"②，建设有中国气派的文学理论教材体系。作为文论工作者，"不可以不弘毅，任重而道远"，岂能不与时偕行！

---

①　习近平：《在哲学社会科学工作座谈会上的讲话》，载《人民日报》，2016-05-19。

②　习近平：《在中国文联十大、中国作协九大开幕式上的讲话》，载《人民日报》，2016-12-01。

参考文献

包中文. 当代中国文艺理论史［M］. 南京：江苏教育出版社，1998.

陈良运. 中国诗学体系［M］. 北京：中国社会科学出版社，1992.

程正民，程凯. 中国现代文学理论知识体系的建构［M］. 北京：北京大学出版社，2005.

冯有兰. 中国哲学史［M］. 上海：华东师范大学出版社，2000.

胡经之，王岳川. 文艺学美学方法论［M］. 北京：北京大学出版社，1994.

胡经之、张首映. 西方二十世纪文论选［M］. 北京：中国社会科学出版社，1989.

简政珍. 当代台湾文学评论大系（1）：文学理论卷［M］. 台北：正中书局，1993.

孔范今，施战军. 中国新时期文学思潮研究资料（上中下）［M］. 济南：山东文艺出版社，2006.

乐黛云. 中西比较文学教程［M］. 北京：高等教育出版社，1998.

李春青. 在审美与意识形态之间[M]. 北京：北京大学出版社，2006.

李春青. 在文本与历史之间[M]. 北京：北京大学出版社，2005.

李春青，赵勇. 反思文艺学[M]. 北京：北京师范大学出版社，2009.

李阳春. 新时期文学思潮述评[M]. 长沙：湖南文艺出版社，1998.

刘若愚. 中国的文学理论[M]. 成都：四川人民出版社，1987.

陆贵山. 中国当代文艺思潮[M]. 北京：中国人民大学出版社，2002.

吕智敏. 文艺学新概念辞典[M]. 北京：文化艺术出版社，1990.

罗根泽. 中国文学批评史（一）[M]. 上海：上海古籍出版社，1984.

毛庆耆，董学文，杨福生. 中国文艺理论百年教程[M]. 广州：广东高等教育出版社，2004.

孟繁华. 传媒与文化领导权[M]. 济南：山东教育出版社，2003.

陶东风. 当代中国的文化研究：约1990—2010[M]. 北京：中国社会科学出版社，2016.

陶东风. 文化研究与政治世界批评的重建[M]. 北京：中国社会科学出版社，2014.

童庆炳. 文体与文体的创造[M]. 昆明：云南人民出版社，1994.

童庆炳. 文学审美论的自觉[M]. 北京：北京师范大学出版社，2011.

童庆炳. 新时期高校文学理论教材编写调查报告[M]. 长春：春风文艺出版社，2006.

童庆炳. 中国古代文论的现代意义[M]. 北京：北京师范大学出版社，2003.

童庆炳. 中国现代文学理论价值观的演变[M]. 北京：北京大学出版社，2005.

王一川. 大众文化导论[M]. 北京：高等教育出版社，2009.

王一川. 文学理论讲演录[M]. 桂林：广西师范大学出版社，2004.

王一川. 修辞论美学[M]. 长春：东北师范大学出版社，1997.

王一川. 语言乌托邦——20世纪西方语言论美学探究[M]. 昆明：云南人民出版社，1994.

王一川. 中国现代性体验的发生[M]. 北京：北京师范大学出版社，2001.

徐复观. 中国文学精神[M]. 上海：上海书店出版社，2006.

姚文放. 当代性与文学传统的重建[M]. 北京：人民文学出版社，2004.

於可训. 当代文学：建构与阐释[M]. 武汉：武汉大学出版社，2005.

张法. 走向全球化时代的文艺理论[M]. 合肥：安徽教育出版社，2005.

张少康. 中国文学理论批评史[M]. 北京：北京大学出版社，2005.

张世英. 进入澄明之境——哲学的新方向[M]. 北京：商务印书馆，1999.

张世英. 哲学导论[M]. 北京：北京大学出版社，2002.

张首映. 西方二十世纪文论史[M]. 北京：北京大学出版社，1999.

张双英. 文学概论[M]. 台北：文史哲出版社，2002

赵宪章. 20世纪外国美学文艺学名著精义[M]. 北京：北京大学出版社，2008.

赵一凡，等. 西方文论关键词[M]. 北京：外语教学与研究出版社，2006.

赵毅衡. "新批评"文集[M]. 天津：百花文艺出版社，1988.

周宪. 文化表征与文化研究[M]. 上海：上海人民出版社，2015.

周振甫. 文心雕龙今译[M]. 北京：中华书局，1986.

朱刚. 二十世纪西方文论[M]. 北京：北京大学出版社，2006.

朱立元，李钧. 二十世纪西方文论选[M]. 北京：高等教育出版社，2002.

阿尔贝·加缪. 西西弗的神话[M]. 杜小真，译. 北京：生活·读书·新知三联书店，1987.

艾布拉姆斯. 镜与灯——浪漫主义文论及批评传统[M]. 北京：北京大学出版社，1989.

M·H. 艾布拉姆斯. 欧美文学术语辞典[M]. 朱金鹏，朱荔，译. 北京：北京大学出版社，1990.

爱德华·W. 萨义德. 知识分子论[M]. 单德兴，译. 北京：生活·读书·新知三联书店，2002.

巴赫金. 诗学与访谈[M]. 白春仁，顾亚玲，译. 石家庄：河北教育出版社，1998.

巴赫金. 陀思妥耶夫斯基诗学问题[M]. 白春仁、顾亚玲，译. 北京：生活·读书·新知三联书店，1988.

柏格森. 形而上学导言[M]. 刘放桐，译. 北京：商务印书馆，1963.

丹尼尔·贝尔. 资本主义文化矛盾[M]. 赵一凡，蒲隆，任晓晋，译. 北京：生活·读书·新知三联书店，1989.

蒂费纳·萨莫瓦约. 互文性研究[M]. 邵炜，译. 天津：天津人民出版社，2003.

佛克马·易布思. 二十世纪文学理论[M]. 林书武，等，译. 北京：生活·读书·新知三联书店，1988.

弗雷德里克·詹姆逊. 政治无意识[M]. 王逢孙，陈永国，译. 北京：中国社会科学出版社，1999.

海德格尔. 人，诗意地安居[M]. 郜元宝，译. 桂林：广西师范大学出版社，2002.

杰姆逊. 后现代主义与文化理论[M]. 唐小兵，译. 北京：北京大学出版社，1997.

拉曼·塞尔登，彼得·威德森，彼得·布鲁克. 当代文学理论导读[M]. 刘象愚，译. 北京：北京大学出版社，2006.

拉曼·赛尔登. 文学批评理论. 从柏拉图到现在[M]. 刘象愚，译. 北京：北京大学出版社，2003.

雷蒙德·查普曼. 语言学与文学[M]. 王晶培，译. 台北：结构出版群，1989.

雷蒙·威廉斯. 关键词文化与社会的词汇[M]. 刘建基，译. 北京：生活·读书·新知三联书店，2005.

罗素. 西方哲学史［M］. 何兆武，李约瑟译. 北京：商务印书馆，1963.

马克思，恩格斯. 马克思恩格斯选集第四卷. 中共中央马克思恩格斯列宁斯大林著作编译局译［M］. 北京：人民出版社，1972.

马克思. 1844 年经济学哲学手稿［M］. 北京：人民出版社，2000.

米歇尔·福柯. 知识考古学［M］. 谢强，马月，译. 北京：生活·读书·新知三联书店，2007.

尼采. 悲剧的诞生［M］. 周国平，译. 太原：北岳文艺出版社，2004.

齐奥尔格·西美尔. 时尚的哲学［M］. 费勇，译. 北京：文化艺术出版社，2001.

乔纳森·卡勒. 论解构：结构主义之后的理论与批评［M］. 陆扬，译. 北京：中国社会科学出版社，1998.

乔纳森·卡勒. 文学理论［M］. 李平，译. 沈阳：辽宁教育出版社，1998.

让-弗朗索瓦·利奥塔尔. 后现代状态［M］. 车槿山，译. 北京：生活·读书·新知三联书店，1997.

特雷·伊格尔顿. 二十世纪文学理论［M］. 伍小明，译. 西安：陕西师范大学出版社，1987.

特里·伊格尔顿. 当代西方文学理论［M］. 王逢振，译. 北京：中国社会科学出版社，1988.

特里·伊格尔顿. 马克思主义与文学批评［M］. 文宝，译. 北京：人民文学出版社，1980.

特里·伊格尔顿. 审美意识形态[M]. 王杰，傅德根，麦永雄，译. 桂林：广西师范大学出版社，2001.

特里·伊格尔顿. 文学原理引论[M]. 中国艺术研究院马克思主义文艺理论研究所，外国文艺理论研究资料丛书编辑委员会，译. 北京：文化艺术出版社，1987.

特伦斯·霍克斯. 结构主义和符号学[M]. 瞿铁鹏，译. 上海：上海译文出版社，1987.

R. 韦勒克，A. 沃伦. 文学理论[M]. 刘象愚，邢培明，等，译. 北京：生活·读书·新知三联书店，1984.

沃尔夫冈·凯塞尔. 语言的艺术作品——文艺学引论[M]. 陈铨，译. 上海：上海译文出版社，1984.

席勒. 秀美与尊严[M]. 张玉能，译. 北京：文化艺术出版社，1996.

扎娜·明茨，伊·切尔诺夫. 俄国形式主义文论选[M]. 王薇生，译. 郑州：郑州大学出版社，2005.

詹明信. 晚期资本主义的文化逻辑[M]. 张旭东，译. 北京：生活·读书·新知三联书店，1997.

Andrew Bennett, Nicholas Royle. Introduction to Literature, Criticism and Theory 2nd[M]. Englewood：Prentice Hall，1999.

Charles E. Bressler. Literary Criticism. An Introduction toTheory and Practice 3th[M]. Englewood：Prentice Hall，2003.

Keith Green, Jill Lebihan. Critical Theory and Practice[M]. A Course Book. London：Routledge，1996.

Suresh Rava. Grounds of Literary Criticism[M]. Illinois：University of Illinois Press，1998.

Hans Bertens. Literary Theory[M]. The Basics. London and New York. Routledge, 2001.

Roger Webster Studying Literary Theory. An Introduction. London. Edward Arnold 1th 2nd [M]. 1990. Oxford: Oxford University Press, 1995.

Lois Tyson. Critical Theory Today, A User-Friendly Guide[M]. New York & London: Garland Publishing, Inc., A Member of the Taylor& Francis Group, 1999.

Dianne F. Sadoff and William E. Cain, Teaching Contemporary Theory to Undergraduates[M]. New York: Modern Language Association of American, 1994.

Philip Rice, Patricia Waugh. Modern Literary Theory[M]. A Reader, Edward Arnold, 1989.

Wilfred L. Gueerin. etc. A Handbook of Critical Approaches to Literature 2nd[M]. Oxford: Oxford University Press, 1999.

Vincent B. Leitch. etc. The Norton Anthology of Theory and Criticism[M]. New York: Norton & Company, Inc., 2001.

Jeremy Hawthorn. A Concise Glossary of Contemporary Theory [M]. London: The Hodder Headline Group, 1998.

Mick Short. Reading, Analysing and Teaching Literature[M]. London: Longman, 1998.

图书在版编目（CIP）数据

在西方化与本土化之间：新时期文学理论教材建设四十年/蔡莹著；
—北京：北京师范大学出版社，2020.1
（当代中国文学理论批判丛书）
ISBN 978-7-303-23351-9

Ⅰ.①在… Ⅱ.①蔡… Ⅲ.①中国文学-当代文学-文学理论-研究
Ⅳ.①I206.7

中国版本图书馆 CIP 数据核字（2018）第 009953 号

营 销 中 心 电 话 010-57654738 57654736
北师大出版社高等教育与学术著作分社 http://xueda.bnup.com

出版发行：北京师范大学出版社 www.bnup.com
　　　　　北京市西城区新街口外大街 12-3 号
　　　　　邮政编码：100088
印　　刷：北京盛通印刷股份有限公司
经　　销：全国新华书店
开　　本：787 mm×1092 mm　1/16
印　　张：29.75
字　　数：380 千字
版　　次：2020 年 1 月第 1 版
印　　次：2020 年 1 月第 1 次印刷
定　　价：96.00 元

策划编辑：周劲含　　　责任编辑：李洪波
美术编辑：王齐云　　　装帧设计：王齐云
责任校对：陈　民　　　责任印制：马　洁